AF289342

rowohlt
POLARIS

ALLY ZETTERBERG

THE Happiness BLUEPRINT

Liebe und andere Baustellen

ROMAN

Aus dem Englischen
von Nora Petroll

Rowohlt Polaris

Die Originalausgabe erschien 2024 unter dem Titel
«The Happiness Blueprint»
bei Harper Collins, New York.

Deutsche Erstausgabe
Veröffentlicht im Rowohlt Taschenbuch Verlag,
Hamburg, Mai 2024
Copyright © 2024 by Rowohlt Verlag GmbH, Hamburg
«The Happiness Blueprint» Copyright © 2024 by
Ally Zetterberg Literary Ltd
Redaktion Tobias Schumacher-Hernández
Die Nutzung unserer Werke für Text- und Data-Mining
im Sinne von § 44b UrhG behalten wir uns explizit vor.
Covergestaltung FAVORITBUERO, München
Coverabbildung Shutterstock
Satz aus der Franziska Pro
bei Dörlemann Satz, Lemförde
Druck und Bindung CPI books GmbH, Leck
ISBN 978-3-499-01437-6

Für meine Großmütter:
Bodil, die Bibliothekarin, und Gunvor, die Leserin

TEIL EINS

Die durchschnittliche Mindesttemperatur im schwedischen Malmö im Februar beträgt -2 °C. Die Menge an Regen und Schnee in diesem Monat liegt im Mittel bei 36 mm. Durchschnittlich regnet es an dreizehn Tagen. Die wenigsten Menschen entscheiden sich dazu, Malmö in dieser Jahreszeit zu besuchen. Bei insgesamt 66 Sonnenstunden bekommt man die Sonne kaum zu Gesicht.

KLARA

Google: Wie leite ich eine Baufirma?

Geschwisterpaare sind ein bisschen wie Schuhe aus dem Fundbüro. Man steckt die Hand in die Kiste mit Fundsachen und kann nur hoffen, dass man zwei erwischt, die zusammenpassen, wohl wissend, dass zwei Schuhe immer noch besser sind als einer – wenigstens muss man sich dann nicht auf einem Bein fortbewegen. Was meine Eltern angeht, so haben sie mit meiner Schwester und mir einen staubigen, wenn auch völlig funktionalen und robusten Converse gezogen und dazu einen glänzenden Kitten Heel, der gerne auf den flachen Sneaker herabschaut.

Wobei ich in dem Bild der Sneaker bin.

«Ich habe auch Verpflichtungen!», melde ich mich zu Wort und versuche dabei genauso wichtig zu klingen wie meine Schwester, obwohl es mir höchstwahrscheinlich nicht gelingt. Genau diesen Satz habe ich in den letzten zwanzig Minuten mehrmals wiederholt, um bei dem Zoom-Tauziehen irgendwie die Oberhand zu gewinnen, die Poleposition und das große quadratische Fenster in der Mitte einzunehmen, das die anderen kleinen überschattet. In der aktuellen Rangliste steht meine Schwester Saga an der Spitze, dicht gefolgt von unserer Mutter.

«Ich habe Pläne», schiebe ich hinterher und blitze für einen kurzen Moment auf dem Bildschirm auf. Nun, es *stimmt*. Zumindest wenn Dienstagsdrinks und den Tiefkühler abtauen zahlen. Ich spüre, wie mein Blutdruck steigt – nein, wahrscheinlich ist es eher mein Blutzucker. *Bleib konzentriert, Klara.*

«Es ist ein Familiennotfall», sagt Mum schon wieder. Danke,

dass sie das Offensichtliche erwähnt. Als ob wir das nicht längst wüssten.

Ich beschließe, es mit der Taktik zu versuchen, bei der man die ganze Konversation noch mal von vorn aufrollt, in der Hoffnung, dass man die Lösung wundersamerweise übersehen hat und sie sich beim zweiten Mal – laut und deutlich – zu erkennen gibt.

«Wie lange würde seine Behandlung noch mal dauern?», frage ich, obwohl ich die Einzelheiten ganz genau kenne, schließlich war ich dem Termin meines Vaters mit dem Onkologen-Team, der heute früh stattfand, über FaceTime zugeschaltet. Drei Monate. Dad kann sich glücklich schätzen. Eine einfache Operation und anschließend natürlich eine Runde innovative lokale Strahlentherapie, um dem, was Prostatakrebs im Stadium 1 genannt wird, den Garaus zu machen. Der Tumor wurde früh erkannt, und aller Wahrscheinlichkeit nach wird Dad es schaffen. Um ihn mache ich mir keine allzu großen Sorgen. Krebs ist ein beängstigendes Wort, aber 1 ist eine harmlose Zahl, dünn und unscheinbar. Am Ende des Termins wurden wir gefragt, ob wir noch irgendetwas wissen wollten, und mir hätten haufenweise Fragen auf der Zunge gebrannt, doch jetzt hatte ich eine 1, und weitere Erklärungen brauchte ich nicht. Nicht mal gegoogelt habe ich es.

Saga verzichtet darauf zu wiederholen, warum sie die Aufgabe unmöglich übernehmen kann, was mich wundert. Normalerweise lässt sie keine Gelegenheit aus, um über ihre wichtige akademische Laufbahn an einer renommierten ausländischen Universität und über ihr überhaupt so *erfülltes* und *perfektes* Leben zu sprechen. *Auf eine gute Work-Life-Balance kommt es an, Klara!*

Gerade würde es mir reichen, einfach ein Leben zu haben. Von einem ausbalancierten müssen wir gar nicht erst anfangen.

«Es tut mir echt leid, dass ich nicht kommen kann, um Dad unter die Arme zu greifen. Ich hab einfach gerade so viel um die Ohren.» Das Gesicht meiner Schwester nimmt das gesamte Zoom-

Fenster ein, nicht mal mehr Hintergrund ist zu sehen. Wenn das kein treffendes Bild von Saga ist, der Königin, die jeden Raum beherrscht, den sie betritt. *Ich, ich, ich.*

«Es sind nur ein paar Monate. Sieh es einfach als langen Urlaub – und du wirst sogar bezahlt! Im Ernst, es ist eine Möglichkeit für dich.» Darüber denke ich nach. Schweden ist alles andere als mein bevorzugtes Urlaubsziel. Aber ein Gehalt von der Firma meines Vaters wäre eine Verbesserung im Vergleich zu dem, was ich derzeit verdiene: nichts.

«Mal angenommen, ich mach's», sage ich, «und das ist noch keine Zusage, aber *wenn* ich's mache, wie soll das überhaupt funktionieren? Man braucht Qualifikationen und Fähigkeiten für diesen Job.»

Wir waren zunächst so erleichtert über Dads vielversprechende Prognose, dass wir alles andere völlig vergaßen. Dann erwähnte Saga die Firma. Diese klitzekleine Unannehmlichkeit im ländlichen Schweden mit drei Mitarbeitern, die irgendwie über Wasser gehalten werden müssen, während Dad sich auf seine Gesundheit konzentriert.

«Schätzchen, du arbeitest doch bereits mit Immobilien!», sagt Mum und schlürft laut einen entsetzlich grünen Smoothie.

Ich kann mich nicht gegen den Gedanken wehren, dass wir diese Diskussion nicht führen würden, wenn das alles fünf Jahre früher passiert wäre, vor der Scheidung, weil Mum dann immer noch bei Dad wäre. Statt in einer Eigentumswohnung in Marbella zusammen mit einem Witwer namens Inger, den sie im Kirchenchor kennengelernt hat. Ich schiebe den Gedanken beiseite. Es ist nicht Mums Schuld. Wenn Dad ihr gegenüber keinen Groll hegt, sollte ich es auch nicht tun.

«Ich arbeite für eine Website, die Immobilien verkauft. Ich reiße keine Häuser ab, baue sie oder fliese ihre Badezimmer!» Ich meine, was genau *macht* Dad überhaupt? Jedenfalls nichts, womit ich mich auskenne. Nämlich Kundendienst per Service-Chat. («Nein, Sie können die Immobilien nicht in Ihren Warenkorb legen. Sie müssen den angegebenen Makler anrufen, um eine Besichtigung zu vereinbaren.») Ich tue nichts, was auch nur ansatzweise mit der eigentlichen Immobilie zu tun hat. Stellt mich euch als hilfreichen Bot vor.

«Bitte, Klara. Irgendjemand muss es machen. Wir brauchen deine Antwort so schnell wie möglich», sagt Saga. Oh nein, nicht dieser Satz. Übersetzung: Du musst es machen, du bist die Jüngere, und ich mag zwar auch einen Teil der Verantwortung tragen, aber am Ende ist es deine Aufgabe, kleine Schwester. So wie früher, wenn wir als Kinder im Wohnzimmer ein Chaos anrichteten, weil wir eine Höhle oder einen Einkaufsladen bauen wollten, und es Zeit wurde aufzuräumen. *Irgendjemand muss es machen, Klara.* Wenn meine Schwester je einen Mord begehen sollte, wette ich, dass die Entsorgung der Leiche mir zufallen würde, einfach wegen unserer genetischen Verwandtschaft und der Geburtenreihenfolge.

«Lasst mich sehen, ob ich es irgendwie einrichten kann», murmele ich.

«Eigentlich wollte ich ja nichts sagen, aber ... ich dachte, du und deine Arbeit, ihr macht gerade eine Art *Pause*?» Ich kann das blasierte Lächeln meiner Schwester durch die Pixel sehen. Ihr ist natürlich klar, dass Leute Pausen in Beziehungen einlegen - nicht von der Arbeit. Letzteres hieße einfach Arbeitslosigkeit. Oder zeitweilige Beurlaubung. *Lasst uns das nicht vertiefen, okay.*

«Wäre es nicht schön, alte Freunde wiederzutreffen?», versucht es Mum.

Welche Freunde?, denke ich. Die, die ich vor zehn Jahren hatte, haben ihr Leben weitergelebt und sind inzwischen zwangsläufig weggezogen. Wenn ich eine alte Dame wäre, hätten wir jetzt die Art Beziehung, die sich ausschließlich in dem Austausch von

Weihnachtskarten äußert. Wenn ich mutiger und lustiger wäre, auch nur der blasseste Schatten meiner Schwester, hätte ich das kommen sehen und mir neue Freunde gesucht. Aber dazu wäre es nötig gewesen, Kontakte zu knüpfen und auszugehen, und zwar mit einer Häufigkeit, an die ich nicht gewöhnt bin (ich brauche Erholungstage nach sozialen Events wie andere nach dem Fitnessstudio), und es hätte die Fähigkeit verlangt, ohne Hilfe von Alkohol eine Konversation am Laufen zu halten.

Momentan habe ich ganz genau eine Freundin. Alice, die meine Mitbewohnerin ist und so urkomische Dinge sagt wie: «Yippie, ich wurde für einen Handjob gebucht!» (Sie arbeitet nebenberuflich als Hand- und Fußmodel.) Mum und Saga wissen das beide.

«Hör mal, ich weiß, es ist nicht das, was du willst, auch wenn ich nicht ganz sicher bin, was *genau* du eigentlich willst. Aber ehrlich gesagt wird es Zeit, dass auch du ein bisschen körperlichen Einsatz zeigst und deinen Beitrag leistest.»

Ich gucke auf meinen Hüftumfang, bevor mir klar wird, dass sie nicht von meinem BMI redet.

Dann fängt mein Neffe Harry – Sagas Hauptvorwand, dass sie die Sache mit Schweden nicht übernehmen kann – im Hintergrund an zu heulen wie ein Wolf, in einer Stimmlage, die nur ein Kleinkind beherrscht. *Dieser Lärm!* Schnell treffe ich eine Entscheidung. «Na gut.» Wieder ertönt die Harry-Sirene.

«Okay, das ist mein Stichwort, mich auszuklinken!», ruft meine Schwester in einer Tonlage, die nur eine Mutter beherrscht. Ich schwöre, Eltern bringen ihren Kindern bei, genau im richtigen Moment zu stören. Es ist unfair, dass sie alle einen Vorwand haben, einem langweiligen Zoom-Call zu entfliehen, während der Rest von uns bis zum Ende bleiben und zuhören muss.

«Schön. Aber du hilfst, wo du nur kannst, von *da drüben* aus. Das ist die Abmachung.» Ich weigere mich, das neue Heimatland meiner Schwester beim Namen zu nennen. Mir ist durchaus klar, dass das kindisch ist, egal wie sehr diese Erwachsene hier ihre Schwester vermisst.

«Natürlich. Tschüss dann! Lebensretterin!» Saga legt auf.

Die Ärzte werden Dads Leben retten, nicht ich, will ich einwerfen. Aber ich finde, es ist eine Unsitte, Unangenehmes mit dem Tod gleichzusetzen, und mir kommt der Gedanke, dass es womöglich *Saga* ist, die ich vor *Schweden* gerettet habe.

«Mum?» Keine Antwort. Sie muss irgendeinen Button gedrückt oder die Internetverbindung verloren haben. Ihr Bildschirm ist schwarz. Zurück bleibe ich, die ich auf mein eigenes Zoom-Fenster starre, ein trauriger Anblick mit zerzausten dunklen Locken und missmutig zusammengezogenen Augenbrauen. Endlich in der Poleposition.

Kurz denke ich darüber nach, sie beide noch mal anzurufen, um ihre Aufmerksamkeit einzufordern. «Auf ein Wort, ihr zwei», würde ich mit Autorität sagen. Und es wäre buchstäblich ein Wort: nein. Aber ich tue genau das: *es denken* und sonst nichts.

«Knulla», sage ich an den Bildschirm gerichtet. Eines der wenigen Worte, die ich früh von meiner Schwester gelernt und griffbereit in meinem Vokabular habe. Unglücklicherweise fühlt es sich an, als hätte ich es während meiner sechsundzwanzig Jahre auf dieser Welt beinahe täglich benutzen müssen.

Schätze, ich fliege nach Hause, um die Firma meines Vaters zu leiten. Super.

ALEX

Laufe von Viertel zu Viertel, wie besessen. Bin zu früh los für meinen Termin, und seit ich das erkannt habe, laufe ich einfach weiter. Möglicherweise im Kreis, denn ich komme an vielen sehr ähnlich aussehenden hippen Cafés vorbei. Merke nach einer Weile, dass ich den wuseligen Möllevångstorget mit seinem Bronzedenkmal namens *Ruhm der Arbeit* meide. In letzter Zeit sehe ich darin eine persönliche Beleidigung.

Es ist arschkalt, und ich balle die Hände zu Fäusten, um meine Finger vor dem Wind zu schützen. Die Jackenärmel bedecken sie gerade so. Hab nichts dagegen, dass mir kalt ist: Es erinnert mich daran, dass ich noch etwas fühlen kann.

Es ist sechzehn Uhr, als ich endlich das Psychotherapiezentrum von Malmö und Dr. Hadids Sprechzimmer betrete. Sie trägt ein hellblaues Kopftuch mit Blumenmuster. Das hebt meine Stimmung ein klein wenig; medizinisches Fachpersonal, das entspannt ist und sich farbenfroh kleidet, ist mir lieber als die Hausarztuniform aus Hemd, passender Hose und Slippern in verschiedenen Beigetönen. Ertappe mich dabei, wie ich die filigranen Blumen auf ihrem Kopf zähle. Mathe ist eine gute Ablenkung und eines der Dinge, die mir immer noch Spaß machen. Mir ist klar, dass das wahrscheinlich nicht das coolste Hobby für einen Neunundzwanzigjährigen ist. Ich komme bis sechzehn, bevor Dr. Hadid mich unterbricht.

«Wie ist es Ihnen ergangen, Alex?», fragt sie.

«Gut, schätze ich.»

«Haben Sie am Wochenende irgendetwas unternommen? Wollen Sie mir ein bisschen von Ihrer letzten Woche berichten?»

Eigentlich nicht, aber es ist eine rhetorische Frage. Wie alle, und der einzige Grund für mich, hier zu sein, ist, sie zu beantworten, also spreche ich. Es scheint viele rhetorische Fragen aufzuwerfen, wenn dein Bruder stirbt.

«Ich war beim Begräbnis meines Onkels – der ist auch gestorben. Was noch? Hab fünfmal Pizza gegessen. Capricciosa mit extra Jalapeños. Sind Jalapeños nicht die beste Würze überhaupt? Ein bisschen unanständig, als würde man einen dreckigen Witz erzählen, aber nicht so explizit, dass man sich die Ohren zuhalten müsste. Sie fordern einen heraus, schubsen einen aber nicht über die Klippe. Das mag ich an ihnen.»

Dr. Hadids Mundwinkel zucken leicht nach oben.

«Die Müllabfuhr in unserer Straße scheint jetzt schon um fünf Uhr morgens zu kommen. Ich überlege, ob ich anrufen und mich beschweren soll.»

«Haben Sie es schon mit Ohrstöpseln probiert, so wie wir es besprochen haben?»

«Ich finde, dass meine Gedanken dann lauter werden, falls das Sinn ergibt? Da höre ich lieber der Müllabfuhr zu als meinem Geist.» Auf der Fensterbank steht eine Blume; ich frage mich, wer sie am Wochenende gießt, und will gerade fragen, als Dr. Hadid das Wort ergreift.

«Ich denke, es ist Zeit, dass Sie ein paar Pläne machen. Sechs Monate sind vergangen, seit Calle gestorben ist, und vier, seit Sie das erste Mal bei mir waren. Sie sind bereit. Es würde Ihnen Struktur geben und den Fokus von Ihren unkonstruktiven Gedanken weglenken.»

Ich bemerke, dass sie den Spitznamen meines Bruders verwendet. Vielleicht glaubt sie, besser zu mir durchdringen zu können und wie eine Vertraute zu wirken, wenn sie ihn nicht Carl nennt.

«Pläne? So wie Kaffeetrinken mit einem Freund?» Das könnte

schwierig werden, da meine Freunde in letzter Zeit eher in den Hintergrund getreten sind. Irgendwie scheine ich mit Jogginghose, die längst in den Wäschekorb gehört, und einem Pizzakarton und einer Tüte Chips in der Hand nicht ihrer Idealvorstellung von einem Freitagabend zu entsprechen. Oder sonst irgendeinem Abend in der Woche, um genau zu sein. Darüber und darum herum reden Dr. Hadid und ich eine Weile und über einen möglichen Ausweg aus dem faulen *Netflix-und-Null*-Dasein (Letzteres bezieht sich auf meinen derzeitigen Kontostand).

«Fangen wir an, indem wir To-do-Listen in Ihren Kalender eintragen. Mit diesem Ansatz habe ich schon bei anderen Patienten Erfolge erzielt. Haben Sie ein iPhone?»

Ich zucke mit den Schultern und nicke gleichzeitig.

«Wunderbar. Dann stellen Sie sich selbst der Herausforderung, drei Aufgaben pro Tag einzutragen. Es können einfache Dinge sein wie Geschirrspülen, Spazierengehen oder Ihren Lebenslauf zu aktualisieren. Wichtig ist, dass Sie es sich vornehmen – *es in den Kalender eintragen* – und es dann tatsächlich tun. Wie hört sich das an?»

«Ganz okay, schätze ich.» Zähneputzen, ein bisschen lesen, das Bett machen. Klingt nach einer To-do-Liste für Kinder. Als Nächstes gibt sie mir noch ein Sticker-Heft mit Belohnungssternchen. Aber man muss seine Genesung ernst nehmen, also rüge ich mich innerlich dafür, den Ratschlag der sehr qualifizierten Psychologin zu belächeln.

Dr. Hadid kann diese Gedanken natürlich nicht lesen und fährt fort, sich Notizen auf ihrem Tablet zu machen.

«Gut. Wir sehen uns zukünftig nicht mehr wöchentlich, sondern nur noch monatlich, aber bitte rufen Sie an, wenn Sie das Gefühl haben, früher einen Termin zu brauchen. Meine Tür steht immer offen.» Das zaubert mir ein Lächeln ins Gesicht. Wenn etwas für die Tür eines Therapeuten gilt, dann dass sie stets fest verschlossen ist. Um das Sprechzimmer vom Warteraum abzuschirmen. Eine letzte Frage habe ich noch. Eine wichtige.

«Was ist mit dem Auto und dem Ring?» Ich fummle an dem schlecht sitzenden Stück Metall an meinem Finger herum, schiebe es hoch und runter, und durch diese Bewegung schweifen meine Gedanken ab zu etwas völlig anderem, Peinlichem – ganz ungewollt.

«Ich würde vorschlagen, beides fürs Erste zu behalten. Ein Schritt nach dem anderen. Solange diese Andenken Ihnen Trost spenden, sehe ich in ihnen keinerlei Übel.»

Wir beenden die Sitzung mit Small Talk über ihre Tochter, die mit dem Rucksack durch Asien reist, und darüber, dass es zu dieser Jahreszeit in Malmö schon um siebzehn Uhr dunkel wird, und anschließend verlasse ich die Praxis auf dem gleichen Weg, den ich gekommen bin.

Auf ihrem Kopftuch sind siebenundzwanzig Blumen.

KLARA

Google: Wo ist zu Hause?

Genau fünf Tage nach dem Telefonat mit meiner verrückten Familie schlendere ich durch den Gatwick Airport und warte auf meinen One-Way-Flug nach Kopenhagen. Ich mag One-Way-Flüge nicht, genauso wenig wie Einbahnstraßen. Hin und zurück wäre ein Kreis, also eine Form, bei der die Entfernung zu einem bestimmten Punkt konstant ist. Ein One-Way kann nur eine Linie sein, und Linien sind eindimensional und erstrecken sich potenziell ins Unendliche.

Ich hätte gerne ein Rückflugdatum, damit meine Reise eine Form bekäme und nicht unendlich wäre.

Mit einem Ping erscheint eine Nachricht von Alice auf meinem Handy.

Du wirst das schon deichseln (Wortwitz gewollt!). Ich behalte ein Auge auf deinen Blutzuckerspiegel und erinnere dich daran, was Süßes zu naschen, wenn er zu weit runtergeht. X

Ich kaufe mir bei Prêt à Manger im Terminal ein Thunfischbaguette. Es besteht immer aus Thunfisch, Mayonnaise und vier Scheiben Gurke auf einem Weißbrotbaguette. Ich weiß, dass es fünfundvierzig Gramm Kohlenhydrate enthält, und genau diese Zahl gebe ich in meine Insulinpumpe ein. Nährwertangaben sind sehr wichtig für Diabetiker. Auf der Sandwichverpackung ist alles in einer ordentlichen Tabelle aufgelistet. Am liebsten hätte ich immer eine Waage dabei, damit ich haargenau weiß, was ich esse, und das Insulin mit größter Präzision dosieren kann. Aber noch während meiner Kindheit hat Mum dem einen Riegel vorgeschoben, da sie mich «aufs Leben vorbereiten» wollte. Ihrer Meinung nach ist es die Person *ohne* Küchenwaage in der Handtasche, die besser vorbereitet ist.

Während ich in der Schlange stehe, drücke ich auf dem Baguette herum. Als es mal ausverkauft war, habe ich stattdessen ein Baguette mit Ei und getrockneten Tomaten genommen, aber es roch ein bisschen wie die Luft im U-Bahn-Schacht. Es muss ein anderes Brot gewesen sein, weil das Insulin nicht die vorhergesehene Wirkung hatte – noch eine Stunde später war mein Blutzucker erhöht. Außerdem ist das Ei aus dem Sandwich aufs Tablett gebröselt, und ich musste die Stückchen mit Daumen und Zeigefinger aufklauben, als wären meine Finger Stäbchen. Bei dem bloßen Gedanken wird mir ganz anders.

Früher war ich Vegetarierin, aber vor einiger Zeit habe ich angefangen, auch Fisch zu essen. Manchmal sind bestimmte Nahrungsmittel ausverkauft, und eine flexiblere Ernährung bedeutet, darauf besser vorbereitet zu sein. Es bedeutet auch, dass ich manche von Alice' Gerichten essen kann, was mir Zeit und Mühe spart. Ich mag es nicht unbedingt, lebende Dinge zu essen, habe aber einen Kompromiss gefunden, mit dem ich moralisch leben kann. Ich verzehre ausschließlich Spezies, die eine Lebenserwartung von unter fünf Jahren haben. Kurz überlegte ich, nichts zu essen, was ein Rückgrat hat. Aber je mehr ich darüber nachdachte, desto mehr erschien es mir als Diskriminierung gegenüber Lebewesen, deren neurologische Veranlagung sich von unserer unterscheidet.

Lebenserwartung hingegen ist fairer, wirklich; nach demselben Kriterium entscheiden auch Ärzte in der Notfallaufnahme, wen sie zuerst retten: denjenigen mit der größten Überlebenswahrscheinlichkeit oder, in anderen Worten, der *am längsten vorhersagbaren Lebenserwartung*. Meinen neuen Prinzipien nach kann ich eine abwechslungsreiche Ernährung genießen, ohne mich schuldig fühlen zu müssen. Ich darf unter anderem Garnelen essen (zwei Jahre) und Lachs (fünf Jahre).

Buntbarsch hingegen steht völlig außer Frage (fünfundzwanzig Jahre), genau wie Kabeljau (zwanzig Jahre).

Da ich noch etwas Zeit totzuschlagen habe, setze ich mich auf eine Bank gegenüber dem Gate und tippe *Wie man ein Badezimmer fliest* bei Google ein. Offensichtlich werde ich nicht selbst irgendwelche Fliesen verlegen – dafür braucht man eine Ausbildung und Geschick –, aber da ich bald die Fliesen-Chefin werden soll, erscheint es mir notwendig, zumindest eine grobe Ahnung zu haben, auch wenn sie mir über ein YouTube-Video aneigne. Die Unterschiede zwischen englischer und skandinavischer Architektur könnte ich aus dem Stegreif auflisten, aber mein Wissen über das Einmaleins der Handwerkskunst beschränkt sich darauf, dass ich im Alter von drei *Bob der Baumeister* gesehen habe. Jetzt wünschte ich, dass ich in meiner Jugend besser aufgepasst und mehr Interesse an der Tätigkeit meines Vaters gezeigt hätte, als lieber mit einem Buch oder einem Nintendo DS im Auto zu warten, wenn ich ihn zu seinen Terminen begleiten musste. «Menschen beißen nicht, Klara. Du kannst jederzeit reinkommen, wenn du deine Meinung änderst.»

In Dalby im schwedischen Skåne zu arbeiten beinhaltet unausweichlich irgendeine Art großes Fahrzeug, etliche Etappen und tägliche Interaktionen mit einer großen Anzahl Unbekannter. Mit Kunden. Echten. Lebenden Menschen mit Fragen, Ideen und ausgeklügelten, aber unbrauchbaren auf Papier gekritzelten Entwürfen, die sie einem über den Küchentisch zuschieben. Ich bin es gewohnt, mit Menschen über eine Tastatur zu kommunizieren. In einem Chat kann man nur begrenzt viel verlangen; egal wie laut man herumschreit, die Buchstaben werden nicht größer als Versalien, Schriftgröße vierzehn.

Als Nächstes rufe ich die Firmenwebsite auf, die, wie ich erkenne, in einem Standarddesign entworfen und einfach gehalten ist. Dad war nie jemand, der in Luxus badet, und es ist offensichtlich, dass er das günstigste Paket gewählt hat. Ich lese.

Wir entwerfen den perfekten Raum für Sie! Bygg-Nilsson, gegründet im Jahr 1992, ist ein renommiertes Unternehmen, das einen Großteil von Skåne bedient und auf Fliesenarbeiten spezialisiert ist, doch gerne übernehmen wir auch jeden anderen Teilbereich Ihres Bauprojekts. Wir sind stolz darauf, ein kleines erlesenes Team zu sein, das sich jedes Projekt zu Herzen nimmt und Ihnen eine persönliche Note bietet. 100 Prozent Zufriedenheitsgarantie.

Ich seufze. Auf meinem LinkedIn-Profil wird das nicht gerade herausstechen, und irgendeinen meiner einundsechzig Instagram-Follower kann ich damit auch nicht beeindrucken.

Ich klicke auf die Vorher-nachher-Bilder, von denen die meisten zu dunkel sind und entweder von zu nah oder zu weit weg aufgenommen wurden. Dads mangelndes Talent als Fotograf ist haarsträubend; selbst ein Familienfoto sollte man ihn nicht schießen lassen, weil er genauso skrupellos Köpfe abschneidet wie Ludwig XIII. Ich beschließe, dass die erste Amtshandlung darin bestehen sollte, die Website auf Vordermann zu bringen, und dass es der perfekte Job für Saga ist.

Um mich herum hat sich ein Pulk gebildet, und ein allgemeines Gefühl von Hektik hat sich ausgebreitet. Ich werde tun, was ich immer tue: sitzen bleiben, bis die letzte Person ins Flugzeug gestiegen ist und das Bodenpersonal den letzten Aufruf macht und mich dabei direkt ansieht. Ich öffne die Familiengruppe auf WhatsApp, die ich passenderweise Endlosschleife genannt habe und die das Einzige ist, was uns vier über die Länder und Unstimmigkeiten hinweg zusammenhält. Technologie: der Klebstoff der modernen Familie.

Ich: Steige jetzt ins Flugzeug.

Saga: Juhu mega du wirst das toll machen K! Denk einfach daran, was es uns allen bedeutet xxx

Mum: Schreibt ...

Dad: *Daumen hoch*

Was hat es nur mit Männern und ihrer Liebe für Daumen-hoch-Emojis auf sich? Dad sollte eigentlich den hellhäutigsten benutzen, stattdessen nimmt er den zweiten von links, als dächte er, er hätte eine Sommerbräune oder einen generell dunkleren Hautton, als ihm von seiner schwedischen Abstammung mitgegeben wurde. Den Daumen-hoch schickt er ständig, sodass ich oft das Gefühl habe, mit einem Körperteil zu kommunizieren statt mit einem echten Menschen. *Soll ich eine Geburtstagskarte für Oma bestellen?* Daumen hoch. *Ich wurde gerade befördert.* Daumen hoch. *Mein Haus brennt.* Daumen hoch. Unmöglich, diesem minimal gebräunten Daumen abzulesen, ob Dad sich über mein Kommen freut oder nicht, seine Reaktion wird also eine Überraschung sein. Mir wird nachgesagt, keine Überraschungen zu mögen, aber das ist nicht ganz zutreffend. Wie jeder mag ich gute Überraschungen. Es sind die bösen, die ich nicht leiden kann. Andere sagen einfach «shit happens» und machen weiter wie gehabt, aber ich kann das nicht: Böse Überraschungen werfen mich aus der Bahn. Nach sieben Jahren in London zurück nach Schweden fliegen zu müssen, fühlt sich an wie eine, allerdings kann ich mich nicht gegen den Gedanken wehren, dass man mich nicht so einfach von A nach B schieben könnte, wenn mein Plan die letzten Jahre über aufgegangen wäre.

Mein Blutzuckermessgerät piepst, weil es die Verbindung verloren hat, und ich schenke ihm einen wohlwollenden Blick. «Schon gut», sage ich. «Ich bin auch irgendwie verloren.»

Ich entdecke Dad sofort. Er wirkt, als fühle er sich unwohl, sieht gar ein bisschen nervös aus, wie er dem Strom der ankommenden Passagiere entgegenblickt, zu dem ich gehöre. Sobald er mich sieht, erscheint ein großes Lächeln auf seinem Gesicht, und er läuft auf mich zu. Er hat abgenommen, sieht aber gesund aus. Während er mich in eine feste Umarmung zieht und meinen Kopf an seine Brust drückt, denke ich an die unscheinbare 1 und lasse die Umarmung länger über mich ergehen, als mir sonst lieb wäre. Seine Jacke riecht nach Dad, was vermutlich bedeutet: nach frischer Luft, Olivenseife und billigem Aftershave.

«Du bist da. Wie war dein Flug?»

«Er hat mich hergebracht. Ich bin froh, hier zu sein, Dad.» Und in diesem Augenblick stimmt das. Dad *braucht* mich. Ein seltsames Gefühl überkommt mich, dass sich unsere Rollen vertauscht haben. Ich bin noch nicht ganz bereit dafür, dass mein Vater mich mehr braucht als ich ihn. Ich hätte erwartet, dass dieser Augenblick erst kommt, wenn ich sehr viel älter bin. Und weiser.

«Kaffee?» Er zeigt zu dem Flughafen-Starbucks.

«Nein danke, Dad. Ich hatte einen im Flieger.» Er sieht erleichtert aus. Mir einen Kaffee für fünfzig dänische Kronen anzubieten ist das eine, ihn tatsächlich zu kaufen etwas völlig anderes. Außerdem wollen wir beide diesen überfüllten Ort schnellstmöglich verlassen. Er lächelt und wuschelt mir durchs Haar. Als ich ein Kind war, war das akzeptabel, doch nicht mehr als Erwachsene, die sich mit Volumen, Kräuseln und all dem Kram herumschlägt, der bei, na ja, Frauenhaar unausweichlich ist. Schätze, ich könnte ihm sagen, dass er es lassen soll, aber irgendwie mag ich das Haarwuschelritual, und wahrscheinlich würde er es sowieso weiterhin tun. Mein Vater tut, was mein Vater tun will. Ein Teil von mir kann nicht glauben, dass Mum und Saga mit dieser Idee durchgekommen sind und ihn dazu überreden konnten, die Zügel jemand anderem zu übergeben. Alles muss immer nach Dads Nase gehen.

Sogar Sagas Hochzeit ist seinem Mikromanagement zum Opfer gefallen. Ein Geschenk. Hätte sie nicht ein Machtwort gesprochen, hätten sie in einem schwedischen mit Heuballen dekorierten Stall geheiratet, als wären sie Cowboys. Sogar zu stur, um seine Tochter ihre eigene Hochzeit planen zu lassen.

Ich folge ihm aus dem Flughafengebäude zu etwas, das aussieht wie der hintere Teil des Frachthangars. Im Gehen mustere ich ihn, denn wir haben uns schon seit Monaten nicht mehr gesehen. Er ist groß und stattlich und hat lange Arme und Beine, die beim Gehen schwingen, als müsse er das Gleichgewicht halten. Sein Rücken ist leicht gebeugt, vielleicht weil er sein Leben lang körperliche Arbeit verrichtet hat, und sein blondes Haar durchziehen weiße Strähnen, die bei einer jungen Frau aus der Fashionbranche stylish ausgesehen hätten. Ich sehe ihm nicht im Entferntesten ähnlich, anscheinend habe ich jedes bisschen DNA von meiner Mutter geerbt. Meine Schwester hingegen ist das blonde und blauäugige Ebenbild unseres Vaters. Als Saga und ich zusammen in unserer ersten Londoner Wohnung wohnten, fragten die Leute – gewöhnlich Männer – oft, ob ich bei der Geburt vertauscht wurde. Das ist natürlich Quatsch, schließlich binden sie einem diese Bänder ums Handgelenk, obwohl ich meins am Fußgelenk hatte, weil ich so winzig war. *Nilsson 26. Juni 1996*, stand darauf und ein *w* für weiblich. Ich bewahre es in einer Kiste mit Erinnerungsstücken auf, gleich neben den Glückwunschkarten von all meinen Geburtstagen.

Wir haben das Ende des Parkplatzes fast erreicht, und langsam frage ich mich, wo sein Auto steht.

«Sind gleich da», sagt er und nickt Richtung Hangar.

Ich seufze, danke mir innerlich, dass ich mich diesen Morgen für einen Kapuzenpulli entschieden habe, und ziehe mir die Kapuze über den Kopf, um meine Haare vor dem Regen zu schützen, der kein echter Regen ist, wie ich ihn aus England gewohnt bin, sondern eher wie dieser Nebel, der in Strandbars versprüht wird, um einen abzukühlen, während man an seiner Margarita nippt. Mit dem Unterschied, dass die Tröpfchen hier eiskalt sind und ich keinen Drink in der Hand halte. Es gab einen Grund, weshalb ich meine Heimat verlassen habe.

Ehrlich gesagt gab es viele Gründe.

Vor uns erstreckt sich der Öresund. Ich presse die Stirn gegen die Fensterscheibe des Transporters, als wäre ich ein kleines Mädchen. Wie lustig, denke ich, dass unsere Körper nie vergessen und wir bloß in der Nähe einer unserer Eltern sein müssen, um wieder in alte Muster zu verfallen.

Die Brücke, die Dänemark mit Schweden verbindet, taucht vor uns auf, und ich fühle mich, als hätte man mich ausgeschnitten und in einen skandinavischen Noir-Roman oder eine Episode von *Die Brücke* versetzt. Mein Teil von Schweden ist berühmt für Kriminalgeschichten. Wer weiß, vielleicht ermorde ich selbst mal jemanden, wenn ich jeden Morgen in dieser farblosen Landschaft mit ihrem niemals sich lichtenden Nebel aufwache. Mir ist es egal, wenn meine Kleidung eintönig ist, aber die Landschaft? Ich mache mir eine gedankliche Notiz: *Versuche, keine Serienmörderin zu werden. Die Gegend hier scheint das hervorzurufen.*

Als wir in den Tunnel fahren, der unter der Brücke und der Ostsee verläuft, halte ich den Atem an und zähle die Sekunden, bis wir auf der anderen Seite auftauchen und ich wieder Luft holen kann. Ich halte oft den Atem an. Bei jedem Tunnel, dessen Länge es erlaubt, bei jedem Fußgängerübergang, zwischen Laternenpfosten, über die Länge von Feldern hinweg, während einer Umarmung.

Sobald wir Schweden erreicht und Malmö hinter uns gelassen haben, messe ich die Zeit, um eine ungefähre Vorstellung davon zu bekommen, wie weit ich von der Zivilisation entfernt sein werde. Das Unternehmen meines Vaters ist angesehen und hat Kunden in dem weitläufigen Gebiet zwischen Malmö und Ystad an der Südküste. Seine Flotte von vier Firmentransportern ist täglich stundenlang auf den Straßen unterwegs. Wenn der Himmel grau ist, ist der Rest von Skåne in jedem Fall braun. Braun wie Matsch. Kein goldener Matsch, sondern eher von einer dunklen, graustichigen Schattierung wie Eisen.

«Du kennst dich ja aus. Ich bringe die restlichen Taschen mit rein, wenn ich geparkt habe», sagt Dad, als wir vor einem weißen Holzzaun, der einen Garten umschließt, zum Stehen kommen. Das weiße Haus sieht aus wie immer, wenn ich hierher zurückkomme, nur dass es vielleicht einen neuen Anstrich bekommen hat. Früher gehörte es zu einer Farm mit mehreren Hektar Land, aber meine Eltern kauften nur das frei stehende Haus und überließen dem Bauern den Rest. Sie hatten einen Traum vom Landidyll. Wenn ich jetzt das einfache Haus mit dem Stall betrachte, der zu einer Garage und einem Büro umgebaut wurde, inmitten von gepflügten braunen Feldern, habe ich Zweifel, ob sie ihr Idyll gefunden haben. Jetzt werfe ich einen Blick zu der schwarzen Tür, hinter der das Büro liegt, nur ein paar Schritte über den Rasen und den geschotterten Parkplatz vom Haus entfernt, und halb erwarte ich, dass sie mir zur Begrüßung zuwinkt.

Das Haus ist leer, eine seltsame Erfahrung. Natürlich wohnt Dad hier, aber er ist niemand, der ein Haus mit seiner Präsenz füllt. Das Innere, vor allem die Küchenschubladen, die ich aufs Geratewohl herausziehe, ist ein Museum meiner Kindheit. Was toll wäre, wenn meine Eltern teure Antiquitäten besäßen statt der nicht zusammenpassenden Löffel und verdächtig aussehenden Likörflaschen, die sie aus Spanien und Portugal mitgebracht haben und auf denen steht: *Ein Geschenk von Tante Lynn*. Das Waffeleisen erkenne ich wieder, die Ofenhandschuhe, sogar die Pfannenheber. Dad hat behalten, was Mum nicht mitgenommen hat, da ist er oldschool: *Warum etwas ersetzen, das gut funktioniert?* Dinge auszutauschen, um mit der Mode zu gehen, oder die Inneneinrichtung zu erneuern sind für ihn fremde Konzepte. Was er und Mum gemein hatten, bleibt uns allen ein Rätsel, sie beide inbegriffen.

Mein Zimmer ist vollgestopft mit Kisten und zwischengelagerten Gegenständen, daher beziehe ich Sagas altes Zimmer. Das Licht darin ändert sich mit der Jahreszeit: Wenn es draußen hell ist, fallen die Sonnenstrahlen durch zwei Fenster auf den Holzboden, und der Raum ist hell und freundlich, aber wenn es dunkel ist, na ja … Saga ist wegen der Schatten an der Wand immer zu mir ins Zimmer gekommen und hat sich neben mich gelegt, dicht, aber ohne mich zu berühren, ohne ein Wort zu sagen. Ich wusste, dass sie Angst vor diesen Schatten hatte, daher versuchte ich, sie mit Fakten zu trösten: «Ein Geist ist nur eine diffuse, flüchtige Form einer Person und kann keinen Schaden anrichten. Du solltest keine Angst vor den Toten haben, sondern vor den Lebenden.» Ich war nie sicher, ob es den gewünschten Effekt hatte.

Ich wühle im obersten Fach eines Einbauschranks herum. Schlage den ersten Band von *Harry Potter* auf. Auf der vergilbten Seite steht: *Für Saga zu Weihnachten 2002.* Als Nächstes nehme ich eine alte Barbiepuppe zur Hand. Angezogen mit Jeans und bauchfreiem Oberteil liegt sie da, als wäre sie Dornröschen und hätte all die Jahre auf unsere Rückkehr gewartet. Ich habe Barbies geliebt. Es geliebt, ihre Häuser zu dekorieren, sie anzuziehen, sie in den verschiedensten Positionen und Grüppchen hinzusetzen, als führten sie ein viel beschäftigtes Leben. Die Kinder spielten, die Erwachsenen unterhielten sich, wie es alle Erwachsenen tun. «Nicht anfassen!», sagte ich immer zu Saga. «Wo ist der Sinn, wenn wir sie nicht anfassen dürfen?», grummelte sie. «Ich muss erst alles fürs Spiel vorbereiten.» – «Ist es jetzt fertig?» Mehr ungeduldiges Grummeln. «Jetzt? Komm schon, Klara!» Aber es musste perfekt sein. Das Spielen war mir gar nicht mal wichtig: Es war die Vorbereitung, die ich liebte. Alles zu planen.

Ich streiche Barbies langes blondes Haar glatt und lege sie zurück, damit sie weiterschlafen kann. Die *Harry-Potter*-Bücher, einige CDs und eine Pferdefigur werden weggeräumt und in einer Schublade verstaut, um Platz zu schaffen für die von mir mitgebrachten Dinge. Nach Wichtigkeit geordnet sind das ein Foto meiner Familie bei einem Urlaub vor zehn Jahren, ein Laptop, meine Lieblingsduftkerze (Moschus-Vanille) und mein Täschchen voll Kundenkarten. Ich besitze nur Kundenkarten aus England, keine schwedischen, was mir ein komisches diffuses Gefühl gibt. Am Kofferboden angekommen, zögere ich und lasse den restlichen Inhalt – zwei Bücher über skandinavische Architektur – drin liegen und schließe den Koffer. *Die werde ich nicht brauchen. Ich hab sie noch nie gebraucht. Wem will ich etwas vormachen?*

Das Zimmer müsste sich vertraut anfühlen, weil dies das Haus ist, in dem ich meine Kindheit verbracht habe. Nach einem Urlaub oder einer Übernachtung bei Freunden nach Hause zu kommen, hat mich immer mit Erleichterung erfüllt. Es war mir egal, dass ich keinen Fernseher im Zimmer, keine rosa gestrichenen Wände oder kein Doppelbett hatte. Es roch nach Zuhause. Es riecht immer noch gleich, aber es ist nicht zu Hause. Verwirrend. Zu Hause ist jetzt mein Zimmer in Alice' Wohnung, ein fast perfektes Quadrat mit weißen Wänden und einem Doppelbett, eingebautem Kleiderschrank und einem Fenster ohne Aussicht (das Zimmer liegt im Souterrain, und alles, was ich sehe, ist eine moosbedeckte Wand).

Umziehen sei eine einfache Möglichkeit, neue Freunde zu finden, sagte Google.

Ich bin losgezogen und habe Zimmer besichtigt, habe mir jedes Mal Zeit genommen, den Duschvorhang und die Garderobe zu inspizieren, dabei habe ich in Wirklichkeit die potenzielle Mitbewohnerin unter die Lupe genommen. Alice hat nur wenige Gesichtsausdrücke, genau genommen drei. In Reihenfolge der am meisten benutzten wären das: lautes Lachen, freundliches Lächeln und ein neutral ruhendes Gesicht. Wenn ich da bin, benutzt sie die ersten beiden Ausdrücke; daher weiß ich, dass wir Freundinnen sind. Ich fragte sie, ob sie im Haus mit Schuhen, Socken oder barfuß herumläuft, und ihre Antwort war: «Barfuß, weil die Haut doch atmen muss, oder?» Den ganzen Tag Socken zu tragen, erinnere sie an alte Männer mit Fußpilz. Das war vielversprechend. Noch an Ort und Stelle bezahlte ich meine Kaution. Das Gute daran, in 243A Munster Road SW6 zu wohnen, ist, dass ich meinen Kaffee bei La Bottega holen kann, wenn mir nach einem Plausch zumute ist, und bei Starbucks, wenn ich lieber bloß meinen Namen für den Becher murmeln will.

Ich möchte in keine größere Wohnung ziehen. Das bedeutet so viel Platz, der gefüllt werden will, und ich kann lediglich daran denken, wie viel Zeit es kosten muss, alles sauber zu machen. Mein Chef hat mich mal verwarnt, weil ich einem Kunden auf YourMove, der nach einer Villa mit acht Zimmern suchte (*kein Landhaus*: so etwas würden nur reiche Leute sagen, die bescheiden rüberkommen wollen), sagte, das sei eine schlechte Idee. «Überlegen Sie vielleicht besser noch mal, ob Sie wirklich in eine große Immobilie investieren wollen», sagte ich zu dem Kunden. «Es ist eine Menge Extraaufwand für Instandhaltung, Pflege und Reinigung, alles zusätzliche Belastungen.»

«Sie sollten sich besser noch mal überlegen, ob Sie Kunden davon abbringen wollen, Häuser über unsere Website zu kaufen», sagte mein Chef. Dann hat er mich zwei Tage zwangsbeurlaubt.

Ich lege mich auf das Einzelbett und starre an die weiße Zimmerdecke, unsicher, was ich als Nächstes tun soll, bis ich Dad durch die Haustür kommen höre.

ALEX

PERSÖNLICHER KALENDER
Neue Aufgabe: Test. Wer nutzt solche Kalender überhaupt? Schätze, es funktioniert ... Schätze, Leute, die arbeiten gehen, benutzen sie ...
Neue Aufgabe: Mich mit Dan treffen (tun wir einfach so, als sei es ein «Treffen» und kein von Bier befeuertes Rumgejammer)
Neue Aufgabe: Vier Stellenangebote vom Jobcenter lesen (und wegwerfen)

Die Müllabfuhr weckt mich um 5:14 Uhr aus einem wirren Traum, den ich sofort vergesse. Abgesehen davon hab ich letzte Nacht gut geschlafen. So was sagt natürlich nie jemand: Wir reden nur dann über unseren Schlaf, wenn er schlecht war; an Gutem oder Neutralem sind wir nicht interessiert. Schlaf ist so verzerrt wie Google-Bewertungen.

Die Außenwelt dringt durch die einfach verglasten Fenster in meine Wohnung. Sie ist klein, hat ein Schlafzimmer und einen offenen Wohnbereich und liegt in dem belebten Viertel Möllevången mit seinem Markt voller Mangos und Kochbananen, den Cafés und veganen Szenelokalen. Allein bin ich nie, zum Glück; die bunte Mischung aus Sprachen und Gesichtern hüllt mich in eine Blase der Zugehörigkeit. Ich muss mich nur hinauswagen, um an die Welt um mich herum erinnert zu werden.

Beschließe aufzustehen und den Tag mit einem Espresso zu beginnen. Habe darüber nachgedacht, *Espresso trinken* in meinen Kalender einzutragen, damit ich heute nur noch zwei Dinge zu erledigen habe, mich jedoch dagegen entschieden. Ich muss den ersten Schritt des Wiederaufbauprogramms, wenn man es so nennen kann, ernst nehmen. Der Stapel Rechnungen auf der Frühstückstheke, dem einzigen Tisch, den ich habe und immer dann benutze, wenn es unangemessen ist, auf dem Sofa zu essen, muss in Angriff genommen werden, also fange ich an, ihn durchzusehen. Papierlos ist mir lieber; weniger aufdringlich und einfacher zu ignorieren, wenn sich die Schreiben in irgendeiner Cloud oder einem überfüllten Postfach befinden. Aber es sind nicht meine Rechnungen. Der erste Brief ist eine Erinnerung, dass die Leasingzahlungen für das Auto im Verzug sind. Das zu ignorieren wird immer schwieriger. Der alte Alex würde sich dem Ganzen einfach stellen, sich einen Job suchen und ranklotzen. Aber ich bin nicht mehr der alte Alex. Beweis: Der alte Alex würde an einem Samstagmorgen irgendwo Paddleball spielen. Und der alte Alex würde mit Sicherheit keinen Ring tragen, der ihm nicht gehört. Dans Antwort, als ich ihn fragte, ob ich ihn behalten könne, habe ich immer noch im Ohr.

«Ich hab selbst einen am Finger, oder nicht? Das ist meiner, der, den Calle mir angesteckt hat. Er war dein Bruder. Wenn du irgendwas willst, das ihm gehört hat, ist es deins.»

Der neue Alex ist ein Scheißkerl, ich mag ihn und seine Art nicht. Würde diesem neuen Alex nicht mal dann eine Stelle geben, wenn er der letzte Mensch auf Erden wäre, daher erspare ich dem Arbeitgeber die Mühe, ihn überhaupt zum Vorstellungsgespräch einzuladen. Und meinen Freunden erspare ich die Mühe, sich mit ihm zu treffen, und der Dusche erspare ich die Freude seines Anblicks. Mir kommt ein Gedanke, der mir ganz und gar nicht gefällt: Was würde mein Bruder von dem neuen Alex halten?

Als ich vom Parkplatz laufe, vibriert mein Handy mit einer Kalendererinnerung. Seltsam befriedigend, dem Zeitplan voraus und bereits vor Ort zu sein. Das Areal ist menschenleer, abgesehen von ein paar Leuten, die mit ihrem Hund spazieren gehen, und Radfahrern: Dem eiskalten Ostseewind stellt man sich nur, wenn man muss. Vor mir ragt das weiß-graue Gebäude namens Turning Torso in den Himmel, ein in sich verdrehtes Hochhaus mit vierundfünfzig Stockwerken vor dem Hintergrund des offenen Meeres. Es erinnert mich an ein Twister-Eis, das die Farbe verloren hat. Das Hochhaus steht am Stadtrand, ist aber trotzdem fußläufig vom Zentrum zu erreichen und bietet als eines der wenigen Gebäude in Malmö ultramoderne Luxuswohnungen.

Der Concierge nickt mir grüßend zu. Ich fühle mich immer komisch dabei, den Gruß zu erwidern, und weiß nie, wie breit mein Lächeln sein sollte. Personal und schicke Marmorböden bin ich nicht gewohnt. Mama und Papa bedanken sich jedes Mal bei ihm, wenn sie zu Besuch kommen, und machen Small Talk. Ihnen geht einfach nicht in den Kopf, dass er für seine Anwesenheit bezahlt wird, und sie benehmen sich, als wäre es sein Haus, das sie gnädigerweise betreten dürfen.

Habe das dumpfe Gefühl, beobachtet zu werden, als ich zum Aufzug gehe und auf den Knopf für den zweiunddreißigsten Stock drücke. Mein Finger hinterlässt einen Fleck auf dem glänzenden Stahl, der mehrmals am Tag poliert werden muss, um diesen Glanz zu bewahren. Mit meinem Jackenärmel wische ich darüber, als hätte ich etwas Schlimmes getan. Als ich aus dem Aufzug steige, klopfe oder klingle ich gar nicht erst, sondern schiebe einfach meinen – *seinen* – Schlüssel ins Schloss der schweren Stahltür und drücke sie auf. Fast ist es, als wäre ich er geworden.

Dan sitzt mit einem Bier auf der Couch und hat die weich aussehenden pedikürten Füße auf dem Polster ausgestreckt. Ein Bier trinkt man am besten mit einem Lachen oder mit nachdenklichem Blick, und Dan und ich sind Meister in Letzterem. Was gibt es auch zu lachen?

Lasse den Briefstapel, den ich mitgebracht habe, auf den runden Marmorkaffeetisch fallen, behalte aber einen in der Hand als Untersetzer für die Bierflasche, die ich mir in der Küche holen gehe. Dan hilft mir jetzt schon seit Monaten bei der Lebensführung, dem Bezahlen von Rechnungen und dem Aufsetzen von Briefen. Er ist viel zu gutherzig zu mir; ich habe das gar nicht verdient. Manchmal wünschte ich, er würde mich anschreien, statt für mich den Sekretär zu spielen.

Der Kühlschrank verströmt keinerlei Geruch, als ich ihn öffne. Ketchup, saure Gurken, Senf und Heineken. Eine Teriyaki-Marinade und ein Würfel frische Hefe, die inzwischen schlecht sein dürfte. Ich schließe die Tür. Gibt es etwas Deprimierenderes als einen Kühlschrank ohne Essen? Ohne Menschen, die er ernähren muss?

Dan rutscht mit den Beinen zur Seite, um mir Platz zu machen.

«Irgendwann muss ich diese Wohnung verkaufen. Wir können nicht ewig eine Millionen-Immobilie als unseren Man Cave benutzen», sagt er. Wir haben beide unsere Überlebensstrategie gefunden – hierherzukommen war seine.

«Ich weiß.» Ob es harmlos war, auch dieses dritte Andenken zu behalten, habe ich Dr. Hadid nicht gefragt. Ich fühle mich schuldig, weil ich derjenige bin, der sich schwertut. Dan geht mit der Sache besser um als ich, obwohl er jedes Recht, sogar mehr Recht hat, am Boden zerstört zu sein. Hat sich zwei Wochen von der Arbeit freistellen lassen, viereinhalb Kilo abgenommen und eine Menge Tränen vergossen und ist funktionsfähig am anderen Ende wieder aufgetaucht. Keine Wut, keine Verbitterung. Nur diese permanente Traurigkeit in seinen Augen. Wie ein unschöner Dehnungsstreifen auf der Haut. Aber andererseits war auch nicht er derjenige, der sich weigerte, Calle an jenem Abend nach Hause zu fahren. Anscheinend ist Trauerbewältigung ohne Schuldgefühle sehr viel einfacher.

«Ich überlege, vorher ein paar Änderungen vorzunehmen. Die meisten Menschen wollen mehrere Räume, nicht nur einen großen offenen Wohnraum. Das würde den Preis hochbringen, und die Wohnung würde sich schneller verkaufen. Ich habe das Gefühl, Calle fände es nicht gut, wenn ich sie billig verkaufe, nur damit irgendjemand anderes alles verändern kann.» Aber ich mag den riesigen und nur karg möblierten Raum: eine Couch, grau wie das Wintermeer. Ein großer Teppich auf dem Holzboden und ein Esstisch neben der Frühstückstheke. Alles ist versteckt – nur Schubläden und Schränke, selbst die Schale für die Schlüssel und den Kleinkram, die sich normalerweise neben jeder Eingangstür findet, fehlt. Die Wohnung würde es in jedes Innendesignmagazin schaffen. Calle hatte Talent.

Erinnerungen kommen hoch, wie wir früher Aufgaben tauschten.

«Ich habe aufgeräumt, gelüftet und dein Zimmer neu dekoriert, während du weg warst. Jetzt bist du dran, mein CD-Regal fertig zu machen», sagte Calle immer mit ernstem Verhandlungsgesicht.

«Warum riecht es hier nach Vanille?» Ich schnüffelte argwöhnisch.

«Weil ich ein paar Vanilleschoten klein gestampft und sie mit Zimt gemischt habe. Dein Zimmer hat nach dreckigem Bettzeug gerochen, bevor ich es mir vorgeknöpft habe, Alex.»

«Ich bin dreizehn, Mann. Was interessiert es mich, wonach es riecht?»

«Das bedeutet nicht, dass dein Zimmer nicht gut riechen darf.»

Ich baute ihm Holzautos, dann CD-Regale, dann glatt polierte Holzkistchen für seine Uhren. Im Gegenzug räumte er mein Zimmer auf und ließ es nach Vanille duften.

Ich nehme den weiten Himmel und das wilde Meer in mir auf. Auf der anderen Seite des Meeresarms, den in der Ferne ein paar Frachtcontainer und eine Passagierfähre überqueren, ist Kopenhagen zu erkennen. Ich stehe auf dem Gipfel der Welt und habe reichlich Luft zum Atmen. Falls das Hochhaus im Wind schwankt, dann so sanft, dass wir es nicht bemerken. Wenn es mein Zuhause wäre, würde ich wahrscheinlich hier auf der Couch einschlafen.

«Gibt's irgendwas Neues?», frage ich. Die Menge an Beschissenem, auf das ich momentan warte, ist endlos. Wenn man jung ist, hält man es für Folter, auf etwas Gutes zu warten. Das Ende des Schultags: Jede Minute kriecht dahin, als hätte sie ein Loch. Abendessen mit Erwachsenen: Wie kann es bitte *noch einen* Gang vor dem Dessert geben? Und Weihnachten – na, was glaubt ihr wohl, warum diese Schokoladenkalender erfunden wurden? Wenn man erwachsen wird und auf eine beschissene Katastrophe warten muss, sieht man seine gesamte Kindheit in einem völlig anderen Licht, und plötzlich erscheint sie einem wie das reinste Idyll.

Wir haben uns die Akten der polizeilichen Ermittlung durchgelesen, die Zeugenaussagen und den Obduktionsbericht (fünfte Fassung), uns wurde ein Staatsanwalt an die Seite gestellt, und wir haben zugehört, als das vorläufige Urteil gesprochen wurde. Alle Juristen sprechen gleich. «Es ist unmöglich vorherzusagen. Wir können nicht sicher sein. Ich würde empfehlen, dieses Dokument beizufügen, um die Chance zu erhöhen.» Für Fachleute, die mit Fakten arbeiten, sie aufbereiten, analysieren und präsentieren, sind sie ein unglaublich vages Völkchen.

«Ich wollte es dir gerade erzählen, Alex. Ich habe heute Morgen mit dem Staatsanwalt gesprochen. Der Termin für die Gerichtsverhandlung wurde festgesetzt. Zweiundzwanzigster April.» Bis dahin sind es noch Monate, aber immerhin endlich ein Termin. Das bedeutet, dass ich mich verdammt noch mal beeilen und bereit sein muss. An meiner Wirbelsäule kribbelt es seltsam. Schlimm seltsam, glaube ich.

«Also in siebenundsiebzig Tagen», sage ich sofort.

«Ich vergesse immer, wie gut du in Mathe bist.»

Meine Augen tun weh, und ich spüre Dans Blick auf mir.

«Bist du in letzter Zeit gefahren?», fragt er. Er ist der Einzige, der weiß, was ich nachts tue. Womit ich nicht aufhören kann.

«Vielleicht.» Er sagt mir nicht, dass ich ein Schwachkopf bin, weil er tief drinnen versteht, warum ich es tue, woher es kommt, dieses dringende Bedürfnis. Wenn man etwas aus Liebe tut, zählt es nicht, oder? Selbst wenn es verrückt ist.

Es gibt eine Person, die wir finden müssen, die Informationen hat, die wir brauchen, und niemand sonst sucht nach ihr.

Zweiundzwanzigster April. Mir wurde gerade eine Deadline gesetzt.

KLARA

Google: Wie fährt man einen Transporter mit Schaltung?

Mir steigt Kaffeegeruch in die Nase, als ich die Treppe hinunterlaufe, jede Stufe knarzt in einem anderen Ton, was mich an ein nicht gestimmtes Klavier erinnert. Ich gieße mir eine Tasse ein und fülle eine Schale mit Katzenfutter, das ich unter der Spüle finde. Ich versuche, mich daran zu erinnern, wie viele Katzen mein Vater zurzeit hat und wie sie heißen. Als wir vier Babykatzen von einem Nachbarn adoptierten, da war ich noch ein Teenager, überlegten wir uns als Namen Dinge, von denen es vier gibt. Die Jahreszeiten, die Elemente, die Himmelsrichtungen. Ich weiß noch, dass ich die vier Aggregatzustände vorschlug, aber aus irgendeinem Grund haben die anderen gegen *Fest*, *Flüssig*, *Gas* und *Plasma* gestimmt.

Ziemlich sicher, dass der rotfarbige Kater, der jetzt in die Küche stolziert kommt, Björn ist, und der schwarze, der ihm unauffällig folgt, ist Benny. Gestern im Garten habe ich eine schüchterne Dritte entdeckt. Das müsste dann Agnetha oder Frida gewesen sein. Das letzte ABBA-Mitglied ist vor ein paar Jahren in den Wald abgehauen. Benny versucht, Björn aus dem Weg zu drängen, aber der faucht und zeigt seine spitzen gelben Zähne. Benny lässt sich einen Meter entfernt nieder und guckt traurig zu, wie sein Fressen verschwindet.

«The winner takes it all», sage ich mitleidig zu ihm, bevor ich eine zweite Schüssel hervorhole und sie ihm über den Boden zuschiebe.

Es kommt mir vor, als wäre ich wieder siebzehn und würde für meine bevorstehende Fahrprüfung lernen. Meine Hand hält den Schaltknüppel fest umklammert, und die meines Vaters schwebt angstvoll über ihr. Seine Knöchel sind weiß, und seine Hand zittert. Wenn man bedenkt, dass ich die Prüfung erst im dritten Anlauf bestanden habe, kann ich seine Besorgnis verstehen.

«Ich habe alles unter Kontrolle.»

«Du wärst fast gegen die Mülltonne gefahren!»

«Die steht nicht da, wo sie gestern stand. Woher soll ich denn wissen, wo sie ist, wenn sie ständig woanders steht?»

«Also ist die Mülltonne schuld, dass du sie beim Zurücksetzen fast erwischt hast? Ich glaube nicht, dass das vor Gericht Bestand hätte.»

«Es fühlt sich an, als würde man einen Traktor fahren.»

«Wenn es ein Traktor wäre, wären wir wenigstens auf einem Feld, und du würdest langsam fahren, nicht auf der offenen Straße zusammen mit – Gott steh uns bei – anderen Fahrzeugen.»

Ich bin eine gute Fahrerin, bin ich wirklich. Sogar in London kann ich fahren, und manchmal nutzen Alice und ich Carsharing. Ihre Aufgabe ist es, Snacks mitzubringen (bei Roadtrips geht es hauptsächlich um Snacks und schnulzige, zu voller Lautstärke aufgedrehte Radiolieder), und ich bin normalerweise die Fahrerin. Die Route suche ich mir im Vorfeld heraus und fahre sie im Kopf ab, während ich dusche: *Visualisierung* heißt das. Links auf die North End Road abbiegen, sage ich dann in Gedanken zu mir selbst. Das Problem mit Schweden ist, dass die Landstraßen hier nicht normal sind, sie haben keine Beschilderung. Sie führen dahin und enden an gefühlt beliebigen Stellen, sodass ich nicht zu mir sagen kann: «Rechts abbiegen auf Kensington High Street», was mir ein Gefühl von Verlorenheit gibt.

Außerdem ist das hier kein Auto, sondern ein Monstrum. Ziemlich ähnlich wie die Autos, die ich als Kind gemalt habe. Ein großes weißes kastenförmiges Monstrum von einem Transporter, den ich irgendwie lernen muss zu fahren, bevor ich meinen Vater morgen das erste Mal zur Arbeit begleite.

Wir fahren jetzt schon seit einer halben Stunde die Schotterstraße vor dem Haus hoch und runter, haben Einparken und Zurücksetzen geübt. Wie gestern nieselt es leicht, und der Himmel sieht hormongeladen aus, unberechenbar dunkel mit dahintreibenden Wolken.

«Versuch dich einfach zu entspannen. Bleib ruhig», sagt Dad und bereitet sich auf den nächsten Einparkversuch vor. Gab es in der Geschichte der Menschheit jemals eine Person, die sich beruhigt hat, weil sie dazu aufgefordert wurde? Ich denke nicht.

Erneut setze ich zurück und hätte diesmal um Haaresbreite einen Blumentopf mitgenommen.

«Ich brauche eine Pause.»

«Grundgütiger, ich auch.»

Wir sitzen am Küchentisch, poliertes helles Holz und Blumenuntersetzer für unsere Kaffeetassen und Kuchenstücke. Kaffee in Schweden ist das Pendant zu Tee in England: Wir trinken ihn morgens, vormittags, nachmittags, spätnachmittags und, wer nicht an Schlaflosigkeit leidet, nach dem Abendessen. Ich nehme einen großen Schluck von dem wässrigen dunklen Gebräu, das unausweichlich kalt sein wird, bevor ich am Boden der randvollen Tasse angekommen bin.

Uns bleiben nur ein paar Tage, bis ich wie versprochen Dad als Geschäftsführer ersetze und sein erster Behandlungstag bevorsteht. Seine Krankenhaustasche ist gepackt, seine Musik downgeloadet, und ich habe ihm ein paar Trinkpäckchen mit Strohhalm untergeschoben, die gleichen, die ich bei Schulausflügen immer in meiner Brotdose hatte. Saga hat gelesen, dass es den durch die Strahlentherapie hervorgerufenen Schwindel reduzieren kann, wenn man Saft trinkt. Bisher hält sie ihr Versprechen zu helfen, schickt nützliche Informationen und Links, doch um die Website hat sie sich noch nicht gekümmert. Dad ist so bereit für seinen ersten Tag, wie er nur sein kann. Ich für meinen weniger. Ich versuche, das Gesicht eines verantwortungsbewussten Erwachsenen aufzusetzen.

«Wie sieht der Zeitplan aus?», frage ich.

«Diese Woche schaust du mir über die Schulter, und ab nächster Woche habe ich Montag bis Mittwoch Behandlung und bin dann den Rest der Woche zu Hause. Um mich *auszuruhen.*» Er sagt das, als sei es ein anzügliches Wort. Wie ich hat er ständig Hummeln im Hintern und mag es nicht, lange still zu sitzen.

«Ich fahre dich ins Krankenhaus und hole dich dann wieder ab», sage ich und spritze mir eine kleine Dosis Insulin, indem ich auf die klobigen Knöpfe meiner Pumpe drücke. Der Stress scheint seinen Tribut zu fordern. Seit meiner Ankunft ist mein Blutzuckerspiegel erhöht.

«Danke, aber ich komme schon klar. Du wirst genug zu tun haben, Klara. Dir ist es noch nicht bewusst, aber du wirst schwer beschäftigt sein und möglicherweise nicht die Zeit haben, mich herumzufahren. Mir wäre es lieber zu wissen, dass in der Firma alles unter Kontrolle ist. Ich kann mir ein Taxi rufen – die gibt es sogar hier, weißt du.» Ja, zu irrsinnigen Preisen und mit einer halben Stunde Verspätung, weil sie sich zwischen all den Feldern verfahren.

«Das verstehe ich. Ich gebe mein Bestes, wirklich. Wie wär's, wenn ich dich fahre, wann immer ich Zeit habe, und die übrigen Male akzeptiere ich, dass du dich selbst um dein Taxi kümmerst.» Ich weiß, dass ich Dad meine Hilfe nicht aufdrängen sollte. Auf seine Tochter angewiesen zu sein, ist eine größere mentale Herausforderung für ihn als die Krankheit selbst, das erkenne ich an der Art, wie er die Schultern verkrampft. Er ist der Fels in der

Brandung, den wir anrufen, wenn wir etwas vermasselt haben. Der uns den Arsch rettet, wenn wir bei einem Konzert in Shoreditch unser Portemonnaie verlieren und nicht nach Hause kommen, es sei denn, irgendjemand hinterlegt seine Kreditkarte auf einem Uber-Account (Saga), oder wenn die Spülmaschine kaputt ist und wir über FaceTime Hilfe bei der Fehlersuche brauchen (ich).

Langsam schwant mir auch, dass meine Arbeit hier mehr beinhaltet, als der Website einen neuen Anstrich zu verpassen, wie ich mir anfangs vorgemacht habe. Apropos Website ...

«Ich habe dem IT-Typ geschrieben, dass er meine E-Mail-Adresse hinzufügen soll, aber er hat noch nicht geantwortet», sage ich.

«Warum rufst du ihn nicht an?», fragt Dad.

«Ich habe ihm schon zweimal gemailt.» Ich klaube die Kekskrümel auf, indem ich mit dem Zeigefinger draufdrücke und neugierig nachsehe, wie viele an meiner Haut kleben bleiben, wenn ich den Finger wieder hebe.

«Dann ruf ihn einfach an. Hast du seine Nummer?», beharrt Dad.

«Ich schicke ihm morgen früh noch eine Mail.» Dad schüttelt den Kopf, als wäre ich ein besonders schwieriges Exemplar Mensch. Was ich, um ehrlich zu sein, möglicherweise auch bin.

«Du wirst dich daran gewöhnen müssen, Leute anzurufen. Eine Firma leitet man nicht über E-Mails.»

«Das ist doch gar nicht mal so dumm», sage ich. «Vielleicht bin ich da an etwas dran. Meine große Idee, mein großer Durchbruch. Das rein mit E-Mails geführte Unternehmen.»

«Die Leute hier sind altmodisch. Sie mögen gute alte Gespräche», sagt Dad und wechselt dann das Thema. «Wäre es in Ordnung, wenn ich mich jeden Donnerstag erkundige, wie es läuft? Ich kann die Kontrolle nicht komplett abgeben, und das dürfte während der Behandlung der Tag sein, an dem es mir am besten geht. Wir können uns ins Büro setzen, Terminpläne durchgehen und etwaige Probleme besprechen, die aufgelaufen sind. Prüfen, ob die gefahrenen Kilometer der Jungs stimmen und so weiter.»

Ach ja, ich erinnere mich: Alle Transporter wurden vor ungefähr einem Jahr mit Fahrtenschreibern ausgestattet, nachdem herauskam, dass einer der Angestellten seinen benutzte, um nebenbei einen Essenslieferservice zu betreiben.

«Dad. Donnerstag ist schon in drei Tagen.»

«Perfekt also.» Er nickt, als wäre das Thema nun für ihn beendet, und mir wird klar, dass sein Vorschlag nicht verhandelbar ist.

Seufzend nehme ich hin, dass er mir bei jeder sich bietenden Gelegenheit über die Schulter gucken wird.

«Okay. Bei den Kostenvoranschlägen brauche ich wahrscheinlich am meisten Hilfe. Ich habe mir überlegt, dass ich die Ortsbegehungen filme, dann können wir uns anschließend gemeinsam das Video ansehen, und du sagst mir, welche Kosten die Firma ansetzen soll.» Ich bemerke, dass ich von dem Unternehmen in der dritten Person spreche, statt zu sagen: welche Kosten *wir* ansetzen sollen. Ich will nicht, dass sich einer von uns beiden zu sehr an meine Anwesenheit hier gewöhnt. Falls Dad nervös ist, die Zügel aus der Hand zu geben, lässt er es sich zumindest nicht anmerken. Er streckt den Arm aus, lang wie ein Elefantenrüssel, um sich noch einen Keks zu nehmen; es muss schon sein fünfter sein. Es erstaunt mich immer wieder, wie viel er essen kann. Wenn er zum Abendessen eingeladen ist, hält er vorher an einer Tankstelle, um sich eine Tüte Chips zu kaufen, für den Fall, dass die Portionen zu klein sind.

«Ich habe vor einiger Zeit mal einen dieser Medien-Accounts für die Firma erstellt. Die Log-in-Daten sind im Ordner mit den Passwörtern.» Natürlich. Im Gegensatz zu mir, die ihre PINs auf irgendwelche Belege, Post-its oder das Handgelenk kritzelt (in der

Hoffnung, dass mir der Arm auf der Straße nicht von einem messerschwingenden Kriminellen abgehackt wird), hat mein Dad ein Ordnersystem wie ein gelernter Buchhalter.

«Du meinst für die *sozialen Medien*?»

«Ja. Komischer Name, oder? Auf ein Handy zu starren, ist alles andere als gutes *soziales* Verhalten.»

Da kann ich leider nicht mitgehen. Ich fühle mich unbeschreiblich einsam, seit meiner aktuellen unfreiwilligen Pause von Social Media. Ich meine, worüber soll ich auch posten? Meine einundsechzig Follower würden ganz schön staunen, wenn ich plötzlich Bilder von mir in grauer Bauarbeiterhose poste, wie ich in einem graubraunen Schweden einen Sack noch graueren Fugenmörtel schleppe. Ich zwinge mich aufzuhören, am Klebepflaster meiner Insulinpumpe zu knibbeln. An den Fingernägeln kauen ist eine bessere Angewohnheit. Mein Vater schiebt mir über den Tisch ein Blatt Papier zu.

«Hier. PINs und Passwörter für so gut wie alles. Firmenkreditkarte, Kundenkarten, für den PC und noch viel mehr.» Ich sehe sie mir an und runzle die Stirn.

«Das ist alles Sagas Geburtsdatum.»

«Leicht zu merken.»

«Wann ist mein Geburtstag?»

«Der … zweiundzwanzigste Juni?»

«Das ist Mamas. O mein Gott. Dad, wie kannst du meinen Geburtstag nicht wissen? War meine Geburt so unbedeutend, dass sich nicht mal mein eigener Vater an sie erinnert? Ich komme damit klar, dass ich nicht weltberühmt geworden bin, wie mein zehnjähriges Ich es sich immer ausgemalt hat, aber in meiner eigenen Familie unbekannt zu sein?»

«Klara, so ist das nicht. Ich kenne nur deshalb Sagas Geburtsdatum, weil es mein Passwort ist. Das erstgeborene Kind bekommt den Passwortvorteil, wenn das überhaupt ein Vorteil ist. Frag die

Eltern deiner Freunde. Ich bin sicher, die Daten von Erstgeborenen dominieren die Passwortwelt. Ein Hacker-Tipp für dich.»

Obwohl ich nicht überzeugt bin, drücke ich ein Auge zu.

«Lass mich alles noch mal durchgehen. Da wären Gunnar und Ram, die beide fürs Fliesen zuständig sind. Dann gibt es noch Mateusz, den Tischler. Rohrarbeiten und Elektrik lagern wir aus, sie senden uns eine Rechnung, und wir weisen den Betrag im Kostenvoranschlag für den Kunden aus.»

«Korrekt. Aber Gunnar, Ram und Mateusz sind alle in mehreren Bereichen ausgebildet und können nach Bedarf alle möglichen Arbeiten übernehmen. Kleine Teams müssen flexibel sein.» *Wunderbar.* Ich würde sagen, ich bin ein kleines Ein-Personen-Team und überhaupt nicht flexibel.

«Was halten sie eigentlich davon, dass ich plötzlich antanze?», frage ich. *Antanzen* finde ich besser als *auftauchen.* Auftauchen bedeutet, dass ich irgendwann auch wieder abtauche, während antanzen mehr nach Vorwärtsbewegung klingt. Der Gedanke, drei mir unbekannten Männern Anweisungen zu erteilen, macht mir Angst. Die Frage ist mir schon eine ganze Weile im Kopf herumgekreist, aber ich habe mich bisher nicht getraut, sie zu stellen. Dad zuckt nur mit den Schultern.

«Wir leben im 21. Jahrhundert, und du bist meine Tochter und sehr fähig. Sie werden dich vergöttern.» Er drückt meine Hand. «Und Klara, ich weiß, wann du Geburtstag hast. Am 26. Juni. Du kannst die Passwörter gerne ändern. Vielleicht ist es Zeit für neue.»

ALEX

PERSÖNLICHER KALENDER
Neues Ereignis: Termin beim Jobcenter
Neue Aufgabe: Geld auftreiben für die Leasingraten
(nicht Dan um Hilfe bitten)
Neue Aufgabe: Körperliche Betätigung (Spaziergang im
Viertel)

Wie immer bin ich vom Jobcenter völlig fasziniert. Die Eingangstür ist schwer, quietscht und bleibt auf halbem Weg an der Türmatte hängen. Als wäre sie für den Zweck entworfen worden, dass wir uns den Zutritt erarbeiten müssen, ein zusätzliches Hindernis auf dem Weg zum Arbeitslosengeld. Das ich dringend brauche. Der Wartebereich ist proppenvoll, und ich nicke in die Runde, als ich mich an die Wand lehne. Lieber sehe ich in den anderen Wartenden Kameraden als Konkurrenten. Stelle mir vor, dass uns allen das Wasser bis zum Hals steht und wir gemeinsam eine Art Rettungsversuch starten, bestehend aus gelangweilten Mitarbeitern und dicken Ordnern. Alle im selben Boot.

Heute habe ich einen Termin bei Susanne. Sie hat eine blonde Dauerwelle und erinnert mich an einen Popstar aus den Achtzigern. Vielleicht war sie mal einer: Die landen am Ende an genau solchen Orten. Hinter abgenutzten Holzschreibtischen auf einem Stuhl mit Nylonpolster kreuzen sie mit BIC-Kugelschreibern Kästchen an. Weit und breit keine Neonfarben.

«Was hat ein gut aussehender Mann wie Sie denn dieses Wochenende so gemacht?», fragt sie mich, als wäre ich eine Art Haustier oder Erstklässler. Was zur Hölle? Normalerweise lasse ich mich auf die Flirtversuche von Frauen mittleren Alters ein, aber ihr wisst schon, *Depressionen*.

«Ich habe Stellenangebote durchforstet.»

«Oh.» Sie sieht mich ungläubig an. Als wäre dies genau das, was sie von einer Arbeit suchenden Person nicht erwarten würde. Vielleicht durchschaut sie mich? Vielleicht sollte ich Susanne mehr Anerkennung zollen. Schließlich *könnte* ich ja eine Stelle finden. Wenn ich es wirklich wollte. Es fühlte sich an wie der richtige Schritt. Nachdem ich mich vier Monate lang habe krankschreiben lassen – im Wesentlichen, weil ich nicht mit dem plötzlichen Tod meines Bruders, meines besten Freundes, meiner absoluten Lieblingsperson klarkam –, fühlte es sich besser an, mich arbeitssuchend zu melden, als die Krankschreibung ewig zu erneuern. Hatte die besten Absichten. Es ist nur so: Wenn die E-Mails mit den Stellenausschreibungen eintrudeln und ich sie überfliege, zieht sich mir vor Stress der Unterleib zusammen, und es ist einfach leichter, die E-Mails zu löschen und mich mit den Susannes dieser Welt herumzuschlagen.

Eine Stunde später bin ich wieder zu Hause, und es ist so verdammt kalt und dunkel, dass ich mich tatsächlich mit einem Überwurf auf dem Sofa zusammenrolle. Wusste nicht mal, dass ich einen besitze, aber irgendwann muss mir irgendjemand diese hellblaue Strickdecke geschenkt haben. Meine Füße gucken heraus.

«Es ist nicht schlimm, sich schwerzutun, Alex», hat Dr. Hadid gesagt. Ich kann es nicht länger unterdrücken, heute wird nicht der erste Tag sein, oder? Ich öffne meinen E-Mail-Account, gehe auf Entwürfe und klicke auf eine Mail, die schon vierundvierzig Seiten lang ist. Schreibe schon seit fast sechs Monaten daran. Die Mail wird flankiert von zwei weiteren Entwürfen: einer Bitte, die Pausierung meiner Mitgliedschaft im Fitnessstudio aufzuheben, und dem Wechselantrag zu einem günstigeren Internetanbieter. Wer schreibt bitte E-Mails in dem Wissen, nie eine Antwort zu bekommen? Ich weiß, dass ich ein Loser bin, höre aber trotzdem nicht auf damit. Kann nicht aufhören.

In Entwürfe gespeichert

Mein Lieber,

entschuldige, wenn dich diese E-Mails langsam zu Tode langweilen (und eine zweite Entschuldigung für das Wortspiel – du und ich hatten echt immer den verrücktesten schwarzen Humor). Ich kann deinen Namen nicht aussprechen. Du bist nicht mehr da, deshalb weiß ich nicht, was dein Name sein sollte. Wenn es keinen Käse mehr auf der Welt gäbe, würden wir bestimmt nicht ständig Käse in unsere Sätze einbauen. Deinen Namen zu sagen, erinnert mich daran, dass es jetzt nur noch ein Name ist. Deine Person gehört nicht mehr dazu.

Jetzt schon die dritte Entschuldigung: Ich habe nichts Erfreuliches zu erzählen.

Der Ring steckt fest an meinem Finger. Der Ring, den ich nicht mal tragen sollte, weil er mir nicht gehört, richtig? Es wird jetzt wärmer, und er passt nicht mehr so gut. Bin nicht mal sicher, ob ich ihn noch ausziehen könnte. Wenn ich ihn hochschiebe, hinterlässt er eine Delle, wie eine Straßenkarte, und Blut schießt an die Stelle. Ich fühle mich dann jedes Mal ein bisschen befreit, als würde das Leben zurück in meinen Finger strömen. Und in mich. Dann schiebe ich den Ring wieder zurück, und ich bin in dieser Trauer gefangen. Aber ich frage mich, wenn ich ihn ausziehe, bist du dann weg? Wenn der Schmerz nicht mehr da ist, was bleibt mir dann noch? Nichts? Kein Name, kein Schmerz.

Das zu akzeptieren, bin ich noch nicht bereit.

Stunden später denke ich immer noch über die E-Mail nach. Nehme den Autoschlüssel vom Tisch, werfe meine Sweatjacke über, schließe den Reißverschluss und ziehe mir die Kapuze über den Kopf.

Zeit für eine Mitternachtsfahrt.

Im Auto. Scheißwütend. Wünschte, ich wäre es nicht, aber manchmal überkommt es mich einfach. Die Wut. Vielleicht wäre es einfacher, wenn ich wüsste, wen ich hassen soll. Wenn ich nicht einfach *jemanden* hasste. Aber irgendwie hat *jemand* es geschafft, einen Schutzstatus zu bekommen, obwohl wir hier in Schweden sind und nicht in Amerika. Keine Ahnung, wie so was geht, es sei denn, man ist selbst Richter. Habe bereits alle Richter in Lund überprüft. Klar. Aber jetzt gerade ist jemand nicht das Problem; er wird am zweiundzwanzigsten April da sein. Das Problem ist, wer *nicht* da sein wird.

Es gab einen Zeugenaufruf. Ein Mann hat sich gemeldet und ausgesagt, dass an der Straßenkreuzung eine zweite Person anwesend war. Eine Frau in einer roten Jacke und mit einem Hund an der Leine.

«Es tut mir leid, Dan. Alex, Herr und Frau Berg. Ohne die zweite Zeugin gibt es keine Aussicht auf eine Verurteilung. Es fehlen die entscheidenden Beweise. Ich würde Ihnen raten, sich damit abzufinden, dass Sie zwar Schadensersatz bekommen, die schwereren Anklagepunkte aber fallen gelassen werden.» Ihr könnt mich mal. Als ob ich die Anklage fallen lassen könnte wie einen Schlüssel. Nichts lasse ich fallen.

Eine Frau in einer roten Fleecejacke hat gesehen, was in jener Nacht passiert ist, und ich versuche schon seit Monaten, sie zu finden.

Meine Nikon liegt neben mir auf dem Sitz, meine letzten hundert Kronen stecken im Benzintank.

Der Regen lässt die Welt verschwimmen, bis sich die Scheibenwischer in Bewegung setzen. Es ist 0:53 Uhr, und vor genau sechs Monaten war jemand in einer roten Fleecejacke hier. Mir wird klar, wie krank es klingt, nach einer Person in einem Fleece zu suchen. Aber die Chance besteht, dass sie wiederauftaucht. Vielleicht wohnt sie in der Nähe, ist vielleicht zu einer bestimmten Uhrzeit von der Arbeit nach Hause gelaufen. Das war meine erste Hoffnung: dass sie noch mal auftaucht, mit ihrer roten Jacke und vielleicht einem Rucksack oder mit einem Hund im Schlepptau für eine abendliche Gassirunde, und dass ich hier parke und sie, na ja, *ausfindig mache.*

Als Wochen und Monate vergingen, entwickelte ich eine andere Theorie. Die Person könnte mit einem der älteren Anwohner verwandt sein. Alte Leute bekommen nicht oft Besuch, das weiß jeder. Wir Schweden sind nicht so wie Südeuropäer oder Familien aus dem Mittleren Osten, die ihre Eltern und Großeltern bei sich aufnehmen, wenn die ans Ende ihrer Unabhängigkeit stoßen. Der Staat ist unser Elternteil, und er kümmert sich um die ältere Bevölkerung, während wir unser Leben weiterleben. Meine Theorie ist natürlich Spekulation. Die Wahrheit ist, dass ich keine Ahnung habe, wer diese Frau ist. Keine Anhaltspunkte. Ich hasse es, das zuzugeben.

Ein großer Hund mit Geschirr kommt um die Ecke gelaufen. Sein Besitzer spricht lautstark ins Handy. Gestikuliert. «Hör zu, Phil, der Preis ist bereits am Boden ... Ja, ja, ich weiß ... ich WEISS.» Ich frage mich, ob es dem Hund etwas ausmacht. So wie es mir etwas ausmacht, wenn jemand beim Essen Textnachrichten schreibt. Es ist das Highlight seines Tages, draußen mit seinem Herrchen, der den ganzen Tag bei der Arbeit war, und er bekommt nicht dessen ungeteilte Aufmerksamkeit. Langsam fahre ich weiter und parke neben einer Ladebucht.

Es war kein Unfall. Das weiß ich, aber nur eine Person weiß

es *wirklich*. Meine Augen brennen; es ist, als könnte ich spüren, wie von Minute zu Minute mehr rote Blutäderchen zum Vorschein kommen. Malmö erwacht nach und nach, und die Menschen, die für die Morgenroutine der Stadt verantwortlich sind, kommen aus ihren Löchern. Straßenfeger und Zeitungslieferanten zusammen mit einer Familie mit Gepäck, die offenbar auf dem Weg zu einem schmerzhaft frühen Flug ist. Die beiden kleinen Jungs gähnen und halten beide ein Tablet in der Hand, während sie die Straße entlangtapsen. Noch mehr Hunde gehen mit ihren verschlafenen Besitzern Gassi. Schon bevor ich mit dem Fahren angefangen habe, kannte ich die Stadt gut, habe nie irgendwo anders gelebt. Mein Freund Paul ist fürs Studium nach Stockholm gezogen, aber ich bin hiergeblieben. War immer glücklich und zufrieden. Wer braucht Herausforderungen, wenn man ein gutes Leben hat?

Aus irgendeinem Grund ist es bereits 5:02 Uhr. Ich fahre an der Kathedrale vorbei, siebenhundert Jahre alt und majestätisch thront sie über der Universität, wo die Hälfte der Stadt entweder zu arbeiten oder zu studieren scheint. Die Kirchenfenster sind dunkel und schläfrig. Kurz frage ich mich, ob die Tür verschlossen ist. Kirchen sind doch eigentlich immer offen, oder nicht? Und dann frage ich mich, wie es sich anfühlen würde, allein in einem Gebäude aus dem 14. Jahrhundert zu sitzen.

Ich werde zehn Minuten bis nach Hause brauchen, auf die Autobahn und durchs Industriegebiet von Malmö mit dem IKEA und dem Indoorspielplatz. Abgesehen von ein paar LKWs werden die Straßen leer sein. Dass die Welt langsam erwacht, ist mein Stichwort, nach Hause zu fahren. Ich denke über die Tatsache nach, dass mich nach all diesen Monaten niemand wiederzuerkennen scheint. Ich sehe dieselben Menschen auf denselben Straßen, und doch hat niemand den blonden Typ in dem neuen BMW bemerkt, der an den Straßenecken parkt und nach Jacken Ausschau hält. Niemand hat an mein Autofenster geklopft und gesagt: «Hey,

Mann. Alles in Ordnung? Hab dich schon öfter hier gesehen.»
Nachts ist es einfach, unsichtbar zu sein: Das ist die Zeit, in der
die Menschen lieber ignorieren, wer und was genau vor ihrer Nase
ist. Ich bin wie ein Schatten, der sich durch die Stadt bewegt.

Für heute geht Schattenmann nach Hause.

KLARA

Google: Was ist meine Erkennungsmelodie?

Es ist 6:30 Uhr, meine neue Aufstehzeit. Wäre ich jetzt in London, würde ich faul in meinem Zimmer liegen und archivierte Nachrichten durchlesen, während in der Küche ein Kessel pfeift und Alice herumwuselt. Ich werfe kurz einen glücklichen Blick auf die Uhr und denke, dass ich zumindest ein Mal vor Saga auf den Beinen bin, als mein Handy pingt. Manchmal (*oft*, ehrlich gesagt) tue ich so, als wären die Blutzuckermeldungen Textnachrichten. Als würde jemand Spezielles an mich denken, bis mir wieder einfällt, dass ich genau keinen Freund habe. Es gab mal einen Mark, der auch bei YourMove arbeitete und den Alice als *Bad News* bezeichnete, obwohl das keinen Sinn ergibt, weil ich so gut wie nie Nachrichten von ihm bekommen habe, während wir zusammen waren, und er so nett war, mich abends zu Zweieinhalb-Gänge-Menüs einzuladen (Dessert haben wir immer geteilt).

Seit sechs Monaten und vierzehn Tagen bin ich Single. Die Länge des Zölibats gehört zu den Dingen, die von der Gesellschaft gern gezählt werden. Es gibt eine unausgesprochene Regel, was präzise Genauigkeit erfordert und was nicht. Alter eines Babys: vierundzwanzig Monate statt zwei Jahre. Auf die Frage «Kommst du oft hierher?» muss man hingegen nicht antworten: «Sechzehn Mal mit einer durchschnittlichen Besuchszeit von zwei Komma eins vier Stunden.» Dasselbe gilt an der Bushaltestelle. «Wartest du schon lange?» Ich denke dann: *Drei Minuten und sechsundvierzig Sekunden, und ob das lang oder kurz ist, hängt von deiner Definition ab*, beschließe aber zu sagen: «Nicht wirklich.»

Tief im Innern möchte ich natürlich Liebe finden. Möchte das nicht jeder? Zu Alice sagte ich mal: «Ich will keine alte Dame werden, die niemanden hat, der ihr den Deckel von den Einmachgläsern schraubt.» Alice antwortete: «Im Ernst, Einmachgläser aufzuschrauben ist der eine Vorteil, der dir bei dem Gedanken in den Sinn kommt, einen Mann zu haben? Du hast ja so recht, K!»

Wie sich herausstellt, steckt hinter der Nachricht diesmal Saga, die mich sogar beim Aufwachen übertrumpft. Tatsächlich ist meine gesamte Familie bereits hellwach und der Ansicht, diese Uhrzeit sei ein toller Zeitpunkt, den Gruppenchat zu befeuern.

Endlosschleife:

Saga: Harry ist ganze zwei Minuten später als sonst aufgewacht, obwohl er gestern zwei Stunden über seine übliche Schlafenszeit hinaus wach bleiben durfte. Schickt Hilfe. Oder Kaffee. Oder beides.

Mum: Oh Schätzchen, es ist ein schwieriges Alter. Hast du es schon mit den ätherischen Ölen probiert, die ich dir geschickt habe? Oder mit Schlafmusik? Meine Yogalehrerin schwört, dass ihre Zwillinge jede Nacht durchschlafen, seit sie ihnen eine halbe Stunde vor Bettzeit eine geführte Meditation gibt. Sie denkt darüber nach, sich die Methode unter dem Namen «Bettitation» patentieren zu lassen.

Dad: Zu meiner Zeit hat Whiskey gut geholfen. * Daumen hoch *

Saga: Harry ist nur dann in einem meditativen Zustand, wenn er irgendwelche Unboxing-Videos auf YouTube anguckt oder auf der Baustelle nebenan ein Bagger steht. Genug über mich – wie geht's dir, Daddy?

Dad: Ich fühle mich bestens, danke. Klara schlägt sich ganz gut.

Das nenne ich mal eine gewaltige Übertreibung, schließlich schaue ich Dad immer noch nur über die Schulter, aber ich nehme das Kompliment an. Wenn man bedenkt, dass mein einziger beruflicher Triumph darin besteht, eine durchschnittliche Antwortzeit im YourMove-Chat von achtzehn Sekunden zu schaffen, scheint eine Enttäuschung unausweichlich.

> Mum: Sieh zu, dass du viel Ruhe hältst und genug Grünes isst. Hände weg von Chips und Käse. Muss jetzt los, Bauernmarkt. Hab euch lieb, Mädchen x

Ja, Mum hat uns lieb. Ihr Liebe besteht aus Körperkontakt und Füttern. Während unserer Kindheit war unsere Beziehung geprägt von festen Umarmungen, sanften Streicheleinheiten und unseren Lieblingsmahlzeiten, die nach dem Rotationsprinzip zubereitet wurden – jeder bekam einen Wochentag. Meiner war Montag und Makkaroni, auf diese Weise war der Start in die Schulwoche zumindest ein bisschen erträglicher. Sagas war Dienstag und Fleischbällchen. Die restlichen Abende standen fest: Taco-Abend, Pizza-Abend und Suppen-Abend. Jetzt, wo wir körperlich getrennt sind, bemuttert sie uns stattdessen mit Fotos von Sonnenuntergängen, Ratschlägen für unser Wohlbefinden und indem sie uns an ihrem mit einem rosa Filter belegten Leben teilhaben lässt. Ich vermisse ihren warmen, mütterlichen Busen nicht, der ihre sich wehrenden Töchter verschluckt, die jedes Mal quietschen: «Mum, ich bekomme keine Luft!» Dads Umarmungen sind erträglich, ein schnelles Vorlehnen, sodass sich die Oberkörper berühren, und ein Rückenklopfer, als wären wir Kumpel.

Meistens hat die WhatsApp-Gruppe durchaus Vorteile für mich, da sie so etwas wie ein Gruppen-Support-Chat ist, der einem bei allem hilft, von häuslichen und technischen Problemen bis zu Schwierigkeiten im Liebesleben. Aber ich vermisse das Gefühl, *geliebt* zu werden. Wenn Mum doch nur einen Weg finden würde, mich aus der Ferne so zu lieben, wie ich es brauche.

Ich mag schriftliche Liebesbekundungen. Jemand, den ich gedatet habe, hat mir mal ein Emoji geschickt: einen zufrieden aussehenden und von Herzen umringten Smiley. Als ich ihn fragte, ob ich bitte die ausgeschriebene Version haben könne – «Ich bin zufrieden und völlig verknallt in dich» –, erschien eine ganze Weile das Wort *Schreibt ...* und dann nichts. Ich hätte gerne ein sanftes «Ich liebe dich» als Textnachricht, damit ich sie öffnen und ansehen kann, wann immer ich will. Gesprochene Worte existieren letztendlich nur in meinem Kopf, und Gott weiß, dass ich viele hirnrissige Gedanken habe. Emojis können auf tausend verschiedene Arten interpretiert werden. Geschriebenes ist ein Beweis.

Als unsere Mutter Dad für den Chorsänger Inger verließ, waren die Witzeleien von missgünstigen Verwandten und Bekannten das Schlimmste. «Schätze, er hat ihr Herz zum Singen gebracht» oder «Er hat wohl den richtigen Ton getroffen».

Als Saga und ich unsere Eltern besuchten, was immer seltener vorkam, je älter wir wurden, setzten die beiden sich mit uns zusammen, als wären wir immer noch klein und abhängig. (Was wir möglicherweise immer noch sind; hört emotionale Abhängigkeit von den Eltern je auf? Ich frage natürlich für eine Freundin.)

Dad räusperte sich.

«Wir müssen euch etwas sagen.»

«O Gott, bitte nicht, dass Mum schwanger ist», brach es aus Saga heraus. «Ich will kein Geschwisterchen. Heinrich und ich wollen selbst Kinder. Das wäre dann – was? – der Onkel oder die Tante unseres Babys?»

«Ganz meine Meinung. Eine Schwester ist mehr als genug. Mit noch so einer komme ich nicht klar», pflichtete ich ihr bei und verdrehte die Augen in Richtung Saga.

«Mädchen, ich bin fünfundfünfzig und habe Hitzewallungen wie eine brennende Toilette!» Meine Mutter benutzt eigenwillige Metaphern. Für sie ergeben sie Sinn, daher ist sie unbelehrbar, sosehr wir es auch versuchen.

«Na ja, zu alt, um mit jemand anderem anzubandeln, warst du offensichtlich nicht», sagte Dad und spuckte dabei Tropfen der Bitterkeit in den Raum.

«Moment mal, was ist hier los?», fragte ich verdutzt. Ich wusste nicht mal, dass mein Vater das Wort *anbandeln* überhaupt kannte.

«Mädchen», sagte Dad und gab sein Bestes, uns dabei in die Augen zu sehen. Sein Blick hüpfte zwischen uns hin und her, als verfolgte er ein Tennisspiel. «Eure Mutter und ich lassen uns scheiden. Sie hat *jemand Neuen* kennengelernt.»

Ich sah meine Eltern ungläubig an. Scheidungen passieren, wenn man klein ist, nicht wenn man erwachsen und, in Sagas Fall, hoffentlich bald schwanger ist. Saga prustete los. Über ihr Timing lässt sich streiten, und obwohl ich denselben schwarzen Humor habe wie sie, kann ich mich nicht dazu bringen, im Angesicht einer Tragödie lauthals loszulachen.

«Wie? Nein, bitte beantworte das nicht. Falsche Frage. Warum und wann?», fragte ich. Mum legte die Hände in den Schoß und beugte sich unschuldig vor, als säße sie bei einem Therapeuten und versuchte, alle Schuld ihrem Partner zuzuschieben.

«Wir haben uns in der Kirche kennengelernt. In meinem Abendchor. Erst waren wir nur Freunde, und dann ist einfach mehr daraus geworden. Um ehrlich zu sein, ist die Liebe meines Lebens daraus geworden.» Ich blickte zu Dad, der bewundernswert neutral und gefasst dasaß. *Gott, Dad, ich hab dich lieb.*

«Es tut mir leid, dass ich alle in diese Situation gebracht habe, aber schon in meinem Alter erscheint einem das Leben kurz. Ich hoffe, dass ihr euch für mich freuen könnt, wenn ihr euch damit abgefunden habt, und wahrscheinlich kann es euch zeigen, dass es nie zu spät ist, Liebe zu finden.» Mum sah mich an, als wollte sie mir Hoffnung einpflanzen. *Auch du kannst Liebe finden – und wenn es erst in meinem Alter passiert.* Ich finde die Aussicht echt phänomenal, bis Ende fünfzig zu warten, um meine Liebe in einem Kirchenchor zu finden. *Phänomenal.*

«Wer ist er?», fragte Saga und warf mir einen Blick zu, um meine Reaktion abzuschätzen. *Alles in Ordnung.* Ich lächle. *Die Reaktion einer vernünftigen Erwachsenen hier drüben.*

«Sein Name ist Inger. Er ist fünf Jahre älter als ich, verwitwet und liebenswert. Er hat ein Haus in Spanien. Wir ... *ich* werde mit ihm dorthin ziehen. Das wird so toll für euch beide, kostenlose Urlaube in der Sonne. Ihr werdet es lieben.» Mum wollte unseren Segen um jeden Preis, und in der Regel sind wir damit nicht geizig. Manchmal muss man einer Person aus Liebe etwas geben, das man nicht geben will.

«Ich bleibe natürlich hier im Haus wohnen und werde weiterhin arbeiten», sagte Dad. «Hier bleibt alles beim Alten, Mädchen.»

«Es ist für uns beide das Beste», erklärte Mum. Ich sah sie an, um herauszufinden, ob sie mit dieser Aussage auch sich selbst rückversichern wollte.

«Das verstehen wir», sagte Saga. In solchen Momenten werden wir zu Geschwistern im wahrsten Sinne des Wortes, und aus *Ich* wird ein *Wir*: Das hätte genauso gut von mir kommen können.

Dad stand auf und rieb sich die Hände, als wollte er die Spannung im Raum körperlich abbauen.

«Okay, dann. Wo das jetzt geklärt ist, wer möchte einen Kaffee? Ich habe Kardamomschnecken da.»

Für Trauer ist man nie zu alt, wenn das Zuhause, das man kannte, zerbricht, wenn der Grund verschwindet, wegen dem man all die Jahre zurückgekehrt ist, aufgespaltet in zwei Orte statt einem. Das habe ich gelernt.

Ich schaffe es, mich in siebenundzwanzig Minuten fertig zu machen, und als ich die Haustür öffne, stelle ich fest, dass es schneit. Wenn es in London schneit, rufen die Leute bei der Arbeit an und behaupten, ihr Straße sei noch nicht geräumt oder ihr Auto springe nicht an. In diesem Teil der Welt kommt man mit so was nicht durch. Ein weißer Schleier bedeckt alles und lässt den Morgen heller erscheinen, als er ist. Die Sonne geht erst in einer Stunde auf, aber den Pfad zum Auto erkenne ich auch so.

Frost ist wie die anhänglichere, weniger willkommene Version von Schnee. Aggressiv bearbeite ich ihn mit dem Scheibenkratzer, der mir ständig aus der Hand rutscht. Das steife Gras knarzt unter meinen Stiefeln, wenn ich das Gewicht von einem Fuß auf den anderen verlagere und mich über die Windschutzscheibe beuge. Bisher habe ich es geschafft, eine kleine Fläche in der Form eines Penis freizukratzen. Da ich nicht die gesamte Fahrt zur Arbeit durch einen Mikropenis gucken möchte, kratze ich weiter. Meine Finger sind taub und beginnen sich langsam genauso anzufühlen wie meine Füße, die sich an diesem Morgen schon nach zehn Minuten von meinem Körper verabschiedet zu haben scheinen. *Wunderbar.*

Ich denke darüber nach, wie oft ich in meinem Leben schon so dagestanden habe. Jeden Morgen schleppten wir uns zum Auto, Saga und ich. «Wer als Erste da ist, kratzt die Scheiben frei! Ich nicht! Auf keinen Fall!» Trotzdem fiel es am Ende irgendwie immer mir zu. Saga verlangte, dass auf der Scheibe auf ihrer Seite der Rückbank ein Quadrat freigekratzt wurde, damit sie rausgucken konnte. Für mehr als das und die Fahrerseite hatte ich keine Zeit, bevor Mum mit den vergessenen Wasserflaschen und einer Sammlung Schlüssel aus der Haustür gerannt kam. «Einsteigen!» Ich glotzte die weiße Schneedecke auf meinem Fenster an und wartete, dass sie schmolz, während das Auto langsam wärmer wurde. Ungefähr auf halbem Weg zur Schule waren mein Fenster frei und meine Gliedmaßen warm genug, dass ich wieder mit den Zehen wackeln konnte.

«Mach den Motor an, dann geht's schneller», sagt Dad jetzt, als er hinter mich tritt und mein perfektes Quadrat bewundert. *Natürlich.*

Im Auto kauern wir uns zusammen, und während wir auf die Straße biegen und losrollen, lassen die Kälte und die Müdigkeit nach.

«Was habt ihr gemacht, als es noch keine Sitzheizung gab?», frage ich.

«Uns den Arsch abgefroren», antwortet Dad.

Unser erstes Haus ist leicht zu finden. Zuerst wusste ich nicht genau, was Dad meinte, als er sagte, ich solle nach den Zwergen Ausschau halten, aber als wir durch das Vorstadtviertel mit den identischen Vorgärten fahren, in denen Rhododendronbüsche und Fahnenstangen mit gelb-blauen Flaggen stehen, sehe ich es. Das rostfarbene Backsteinhaus mit großzügigem Garten und Terrasse schmiegt sich zwischen die anderen gleich aussehenden Backsteinhäuser, doch zwischen diesem und den Nachbargebäuden gibt es einen großen Unterschied.

«Wow, was für ein Vorteil! Sie müssen nie eine Wegbeschreibung geben, sondern können einfach sagen: ‹Haltet Ausschau nach der Villa, die zwanzig Zwerge im Vorgarten hat.›» Der ganze Rasen ist bedeckt von den kleinen Keramikmännern, und wir können uns über den Pfad gerade so einen Weg zur Haustür bahnen.

Dad drückt auf die Klingel. Darüber bin ich froh, denn an der Tür hängt zudem ein Messingtürklopfer, und ich hätte mich nicht entscheiden können. Ich stehe auf der untersten Treppenstufe, Dad auf der vorletzten, als mir der Ausdruck *sich von der besten Seite zeigen* in den Sinn kommt und ich beschließe, dass ich das tun sollte. Ich stelle meinen rechten Fuß weit nach vorn, weil es mein stärkerer ist, der, mit dem ich beim Fußball immer Tore geschossen habe. Dad scheint das zu ärgern. Er schiebt sich leicht vor mich, sodass er mich halb verdeckt, was mir das Gefühl gibt, ein kleines Kind zu sein, ein Anhängsel.

«Dad, du sollst die Arbeit doch mir überlassen.»

«Stimmt.» Er rückt widerstrebend zur Seite, als die Tür aufgeht.

«Was wollen Sie verkaufen? Ich habe der Fußballmannschaft schon Muffins abgekauft.»

«Badezimmer. Ich werde Ihnen heute ein Badezimmer verkaufen», sage ich im selben Moment, als der Hausbesitzer meinen Vater in seiner grauen Arbeitskluft sieht. Meine Kleidung musste erst bestellt werden und ist noch nicht angekommen: Eine Damengröße 40 hatten sie nicht auf Lager.

«Guten Morgen, ich bin Peter von Bygg-Nilsson. Wir sind für den Kostenvoranschlag hier. Klara ist neu und schaut mir heute über die Schulter.»

In dem kleinen kabinenartigen Badezimmer zeigt Dad mir, wie ich Maß nehme, die Ebenheit des Bodens überprüfe und den Zustand der tragenden Wände einschätze. Wenn ich irgendeine Hoffnung hatte, dass diese Arbeit Spaß machen und meinen eventuell vorhandenen Interessen entsprechen könnte, so stirbt sie mit dieser Unterhaltung.

«Wir nehmen das Günstigste. Das Bad ist nur für Gäste. Weiße Fliesen sind völlig ausreichend.»

Scheint, dass ich die mitgebrachten Bücher über skandinavische Architektur aus mehr als einem Grund im Koffer lassen kann.

Als Dad im Garten die Messgeräte einpackt, läuft der Mann herum und inspiziert missmutig die Porzellanfiguren.

«Möglicherweise müssen wir einige Ihrer ... Zwerge ... verrücken, bevor wir mit der Arbeit beginnen können. Manche Kisten und Werkzeuge sind sperrig», sagt Dad vorsichtig.

«Tun Sie, was Sie tun müssen. Diese vermaledeiten Weihnachtsmänner! Kann nicht mal gescheit um sie herum den Rasen mähen», knurrt der Mann.

Hinter ihm erscheint eine Frau und sieht uns mit schreckgeweiteten Augen an.

«Ich will nicht, dass sie in Reih und Glied stehen wie Soldaten, die die Einfahrt beschützen! Was sollen die Paketzusteller denken?» Vermutlich sind diese Zwerge die eigentlichen Männer in ihrem Leben.

«Ich bin sicher, die Paketzusteller halten uns für *völlig* normal», grummelt unser Kunde, bevor er sich zu seiner Frau umdreht. «Kannst du ihnen wenigstens die Mützen abziehen, jetzt, wo es fast Frühling ist?»

Fast Frühling?, denke ich. Gestern hatten wir ganze sechzig Minuten direktes Sonnenlicht. Die skandinavische Latte hängt tief.

Vor einem der Zwerge bleibe ich stehen, ein knapp fünfzig Zentimeter großer bärtiger Porzellanmann mit erhobenem Kopf und einem exzentrischen Anzug, der zu seinem Spitzhut passt. Ich nicke ihm grüßend zu.

«Den hier mag ich. Er sieht aus, als ob er weiß, wovon er redet. Hat eine Arbeit, bei der er Montage nicht hasst. Schwimmt vielleicht gerne im kalten Wasser.»

Der Mann lächelt nicht.

«Wann lerne ich alle kennen?», frage ich, als wir nach zwei weiteren Terminen und einem schnellen Mittagessen, bestehend aus einem Sandwich, das wir im Transporter verspeisen, zurück ins Büro fahren. Es geht bereits auf sechzehn Uhr zu, und bisher habe ich noch keinen der Jungs zu Gesicht bekommen. Sie sind lediglich Namen in Times New Roman in einer E-Mail, die Dad mir letzte Woche geschickt hat.

Er legt den Kopf nach rechts und links, um seinen Hals zu dehnen, und lässt sich mit der Antwort Zeit.

«Die sind heute alle beim selben Projekt. Ich war der Meinung, es wäre entspannter, wenn wir an deinem ersten Tag nur zu zweit sind. Sie kommen morgen ins Büro.»

Später am Abend notiert Dad schriftliche Anweisungen für meinen ersten Tag allein, während ich eine E-Mail mit dem Kostenvoranschlag für das heutige Objekt verfasse. Gleich zu Beginn komme ich ins Stocken. Bei YourMove hatten wir Vorlagen, und die Interaktion mit Kunden war nie schwieriger, als einen Satz aus der Leiste auszuwählen. Ich habe erfolglos nach einem Buch über Fachsprache gegoogelt, nach einer Art Anleitung. Bei Oxfam habe ich mal ein Buch mit dem Titel *Emojis und Chat-Sprache: ein Leitfaden* gefunden, etwas in der Art wäre äußerst hilfreich. Ich schreibe Saga.

Ich: Sollte ich einem Kunden «Ich hoffe, es geht Ihnen gut.» oder «Ich hoffe, es geht Ihnen gut!» schreiben?
Saga: Im Ernst, Klara? Die Bedeutung ist dieselbe.
Ich: Na ja, «Ich hoffe, es geht Ihnen gut.» klingt, als würde ich es nicht so meinen. Und «Ich hoffe, es geht Ihnen gut!» klingt, als meinte ich es ein bisschen zu sehr, findest du nicht?
Saga: Ehrlich ... Auf mich wartet Arbeit.
Ich: Ja, auf mich auch.

Arbeit, bei der ich nicht sicher bin, ob ich ihr gewachsen bin.

ALEX

PERSÖNLICHER KALENDER
Neue Aufgabe: Eltern besuchen
Neue Aufgabe: Nicht vergessen, dass sie mich lieben
und es gut meinen
Neue Aufgabe: Den Besuch überleben

Stehe mit Gebäck vor dem Haus von Mama und Papa; ich wurde erzogen, nie mit leeren Händen zu kommen, selbst wenn ich nur zu meinen Eltern fahre. *Fika* nennt man eine schwedische Kaffeepause, die zu jeder beliebigen Tageszeit abgehalten werden kann. Es gibt die Morgenfika, die Nachmittagsfika und, in meiner Familie am beliebtesten, die ach so berühmte Alex-foltern-Fika.

Natürlich wissen meine Eltern von dem Gerichtstermin, bringen ihn aber nicht zur Sprache. Sie sind zu unschuldig, meine Erzeuger, als dass sie Zweifel am Ausgang der Verhandlung hätten, überzeugt, dass in diesem Land Recht und Ordnung herrschen und die Wahrheit am Ende immer siegt. Denn wenn ihnen bereits das Schlimmstmögliche widerfahren ist, muss es ja besser werden, nicht wahr? Vermutlich glauben sie auch, mein Zustand würde sich verschlechtern, wenn sie es ansprechen, und überhaupt sind Gefühle nicht dazu da, dass man bei Kaffee und Kuchen über sie spricht. Sie sind dazu da, sie mit ins Grab zu nehmen.

Gespräche bei Apfel-Zimt-Kuchen laufen in etwa so ab:

«Zu meiner Zeit gab es so etwas wie Depressionen nicht. Wir haben einfach die Zähne zusammengebissen.» (Papa)

«Alex ist mehr wie ich. Das weißt du doch, Papa, eine sensible romantische Seele.» (Mama)

Meine Eltern gehören zu diesen merkwürdigen Menschen, die einander Mama und Papa nennen, selbst nachdem ihre Kinder flügge geworden sind. Hätten sie ein Haustier, wäre das vielleicht akzeptabel, aber sie haben keins.

«Wenn er nur wieder anfangen würde, Fleisch zu essen, bekäme er vielleicht genug Vitamine und Eisen, um damit fertigzuwerden.» (Papa)

«Vegetarische Ernährung spart mir Geld, und sie ist gut für den Planeten. Kidneybohnen haben genauso viel Eisen wie Fleisch.» (Ich)

«Viele Frauen essen heutzutage kein rotes Fleisch. Ich bin sicher, sie hätten gern einen Mann, der so gut kocht wie Alex.» (Mama im Ton einer schon lange leidenden Mutter)

In meiner Bubble werden Beziehungen höher bewertet als beruflicher Erfolg. Beweis: Als ich meinen Abschluss als Tischler machte, brachte mir das auf Facebook 57 Likes ein; als ich mit meiner Ex-Freundin zusammenzog, waren es ganze 321. In einer Familie, in der nur wenige eine höhere Ausbildung haben, hätte ich erwartet, dass es anders ist. Aber der Fokus liegt unablässig auf Partnerschaft. Mama hat mich unzählige Male daran erinnert, dass Jesus kein Diplom hatte, worauf ich entgegnete, dass er auch nicht verheiratet war. Was er hatte, war eine Partnerin, die möglicherweise eine Prostituierte war, wenn man gewissen Quellen Glauben schenken darf – hätte sie gern, dass ich in seine Fußstapfen trete? «Oh Alex.» (Stellt euch die typisch mütterliche Tonlage vor, in der erschöpfte Qual und dennoch nie versiegende Hoffnung mitschwingen.)

Schätze, wir sind einfach nicht sonderlich gern allein.

Manchmal glaube ich, als wir klein waren, hat Mama sich das Ziel gesetzt, ihre Söhne unter die Haube zu bringen, genauso wie ich mir heute Ziele setze. Neue Aufgabe: in Blumenkleid und Hut Söhne verheiraten; Status der Aufgabe: halb geschafft.

Was auch immer einen guten Sohn ausmacht, ich bin nicht sicher, ob ich diese Eigenschaften besitze. Ich habe das Gefühl, ich müsste mehr tun. Ihnen schenken, was sie verdienen. Einen Wochenendausflug. Ein Abendessen im Triangle mit Meerblick, ähnlich dem in der jetzt leeren, hallenden Wohnung. Vielleicht schaffen es meine Eltern, ihr Leben weiterzuleben, weil sie mich haben, einen Grund weiterzumachen, und wenn ich die beste Version meiner selbst sein könnte, wäre ihr Grund noch stärker.

Ich schiebe mir ein ganzes Kuchenstück in den Mund. *Manieren, Alex*, sagt der Blick meiner Mutter. Ich glaube, sie bereut, mir keinen langen Namen gegeben zu haben, einen, den man streng aussprechen kann, wenn ein Kind sich schlecht benimmt. Alles, was ihr bleibt, ist ein «Oh, oh, Alex» hinzuzufügen. In unserem Gäste-WC hängt ein Foto von Seiner Majestät König Carl Gustaf von Schweden und Ihrer Königlichen Hoheit, Königin Silvia von Schweden. Meine Eltern sind Royalisten, und daher stand die Namensgebung der Kinder thematisch fest. Ich wünschte, ich könnte sagen, dass ich nach Alexander dem Großen benannt bin, aber es ist Alexandra von Dänemark, die vor allem für ihre schicken Hüte und dazu passenden Mäntel bekannt ist.

Mama ergreift wieder das Wort.

«Hierzu wollte ich gern deine Meinung wissen.» Die Folter wegen meiner Lebensentscheidungen scheint beendet, zumindest für den Augenblick. Meine Mutter zieht einen Ausschnitt aus der Lokalzeitung hervor. «Auf dem Gustav Adolfs Torg soll dieses Jahr für den Pride-Monat eine riesige rosa Einhornstatue aufgestellt werden, und man kann dafür Geld spenden und im Gegenzug einen Namen eingravieren lassen. Ich dachte, das könnten wir im Gedenken an Calle tun ...»

Bei der Vorstellung, was Calle bei der schieren Erwähnung eines überlebensgroßen rosa Einhorns für ein Gesicht gemacht hätte, muss ich laut lachen. Er war erfolgreicher Marketingkaufmann, sehr gut in Erwachsenendingen im Gegensatz zu mir und kein sechsjähriges Mädchen. Die Sache mit meinen Eltern ist, dass sie gute Menschen sind. Ehrlich gesagt strotzen sie so vor Liebe und Gutherzigkeit, dass für Einsicht, Reflexion und gesunden Menschenverstand nicht immer Platz bleibt.

«Ich werde es mit Dan besprechen.» Wenigstens wird es ihm ein seltenes Lächeln ins Gesicht zaubern. Und Mama scheint es besser zu gehen.

Als ich eine Stunde später endlich aufbreche, habe ich pochende Scheißkopfschmerzen. Aber die Sache ist die: Kopfschmerzen sind ein geringer Preis für eine Familie, für Menschen, die einen lieben. Mit Leuten, die beständig in deinem Leben sind, darf man nicht so streng sein. Kein Problem. Allein sie zu haben ist ein Privileg. Daran versuche ich mich innerlich festzuhalten, als mein Vater in der Haustür sagt: «Hätte nie gedacht, dass ich mal einen *arbeitslosen* Sohn habe.»

«Arbeitssuchend. Nach Krankschreibung», stelle ich klar. In dem vollen Bewusstsein, dass meinem Vater nichts an dieser Aussage klar ist. Papa hat an einem Freitag einen Sohn verloren und ist am Montag zur Arbeit gegangen. Weil man das eben so macht. Man arbeitet und arbeitet und sagt sich, man hätte eine Aufgabe. Die Beerdigung war an einem Dienstag, und am Mittwoch darauf baute er einen komplett neuen Gartenschuppen. Während Papa Dinge baute, backte Mama Brötchen, Plätzchen und Shortbread, bis ihre Hände wund und geschunden waren wie die einer Waschfrau aus einem früheren Jahrhundert. Als die Schränke randvoll waren, spendete sie die Backwaren an örtliche Wohltätigkeitsvereine. Was gab es sonst zu tun? Backen ergab weiterhin Sinn, Bauen ergab weiterhin Sinn, auch wenn das Leben selbst keinen Sinn mehr ergab.

Papa legt die Hand auf das Geländer, das er gebaut hat, damit er und Mama sich daran festhalten können, wenn sie die Stufen vorm Haus hinunter- und in die Welt hinausgehen, und sieht mich an.

«Deine Beine funktionieren noch? Deine Arme? Dann kannst du auch arbeiten.»

«Verdammt noch mal, so einfach ist das nicht, Papa. Kannst du es nicht einfach gut sein lassen? Geh und malträtiere ein paar Holzbretter statt *mich*. Scheiße.»

«Hey», fährt Mama dazwischen.

«Entschuldigung. Schawarma.» Mama hat uns nie erlaubt, *Scheiße* zu sagen, deshalb haben wir es immer vertuscht, indem wir *Schawarma* sagten. Genauso wie *Fuck* zu *Falafel* wurde. Die Nachbarn müssen gedacht haben, dass wir auf libanesisches Essen stehen, so oft wie aus unserem Haus Schawarma- und Falafel-Rufe kamen.

«Guter Junge.» (Mama)

Ich bin schon am Gartentor angekommen, als sie mich zurückruft.

«Warte, nimm ein paar Zimtschnecken mit. Ich hab tütenweise davon!»

Wenigstens kann ich einen Kalendereintrag abhaken.

KLARA

Google: Wie überlebe ich den ersten Arbeitstag?

Am nächsten Morgen besteht Dad darauf, mit dem Bus ins Krankenhaus zu fahren, sagt aber, dass ich ihn nachmittags abholen darf. An der Bushaltestelle steigt er aus dem Auto und hinterlässt eine Duftwolke aus Aftershave. Das trägt er nur, wenn er eine wichtige Verabredung hat, ungefähr so wie ich mit meiner Ausgeh-Spitzenunterwäsche oder schwarzen Arbeitssocken (schwarz steht für *Business*). Im Alltag und bei der Arbeit trägt Dad keinen Duft, abgesehen von dem Geruch nach Holz, Keramik und Natur, der sich an ihm festsetzt.

Ich beobachte im Seitenspiegel, wie der gelbe Bus angefahren kommt und hält, um ihn einzusammeln, die Scheinwerfer lugen durch die Dämmerung, dann fahre ich los. Ich bleibe strikt zehn Prozent unter der Geschwindigkeitsbegrenzung, weil zehn Prozent eine akzeptable Menge ist. Um so viel darf man die Wörterzahl bei Universitätsessays überschreiten, und ab diesem Prozentsatz gilt ein Trinkgeld für Servicepersonal als angemessen. Ich schleiche bei 47,9 Stundenkilometern dahin, dann bei 27, bis ich ankomme, wo ich losgefahren bin, und bereit bin, das Büro aufzuschließen.

Ich habe Dad gesagt, dass ich auch ohne seine Anleitung klarkäme, aber als ich im Büroflur stehe, bin ich mir nicht mehr so sicher. Die letzte halbe Stunde habe ich damit verbracht, alles zu entmüllen, neu zu organisieren und dem Raum meine persönliche Note zu geben. Ich habe nichts gegen Gegenstände, die mir neu sind, aber bei einem ganzen Raum voller neuer Gegenstände ist die Katastrophe vorprogrammiert. Ich starre die einzelnen Dinge so lange an und präge sie mir ein, dass ich darüber vergesse, woran ich eigentlich arbeiten sollte. In der Grundschule hat ein Lehrer meinen Stuhl herumgedreht, sodass ich an die Wand schaute. *Das Jahreszeitenposter ist zu interessant. Ich bin immer noch abgelenkt.* Als ich mein Arbeitsblatt wieder einmal nur halb ausgefüllt abgeben musste, beschwerte ich mich. «Klara, wenn du auf den Schreibtisch gucken würdest statt an die Wände, hättest du keine Probleme. Wir können nicht sämtliche Schaubilder abhängen. Mit einem Poster musst du klarkommen.»

Ich werfe einen letzten Blick in den Spiegel im Flur, binde meine Haare zu einem noch festeren Knoten; ihre endlose Aufgabe scheint es zu sein, sich aus dem Zwang des Haargummis zu befreien, als wären sie dagegen allergisch. Wenn mein Haar die Stimme erheben könnte, wäre es ein Anti-Haargummi-Aktivist mit Autoaufkleber und texanischem Dialekt. Vor meinem Spiegelbild verharre ich einen Moment. Ich habe eine Schönheit, die sich stufenweise abschwächt. Es fängt gut an mit einem symmetrischen, wohlproportionierten Gesicht, großen Augen und vollen Lippen, geht dann über zu absolut brauchbaren Armen, dünn und mit Sommersprossen übersät, einem großen, aber festen Busen, der bleibt, wo er soll, und zu einem weichen Bauch voller Streifen und roter Flecke, der einen Gerichtsmediziner zu dem Schluss kommen lassen würde: *Typ-1-Diabetes.* Ich gehöre zweifellos zu der Frauenkategorie Birne. Nicht, dass ich auf so was Wert lege; Frauen mit Früchten zu vergleichen, ist einfach unverschämt. Meine Beine funktionieren einwandfrei, sind aber nicht besonders ansehnlich und im Verhältnis zu meinem Oberkörper kurz. Es endet mit dem Tiefpunkt: Meine Füße, groß und knöchrig, erinnern mich an schrumpeliges Wurzelgemüse. Ich kann nur hoffen, dass die Leute den Blick von oben nach unten an mir herabgleiten lassen, sie also zuerst meine guten Körperteile sehen, schließlich zählt der erste Eindruck.

Auf einem Tinderprofil hat mal jemand seinem Leben einen Titelsong gegeben, und ich wollte dasselbe tun, aber außer «Kopf und Schulter, Knie und Fuß» ist mir nichts eingefallen. Alice sagt, dass der Titelsong unseres Lebens unsere *Erfahrungen* zusammenfassen müsse, nicht unser *Erscheinungsbild*, und dass ihres die schiefe Flötenversion von «My Heart Will Go On» sei, weil es ein emotionales Desaster ist, das im Verlauf nur schlimmer wird.

Der Blick, den Mateusz mir zuwirft, als er durch die Tür kommt, ist vieles, aber nicht, was mein Dad prophezeit hat – *vergötternd*. Es sei denn, er meinte vergötternd so, wie man ein Steak ansehen würde, in das man gleich hineinbeißt.

«Guten Morgen!», sage ich mit der Stimme einer freudigen Grundschullehrerin, die ihre Klasse zu einem Tag endlosen Kopfrechnens begrüßt. Ich trage meine großen Kreolen. Wenn sie regelmäßig gegen meine Wangen schlagen, weiß ich, dass ich oft genug lächle und nicke. Heute peile ich einen Fünfundvierzig-Sekunden-Takt an, weil es ein *halb formelles* Kennenlernen ist.

«Morgen», grunzt er, ohne meine ausgestreckte Hand zu nehmen. Mateusz ist ein rotblonder Mann Ende vierzig, dem es guttun würde, mehr zu laufen, weniger zu essen und sich gründlicher zu waschen. Ein Zahnarztbesuch wäre auch zu empfehlen. Er muss ein sehr guter Fliesenleger sein, denke ich, als er mit seiner Kaffeetasse in die Büroküche geht. «Normalerweise steht frischer Kaffee bereit, wenn wir kommen», mault er, als er wieder in der Tür erscheint. «Jetzt komme ich zu spät zu meinem ersten Termin.»

Da keine Frage gestellt wurde, die ich beantworten müsste, lächle ich nur, lasse die Ohrringe baumeln und bleibe als Willkommenskomitee stehen, wo ich bin, um zu begrüßen, wer immer auf den Parkplatz gefahren kommt.

71

Als Nächstes erscheint Ram, der stiller wirkt und nicht gerade lächelt, aber immerhin höflich genug ist, mich zu begrüßen.

«Schön, dich kennenzulernen. Brauchst du irgendwas?», fragt er und bindet sein aschblondes Haar zu einem Pferdeschwanz. Er ist der jüngste der Angestellten, aber trotzdem wahrscheinlich zehn Jahre älter als ich.

«Danke, im Moment komme ich klar. Ich wollte euch dasselbe fragen. Lasst mich wissen, was ich tun kann, um eure Arbeit einfacher zu machen. Dafür bin ich hier.» Meine Ohrringe baumeln. Mateusz schiebt sich mit seinem Kaffee in der Hand an uns vorbei zur Tür, reckt das Kinn und sagt: «Wir sind es hier gewohnt, die Dinge selbst zu regeln.» Offensichtlich ist ihm entfallen, dass er sich erst vor wenigen Minuten darüber beschwert hat, eine sehr einfache Aufgabe selbst übernehmen zu müssen.

«Richtig, wunderbar, das ist schön zu hören. Ich bin nur die Unterstützung im Hintergrund.»

«So was wie unsere Sekretärin? Prima. Würde es dir dann etwas ausmachen, nächstes Mal eine ordentliche Kanne Kaffee zu kochen?», sagt Mateusz. Zugunsten des Bürofriedens und zum Wohle der Firma ignoriere ich die Beleidigung.

«Ich hoffe auch, viel zu lernen», sage ich.

«Dafür gibt es Schulen. Das hier ist ein Arbeitsplatz, Schätzchen.»

Zum Glück kommt Gunnar hereingerauscht, sodass mir eine Antwort erspart bleibt. Er ist der Älteste im Team, ungefähr so alt wie mein Vater, ein schlanker, muskulöser Mann.

«Guten Morgen, Klara.»

Als Mateusz das Büro verlassen hat, sammle ich all meinen Mut, erneut etwas zu sagen.

«Okay, es wird nur ein paar kleine Änderungen geben, solange ich hier bin. Ihr könnt den Kühlschrank für euer Mittagessen und sonstige Lebensmittel benutzen, aber bitte lasst das Penthouse frei.» Zwei Paar Augen starren mich mit leerem Blick an.

«Das ist das Fach oben rechts in der Kühlschranktür, für euch Nichtdiabetiker. Wo man normalerweise die Butter aufbewahren würde. Dort liegt mein Insulin. Und bitte behelligt meinen Vater während seiner Abwesenheit nicht mit irgendetwas. Ihr könnt mit allen Problemen und Angelegenheiten zu mir kommen, und ich kümmere mich darum.» Wieder leere Blicke. Ich ringe mir erneut ein Lächeln ab, so breit, dass meine Ohrringe leicht meine Wangen berühren, und beschließe, dass es fürs Erste reicht. «Okay, schätze, das ist alles. Danke euch.»

Gunnar und Ram füllen ihre Thermosbecher und fahren dann gemeinsam mit Mateusz in ihren Transportern los, eine Reihe aus weißen Fahrzeugen, die sich gegenseitig mit Staub einnebeln, weil sie dieses kleines Mü zu schnell fahren. Ich gehe zurück ins Büro, nehme mir einen Schwamm und wische die Fläche um die Kaffeemaschine herum sauber. Ich kann nur hoffen, dass diese Männer in ihrem Handwerk mehr Geschick aufweisen als beim Befüllen ihrer Becher.

Die erste Hälfte des Vormittags verlief reibungslos. Ich beantwortete E-Mails und vereinbarte Termine. Um diesen Prozess schneller zu machen, erstellte ich eine Vorlage, ganz ähnlich den Standardantworten bei YourMove. Beim Fahren hatte ich nur zweimal eine knappe Begegnung mit dem Tod (oder besser gesagt, der Transporter hatte eine knappe Begegnung mit einem Laternenpfahl und einer Palette Fliesen), was unter Berücksichtigung der Größe des Transporters und der Tatsache, dass ich in letzter Zeit ausschließlich mit Fahrzeugen in Form von Einkaufswagen unterwegs war, als Erfolg gewertet werden muss.

Gegen Mittag packe ich eine Tasche und warte darauf, von Mateusz abgeholt zu werden, damit er mir unsere aktuell größte Baustelle zeigt.

«Komm schon», sage ich zu meiner Insulinpumpe an meinem

Bauch, als sein Transporter in die Einfahrt biegt. Ich öffne die Beifahrertür und sehe, dass sein Rucksack und McDonald's-Reste auf dem Sitz liegen.

«Ist dieser Platz besetzt?», frage ich höflich. Er lacht, macht aber keine Anstalten, den Sitz für mich freizuräumen. Wenn ich diese Frage in der U-Bahn stelle, nehmen die Leute normalerweise ihre Taschen weg. Schon will ich die Tür wieder zuschlagen und auf den Rücksitz klettern.

«Wirf's einfach nach hinten und spring rein.»

«Klar. Danke.» Ich presse die Knie zusammen, bis meine Beine wehtun, um so wenig Platz wie möglich einzunehmen. Der Transporter riecht interessant und bräuchte dringend eine Innenreinigung. Ich wünschte, es liefe beruhigende Musik, aber Mateusz scheint ein Fan von *Best of Eurovision 2005* zu sein.

«Du siehst nicht schwedisch aus.» Von Nahem betrachtet sind seine Zähne noch größer, und er scheint nur die Vorderzähne aufgehellt zu haben. Vielleicht ist ihm das Bleaching-Gel ausgegangen. «Woher kommt deine Mutter?»

Na ja, Überraschung, wir können nicht alle blonde Wikingergöttinnen sein. Manche von uns sind dunkelhaarig, klein und mollig.

«Sie ist aus Göteborg.»

Ganz offensichtlich hält sich Mateusz nicht an meine Regel, zehn Prozent unter der Geschwindigkeitsbegrenzung zu bleiben. Ich versuche zu berechnen, an welchen Prozentsatz er sich hält, aber meine Mathefähigkeiten reichen nicht aus. In diesem Fall bin ich jedoch dankbar, da es die Fahrt erheblich verkürzt. Wir parken vor einem großen Kindergartenspielplatz, und noch bevor der Motor erstirbt, habe ich mich abgeschnallt.

«Auf deiner Seite ist ein Mülleimer», sagt Mateusz, als ich die Autotür öffne, um auszusteigen.

«Ja, stimmt.» Ich weiß nicht genau, was an dem Mülleimer so besonders sein soll, aber ich betrachte ihn eingehend, während ich warte, bis Mateusz seine Sachen zusammengeklaubt hat und ebenfalls aussteigt. Der Eimer ist grün, eine gute Farbwahl, da er so mit den Bäumen hinter ihm verschmilzt. Als ich hineinluge, erkenne ich, dass er nicht mal halb voll ist, was darauf schließen lässt, dass er vor Kurzem geleert wurde. Genug Zeit, um *Small Talk über Mülleimer* zu googeln, bleibt mir nicht. Ich frage mich, ob ich etwas Kluges sagen sollte und, wenn ja, was, als Mateusz neben mich tritt und die braune Tüte mit den Essensresten hineinschmeißt.

«Danke auch. Du warst näher dran als ich», sagt er.

Ich folge ihm auf die kopfsteingepflasterte Straße, wo er unmittelbar nach rechts ausweicht, weil ein Fahrradfahrer vorbeisaust.

«Verdammte Radfahrer, glauben, ihnen gehört die Stadt!», spuckt er in irgendeiner Schriftart aus, die Microsoft noch in der Entwicklungsphase verworfen haben muss.

«Wir sind auf dem Radweg gelaufen», wende ich ein.

«Radweg? So was sollte es nicht mal geben. Bezahlen keine Mautgebühren und tragen auch sonst auf keine Weise zur Instandhaltung der Straßen bei. Außerdem schließen die ihre Räder einfach an die Geländer und bezahlen nicht mal Parkgebühren.»

Ich verstehe Mateusz' Ärger nicht. Mich nerven Fahrräder nur, wenn ihre Besitzer diese lächerlich engen, ablenkenden Hosen tragen.

Als ich eine Stunde später endlich aus dem Griff von Mateusz' Transporter befreit bin und mit den Füßen wieder auf dem Grundstück meines Vaters stehe, um in meinen eigenen Transporter zu steigen, schicke ich Saga eine Nachricht.

Ich: Wenn ich dir von meinem Tag erzähle, kannst du mir sagen, ob ich es verkackt habe oder nicht?

Daraufhin werfe ich immer wieder prüfende Blicke auf mein Handy. Ich hätte gern, dass Saga zu mir sagt: *Gut gemacht.* Dass ich mich nicht schlecht geschlagen habe. Aber in letzter Zeit tut sie das nicht mehr. Es ist beinahe so, als behandele sie mich wie ein Kind, das nicht mehr an den Weihnachtsmann glaubt. Warum dann noch so tun, als ob? Weil ich aufgehört habe, an mich zu glauben, hat sie aufgehört, mich dazu zu bringen, an mich zu glauben.

Nach der Arbeit, es ist 17:03 Uhr, fahre ich erneut nach Lund, diesmal zum Krankenhaus. Die Seitenstraßen wimmeln von Fahrrädern mit ihren Studenten, die angetrunken auf dem Weg ins Nachtleben hin und her schwanken. Sie sind ein Markenzeichen von Lund, ein studentisches Must-have der Stadt, wenn man so will, in der es mehr Fahrräder als Autos gibt. Die Innenstadt wirkt im Vorbeifahren kleiner, als ich sie in Erinnerung habe. Aber ist das nicht bei allem so, wenn man erwachsen ist?

Früher hielt ich das hier für eine tolle Kulisse, um am Wochenende auszugehen: die Tapasbar, die Außengastronomie auf dem Mårtenstorget und der einzige Nachtklub, den es gab, La Fiesta, der nur dem Namen nach spanisch war. Jeder vergnügliche Abend endete mit einer halbstündigen Busfahrt nach Hause, bis man an einer einsamen Landstraße ausstieg und die letzten achthundert Meter in frösteliger Dunkelheit mit eingeschalteter Handytaschenlampe zu Fuß zurücklegte, wenn Dad sich von den Anrufen, dass er einen doch bitte mit dem Auto abholen kommen solle, nicht hatte wecken lassen.

Das Krankenhaus, ein großer Gebäudekomplex, liegt am Stadtrand. Es ist Arbeitsplatz und Hauptanziehungspunkt für viele ausländische Bewohner in der Gegend. Ich war schon seit meiner Kindheit nicht mehr hier, kenne es aber immer noch in- und auswendig.

Mir wurde die strenge Anweisung gegeben, die Onkologie nicht zu betreten. «Es gibt keinen Notfall, der dich dazu berechtigen würde hereinzuplatzen. Das sage ich dir jetzt, bevor du dir einen ausdenkst», trichterte Dad mir ein, bevor er mir an diesem Morgen zum Abschied winkte und mir nichts anderes übrig blieb, als ein missbilligendes Tschüss zu grunzen und seinen Befehl hinzunehmen.

Die Rollen sind vertauscht. Sonst war Dad immer derjenige, der vor der Party im Auto warten musste und unter keinen Umständen reinkommen dufte, um mich führerscheinlosen Teenager abzuholen. Ich bin nicht zu Partys gegangen, weil es mir sonderlich Spaß gemacht hätte, sondern weil ich es mochte, *eingeladen* zu werden. Die Nachrichten auf meinem gebrauchten Nokia 3310 habe ich jedes Mal gespeichert und sie geöffnet und erneut gelesen, wenn ich einen Booster brauchte. Um weiterhin eingeladen zu werden, musste ich hin und wieder hingehen. Wenn ich schließlich mit einem Kaugummi im Mund, um den verdächtigen Geruch nach Alkohol zu übertünchen, hinausgestolpert kam, saß Dad mit nach hinten geneigtem Kopf und leicht geöffnetem Mund in dem zurückgelegten Fahrersitz, als wäre er ein Vogel, der darauf wartete, dass ihm ein Getreidekorn in den Schnabel geworfen wird. Dad stellte nie Fragen, wenn ich mich auf den Beifahrersitz fallen ließ; stattdessen fuhr er zu dem einzigen Fast-Food-Restaurant der Stadt, einer kleinen Imbissbude, die Tiefkühlburger und -würstchen mit minimalem Fleischgehalt zubereitete und sie zusammen mit Pommes und konservierungsstoffhaltigen Soßen auf Papptellern servierte. Während wir nach Hause fuhren, tunkte ich die Pommes in die Soße und versuchte, nicht im Auto zu kleckern. «Wenn sie anfängt, Alkohol zu trinken, kann ein kohlenhydratreicher Snack vor dem Schlafengehen helfen, ihren Blutzucker wieder auszugleichen», hatte die Krankenschwester uns bei einer Routineuntersuchung gesagt. Ich bin mir nicht sicher, ob sie dabei fettige Pommes im Sinn hatte (medizinisches Personal scheint bei Snacks eher an Karottensticks, Fladenbrot mit Hummus oder fettarmen Joghurt zu denken), aber ich liebte Dad für seine Interpretation.

«Erzähl's nicht deiner Mutter», sagte er, und ich, die wusste, wie der Hase läuft, ließ die Beweise in der Mülltonne verschwinden, bevor ich das Haus betrat.

Während ich auf Dad warte, esse ich in der Cafeteria ein Käsebrötchen. Serviert wird es im schwedischen Stil: offen, beide Hälften gebuttert und mit je einer Käse- und Gurkenscheibe belegt, statt als Sandwich zugeklappt wie das englische Pendant. Ich hebe die Käsescheibe an und sehe, dass die Butter ungleich verteilt ist. Wie ein Skihang neigt sie sich zur linken Seite. Ich wünschte, ich hätte ein Messer dazubekommen, um die Asymmetrie zu beheben. Stattdessen nehme ich mir eine Gurkenscheibe, schaufle damit die Butter vom Hang und verstreiche sie mit dem grünen Gurkenrand.

Der Stuhl ist unbequem. Wer bestellt eigentlich die Krankenhausmöblierung? Der Stuhl, auf dem ich sitze, ist von einem blassen Schwarz, als wäre die Farbe ausgegangen und als hätte man die verbleibenden Tropfen so dünn verteilt, dass sie doch noch für den Stuhl reichten. Er besteht komplett aus Metall oder einer günstigeren Alternative, und obwohl mein Hintern von Natur aus gepolstert ist, spüre ich meine Sitzbeinhöcker auf der harten Oberfläche. Ich verlagere das Gewicht, und der Stuhl macht ein quietschendes Geräusch auf dem Boden.

Das einzig Reizvolle an der Cafeteria ist der Blick auf die Patienten im Foyer und eine Kunstausstellung an den Wänden: bunte Blumen aus einem Regenwald auf Leinwand. Der Künstler muss sich nach Brasilien oder auf die Philippinen geträumt haben.

Ich frage mich, ob dieselben Stühle schon hier standen, als meine Eltern sie benutzten, und was damals an den Wänden hing, als ich hier war, im Jahr 2002.

ALEX

PERSÖNLICHER KALENDER
Neue Aufgabe: Widerstehen, Calle zu schreiben
Aufgabe bearbeiten: Calle nur abends schreiben
Aufgabe bearbeiten: Calle nur dann schreiben, wenn
Vollmond ist

Es ist Vollmond.

In Entwürfe gespeichert
Hi Calle,
habe gerade bemerkt, als ich das schreibe, dass ich deinen
Namen wieder sage. Meine Zunge hat ihn vermisst. Ich habe
über Trauer nachgedacht. Manche Leute lassen sich Tattoos
stechen. Ich könnte mir ein C stechen lassen oder vielleicht
ein Datum, das mit jedem vorübergehenden Tag weiter in die
Vergangenheit rutschen würde, bis die Leute es irgendwann
ansehen und denken: Was ist nur vor einem Jahrzehnt passiert,
dass es den Weg unter die Haut dieses Mannes gefunden hat,
unter diesen Schutzschild zwischen Mensch und Welt?
Ich muss meine Trauer nicht nach außen sichtbar machen,
sie dringt ohnehin schon durch meine Poren wie Alkohol
bei einem Kater, ihr unverwechselbarer Geruch umhüllt
meinen Körper wie Dunst. Akute Trauer braucht keine
Erinnerungsstütze. Erst wenn man einen Schritt nach vorn
macht, oder vielmehr einen Schritt weg, erwacht der Wunsch
nach einem Anker, einer Gravur auf dem Körper. Zumindest
stelle ich es mir so vor.

Ein paar praktische Dinge: Du hast ein Socken-Abo, das du nie erwähnt hast. Happy Socks heißt es. Außerdem habe ich erfahren, dass Tele2 dir ein neues Handy geben will, da du anscheinend ein geschätzter Kunde bist. *Ja!*, will ich ihnen antworten. Geschätzter Kunde, geschätzter Mensch. Aber Fremde hören nicht gern zu, wenn ich ihnen erzähle, wer du für mich warst. Sie wollen Accounts schließen und rechtzeitig Feierabend machen, da zu Hause bestimmt Zeit mit der Familie, Kochen und *Let's Dance* auf sie wartet.

Das Leben geht weiter, sagt man, bis es nicht mehr weitergeht.

KLARA

Google: Was ist Typ-1-Diabetes?

Ich war sechs, als ich zusammengesackt auf dem Schoß meiner Mutter lag und ihre Beine unter meinem Gewicht zitterten.

«O Gott, Peter», schrie sie.

«Bleib einfach ruhig. Alles wird gut werden.» Die Stimme meines Vaters klang alles andere als überzeugt.

«Gar nichts ist gut, siehst du das nicht? Sie schläft nicht, sie ist bewusstlos!»

«Wo zur Hölle fährt der Fahrer hin? Warum ist die Sirene nicht an? Mein Mädchen stirbt hier drin, und die schleichen einfach still dahin.» Jetzt war Dad derjenige, der schrie.

«Fang nicht so an. Die machen nur ihren Job. Sie wissen, was sie tun», versuchte meine Mutter, ihn zu beruhigen – und sich selbst. Sie wechselten einander ab, mal war sie es, die Panik hatte, und er der Zuversichtliche, mal andersherum.

Ich fühlte mich nicht krank. Müde, ja. Und mir war etwas übel. Galle saß mir in der Kehle wie fauler Orangensaft, wollte hochgewürgt werden, zog sich aber jedes Mal zurück, wenn ich es versuchte, sodass mir nur meine verkrampfte, zum Narren gehaltene Bauchmuskulatur blieb. Ich hatte Durst, als wäre ich ohne Wasserflasche anderthalb Kilometer einen heißen Strand entlanggerannt. Aber ich hatte nicht das Gefühl, sterben zu müssen. Würde ich sterben? *Wirklich?* Ich wünschte, ich könnte die Augen öffnen und mich umsehen. Wenn ich nur in Mums und Dads Augen blicken könnte, würde ich bestimmt die Wahrheit erkennen. Doch da meine Lider zu schwer waren, um sie zu bewegen, musste ich mich mit den Hintergrundgeräuschen des Rettungswagens zufriedengeben.

«Ich verstehe nicht, was mit ihr los ist. Liegt sie im Koma?» Meine Mutter weinte, so viel konnte ich sagen. Mein Kopf kullerte auf ihren zitternden Beinen hin und her.

Angefangen hatte es einige Wochen zuvor. Plötzlich trank ich in der Schule zur Freude meiner Mutter meine Wasserflasche leer. *Endlich nahm ich genug Flüssigkeit zu mir!* Dann fing ich an, ins Bett zu machen, und zwar auch dann noch, als mir ein Geschenk versprochen wurde, wenn ich es drei Nächte ohne Malheur schaffte. (Gott, ich wollte diesen Barbie Camper so sehr, dass ich sogar versuchte, morgens meine eingenässten Bettlaken zu verstecken und so zu tun, als wäre nichts passiert.) Meine Eltern schleppten mich immer wieder zum Arzt, der ihnen allerdings nur verschiedene Antibiotika gegen eine vermeintliche Angina mitgab.

Dann wachte ich eines Morgens nicht auf, und sie riefen den Rettungswagen. Die Sanitäter – ein Mann und eine Frau – beugten sich auf dem Sofa über mich, und die weibliche Stimme machte eine Bemerkung über meinen Atem. «Sie riecht fruchtig», sagte sie. «Messen wir ihren Blutzucker», antwortete der Mann. Nachdem sie einen kleinen Tropfen Blut aus meinem Mittelfinger gequetscht hatten und ihr Gerätebildschirm eine Zahl anzeigte, sagte er: «Du hattest recht. Okay, los ins Krankenhaus!» Dann wurden alle plötzlich ganz hektisch. Die Stimme meiner Mutter war am lautesten: «Wo ist ihr Teddy? Bring mir mein Portemonnaie! Du bleibst bei Saga! Nein, die Nachbarin ist schon hier, Gott sei Dank! Beeil dich, Peter, nimm ihr ein paar Kleider zum Wechseln mit. Und einen Schlafanzug. Ich hab ihre Wasserflasche, ja! Hab dich lieb, Saga. Tschüüüss!»

Im Rettungswagen wurde die angespannte Stille von der Stimme meines Vaters durchbrochen, während er zu erklären versuchte, was er selbst nicht richtig verstand.

«Maria, sie meinten, dass ihr Blutzuckerspiegel gefährlich hoch ist. Der Zucker hat ihr Blut quasi in Sirup verwandelt, und sie hat alle Hände damit zu tun, es zu verbrennen. Sie ist dehydriert, und wenn ihr Körper nicht bald Flüssigkeit und Insulin bekommt, versagen ihre Organe, und dann fällt sie ins Koma.» Seine Stimme klang anders, ihr fehlte die typische Stärke; er hörte sich an wie ein kleiner Junge, nicht älter als ich. Er riss sich zusammen und fügte hinzu: «Maria, Schatz, ich glaube, Klara hat Diabetes.»

Der Krankenhausaufenthalt war ein bunter Schleier aus Malbüchern, Belohnungsstickern und Griffen in die Tapferkeitskiste voll fantastischer Überraschungen. Es gab in der Mikrowelle aufgewärmtes Essen auf klobigem Geschirr, das nach Schulkantine und Blechdosen roch. Ich erinnere mich an das laute Klickgeräusch des Fingerpiksers, wenn eine dünne Nadel in meine weiche Fingerspitze stach, sodass ein Loch entstand, das groß genug war, um einen Tropfen Blut herauszuquetschen.

Zum Frühstück bekam ich Coco Pops. Zu Hause gab es nie zuckerhaltige Cornflakes, nur getoastetes Vollkornbrot und Joghurt mit Knuspermüsli oder ein gekochtes Ei. Wenigstens durfte man alles essen, wenn man Diabetes hatte. Und es war nicht meine Schuld oder die meiner Eltern. Die Krankheit wird definitiv nicht durch zu viel Zucker hervorgerufen. Es ist einfach etwas, das im Körper passiert: Das Pankreas, eine kleine nützliche Drüse, hört nach und nach auf zu arbeiten, bis er so nutzlos ist wie der Blinddarm, und zur Kompensation müssen wir Insulin spritzen.

Mir kam der Gedanke, dass dies eine Strafe dafür war, dass ich meine Mathehausaufgaben nie gemacht hatte: Jetzt würden mich Zahlen bis an mein Lebensende verfolgen. Alles Essbare war mit einer Ziffer versehen: eine Scheibe Brot, 12 Gramm Kohlenhydrate; ein Stieleis, 18 Gramm; eine Banane, 20 Gramm.

Saga kam mich besuchen. Bei der Visite fragte der Arzt, ob *sie* noch irgendwelche Fragen hätte, und ihre erste war: «Wird meine Schwester wieder gesund?», und die zweite: «Bekomme ich auch Diabetes?» Der Arzt beantwortete das mit einem Nein, und schuldbewusst spürte ich, wie mir das Herz schwer wurde. Jetzt war ich allein. Anders. Zwischen uns war es nicht mehr dasselbe nach dem Krankenhausaufenthalt, dem ersten Mal, dass wir für länger als eine Übernachtung bei Freunden voneinander getrennt waren. Als ich entlassen wurde, trug ich eine Bürde, von der sie frei war, und war um eine Erfahrung reicher, die nur ich gemacht hatte.

Ich hasste die Strapazen, die ich meiner Mutter auferlegte. Die ersten sieben Tage lang waren es nur sie und ich, während wir lernten, uns in diesem neuen Leben zurechtzufinden, sie mir Bücher vorlas und gelegentlich meine Großeltern zu Besuch kamen, aber ohne Süßigkeiten mitzubringen wie sonst, weil wir immer noch befürchteten, dass ich sie nicht essen könnte. (Tatsache: Diabetiker *dürfen* Zucker essen.)

«Möchtest du es mal selbst probieren?», fragte die Krankenschwester am dritten Tag, als es Zeit für die Spritze war. Das war eine Erleichterung. Immer wenn die Krankenschwestern sich über mich beugten, um in meinen Bauch zu piksen, waren ihre Haare auf Höhe meines Kinns, und wenn sie dann zu mir hochblickten, zwang mich der Geruch ihres Atems, den Kopf wegzudrehen. Während der gesamten Injektionszeit musste ich die Luft anhalten. Durchschnittlich siebzehn Sekunden lang. Die Krankenschwester legte mir den Insulinpen in die Hand. «Nimm etwas Haut zwischen Daumen und Zeigefinger, dann legst du die Nadel an und schiebst sie langsam und gleichmäßig hinein. Halte den Pen ruhig und zähle bis zehn, während du hier oben draufdrückst. Das ist alles. Dann ziehst du die Nadel wieder raus. Gut gemacht!» Ich zog den Insulinpen heraus und wischte einen Tropfen Flüssigkeit von der Einstichstelle, einem winzig kleinen, kaum sichtbaren Loch. Diesmal hatte ich nicht den Atem anhalten müssen.

Ich blickte zu meiner Mutter und der Krankenschwester. Sie strahlten, als wäre ich ein Superstar. Der Insulingeruch hing noch kurz in der Luft, ein chemischer, aber süßer, sanfter, fast angenehmer Duft. Es riecht ein bisschen nach Pflastern und ein bisschen nach neuem Plastikduschvorhang oder, als ich älter wurde und neue Vergleiche fand, nach Druckertinte im Büro.

Ich stellte fest, dass es weniger schmerzhaft war, wenn ich Dinge selbst tat. Endlich hatte ich die Kontrolle, da ich zumindest wusste, wann und wo es wehtun würde. Die Krankenschwestern überschütteten mich mit Lob, als ich anfing, mich selbst zu spritzen, und Mums Stolz war unübersehbar. Das musste ich also von jetzt an tun? Ich lernte, dass mir am meisten Aufmerksamkeit zuteilwurde, wenn ich taff war. Die anderen Kinder wollten sehen, wie ich diesen Tropfen Blut hervorquetschte, und bewunderten mich für meine Tapferkeit. Die Erwachsenen wollten über meine Fähigkeit staunen, den Kohlenhydratgehalt einzelner Nahrungsmittel korrekt zu schätzen, damit sie mir den Kopf tätscheln und sagen konnten: «Ist sie nicht eine kleine Nährwerttabelle!» Also gab ich ihnen, was sie wollten.

Ich wurde taff und unerschrocken. Oder zumindest versuchte ich es.

ALEX

PERSÖNLICHER KALENDER
Neue Aufgabe: Einem Freund schreiben (Paul)
Neue Aufgabe: Mamas Anruf(e) beantworten
Neue Aufgabe: Abends mehr Gemüse essen (Jalapeños zählen nicht als Gemüse)

Mama hat eine Sprachnachricht geschickt. Ursprünglich war das eine Idee von mir, um die Zahl der Nachrichten, besonders Memes, zu reduzieren, mit denen sie uns bombardierte. Inspirierende Sprüche und Tierbabys – wenn sie existieren, kann man davon ausgehen, dass Mama sie weiterleitet. Das Problem ist, dass sie für jeden Satz eine neue Sprachnachricht schickt. Jetzt werde ich mit Geschichten ihrer Nachbarn und mit Tratsch überschwemmt, klein gehackt in Zwei-Sekunden-Schnipsel. Höre mir die erste und die letzte von insgesamt sieben an, die sie gerade geschickt hat, in der Hoffnung, dadurch die Zusammenfassung zu bekommen wie bei einem Merkblatt, bei dem man nur die Einführung und das Fazit liest. Aus den Sprachnachrichten schließe ich, dass sie will, dass ich meine E-Mails checke.

Sie ist da – die vorläufige Zeugenaussage. Ich öffne den Anhang.

Zeuge A, wohnhaft in Djäknegatan 2b, 21 11 Malmö, wird wie folgt aussagen: Nach Ende meiner Schicht (ich arbeite als Pflegekraft wenige Straßen von dem Unfallort entfernt) bin ich rückwärts aus einer Parkbucht gestoßen. Ich hörte einen lauten Aufprall und habe mich deshalb umgedreht. Erkennen konnte ich kaum etwas, aber ich hörte einen Schrei

und bin deshalb ausgestiegen. Ein Mann lag neben einem Fahrrad auf dem Boden, und ein weißer Lieferwagen fuhr weg. Der Transporter war das einzige Fahrzeug auf der Straße, daher beschloss ich, das Kennzeichen zu notieren. Schätze, der Gedanke kam mir, weil ich so viele Krimiserien gucke. Gleich hinter dem Fahrradfahrer stand eine Frau. Sie trug eine rote Fleecejacke und hatte einen Hund an der Leine. Ich ging davon aus, dass sie ihm helfen würde, daher habe ich die 112 angerufen. Ich sagte etwas wie: «Ein Radfahrer ist angefahren worden und blutet aus Kopf und Bauch. Er ist nicht bei Bewusstsein.» Und dann die Adresse. Ich bin am Telefon geblieben. Sie haben weiter mit mir gesprochen. Plötzlich bemerkte ich, dass die Frau mit dem Hund weg war, und die Straße war sonst leer. Ich bin zu dem Mann hingerannt, habe das Handy auf den Asphalt gelegt und meine Jacke auf die Stelle gedrückt, aus der das meiste Blut kam, also auf den Bauch.

Als der Rettungswagen zusammen mit einem Notarztwagen eintraf, machte ich ihnen Platz. Ich bin dageblieben, bis sie am Unfallort fertig waren und zum Krankenhaus losfuhren. Zu dem Zeitpunkt hatten sich weitere Fußgänger versammelt, und ein schwarzer Clio hatte am Straßenrand angehalten. Die Polizei war da, und ich habe ihnen dasselbe erzählt, was ich gerade gesagt habe. Dass ich den Fahrer nicht gesehen habe oder den eigentlichen Unfall. Ich sah nur den Transporter davonfahren.

Einen weißen Transporter.

Ich fühle einen Stich Eifersucht, dass diese Person Calle als Letztes lebendig gesehen hat. Ist ihm bewusst, was das für ein Privileg ist? Was ich getan hätte, um an seiner Stelle zu sein? In der Position, *etwas tun* zu können?

Mir ist schmerzlich bewusst, dass die Aussage nicht das enthält, was wir uns erhofft haben, und dass wir die zweite Zeugin brauchen. Ich habe alle meine Möglichkeiten ausgeschöpft. Überall gesucht. Habe den Staatsanwalt per E-Mail angefleht, ob nicht doch noch etwas getan werden kann. *Bitte*. Ich antworte auf die Mail.

Der Zeuge hat gesehen, wie der weiße Transporter davonfuhr; er sagt aus, dass der Fahrer nicht am Unfallort angehalten hat. Das muss doch für irgendetwas gut sein?

Die Antwort kommt schnell.

Hi Alex,
ich hoffe, es geht Ihnen gut. Wie bereits besprochen, leugnet der Fahrer in Erwartung einer solchen Zeugenaussage nicht die Tatsache, dass er weggefahren ist, vielmehr argumentiert sein Anwalt, er habe nicht bemerkt, dass ein Radfahrer angefahren wurde. Der Fahrer sei überzeugt gewesen, das Fahrrad nur leicht gestreift zu haben, und argumentiere, dass er ein für ihn neues Fahrzeug fuhr, an das er noch nicht ausreichend gewöhnt gewesen sei, um die Stärke des Zusammenstoßes richtig einschätzen zu können. Er wehrt sich gegen den Vorwurf der Fahrerflucht, da ihm nicht bewusst gewesen sei, dass ein Radfahrer verletzt wurde.
Wie besprochen werden wir die Tatsache hervorheben, dass sein Blutalkohol über dem zulässigen Limit war (basierend auf dem positiven Alkoholtest, der am folgenden Morgen abgenommen wurde, als man ihn ausfindig machte), und eine Verurteilung wegen rücksichtslosen Fahrens anstreben. Von der ernsteren Anklage der fahrlässigen Tötung im

Straßenverkehr raten wir aus den oben gelisteten Gründen und aus Mangel an Zeugen ab.

Mit freundlichen Grüßen

Kein Zeuge. Es sei denn, ich finde einen. Ich lege mein Handy zur Seite, trete wie ein Kind gegen die Wand und hüpfe dann fluchend wegen meiner schmerzenden Zehen auf einem Bein herum.

Echt erwachsen, Alex.

KLARA

Google: Was ist die Lebenserwartung von einem Ei?

Ich habe eine Handvoll Kostenvoranschläge verschickt. Ich habe Videos gemacht, anhand derer mein Vater eine Schätzung abgeben kann. Und jetzt höre ich mir auf dem Anrufbeantworter an, wie ein Mann, mit dem ich gestern einen Termin hatte, sagt, dass die anberaumten Kosten weit über denen einer anderen Firma lägen und er den Auftrag deshalb nicht an uns vergibt. Mir wird flau im Magen. Ich kann das Gefühl nicht abschütteln, dass diese Ablehnung gegen mich persönlich gerichtet ist. Ablehnungen gehe ich so gut wie möglich aus dem Weg, bitte nie um Preisnachlässe, Upgrades oder sonst etwas mit einer hohen Wahrscheinlichkeit für ein *Nein*. Ein Nein sticht wie Brennnesseln.

Doch mir bleibt keine Zeit, mich in meinem Leid zu suhlen, da das Telefon unablässig klingelt. Mein iPhone ist immer auf laut gestellt, weil mir Leute, die ihr Handy auf stumm stellen, den letzten Nerv rauben. Es sind die Art Leute, die den Mund nicht aufmachen und sich stattdessen auf ihre Körpersprache verlassen und davon ausgehen, dass offensichtlich ist, was sie mit ihren hängenden Schultern, dem Lächeln, das ihre Augen nicht erreicht, und dem Zurückwerfen ihrer Haare zum Ausdruck bringen wollen.

«Hallo, Sie sprechen mit Bygg-Nilsson.» Diese Grußformel habe ich im Schlafzimmer mit den Katzen als Zuhörer geprobt.

«Hi. Ich glaube, Sie haben einige meiner Anrufe verpasst», sagt die Stimme eines Mannes, der klingt, als wäre er zwischen vierzig und fünfzig. Südschwedischer Dialekt, langsame und gedehnte Aussprache, als würde man mit jedem Wort durch Matsch fahren.

«Nicht ich habe sie verpasst. Sondern das Telefon, während ich draufgeschaut habe», stelle ich klar. «Ich war beschäftigt.» Daraufhin breitet sich Schweigen aus, gefolgt von einem Räuspern des Mannes.

«Könnte ich mit Peter sprechen?»

«Peter steht zurzeit nicht zur Verfügung. *Ich* hingegen stehe Ihnen nicht nur zur Verfügung, sondern kümmere mich auch gerne um Ihr Anliegen», sage ich. Wieder eine Phrase, die ich letzte Nacht geübt habe. Die Katzen schienen sie gut zu finden. Und auch der Mann wirkt beeindruckt, denn er trägt sein Anliegen vor.

«Jemand von Ihnen wollte eigentlich vorbeikommen, um mir einen Kostenvoranschlag zu machen; aber bisher hat sich noch niemand gemeldet, um einen Termin zu vereinbaren.»

«Das tut mir leid. Bei uns gab es kürzlich eine administrative Übergabe. Wie dem auch sei, ich könnte Sie heute Nachmittag noch einschieben.» Ich würde ein bisschen umorganisieren müssen, möchte aber flexibel wirken.

Ich schicke Mateusz eine Nachricht, dass er den Schlüssel selbst abholen muss, damit ich den kurzfristigen Termin wahrnehmen kann. Offensichtlich ist Mateusz verhindert.

Tut mir leid, Klara, glaube, ich habe eine Lebensmittelvergiftung und komme deshalb heute nicht zur Arbeit.

Gute Besserung, antworte ich.

Mateusz tut mir leid. Montags, an unserem stressigsten Tag der Woche, scheint er immer extremes Pech mit Lebensmittelvergiftungen zu haben.

Als Nächstes versuche ich es bei Ram. Weil ich es nicht mag, Leute herumzukommandieren, ist meine Strategie, einfach die noch zu erledigenden Aufgaben zu verkünden. Das ist fast, als rede man mit sich selbst, nur dass ich *wir* statt *ich* sage. Normalerweise bringt das die andere Person dazu zu antworten: «Ich kann das erledigen» oder «Überlass das mir». Aber bei den Angestellten meines Vaters scheint das nicht zu funktionieren.

«*Wir* müssen noch Fugenmörtel zur Villa in Södra Sandby bringen», erwähne ich laut, als Ram auf seinem Weg zum Parkplatz an mir vorbeiläuft.

«Hast du die Adresse?»

Natürlich habe ich die Adresse. Meine Hauptaufgabe ist zu wissen, wer zu welcher Zeit wo sein muss, das gilt auch für Materialien und Werkzeuge, und dafür ist es unabdingbar, die Adressen all unserer Baustellen zu kennen.

«Ich kenne die Adresse.»

«Cool. Dann ist ja alles bestens. Schönen Tag, Klara.» Er steckt sich seine AirPods in die Ohren und geht mit schwingendem Pferdeschwanz von dannen. Erst in dem Augenblick wird mir klar, dass er die Aufgabe mir überlassen hat. Am liebsten würde ich ein schlimmes Wort sagen, und es ist nicht *Knulla* oder *Pustekuchen*.

Der Mann mit beginnender Glatze auf der anderen Seite des Kiefernholzküchentischs spricht in Copperplate Gothic, Schriftgröße zwanzig. Das passt zu ihm, weil es laut Google auf der Liste der furchtbarsten Schriftarten steht und es ihr an Klasse fehlt.

«Ich hab früher selbst ziemlich viel herumgewerkelt, aber jetzt muss ich es an einen Profi übergeben. Hab nicht mehr die Zeit.» Er zieht die Augenbrauen hoch. «Dachte, ich beauftrage lieber jemanden, damit meine Frau nicht bald die Scheidung einreicht.» Er lacht. Da ich schon selbst eine Scheidung miterlebt habe, finde ich die Sache gar nicht zum Lachen.

«Folgen Sie mir, dann zeige ich Ihnen die Oase.»

Ich bin weder Fliesenlegerin noch Tischlerin, und das Einzige, was mich mit der Handwerkskunst verbindet, ist die Tatsache, dass ich die Tochter eines Handwerkers bin, aber was sich mir im Keller des in den Fünfzigerjahren erbauten Hauses eröffnet, ist die Amateurinstallation einer Stromschlagkammer mit freiliegenden Kabeln und komisch aussehenden Löchern in der Wand.

«Da wären wir, der Beginn des Wellnessbereichs. Sauna und Duschraum mit einer Ruheecke.»

«Wunderschön», sage ich. Wie meistens, wenn ich jemandes Zuhause betrete und durch das bescheidene Domizil geführt werde.

«Ja, richtig. Die ganze grobe Arbeit habe ich schon erledigt, nicht wahr? Dürfte für euch ratzfatz gehen, das fertigzustellen.» Der Mann tritt gegen eine leere Nageldose, die ein bisschen weiter fliegt als vermutlich beabsichtigt. «Ich dachte, warum nicht Bygg-Nilsson anrufen und sehen, ob sie dieses Projekt irgendwie zwischenschieben können. Es wäre toll, wenn der Wellnessbereich bis zum Frühjahr fertig wäre.»

«Momentan haben wir für neue Projekte eine zweimonatige Wartezeit», erkläre ich ihm.

«Zwei Monate? Ich hab doch sozusagen schon alles erledigt. Ich brauche nur etwas Unterstützung, weil ich keine Zeit mehr habe.» Ich kann mir nicht vorstellen, die Stromschlagkammer nebenbei während unserer Mittagspausen fertigzustellen. Möglicherweise muss sogar alles komplett neu gemacht werden. Das sage ich dem Mann. Jetzt spricht er in Schriftgröße vierundzwanzig.

«Sie könnten sich an unser Büro wenden», erkläre ich und kritzle die E-Mail-Adresse auf ein Stück Papier. «Vielleicht finden die eine Möglichkeit, Sie früher einzuschieben.»

Unnötig zu erwähnen, dass *ich* momentan unser Büro bin und die Anfragen in meinem Postfach landen. Ich verlasse das Haus, so schnell ich kann.

Eine Stunde später bin ich in Södra Sandby, einem kleinen, von Pferdehöfen umgebenen Dorf etwa zehn Minuten mit dem Auto von Lund entfernt. Ein älteres Pärchen bekommt eine neue Küche eingebaut, und Ram und Gunnar arbeiten dort, aber Dad hat ein Update per Video verlangt. Es würde mich nicht überraschen, wenn er es sich zur Unterhaltung während der Bestrahlung ansieht. «Vielleicht wollen Sie sich ein Buch mitbringen», hat die Krankenschwester gesagt. Nun ja, stattdessen sorge ich eben für niemals abflauenden Nachschub an Baustellenvideos.

Nachdem ich auf die Hauptstraße gebogen bin – die *einzige* Straße hier, auf der es irgendwelche Läden gibt – und einen Parkplatz gefunden habe, berechne ich die geschätzte Ankunftszeit und tippe dann bei Google ein: *Gilt 4 Minuten und 57 Sekunden als zu spät?*

Schnelle Schritte, gesenkter Kopf, eisiger Wind, der durch den Spalt zwischen meiner Mütze und meinem Mantel dringt. Ich gehe immer auf der Straßenseite mit den ungeraden Hausnummern, weil sie mir leidtun, schließlich sind sie ungerade und so. Der gefrorene Boden des Vorgartens knirscht bei jedem meiner Schritte. An der Haustür hängt ein Klopfer in Form eines Hufeisens, den ich benutze.

«Tut mir leid, dass ich grenzwertig spät dran bin», verkünde ich und nehme mir einen Augenblick, um mich zu fassen. Der Flur ist ordentlich, und ich streife gründlich die Schuhe an der Türmatte ab.

Die alte Dame mit weißen flauschigen Locken stellt sich als Greta vor. Ich kann mein Entzücken nicht verbergen.

«Ich mag Ihren Namen, weil die Buchstaben auch das Wort *great* ergeben.» Es wäre ein typischer Tippfehler, *great* zu schreiben statt *Greta*, und die Autokorrektur würde es nicht mal verbessern. Wenn ich Greta hieße, bekäme ich regelmäßig versehentliche positive Bestätigung.

«Und ich mag Ihren Akzent. Woher kommt er?», antwortet sie mit einem Lächeln.

«Tatsächlich bin ich keine zehn Kilometer von hier entfernt aufgewachsen. Aber ich habe einige Jahre in London gelebt, und jetzt stecke ich in dem Dilemma, dass ich sowohl einen Akzent habe, wenn ich Schwedisch spreche, als auch, wenn ich Englisch spreche.» Es stimmt: Wenn man in ein anderes Land zieht, festigt dieses Land seinen Griff um dich, bis deine Identität nur noch eine Grauzone zwischen Kulturen und Sprachen ist.

«Ihr Akzent ist jedenfalls herzallerliebst. Ich konnte es nicht glauben, als ich hörte, dass eine junge Frau kommt. Sie sehen Ihrem Vater gar nicht ähnlich. So ein netter Mann.» Das höre ich oft, sowohl dass ich ihm nicht ähnlich sehe, als auch dass er ein liebenswerter Mann ist. Vermutlich entscheiden sich viele Kunden seinetwegen für unsere Firma. An der tollen Website oder an Mateusz liegt es jedenfalls sicher nicht.

Ich werfe einen Blick zu dem kleinen quadratischen Küchentisch und sehe, dass sie eine Fika vorbereitet hat, komplett mit selbst gebackenen Zimtschnecken und Keksen. In der Mitte steht eine Kanne Kaffee, auf die sie jetzt zeigt. «Danke, Sie sind offiziell meine Lieblingskundin», sage ich. «Sollen wir uns gemeinsam die Samples ansehen, die ich mitgebracht habe?» Ich nehme einen Schluck von meinem zweiten Kaffee des Tages.

Greta beugt sich zu mir vor. «Ganz zwischen uns, könnten Sie vielleicht mit den Handwerkern über Badezimmermanieren sprechen? Toilettensitz runterklappen und keine Tropfen auf dem Boden – so etwas. Ich weiß, dass unser Haus jetzt eine Baustelle ist, aber es ist trotzdem unser Zuhause, und es beschert uns definitiv zusätzliche Arbeit.»

Mein Gesicht nimmt die dezente Farbe von Roter Bete an.

«Das tut mir furchtbar leid», sage ich. «Ich werde mit ihnen sprechen, das wird nicht wieder vorkommen.»

Als ich nach Hause komme, stelle ich fest, dass Dad mal wieder Abendessen gemacht hat – wenn Spiegelei auf Toast als Abendessen durchgeht. Der Ketchup und die Sweet-Chili-Soße stehen an ihrem üblichen Platz in der Tischmitte. Das meiste Geschirr erkenne ich aus meiner Kindheit wieder. Ich schaue auf meine App und freue mich, dass ich nicht nur über sechstausend Schritte gemacht habe, sondern auch noch bei einer ungeraden Zahl angelangt bin, daher belohne ich mich mit einem Glas Wein. Dad lehnt mein Angebot ab, ihm auch eins einzuschenken.

«Was ist mit Eiern?», fragt er, als ich mich setze und das Besteck so zurechtrücke, dass es exakt senkrecht ausgerichtet ist. «Ich weiß, dass du sie isst, aber wie hoch ist ihre Lebenserwartung? Orientierst du dich an der Lebenserwartung des Eis oder des Huhns, zu dem es werden könnte?»

Das stellt ein echtes Dilemma für meine Ernährung dar, weshalb ich es bereits gegoogelt habe.

«Ah. Interessanter Punkt. Damit aus einem Ei ein Huhn wird, müssen mehrere Dinge zusammenkommen. Als Erstes müsste es befruchtet werden. Die meisten kommerziell vertriebenen Eier stammen von Geflügelhöfen und wurden nicht befruchtet. Tatsächlich bekommen die Legehennen dort nicht mal einen Hahn zu Gesicht. Damit ein Ei befruchtet wird, müssen sich eine Henne und ein Hahn paaren, bevor das Ei überhaupt entsteht und gelegt wird. Ich zitiere hier Google. Dieses Spiegelei», sage ich und steche mit der Gabel hinein, sodass ein bisschen Eigelb auf das Brot und den Teller läuft, «hätte eine Lebenserwartung von wie viel Zeit auch immer gehabt, bis das Mindesthaltbarkeitsdatum auf der Packung erreicht gewesen wäre.»

«Dann werde ich in Zukunft die Packungen kaufen, die bald ablaufen, wenn das hilft, Klara, Schatz», verspricht Dad warmherzig.

«Wie wäre es, wenn ich uns morgen etwas Fertiges zu essen

mitbringe? Geht auf mich», schlage ich vor. Ich liebe Essen to go. Und Onlineshopping. Man öffnet einen Deckel und bekommt eine Überraschung und weiß doch genau, was drin ist. Was im Grunde bedeutet, dass es keine bösen Überraschungen geben kann.

«Wie du willst, aber es wäre längst kalt, wenn du damit nach Hause kommst. Der nächste Laden, bei dem es Essen zum Mitnehmen gibt, ist Fred's Grill und Pizzeria.» *Natürlich.* Da gurke ich den ganzen Tag im Transporter herum, und wenn ich nach Hause komme und eine gescheite Mahlzeit will, muss man dafür eine halbe Stunde fahren. Lieferdienste? Fehlanzeige. Ein Hoch auf die Flucht aufs Land.

Nach dem Abendessen versuche ich, mein Leben zu organisieren. Ich hatte noch nie einen so vollen Terminkalender. Ich lasse immer Abstände zwischen den Zeilen, und ich kann mich nicht gegen den Gedanken wehren, wie lange ich wohl zwischen jedem von ihnen den Atem anhalten müsste, wenn sie Fußübergänge wären. Es wären viele kurze, flache Atemzüge, als würde man hyperventilieren. An den Stellen mit zu vielen Einträgen fließen sie ineinander über, und ich kann nicht erkennen, wo die eine Zeile aufhört und die nächste anfängt.

Die Einträge für heute lauten:

7:30 Uhr Schlüsselübergabe an Gunnar. Gebäck mitbringen
8:00 Uhr Fliesengroßhändler, um Samples abzuholen
9:00 Uhr Bürozeit und Rechnungen
10:00 Uhr Kundentermin im Büro, um neues Projekt zu besprechen. Name: Hans, geschätztes Alter: 40 plus. Einzige weitere Information: Er ist Mac-affin («Von meinem iPhone gesendet»).

11:00 Uhr 34 Smålandsgatan. Frau namens Hilda. Lieblingsfarbe (vermutlich) Rot. Kater namens Sot. Mag es, wenn wir die Schuhe ausziehen.

Dann ist mir am Seitenrand der Platz ausgegangen. Für die Nachmittagstermine muss ich umblättern.

«Schreib nur auf, was wichtig für den Auftrag ist. Zum Beispiel, welches Material und welche Werkzeuge gebraucht werden, wo der Kunde den Schlüssel hinterlegt hat, ob unter der Türmatte oder einem Blumentopf, so etwas», sagt Dad, der über meine Schulter mitliest.

«Verstehe. Aber woher weiß man, was wichtig ist? Der Name des Katers könnte wichtig sein. Was zum Beispiel, wenn er über eine frisch betonierte Fläche läuft? Vielleicht muss man ihn zurückrufen.»

«Normalerweise müssen wir keine Katzen zusammentreiben.»

«Ich hatte an meinem ersten Tag das Gefühl, Katzen zusammenzutreiben.»

Dad schüttelt den Kopf und geht davon. Mir fällt auf, dass er sich dabei an der Wand festhält. In letzter Zeit wirkt er immer mehr wie ein kleines Kind. Er ist mäkelig beim Essen und geht früh zu Bett, und morgens muss ich ihn dazu zwingen, sich anzuziehen. Ich beschließe, ihm die Kleider für den kommenden Tag rauszusuchen, und lege sie ordentlich gefaltet auf den Stuhl vor seiner Schlafzimmertür. Jeans, T-Shirt, Pullover und ganz oben auf dem Stapel dicke weiße Socken. Ich drapiere sie so, dass sie aussehen wie ein Lächeln, ein lang gezogener Bogen, auch wenn ich selbst dabei kein Lächeln im Gesicht habe.

Es ist Donnerstag, was bedeutet, dass es Zeit ist für Wein und Geweine. Sagas und meine wöchentliche FaceTime-Session unter Schwestern. Ihr Name erscheint auf meinem Bildschirm, und ich drücke auf den grünen Button. Sie hat ihr blondes Haar zu einem unordentlichen Dutt gebunden und ihre Lesebrille auf der Nase.

«Hi», sagt sie.

«Hi.» Ich habe diese Angewohnheit, Saga zu spiegeln, manchmal absichtlich, manchmal nicht.

Warum musst du mir immer alles nachplappern, Klara? Finde dein eigenes Vokabular.

«Ich will mich ja um Dads Website kümmern, aber es ist unmöglich. Harry ist wie eine Katze. Immer wenn ich den Laptop aufklappe, kommt er angerannt.» Sie seufzt.

«Ein bisschen Hilfe ist besser als keine. Ernsthaft, Saga, ich brauche deine Unterstützung. Du hast versprochen, mir zu helfen.»

«Ich weiß, und das tue ich auch. Bald.»

Saga geht mir ganz schön auf den Keks. Ständig verspricht sie ihre Hilfe und lässt mich dann hängen. Sie sollte auch ihren Beitrag leisten. Social Media ist etwas, um das sie sich auch aus Deutschland kümmern kann, aber ständig findet sie irgendwelche Ausreden. Gestern Abend war sie zum Beispiel lange wach und hat Süßkartoffel-Brownies für Harrys Kita-Fest gebacken. Ich verstehe ja, dass Kleinkinder anstrengend sind, aber er geht in die Kita. Und sie hat ihre Mittagspause. Und um neunzehn Uhr geht er ins Bett. Ich könnte noch mehr aufzählen. Ich bin hier völlig auf mich gestellt, und sie lebt einfach ihr Leben weiter, als wäre nichts.

«Geht das auch spezifischer?»

«Nächste Woche.»

«Okay. Kein Problem.» *Lest: großes Problem.* Sie wechselt das Thema, was bedeutet, dass ihr das klar ist.

«Wollen wir unsere Schrittzähler synchronisieren? Ich versuche, täglich auf sechstausend zu kommen, weil ich gemerkt habe, dass ich mit dem Gang zur Kaffeemaschine, zum Kekstisch im Raum für die Angestellten und zur Toilette nur auf etwa neunhundert komme.»

«Trink einfach mehr Kaffee. Dann musst du auch öfter aufs Klo. Problem gelöst.»

«Herzgesundheit? Schon mal davon gehört?»

«Ich mache täglich sechstausend Schritte und mehr, und mein Herz ist alles andere als gesund, ständig bricht es. Ich bezweifle, dass sechstausend Schritte die Lösung sind. Sex als Cardiotraining ist übrigens auch überbewertet. Es fängt gut an, endet aber mit Herzschmerz.»

«Wenigstens ist der Sex, den du letztes Jahr hattest, noch Cardiotraining. Nach vier Jahren Ehe fühlt sich meiner nicht mal mehr an wie ein flotter Spaziergang.»

«Viel zu viel Information! Du weißt genau, dass ich mich wohler dabei fühle, zu viel von mir preiszugeben, als am zuhörenden Ende des Überangebots an intimen Informationen zu sitzen.»

Die Wahrheit ist, dass meine Schritte erst seit meiner neuen Tätigkeit so hoch sind. Zwischen Auto, Baustellen und Büro muss man ganz schön viel laufen.

«Ich hatte zum ersten Mal seit Jahren Muskelkater im Bizeps. Du solltest mal versuchen, säckeweise Fugenmörtel vom Großhändler in den Kofferraum zu wuchten.»

Harry unterbricht uns mit einem «Mama!». Direkt gefolgt von Heinrichs Stimme.

«Er verlangt nach dir», sagt Sagas Ehemann und fügt dann an mich gerichtet ein «Hallo» hinzu.

«Wenn ein Kind bei seinem Vater nach der Mutter verlangt, ist das, als würde es nach dem Vorgesetzten fragen», sage ich zu ihm.

«Anscheinend ist seine Mutter besser darin, ihm den Schlafanzug anzuziehen. Ich wüsste gern, was sie groß anders macht.»

«Er ist echt ein Guter», sage ich zu Saga, als Heinrich aus dem Blickwinkel der Kamera getreten ist, um mit Harry einen zweiten

Schlafanzugversuch zu starten. Ihr ist nicht klar, wie glücklich sie sich schätzen kann. Wenn sie es nicht sehr gut überspielt hat, wurde sie noch nie verlassen. Buchstäblich. Ihre Erfolgsrate, wenn es darum geht, dass Männer mit ihr in einer Beziehung bleiben wollen, liegt bei hundert Prozent. *Offensichtlich muss ich etwas falsch machen.*

«Schätze, schon. Obwohl ich das meiste mache. Es ist nicht so, als würde er ihn *jede* Nacht ins Bett bringen.» Saga *muss* sich beschweren. Hat panische Angst, ich könnte denken, dass sie in Wahrheit gar nicht alles macht.

«Wenn nicht immer alles perfekt sein müsste, hätte er vielleicht auch mehr Zeit, ihn öfter ins Bett zu bringen.» Saga verlangt von allen, alles im Griff zu haben. *Jederzeit.* Genau wie sie. Versicherungen müssen erneuert und Kühlschränke so vollgestopft werden, dass sie ein spontanes Festessen zubereiten könnte, Kinderkleider müssen mit Namensschildchen versehen werden, und das Auto muss zu jeder Zeit vollgetankt sein. Obwohl sie mit dem Bus fährt.

Wir beenden den Anruf, und ich gehe ins Bett. Die Stille ist sehr still, daher hole ich die Uhr aus dem Wohnzimmer, um etwas Hintergrundgeräusch zu haben. Ich gucke in die App und stelle fest, dass ich 6452 Schritte gemacht habe. Eine gerade Zahl.

Ich schäle mich erneut aus dem Bett und zucke zusammen, als meine Füße den kalten Boden berühren, gehe zum Fester und zurück und mache dann noch einen Extraschritt, um bei 6461 anzukommen.

ALEX

PERSÖNLICHER KALENDER
Neue Aufgabe: Mehr Paracetamol kaufen
Neue Aufgabe: Ibuprofen kaufen
Bearbeitete Aufgabe: Spritztour machen. Ist am Ende
das Einzige, was gegen Kopfschmerzen hilft

In Entwürfe gespeichert
Lieber Calle,
glaube nicht, dass wir uns wegen Dan weiter Sorgen machen
müssen. Ich weiß, du würdest es tun – hast du immer –, und
alte Gewohnheiten sind schwer abzulegen. Legt man sie
nach dem Tod ab, alte Gewohnheiten meine ich?
Ich habe mich heute mit ihm getroffen. Er ist traurig, aber auf
eine gesunde Weise. Weißt du, wie man prüft, ob es einem
Kind oder einem Tier gut geht? Genau das habe ich mit
Dan gemacht. Er isst gut, schläft gut (zumindest behauptet
er das), und ich habe keinen Grund, ihm nicht zu glauben.
Wir waren bei dem Inder auf dem Stortorget, und er hat gut
und gerne drei Naan-Brote gegessen, das sollte dir also
Gewissheit geben. Er meinte, er braucht den Ring nicht
zurück, daher steckt er immer noch an meinem Finger. «Alex,
ich würde ihn nur in die Schublade legen, damit er sicher
verwahrt ist. Ich weiß, dass du ihn nicht ewig behalten willst»,
sagte er. Und er hat recht: Immerhin war es dein Ehering,
nicht meiner, aber im Moment hilft er mir, und ich brauche
alle Hilfe, die ich kriegen kann. Dan sagt immer: «Hör auf,
dich zu bedanken, und hör auf, dich zu entschuldigen. Was

passiert ist, ist nicht deine Schuld.» Glaube ihm immer noch
nicht.

Mama und Papa geht es gut, so gut es eben möglich ist,
wenn man gerade die Hälfte der eigenen Welt verloren
hat. Sie handwerkeln und backen weniger. Ich gehe ihnen
so weit wie möglich aus dem Weg, da meine momentane
emotionale Zerbrechlichkeit auf Unverständnis stößt. Sie
unterscheidet sich von ihrer, daher hat vor allem Papa
wenig Verständnis. Fühle mich deshalb schuldig, was meine
emotionale Zerbrechlichkeit noch steigert, weshalb ich ihnen
erst recht aus dem Weg gehe, und so wiederholt sich der
Kreis.

Ich habe dieses nagende Gefühl, dass alles besser wäre,
wenn es mich getroffen hätte. Mich hatten sie schon drei
Jahre länger. Hatten mehr von mir als von dir. Ihre Zeit mit dir
wurde gekappt, aber ihre Zeit mit mir tickt weiter. Doch tickt
sie wie eine Uhr oder wie eine Zeitbombe? Das ist die Frage.
Manchmal fühlt sich mein Leben eher wie eine Zeitbombe an
als wie eine Uhr.

In Liebe, A

KLARA

Google: Was tun, wenn Penis zu lang für die Toilette ist?

Ich muss an einer Feuchtraumkonferenz teilnehmen. *Feuchtraum.* Das klingt nach einem perversen Zimmer für Orgien oder diesen schicken Motto-Privatpartys mit völlig unsexy Namen wie Killing Kittens, auf die Alice' Ex-Freund sie mal mitschleppen wollte. Wie sich herausstellt, ist Feuchtraum einfach die Bezeichnung für Badezimmer und für eine Zertifizierung zum Fliesenlegen, die alle fünf Jahre erneuert werden muss. Dafür muss einer der Angestellten bei einem halbtägigen Workshop anwesend sein, bei dem Dozenten Vorträge halten. (Ich meine, wer werden die Dozenten sein? Die Spannung ist unerträglich. *Angesehener Professor für Fliesenarbeiten und Feuchträume?*) Da ich die Einzige in unserem Unternehmen bin, die bei den eigentlichen Bauarbeiten völlig nutzlos ist (Dads Worte, gefolgt von einer schnellen Entschuldigung), bin ich die Auserwählte.

Ich betrete das Radisson Blu in der Innenstadt von Malmö um 8:03 Uhr, im sicheren Rahmen des Noch-nicht-zu-spät-Seins. In den Fluren liegt blauer Kunstfaserteppich mit roten Punkten, und neben der Rezeption steht eine Palme. Schnell stelle ich fest, dass der Dresscode für Bauarbeiterschulungen aus Levi's Jeans (oder ähnlichen, günstigeren Varianten), einem in die Hose gestopften Hemd und entweder Turnschuhen oder Stiefeln besteht. Ich sehe ganze zwei farbenfrohe Krawatten.

Einer der Männer mit farbenfroher Krawatte ist der Dozent, und er wirkt moderat leidenschaftlich, was sein Thema angeht, aber überaus leidenschaftlich, was die Tatsache angeht, dass er doziert. Nach einer fünfundsiebzigminütigen PowerPoint-Präsentation, während der er den Inhalt der Folien wiedergibt wie ein Synchronsprecher, werden Fragen aus dem Publikum beantwortet.

Ich habe das Gefühl, ich *sollte* eine Frage stellen. Irgendetwas über die EU-Richtlinien für Fugen oder vielleicht, ob die Feuchtigkeit im Badezimmer Auswirkungen auf die Trockenzeit des Fugenmörtels hat. Aber als ich mit ausgestrecktem Zeigefinger die Hand hebe, als wolle ich einen Luftballon zum Platzen bringen, wird es ganz still im Raum, und etwa vierzig Männer starren mich an. *Peng.*

«Wird uns das neue Zertifikat per E-Mail zugesendet?» Der Dozent sieht mich an, genau wie das Meer aus Augen um mich herum, und sagt ja, sie würden in den nächsten vierundzwanzig Stunden rausgeschickt werden. Dann hebe ich erneut die Hand, einfach weil die erste Frage so gut gelaufen ist. Folgende intelligente Worte kommen aus meinem Mund: «Wann gibt es Frühstück?» Verhaltenes Lachen. Und ein entferntes Schnauben. Ich spüre, wie ich rot werde. Ich wollte nur die Frage aussprechen, die allen auf der Zunge brennt. Dad sagte, dass alle nur wegen des Büfetts kämen. Aber das hätten wir wohl für uns behalten sollen.

«Da die junge Dame hier hungrig zu sein scheint, warum machen wir nicht zehn Minuten früher Pause? Vorausgesetzt, es gibt keine weiteren Fragen.»

Ich habe keine weiteren Fragen.

Ich stehe in einer Ecke des Raums und knabbere an einem Croissant. Den Fruchtsalat habe ich auch probiert, aber der Koch muss nicht lange zuvor dasselbe Messer benutzt haben, um Zwiebeln zu schneiden, daher ließ ich den Salat halb gegessen stehen. Es gibt freie Stühle, aber ich weiß nicht, welchen ich nehmen soll, den neben einem älteren Mann mit farbenfroher Krawatte oder den neben zwei jüngeren Männern in Turnschuhen. Ich möchte nicht die Gefühle von einem der Stühle verletzen, und ich hatte nicht genug Zeit, um mir ein faires Bewertungssystem für eine gerechte Wahl auszudenken, daher bleibe ich stehen.

«Genießen Sie das Frühstück?» Alarmiert fahre ich herum. Vor mir steht der Dozent mit einem Kaffeebecher in der Hand. Ich sehe ihn abschätzend an. Ungefähr vierzig, Stiefel und ein blaues Jackett. Einige der Barthaare an seinem Kinn sind weiß, aber vermutlich glaubt er, sie fielen unter den restlichen blonden nicht auf.

«Croissants allein sind ein Grund, in der EU zu bleiben, nicht wahr?» Er deutet mit dem Kopf auf meine linke Hand. Die Art, wie er das Wort ausspricht, klingt wie *cross ant*, englisch für böse Ameise, und ich frage mich, ob er überhaupt schon mal auf dem Kontinent war. Sein Blick klebt auf meinem Ausschnitt. Ich verstehe nicht, warum sich Frauen darüber beschweren: Es ist weit weniger anstrengend und deutlich angenehmer als Augenkontakt. Mir fällt keine Antwort ein, daher spricht er weiter.

«Hätten Sie nachher noch Zeit? Ich habe den Nachmittag frei, bevor ich zurück nach Göteborg fahre. Sie scheinen eine wissbegierige Lernerin zu sein.» Das ist eine Lüge. Ich war nur wissbegierig, was den Beginn des Büfetts angeht. «Ich habe einiges an Wissen angesammelt, das ich gerne mit Ihnen teilen würde.» Jetzt fällt der Groschen. Es dauert immer ein Weilchen. «Du bist echt nicht gerade die Hellste, Klara!», jammert Alice regelmäßig. «Du würdest bei jedem ins Auto steigen, der dir Süßigkeiten anbietet.» Das stimmt. Erst wenn mein Herz anfängt, in meiner Brust zu wummern, und meine Augen nach dem nächsten Notausgangsschild suchen, wird mir klar, dass mich jemand anbaggert. Zum Glück hat dieser Mann mir eine Ja-nein-Frage gestellt; die kann ich innerhalb von zwei Sekunden beantworten, im Gegensatz zu den anderen, die zunächst eingehende Analyse erfordern.

«Nein, ich habe keine Zeit.»

«Oh, wie schade.»

«Nicht für mich.» Er starrt mich an, und ich wedele mit dem Croissant.

Er schweigt verdattert und macht einen Schritt zur Seite, woraufhin ich an ihm vorbeischieße zur Toilette und dann weiter zu meinem sicheren, nach Lavendel duftenden Transporter. Der Transporter ist nicht übel. Ich habe den Innenraum mit einem gut riechenden Reiniger gesäubert und ein paar Snacks in die Tür gesteckt, und die Heizung ist perfekt eingestellt, sodass er zu einer kleinen Oase der Ruhe und Erholung wird. Wie einer dieser Kokons, die man an großen Flughäfen mieten und in denen man schlafen kann.

Ich mache meine R&B-Playlist an. Als Kind hat mich Saga immer beruhigt. Wenn mir alles zu viel wurde, fand sie die eine Sache, die mich ablenkte und dafür sorgte, dass ich mich entspannte.

«Was passiert im zweiten Kapitel von *Sophiechen und der Riese?*», fragte sie mich dann, und ich rezitierte wortwörtlich, wie Sophie den Riesen betrachtet und dass er einen Koffer und einen Mantel hat und sich unter ihrer Bettdecke versteckt. Dann holte ich kurz Atem, und Saga sagte: «Gut. Und im dritten Kapitel?» Als ich älter wurde, tat sie das Gleiche mit Liedern von Eminem. Die mochte ich lieber als Popmusik. Wegen des Rhythmus. Diese Texte musste ich leise aufsagen, damit es niemand hörte, weil viele böse Wörter darin vorkommen. Saga war eine geniale Trösterin, bis wir Teenager waren; dann schien ich irgendeine Charaktereigenschaft zu entwickeln, oder vielleicht war es auch eine Angewohnheit, die dazu führte, dass sie meine Gesellschaft weniger tolerierte. Alles über eine Stunde fühlte sich an wie ein einziger großer Seufzer.

In meiner Apple-Playlist sind all meine Lieblingssongs, die mich entspannen, mit einem *E* für *explicit content* – unangemessene Inhalte – gekennzeichnet. Dadurch weiß man, was einen erwartet.

Als ich jetzt einen Blick auf den Bildschirm werfe, fasse ich mich langsam wieder.

Ich habe nichts dagegen, meine Komfortzone zu verlassen. Besser gesagt, ich *hätte* nichts dagegen, wenn meine Komfortzone doch nur größer wäre als ein Transporter.

An diesem Nachmittag werde ich zu dem großen Haus gerufen, in dem unser Team in der vergangenen Woche zwei Badezimmer fertiggestellt hat. Im Dachgeschoss haben die Jungs ein großes En-suite-Bad mit zwei Waschbecken eingebaut und gefliest. Die Kunden haben sich für ein cremefarbenes Mosaik mit schwarzen Details entschieden, sehr trendy, die Art Zimmer, das mit einem Ausrufezeichen versehen ist. Zumindest sehe ich das Wort so vor mir. *Trendy!*

Der feine Schotter der Einfahrt knirscht unter meinen Stiefeln. Kurz bleibe ich stehen, um die weiche Nase eines Ponys zu streicheln, das auf dem Feld neben der Straße steht. Für mich verströmen Pferde den entspannenden Geruch nach Wald und Kindheit. In London könnte ich mir Reitstunden niemals leisten, aber in Schweden ist Reiten der zweitgrößte Sport nach Fußball und auch in der Arbeiterklasse weit verbreitet.

«Danke, dass Sie gekommen sind», sagt die Dame, die meinen Notizen nach Nina heißt, als sie die Tür öffnet.

«Natürlich. Einhundert Prozent Zufriedenheitsgarantie», zitiere ich die Website, in die Saga noch immer kein Fünkchen Arbeit gesteckt hat.

«Wir haben ein Problem mit einer der Toilettenschüsseln.»

«Was für eine Art Problem wäre das?», frage ich.

Sie schweigt einen Moment, bevor sie mit gesenkter Stimme sagt: «Es ist mir etwas unangenehm. Gibt es eine Möglichkeit, den Wasserstand in der Toilette zu reduzieren? Er scheint recht hoch zu sein.»

«Nein», antworte ich. Weil ich es nicht weiß. «Der Wasserverbrauch ist nicht höher, nur weil der Wasserstand höher ist», erkläre ich, weil ich zu dem Schluss komme, dass sie mich aus Sorge über die Nebenkosten gerufen hat.

«Ich werde es einfach aussprechen. Gott, bin ich froh, dass Sie eine Frau sind!» Sie sieht mich an, als müsste ich wissen, was sie meint. Weiß ich aber nicht. Trotzdem freut mich ihre Aussage: Bisher hatte ich den Eindruck, dass in der Branche Sexismus herrscht und die Kunden einen männlichen Handwerker erwarten, ja sogar *wünschen*. «Wenn sich mein Ehemann hinsetzt ... auf die Toilette ... berührt sein ... na ja ... berührt sein *Penis* anscheinend das Wasser.» Sie spricht das Wort *Penis* mit so viel Angst aus, wie ich das Wort *Bombe* am Flughafen aussprechen würde.

«Das klingt ziemlich unangenehm», antworte ich zustimmend.

«Gott, was bin ich froh, dass Sie sich nicht über mich lustig machen. Sie haben ja keine Ahnung!» Sie lacht laut.

Ich tendiere dazu, mich nicht über meine Kunden und Kundinnen lustig zu machen, weil das schlecht fürs Geschäft wäre. Stattdessen ziehe ich mein Handy aus der Tasche, um mir Notizen zu machen und eine Lösung zu finden. Unter ihrem Namen stehen die Adresse, der Projektzeitraum und welche Materialien bestellt und benutzt wurden. Da steht auch, dass sie ihren Tee schwarz trinkt und drinnen Hausschuhe trägt.

«Wie viele Zentimeter sind es Ihrer Schätzung nach?», frage ich. Auf der Kücheninsel neben mir ist wie durch Zauberhand ein Glas Sprudelwasser erschienen. Dies ist die Art Haus, in dem jeder, der es betritt, eine Erfrischung in die Hand gedrückt bekommt. Ich nehme einen Schluck und blicke Nina ins Gesicht, das jetzt einen seltsam rosa Farbton angenommen hat.

«Wie viele Zentimeter?», wiederhole ich. Geduld bei Kunden ist eine meiner Stärken, entwickelt während meiner Zeit bei Your-Move. Oft verstanden die Leute meine Frage nicht, sodass ich sie wiederholen musste. Völlig verständlich, wenn man bedenkt, wie viele Menschen, die in England wohnen, keine englischen Muttersprachler sind.

Ich lächle und füge erklärend hinzu: «Wie viele Zentimeter hat Ihrer Schätzung nach der Penis Ihres Partners? Ich weiß, dass eine Toilettenschüssel zweiundfünfzig Zentimeter tief ist, und sobald ich die restlichen Zahlen habe, kann ich eine Lösung finden.»

Sie greift an ihr linkes Ohrläppchen, in dem eine kleine Perle steckt. Die Haut dort hat jetzt einen tiefen Rotton angenommen, und ich kann mir nur vorstellen, welche Hitze von dem Ohrläppchen ausgehen muss. Ich wünschte, sie würde aufhören, daran herumzuspielen. Oder dass sie das Gleiche auf der anderen Seite täte, dann wäre es weniger ablenkend. Die Farbe der Ohrläppchen ist jetzt sehr unterschiedlich. Weiß und rot. Wie der Apfel bei Schneewittchen. Sie hustet.

«Das ... das weiß ich nicht.»

«Wäre es möglich, dass Sie es heute Abend ausmessen und mir die Länge schicken? Ich kann Ihnen ein Maßband dalassen, falls Sie keins haben.»

«Sie können ... Ihr Maßband dalassen?»

«Das wäre überhaupt kein Problem.»

Ich trinke mein Wasser aus und gehe zum Spülbecken, um das Glas hineinzustellen.

«Lassen Sie. Ich mach das schon mit dem Glas.»

«Danke.»

«Ich weiß nicht, ob mein Partner allzu glücklich über irgendwelche Messungen wäre. Ich hatte die Hoffnung, Sie könnten einfach den Wasserstand reduzieren.»

«Ah, guter Gedanke, aber leider lässt er sich nicht reduzieren.» Dies war ein Beispiel für eine Kundin, die erwartete, dass sämtliche Arbeiten von uns übernommen wurden: Selbst so etwas Simples wie einen Körperteil auszumessen, ist zu viel verlangt.

«Die einzige Lösung wäre, die Toilettenschüssel auszutauschen und eine größere, maßangefertigte einzubauen. Ich könnte sie bestellen und installieren lassen. Aber das wäre kostspielig. Denken Sie darüber nach.»

«Danke für das Angebot», sagt Nina im Flur zu mir, als ihr Ohrläppchen endlich ein Stück Freiheit wiedererlangt und das Rot schwindet.

«Es ist mir eine Freude», sage ich und drehe mich vor dem Gehen noch einmal zu ihr, um die Kundin mit einem subtilen Scherz zu beruhigen.

«Oder sollte ich sagen: *Es ist Ihnen eine Freude?* Das ist eine beachtliche Größe.»

Endlosschleife stirbt vor Lachen, und inzwischen ist mir klar, warum. Ich hätte es wissen sollen – Vorschulkinder lachen über Toilettenwitze, dann folgt beim Menschen eine Entwicklungsphase, in der solche Witze nur mit einem Stirnrunzeln bedacht werden, und sobald das reife Erwachsenenalter erreicht ist, ruft plötzlich jede Erwähnung eines Geschlechtsteils wieder Kichern hervor.

> Saga: Wenigstens weiß sie, dass er immer sauber ist ...
> Mum: Klaras Arbeitstage sind besser als Reality-TV.
> Dad: Wie wäre es mit einer Netzlösung? Etwas, das das gute Stück über Wasser hält?
> Ich: Willst du das Patent anmelden, oder soll ich?

Ich lache. Aber irgendwo tief im Inneren weiß ich auch, dass Nina über mich lachen wird, wenn sich ihre Scham erst mal gelegt hat, und ich habe das Gefühl, es wieder vermasselt zu haben.

ALEX

PERSÖNLICHER KALENDER
Neue Aufgabe: Mir eine Ausrede einfallen lassen, das
Treffen mit Paul abzusagen
Neue Aufgabe: Mir eine andere Ausrede einfallen lassen,
außer dass ich nachts mit dem Auto rumfahren muss
Neue Aufgabe: Scheiß drauf. Triff dich einfach mit Paul,
du Loser

«Ich lad dich ein», sagt Paul, als wir uns umarmen und uns gegenseitig auf den Rücken klopfen. Super, das bedeutet, dass ich einen richtigen Drink bestellen kann und nicht einfach das Günstigste auf der Karte, was leider ein polnisches alkoholfreies Bier wäre.

«Erzähl, wie geht's dir so, Mann?», fragt Paul. Er trägt Kapuzenpulli und Jogginghose, obwohl es neunzehn Uhr ist und wir in einer Bar sitzen. Sein Haar ist jetzt zu Cornrows geflochten. Ich versuche mich zu erinnern, wie lange wir uns schon nicht mehr gesehen haben.

«Besser.» Inzwischen habe ich gelernt, dass es die Jungs wirklich interessiert, wenn sie diese Frage stellen – *ich bin ihnen nicht egal* –, aber meine Antwort muss trotzdem die Kurzversion sein, ausgesprochen mit Zuversicht in der Stimme. Die Zusammenfassung, nicht die komplette verschlungene Geschichte, die all meine Gefühle offenlegt.

«So siehst du auch aus. Hast du das hier in deine To-do-Liste eingetragen, um Punkte zu machen? Falls ja, wäre es das erste Mal, dass ich heilsam genug bin, um Teil eines Genesungsprogramms zu sein.»

«Alles kommt auf die To-do-Liste. Langsam fange ich an, es irgendwie zu mögen.» Bin nahezu besessen davon, diese drei Aufgaben auszufüllen, ziemlich oft mit Schwachsinn.

«Was gibt's bei dir Neues?»

«Ich hab auf Tinder diese Frau kennengelernt», sagt Paul. «Keine Ahnung, warum ich mich überhaupt angemeldet habe. Irgendwo hab ich mal gelesen, dass ein gut aussehender Mann eine Erfolgsrate von fünf Prozent hat, wenn es darum geht, auf Tinder ein Match zu bekommen. Im Grunde ist es Folter. Wir stellen uns zur Schau, wohl wissend, dass wir von fünfundneunzig Prozent einen Korb kriegen. Die meiste Zeit, wenn ich durch die Profile swipe, will ich eh niemanden davon daten, es ist einfach zur Gewohnheit geworden», sagt er.

«Das kann es doch nicht sein, Mann. Als würde man im Onlineshop nach neuen Turnschuhen suchen, die man sich eh nicht leisten kann. Schaufensterbummeln nach Frauen», sage ich.

«Seit wann bist du denn ein Liebescoach?»

«Wenn du einen Liebescoach suchst, geh zu meiner Mutter. Söhne zu verheiraten, ist ihre Lieblingsbeschäftigung. Du weißt, dass es mir am Arsch vorbeigeht, mich zu verlieben.»

«Nun, manche von uns haben ein Herz. Und einen Schwanz», sagt Paul und grinst. «Keine Sorge, dich wird's auch irgendwann wieder erwischen. So lange ist's ja gar nicht her.»

«Lang genug, dass sich die Ratenzahlungen fürs Auto stapeln. Keine Ahnung, was ich machen soll. Ich würde das Auto gern behalten, aber es ist echt zu teuer. Irgendwelche Vorschläge?»

«Das Auto ist okay. Der Ring ist schräg. Es würde mehr Sinn ergeben, wenn Dan ihn tragen würde. Wo wir gerade beim Thema sind, rennen dir seitdem die Frauen hinterher? Von einem Freund bei der Arbeit habe ich gehört, dass er sich vor Frauen gar nicht retten kann, seit er einen Ring angesteckt hat, als sähen sie ihn plötzlich als mustergültig und loyal.»

«Ich war nicht oft genug aus, um die Theorie deines Freundes auf die Probe zu stellen.»

«Ich weiß, Alex. War nur ein Witz.»

«Wenn ich das Auto behalten will, muss ich in den Leasingvertrag einsteigen. Es ist erst zur Hälfte abbezahlt, und die monatlichen Raten sind hoch», sage ich.

«Wenn möglich, würde ich es behalten. Toller Schlitten.»

Das Auto ist Calles glänzender neuer BMW, den Dan mir netterweise erlaubt hat, fürs Erste zu behalten. Wir haben uns noch nicht darauf geeinigt, wann ich ihn zurückgeben muss oder ob er *tatsächlich* mir gehört. Eine Grauzone. Das ist das eine, das uns geraubt wird, wenn jemand unerwartet stirbt: seine letzten Worte, letzten Wünsche. Mir wäre es völlig egal, was genau Calle gesagt hätte – kauft einen Fisch und benennt ihn nach mir, schenkt das Auto diesem phänomenalen Uber-Fahrer, der jedes Mal, wenn er uns irgendwohin fuhr, auf Arabisch für die Krampfadern seiner Großmutter betete, werft meine peinliche Unterwäsche in den Müll, bevor Dan sie sieht. *Mir völlig egal.* Irgendeine Art von Anleitung wäre nett gewesen. Jetzt sitzen Dan und ich mit all seinen Habseligkeiten da, und zumindest ich habe keinen blassen Schimmer, was ich damit tun soll.

Dass ich das Auto auch deshalb nicht aufgeben kann, weil ich dann nachts nicht mehr durch die Straßen von Lund geistern könnte, um jemanden zu finden und einer Person mehr Schuld zuschieben zu können als mir selbst, erzähle ich Paul nicht.

Ich bemerke eine Gruppe Frauen, die uns von der anderen Seite der Bar her ansieht. Liegt es an dem Ring, wie Paul sagte? Es gab mal eine Zeit, da hätte ich ihnen ein Lächeln zugeworfen und gefragt, ob sie sich zu uns setzen wollen. Als ich mich noch in der Aufmerksamkeit sonnte, die mir zuteilwurde. Bis ich siebzehn war, bemerkte mich niemand. Ich war einfach Alex, der bekloppte

Junge, der lieber Videospiele spielte oder im Skaterpark abhing, statt sich mit den anderen zu treffen. Kam auf die Highschool und schaffte es durch das erste Jahr. Dann wurden meine Schultern breiter, nach einem Wachstumsschub war ich plötzlich größer als Papa, und die Fetteinlagerungen in meinem Gesicht schwanden, um Wangenknochen und eine markante Kinnpartie zu offenbaren, von denen ich nicht mal wusste, dass ich sie besaß. Ich war gut aussehend, und das machte ich mir zunutze. Hatte immer eine Freundin, nicht sicher, ob ich irgendeine von ihnen wirklich liebte, aber ich hatte sicherlich nichts *gegen* sie. Erst als ich auf die dreißig zuging, dachte ich, wohl mit Blick auf Calle und Dan, dass Liebe möglich ist.

Paul knufft mir in den Arm.

«Erde an Alex.»

«'tschuldigung. Ich höre zu.»

«Warum suchst du dir nicht wieder einen Job? Ich meine, in deiner Sparte findet man easy-peasy eine Stelle. Vielleicht hilft es dir, wieder auf die Beine zu kommen.»

«Ich bin mir nicht sicher, ob ich wieder als Projektmanager arbeiten will. Allein bei dem Gedanken an all die Leute, die dabei involviert sind, bekomme ich Kopfschmerzen.» Früher war ich verantwortlich für das kleine Team einer Handwerksfirma hier in der Gegend, eine Stelle, die ich nur annahm, um meine Karriere voranzutreiben und mit meinen Freunden Schritt zu halten, die alle immer besser klingende Jobtitel und professionellere Profilbilder bei LinkedIn zu bekommen schienen. Ein Freund wurde vom Bankassistenten zum Leiter der Abteilung für Risikoanlagemöglichkeiten befördert. Keine Ahnung, was das überhaupt bedeutet. Wie sich herausstellte, war eine Position als Manager nichts für mich. Ich verbrachte meine gesamte Zeit in einem Büro, wo ich Tabellen erstellte und Anrufe tätigte, und es juckte mich so verrückt in den Fingern, weil meine Hände unbedingt arbeiten wollten, dass ich Freunden am Wochenende meine Dienste anbot. Eine Zeit lang war ich sehr beliebt.

«Dann such dir einen anderen Job. Irgendeinen gewöhnlichen. Arbeite als Handwerker. Ich bin sicher, dass du in Teilzeit anfangen kannst oder sogar auf selbstständiger Basis. Und wenn es dir nicht gefällt, kündigst du eben. Was hast du zu verlieren?» *Meine Ruhe und meinen Frieden und dass ich morgens* FIFA *spielen kann.* Das spreche ich nicht laut aus.

Die Drinks sind ausgetrunken, aber weder Paul noch ich stehen auf, um eine zweite Runde zu bestellen.

«Ich weiß, dass du dir Sorgen machst. Vertrau mir, ich weiß es. Ich hab dich an jenem Tag abgeholt. Ich hab dich dort hingefahren.» *Dort.* Verdammtes «*dort*». Der Ort, zu dem meine Eltern fast nicht gekommen wären. Nur in die Cafeteria, um mich einzusammeln und nach Hause zu fahren, mit einem Caffè Latte in der Hand und in ihren besten Kleidern. Sie waren nervös, wussten nicht, was sie machen sollten oder warum es passiert war. Sie waren immer noch so mit dem Verlust von Calle beschäftigt, dass sie mit einer weiteren Krise nicht umgehen konnten. Ich könnte schwören, dass sie über die Schulter schauten, weil sie Angst hatten, jemandem zu begegnen, den sie kannten, und erklären zu müssen, dass ihr Sohn nicht wegen eines Knochenbruchs oder Fiebers hier war. Nein, sein Kumpel hatte ihn von der Arbeit geholt, weil man ihn auf dem Boden sitzend und zitternd wie ein Drogendealer auf kaltem Entzug vorgefunden hatte. Nur dass es eine Panikattacke war. Als mir klar wurde, dass Paul mich in die Notaufnahme gebracht hatte, wusste ich, dass ich meinen Arbeitsplatz nie wieder betreten würde. Oder irgendeinen Arbeitsplatz, wie es aussieht.

«Es würde das Autoproblem lösen», sage ich, statt mich tiefer in diese dunklen Gedanken zu versenken. Ich halte mich ganz gut über Wasser, hauptsächlich weil ich mein ganzes Leben lang wie ein Eichhörnchen für schlechte Zeiten gespart habe, die letzten Oktober schließlich anbrachen. Aber Luxusdinge wie ein teures Auto oder gar ein Bier kann ich mir nicht leisten, ohne dass vorher etwas auf mein Konto einfließt, das seit einigen Monaten einer Einbahnstraße gleicht. Den Luxus, die E-Mails des Jobcenters zu ignorieren, kann ich mir vermutlich auch nicht viel länger leisten.

Als wir auf die Straße treten und ich mich von Paul verabschiede, bin ich innerhalb von Sekunden vom Regen durchnässt. Das Leben in Schweden ist auf die beste Weise vorhersehbar: kein Krieg, keine Erdbeben, keine Putschversuche, da ist es nur fair, dass das Wetter aus der Reihe tanzt. Einen Moment lang sehe ich mich selbst von außen. Was ist aus mir geworden? Bist du das, Calle? Hast du die Himmelspforte geöffnet und mir kaltes Wasser über den Kopf gegossen, um zu sagen: *Wach auf!*? Ich suche Schutz an einer Hausecke und ziehe das Handy aus der Tasche, um etwas Zeit totzuschlagen. Was zur Hölle? Wie kommt das denn hierher? Den Eintrag habe ich nicht verfasst. Ich schicke Paul eine Nachricht.

Ich: Hast du an meinem Handy rumgespielt und dich an meinem Kalender/Plan/Leben zu schaffen gemacht?
Paul: Schuldig.

Verdammt noch mal. Ich sehe mir die To-do-Liste für morgen an und schließe kurz fest die Augen in der Hoffnung, dass sie verschwindet. Tut sie nicht.

Neue Aufgabe: Nach einem Job suchen (aber richtig)
Neue Aufgabe: Eine Bewerbung schreiben
Neue Aufgabe: Zu einem Vorstellungsgespräch gehen/eine Stelle annehmen, falls es eine Option ist

Langsam lässt der Regen nach. Doch sein Geruch bleibt in der Luft hängen wie in einem Dampfbad.

Schätze, dann habe ich keine Wahl. Ich werde mit dem Status quo brechen und mir einen Job suchen. Wenn sonst nichts, wird es Dr. Hadid glücklich machen.

Schreibe Paul: Danke, Kumpel.

KLARA

Google: Muss ich mich flachlegen lassen?

Den größten Teil des Vormittags war ich bei Kundenterminen, und als ich endlich zurückkomme, ist es fünfzehn Uhr. Zur Begrüßung winke ich Gunnar zu, der mit dem kleinen Gabelstapler Kisten herumbugsiert. Er macht das gut, sie alle ordentlich am Ende des Parkplatzes zu stapeln. Ich weiß, dass sie für das Badezimmer in Veberöd und das Gästezimmer im Keller der Villa in Lund bestimmt sind. Die Jungs bringen jeden Tag alles von hier mit, statt die Materialien im begrenzten Wohnraum der Kunden zu lagern. So ist es sehr viel angenehmer. Kundentermine sind nicht das Einzige, worum ich mich kümmern muss. Wir haben Schlüssel zu den Häusern all unserer Kunden, ich muss den Zeitplan von drei Angestellten koordinieren und dafür sorgen, dass das Material zur richtigen Zeit am richtigen Ort ist. Mein Vater hat mir seinen schwarzen ledergebundenen Taschenkalender anvertraut, als wäre er der Heilige Gral. Seine Handschrift ist präzise und gut leserlich und füllt Zeile um Zeile bis in den Herbst hinein. Nach nur wenigen Tagen war der Kalender vollgekritzelt mit meiner krakeligen Schrift, sodass selbst ich mittlerweile Schwierigkeiten habe, meine eigenen Notizen zu entziffern.

Ich drücke mir meinen Thermobecher an die Brust, stoße die Bürotür auf und will schon ein lautes freundliches Hallo rufen, als mir einfällt, dass ich die einzige Person hier sein müsste. Dennoch vernehme ich die Stimmen zweier Männer, Mateusz und Ram. Warum sind sie nicht in Lund? Ich könnte schwören, dass das heute auf ihrem Terminplan steht. Und ganz sicher haben sie zu dieser Tageszeit nichts im Büro verloren. Was sie als Nächstes sagen, lässt mich zusammenschrecken.

«Sie hat garantiert gerade ihre Tage.» Wer? Seine Frau? *Ich?*

«Sie muss mal wieder flachgelegt werden, wurde wahrscheinlich schon seit Jahren nicht mehr gefickt. So steif, wie die hier rumstakst, als würde sie wirklich etwas Sinnvolles tun.» Beide brechen in Gelächter aus. *Sie machen sich tatsächlich über mich lustig.*

Muss ich mal wieder flachgelegt werden? Ich weiß, dass das ein böser Kommentar ist, denn als ich mal im Supermarkt das Personal darauf hinwies, dass sich einige der roten Äpfel mit den grünen vermischt hatten, sagte der junge Mann mit den Aknenarben im Gesicht: «Chill mal. Musst wohl mal wieder flachgelegt werden.» Alice machte einen Schritt auf ihn zu und sagte: «Ist das ein Angebot?» Sie sprach es wie eine Drohung aus, woraufhin sich der Mann entschuldigte. «Männer denken, Schwanz wäre ein Allheilmittel und die Antwort auf alles. Depressionen? Halsschmerzen? Verschreibt einfach etwas glorreichen Schwanz», sagte Alice auf der Busfahrt nach Hause.

Ich habe es trotzdem gegoogelt, nur um sicherzugehen, und das erste Ergebnis war ein Artikel der *Cosmopolitan*, in dem stand, dass, wenn in deinem Bett Bücher, Zeitschriften und ein Laptop liegen und es schon seit Ewigkeiten nicht frisch bezogen wurde und voller Krümel ist, dann ja, man vielleicht mal wieder flachgelegt werden müsse. Krümel in meinem Bett würde ich niemals tolerieren: Sie sind schlimmer als die Erbse, die diese Prinzessin unter ihren Matratzen ertragen musste. Sie sind hart und piksig und klein genug, dass sie sich in deine Unterhose verirren können.

Jetzt stehe ich wie eingefroren da. Mein Magen ballt sich zusammen wie eine Faust. Dann greife ich, bereit für einen Kampf, tief hinein, um diese Faust herauszuziehen, weg von der Stelle, wo sie mich boxt. Ich gehe um die Ecke.

«Entschuldigt, meine Herren. Kann ich kurz mit euch sprechen?» Sie starren abwechselnd mich und den Boden an.

«Es war nur ein harmloser Witz», sagt Mateusz schließlich.

«Solche Art Bemerkungen sind inakzeptabel.» Ich spüre, wie in mir eine Mischung aus Wut und Traurigkeit hochkocht. Die ganze Zeit schon habe ich mich gefühlt wie eine Versagerin, als würde ich etwas falsch machen. Und hier vor mir stehen zwei Menschen, die es eindeutig nicht mal versuchen. Die blaumachen und während der Arbeitszeit stattdessen Witze über mich reißen.

«Du nimmst es uns nicht übel, oder? Wir haben nur rumgescherzt», sagt Ram.

«Solche Bemerkungen sind auf der Arbeit inakzeptabel. Ich bin mir sicher, mein Vater würde sie auch nicht tolerieren.»

«Oh, was hast du dich denn so? Vielleicht hatte ich ja recht, und du musst wirklich mal flachgelegt werden», schnaubt Mateusz wie zu sich selbst.

«Verstehe. Nun, ich schätze, wir müssen hier vielmehr etwas stellen als legen. Nämlich euch zwei. Und zwar *freistellen*. Von der Arbeit. Mit sofortiger Wirkung.»

Die Ungläubigkeit in ihren Gesichtern ist Gold wert.

«Ich gehe zu Peter. Du glaubst, du kannst hier für drei Monate aufkreuzen und mit der Firma machen, was du willst?», bellt Mateusz mich an. Trotzdem nimmt er seine Tasche und geht zu seinem Transporter. Ram dackelt ihm hinterher wie ein Welpe.

Im echten Leben erklingt kein Frauenchor, der einen bejubelt: *Wow, du bist für dich eingestanden, du Feministin, du!* Da ist nur ein klopfendes Herz, schwitzige Handflächen und der Klang von Männergelächter, als besagte Männer davongehen und so tun, als wäre es ihnen egal. Ich hätte mich über einen Chor oder eine Runde Applaus gefreut. Wie sonst soll ich wissen, dass ich die richtige Entscheidung getroffen habe? Ich kann nicht glauben, dass ich das gerade getan habe. Jetzt haben wir den Salat. Ich habe einen

Terminplan, der so voll ist, dass mir der Atem stockt, wenn ich ihn mir nur ansehe, und die Gesamtzahl meiner Arbeitskräfte hat sich urplötzlich auf eins reduziert (eine dünne, unscheinbare Zahl, als Summe des Personalstands alles andere als ideal). Unter diesem speziellen Umstand ist *Eins* eine beängstigende Zahl. Einsam und leicht umzuwerfen.

Sobald ich allein bin, rufe ich meinen Vater an.

«Was ist passiert?» Er kennt meine aufgelöste Stimme besser als sonst jemand.

«Wir … *ich* habe gerade zwei Angestellte verloren. Sprich: Ich habe sie gefeuert. Sie haben sich verpisst, weil ich ihnen gesagt habe, dass sie sich verpissen sollen. Sie … sie haben ein paar Dinge über mich gesagt … Ich hatte schon seit dem ersten Tag kein gutes Gefühl bei Mateusz.» Meine Stimme bricht. «Es tut mir leid, Dad.»

Er schweigt kurz.

«Wenn du sie gefeuert hast, musst du einen guten Grund dafür gehabt haben. Ich stelle nicht infrage, dass du das Richtige tust.» Ich bin dankbar, weil alles so schnell ging. Zu schnell für mich, um zu wissen, ob meine Reaktion vielleicht doch eine Überreaktion war.

«Danke, Dad.» Er versucht, hinter mir zu stehen, aber ich kann die Panik in seiner Stimme hören. Für ihn muss es sich anfühlen, als sähe er zu, wie das Haus abbrennt, ohne dass er hineinlaufen oder nach dem Schlauch greifen darf, um die Katastrophe zu stoppen. Ich senke den Blick auf meine Füße. Meine Zehen tippen nervös auf den Boden. Ich hätte niemals herkommen sollen, hätte mich nie dazu überreden lassen dürfen. *Was Klara anfasst, endet im Chaos.* Warum hat niemand auf mich gehört?

Dad macht ein beruhigendes Geräusch, das denselben Effekt hat, als würde er mir seine große Hand aufs Knie legen. Das Tippen hört auf.

«Wir finden heute Abend eine Lösung, mein Schatz. Aber eine

Sache, Klara: Wir brauchen drei Männer auf den Baustellen. Du musst umgehend eine Stellenausschreibung aufsetzen und Ersatz finden. Wir dürfen keine Zeit verlieren. Am dringendsten brauchen wir einen Tischler.»

TEIL ZWEI

Im März ist es in Malmö generell wolkenverhangen, wobei der Himmel zu 62 Prozent der Zeit bedeckt oder größtenteils bewölkt ist. Der klarste Tag des Monats ist der 31. März, an dem es zu 40 Prozent der Zeit klar, überwiegend klar oder teilweise bewölkt ist.

KLARA

Google: Wo finde ich Handwerkerinnen?

Es geht auf März zu, was bedeutet, dass es erst um 17:30 Uhr dunkel wird statt um 16:30 Uhr. Welch Luxus. Ich ziehe den Mantel noch fester um meinen Körper und verfluche die Sonne dafür, dass sie reine Deko ist. Genau wie die nutzlosen Gaskamine in London.

Mateusz und Ram haben widerstrebend ihr Werkzeug und ihre Schlüssel für die Transporter ausgehändigt, als ihnen klar wurde, dass mein Vater hinter mir steht, und ich wäre erleichtert gewesen, hätte ich nicht an diesem Morgen beim Fliesengroßhändler eine Warnung bekommen.

«An deiner Stelle würde ich aufpassen. Die beiden werden nicht gehen, ohne Schwierigkeiten zu machen. Es wird Gerede geben und alles», sagte Lennart. Er ist der Besitzer der Großhandlung und ein freundlicher Mann, an den ich mich noch aus der Kindheit erinnere, weil er mir, wann immer wir uns begegneten, Lollis, Sticker und andere Schätze in die Hand drückte.

Wir haben zu viel Arbeit. Wenn ich mich schon vorher völlig untauglich fühlte, ist es nichts im Vergleich zu jetzt. Mir bleibt nur übrig, hilflos dabei zuzusehen, wie Gunnar sich abrackert und Überstunden schiebt, um unser Pensum zu schaffen. Es dauert nicht lang, bis ich herausfinde, dass Lennart recht hatte.

«Wir haben heute Morgen einen Anruf bekommen», sagt Gunnar, als ich ihn vor dem Büro antreffe. «Der Kunde in Veberöd will uns den Auftrag entziehen und stattdessen Ram anheuern.»

Großartig, dann machen die Männer, die ich gefeuert habe, uns also die Kunden streitig. Gunnar sieht besorgt aus.

«Gab es noch weitere Stornierungen?»

«Ein kleines Projekt im August wurde abgesagt, anscheinend aus demselben Grund. Wenn Mateusz und Ram anbieten, die Arbeiten zwanzig Prozent günstiger zu erledigen, warum sollten die Kunden sich dann nicht für sie entscheiden? Woher sollen sie wissen, dass sie geringere Qualität bekommen?»

Das hartverdiente Feuchtraum-Zertifikat, denke ich. Sie haben keins, obwohl sie es eigentlich bräuchten.

«Verdammt. Wir können es uns nicht leisten, solche Aufträge zu verlieren.»

«Ich mache mir mehr Sorgen darüber, was die beiden möglicherweise herumerzählen ... Im Baumarkt habe ich gestern eine Gruppe Männer sagen hören, dass die Firma die drei Monate ohne Führung nicht überleben wird. Tut mir leid, Klara. Du weißt, dass ich auf deiner Seite stehe.»

«Schon okay. Mir ist es lieber, wenn ich es weiß.»

Ich kann Dad keine Firma zurückgeben, die weder Cashflow noch Aufträge hat. Vielleicht habe ich Gunnar zu viel anvertraut, aber er hält treu zu mir, und für ihn stehen sein Job und sein Lebensunterhalt auf dem Spiel. Gott, erst jetzt verstehe ich, welche Verantwortung es mit sich bringt, Angestellte zu beschäftigen. Sie sind auf dich angewiesen, um ihre Familien zu ernähren. Allein um Gunnars willen muss ich die Firma am Laufen halten. Und um Dads willen. Und meinetwillen. Ich wollte diese Verantwortung nicht, und noch vor einer Woche hätte ich vielleicht nur mit den Schultern gezuckt. Aber mit der Entscheidung, Leute zu entlassen, habe ich eine Verpflichtung übernommen. Von der kann ich jetzt nicht mehr zurücktreten. Ich krümme die Zehen in den Stahlkappenschuhen, die ich endlich in meiner Größe bekommen habe.

«All unsere Geschäftspartner sind uns immer noch treu», sagt

Gunnar. «Der Fliesengroßhändler, der Baumarkt, sie alle würden uns sofort empfehlen. Eine bessere Bewertung kann man nicht kriegen.»

«Was ist mit Social Media?», denke ich. «Tun wir in der Richtung genug?» Gunnar schüttelt den Kopf, und ich beantworte meine Frage selbst. «Nein. Es sei denn, das Vorher-nachher-Foto eines vor drei Jahren gefliesten Badezimmers ist überzeugende Werbung. Ansonsten nein.»

«Ich würde vorerst Stillschweigen bewahren. Kein Grund, dass Peter sich den Kopf zerbricht und sich Sorgen macht. Noch nicht», sagt Gunnar, und ich habe das Gefühl, dass ich aus London nichts mitgebracht habe als eine Kette des Versagens. Wie in aller Welt kann ich das wieder geradebiegen?

Ich habe Dad nach einer Vorlage für die Stellenausschreibung gefragt, aber wie sich zeigt, hat er seit 2010 keine neuen Mitarbeiter mehr eingestellt, und selbst damals hat er lediglich einen Aushang im Fliesengeschäft angebracht, mit kleinen Papierstreifen, die man abreißen konnte. Ich bezweifle, dass die Art Person, die ich suche, mich auf diesem Weg finden würde. Aber glücklicherweise habe ich einen Plan. Ich habe herausgefunden, was fehlt. Was ich brauche, ist etwas weibliche Energie. In London gibt es rosa Taxis, die von Frauen gefahren werden. Eine ganze Flotte Frauen! Natürlich würde Dad sich niemals dazu breitschlagen lassen, die Transporter rosa zu lackieren, aber ich darf einstellen, wen ich will. Gestern Abend lag seine Müdigkeit bei einer Acht, daher wird er an den Vorstellungsgesprächen nicht teilnehmen. «Klara, solange der Krebs eine Eins ist, kommen wir auf der anderen Skala mit einer Acht klar», versicherte er mir.

Unter Berücksichtigung all meiner bisherigen schlechten Erfahrungen in der Branche setze ich bei einer Online-Jobbörse ein Inserat auf.

Wir sind ein erfolgreiches und renommiertes Unternehmen, spezialisiert auf Feuchträume, Fliesenverlegung und maßgefertigte Tischlerarbeiten, und suchen Verstärkung. Qualifikationen sind ein Muss, genauso wie ein aktuelles Führungszeugnis. Du solltest idealerweise:

- weiblich sein
- in angemessener Zeit auf Nachrichten antworten (kein Ghosten von Vorgesetzten oder Kund:innen)
- Montags nur selten an Lebensmittelvergiftung leiden
- nicht auf die Hinterteile von Kundinnen schauen (und Beschwerden verursachen)
- eine gute Erfolgsbilanz darin aufweisen, den Toilettensitz runterzuklappen

Erkennst du dich wieder? Dann freuen wir uns, von dir zu hören!
Bewerbungen mit Lebenslauf und Anschreiben bitte an klara@byggnilsson.com

Ich lehne mich zurück, klicke auf *Posten* und stelle mir die Flotte rosa Transporter vor, die wir bald haben werden.

Vier Tage später sind genügend Bewerbungen eingegangen, dass ich den Vormittag damit verbringe, sie durchzusehen und die interessantesten fünf in alphabetischer Reihenfolge abzuspeichern. Mein erstes Bewerbungsgespräch mit der Spitzenkandidatin ist noch für denselben Nachmittag ausgemacht, und bevor ich zusammenpacke und mich mit Dad auf ein schnelles Mittagessen treffe, lese ich mir erneut ihre Mail durch.
Sie schreibt:

Um deine spezifischen Anforderungen aufzugreifen: Das Einzige, was ich je geghostet habe, war ein Zahnarzttermin. Halte sehr gut Blickkontakt (kein Angaffen von Körperteilen). Um die beste Wirkung zu erzielen, übe ich mich in dem Trick, die Stelle zwischen den Augenbrauen einer Person anzusehen.

Habe das Gefühl, was den Toilettensitz angeht, übertreffe ich deine Erwartungen: Bin zudem voll ausgebildet in der Benutzung einer Toilettenbürste.

Könnte sofort anfangen (das war bisher noch nie der Fall, verpassen Sie nicht Ihre Chance!).

Mit freundlichen Grüßen

Alex

Ich mag diese Frau. Habe aber vergessen, sie nach Körperhygiene zu fragen und ob sie Haustiere mag. Was Ersteres angeht, bin ich nicht allzu streng, solange die Voraussetzung, täglich Deodorant zu benutzen, erfüllt wird; Zweiteres ist schon schwieriger. Kunden sprechen gerne über ihre Haustiere. *Ausschweifend.* Bei Betreten des Grundstücks einen Hund zu streicheln, gehört quasi zum Job. Das teile ich Alex mit, und zu meiner Freude scheint das für sie kein Problem zu sein.

Ich liebe Hunde, hatte nur ein einziges Mal ein Problem mit einem bestimmten Haustier, aber das war ein Dachs, der sich von einer OP erholte (lange Geschichte) und in meinem Wohnzimmer lebte und es auffraß. Auftragen von Deodorant geschieht zweimal täglich. (Brauchst du die Marke, bevor du eine Entscheidung triffst?)

Ich lächle. In meiner Vorstellung ist sie eine temperamentvolle Frau mit Kurzhaarschnitt, die in ihren Beziehungen die Hose anhat. Sie mag keine Absatzschuhe, sieht aber umwerfend aus, wenn sie mal welche trägt. Sie trinkt ihren Kaffee stark, aber mit Zucker, stellt im Fitnessstudio die Jungs beim Gewichtheben in den Schatten und scheut sich nie vor der Herausforderung, ein Paket Fliesen die Treppe hochzutragen. Sie ist eine super Autofahrerin und wird über meine erbärmlichen Einparkversuche lachen. Sie hat mindestens ein Tattoo und liest in ihrer Freizeit Thriller und Fantasyromane. *Okay, das reicht, Klara.*

Ich schicke ihr die Adresse für unser Bewerbungsgespräch. Förmliches Schwedisch fällt mir nicht leicht. Es gibt kein *Mr* oder *Mrs* und kein *Sehr geehrte:r,* man sagt einfach *Hi* oder *Hallå* und den Vornamen. Es gibt kein System. Man muss einfach intuitiv wissen, was angemessen ist.

Dann haben wir ein Date! Freundliche Grüße, Klara Nilsson

ALEX

PERSÖNLICHER KALENDER
Neue Aufgabe: Zum Bewerbungsgespräch fahren
Neue Aufgabe: Mich professionell und cool geben (als
gehöre der Job längst mir)
Neue Aufgabe: Keine Zeichen von Schwäche oder De-
pression zeigen

Die Vorstellungsgesprächsdame wirkt seltsam. Vielleicht ist sie keine Schwedin. «*Dann haben wir ein Date*» würde man nicht mal vor einem richtigen Date sagen, es sei denn, man ist durch Zeitreise oder Verleugnung in den Achtzigern hängen geblieben. Beschließe, die Seltsamkeit zu ignorieren, da die Nachricht auch lustig und lässig wirkt und ich meinen Kalender nicht enttäuschen darf. In dieser Hinsicht schlage ich mich gut, kann schon regelmäßig *Pflanzen gießen* abhaken (nur ein einziger Kaktus, aber das muss der Kalender nicht wissen). Ich mache meinen Kalender glücklich, und darauf kommt es an, da dies laut Dr. Hadid letztendlich *mich* glücklich machen wird.

Der Tankstellenshop riecht nach Hotdogs mit Senf und nach frisch gebrühtem Kaffee. Ich bin schon seit Jahren Stammkunde.

«Irgendeine Chance, zu dem Benzin einen kostenlosen Kaffee zu bekommen?», frage ich und schenke dem Mitarbeiter mein bestes Lächeln, obwohl mir klar ist, dass es nicht denselben Effekt hat wie in meiner Kindheit. Zumindest nicht bei heterosexuellen Männern wie Patrik.

«Kaffee kostet fünfundzwanzig Kronen. Das weißt du, Alex. Überteuert ist das nicht», sagt er und reicht mir den Beleg für den

Viertel Tank Benzin, mit dem ich zum Vorstellungsgespräch und zurück kommen sollte.

«Ich müsste hier irgendwo meine Stempelkarte haben.» Grabe tief in meinen Taschen und finde etwas Sand, Kaugummis und eine Münze. *Warum hat sich mein Tascheninhalt seit meinem fünften Lebensjahr nicht verändert?*

«Na gut. Aber nur dieses eine Mal.» Er gibt mir einen Pappbecher, woraufhin ich dankbar zur Selfservice-Station gehe und den Becher mit Filterkaffee und etwas Milch fülle.

«Keine Sorge, ich werde nicht ewig pleite sein! Ich hab heute Nachmittag ein Vorstellungsgespräch.»

«Schon mal darüber nachgedacht, dein Auto zu verkaufen? Du müsstest keinen Kaffee bei mir schnorren, wenn du die Fünfzigtausend liquidierst. Kann immer noch nicht glauben, dass Dan es dir einfach geschenkt hat.»

«Du weißt, dass es sentimentalen Wert für mich hat. Ich bin noch nicht bereit, es wegzugeben.»

«Das sagst du immer. Viel Glück heute. Du hast es verdient. Wie lange ist es her, seit du ihn verloren hast …?» Ich hasse das. *Ihn verloren.* Als hätte ich nicht genug aufgepasst und ihn einfach entwischen lassen wie ein Haustier, wenn man das Gartentor offen lässt. Wir haben niemanden verloren: Er wurde uns genommen. Davon bin ich überzeugt.

«Er wird uns allen immer fehlen», sagt Patrik. Es stimmt. Alle mochten Calle. Normalerweise mehr als mich, wenn sie uns beide kannten.

Auf meinem Weg nach draußen fällt mir auf, dass der Aushang mit der Suche nach Augenzeugen, den ich im Shop aufgehängt hatte und der monatelang dort hing – sechs Monate, um genau zu sein, bis die Farbe schon verblasste –, verschwunden ist.

KLARA

Google: Gut aussehender Schwede mit Werkzeugkiste ...

«Ja?»

Das Klopfen an meiner Tür lässt mich aufschrecken. Dreimal in Folge, als handele es sich um ein Wort oder einen Geheimcode und nicht die Frage, ob man hereinkommen dürfe. Klopf-klopf-klopf. Ich hätte erwartet, dass Alex auf sanfte, fragende Art anklopft, bevor sie in der Tür erscheint und meine neue beste Baustellenfreundin wird.

Die Tür schwingt auf, bevor ich überhaupt «Herein» sagen kann. Das ist *kein* gutes Zeichen. Als sich ein Kopf, gefolgt von einem Oberkörper, in mein Blickfeld schiebt, beginnt mein Fuß zu tippen, und ich wünschte wirklich, *wirklich*, mir würde heftige beruhigende Rapmusik ins Ohr dröhnen. Denn was ich sehe, ist eine *Überraschung*. Wen auch immer ich erwartet habe, *das* habe ich nicht erwartet. Zuallererst ist es ein Er. Ich betrachte ihn eingehend, nur um sicher zu sein. Jap. Das Geschlecht ist definitiv *männlich*, bevorzugtes Pronomen höchstwahrscheinlich *er*.

Meine Brust wird eng.

«Ich bin Alex», sagt er mit südschwedischem Dialekt, bei dem jeder Buchstabe gerollt wird, bleibt in der Tür stehen und bemerkt mein Zögern. *Alex*. Natürlich ist es ein *männlicher* Alex. *Klara, du Trantüte.* Ich fasse mich und schaffe es – das kann ich stolz sagen –, ein paar zusammenhängende Worte herauszubringen.

«Oh, tut mir leid, komm herein. Entschuldige bitte meine Überraschung, es ist nur so, dass ich ausdrücklich um Bewerber*innen* gebeten habe.» Falls ihm meine Bemerkung unangenehm ist, versteckt er es gut. Er lächelt mich leicht an, als er den Raum betritt, und ist offensichtlich fest entschlossen, das Gespräch stattfinden zu lassen. Vor meinem Schreibtisch bleibt er stehen, und mir ist lachhaft bewusst, wie groß und breitschultrig er ist. Er blockiert quasi das gesamte Sonnenlicht, und ich will ihn schon bitten, zur Seite zu treten, weil Sonnenstrahlen kostbar sind in diesem Land, als er das Wort ergreift.

«In Schweden gibt es etwas, das nennt sich Antidiskriminierungsgesetz.» Ungläubig sehe ich ihn an. Er hat sehr blaue Augen. Schnell rufe ich auf dem Handy die Stellenanzeige auf. *Knulla.* Er hat recht. Da stehen meine so wichtigen Anforderungen, alle fein säuberlich aufgelistet, aber ohne die erste wichtige Anforderung: *Geschlecht.* Sie muss automatisch gelöscht worden sein, als ich die Anzeige online stellte. Wahrscheinlich hätte ich dazuschreiben sollen, dass ich dadurch das Verhältnis von männlichen zu weiblichen Angestellten ausgleichen will, dann hätten sie es mir durchgehen lassen. Aber zu spät.

Shit. Ich wollte doch lediglich ein bisschen weibliche Unterstützung, und dann taucht Mr Volle-Punktzahl-Handwerker auf und sieht aus, als wäre er gerade einer Google-Suche nach *gut aussehender Schwede mit Werkzeugkiste* entstiegen. Zerzaustes blondes Haar, blasse Haut – nahezu Vampir-blass, aber auf eine attraktive Art – und silberblaue Augen von der Farbe eines zugefrorenen Sees. Er trägt ein T-Shirt, einen Kapuzenpulli mit offenem Reißverschluss und eine Jogginghose aus leichtem Material, das wahrscheinlich als Allround-Kleidung, sowohl fürs Fitnessstudio als auch das Kaffee-Date, vermarktet wurde. Trotzdem. Professionell ist das ja wohl kaum. Entgegen meiner Missbilligung kann ich nicht anders, als hinzusehen. Seine unordentliche Erscheinung ist … *ablenkend.*

Ich mag Ablenkungen nicht.

«Antidiskriminierungsgesetz, sagst du?», ringe ich mir ab,

doch meine Stimme ist so schrill, dass es mich nicht überraschen würde, wenn nur Delfine die Frequenz hören könnten. Neben seinen Augen bilden sich Fältchen. Plötzlich fühlt sich der Raum sehr eng an, als wäre ich mit einem Fremden im Aufzug eingesperrt.

Himmel, sammelt sich immer so viel Spucke in meinem Mund? Ich beiße mir auf die Lippe.

«Wenn ich die Anforderungen erfülle, gibt es keinen Grund, mich nicht einzustellen.» Ist das ein Schmunzeln? Und ein *Grübchen*? Er legt einen dicken Stapel Unterlagen vor mich auf den Tisch. Offenbar hat er vergessen, dass er nur ein paarmal auf einem iPad hätte herumtippen müssen, um sie mir in digitaler Version zu zeigen, und so Papier und Zeit gespart hätte. Und dass er sie bereits mit seiner Bewerbung mitgeschickt hat.

Schnell blättere ich den Stapel durch. Dann nehme ich den Mann genauer in Augenschein – an ihm gibt es viel in Augenschein zu nehmen – und höre erst damit auf, als mir Alice' exzellenter Rat für Treffen mit Fremden einfällt. «Entspann dich, Klara. Egal was du tust, starre nicht. Die Intensität deines Blicks gibt den Leuten das Gefühl, geröntgt zu werden.» Stattdessen schaue ich auf meine eigenen Füße, die auf den Boden tippen, und wieder ergreift Alex das Wort.

«Ich habe außerdem viel Erfahrung in handwerklichen Arbeiten generell, nicht nur als Tischler, wenn du ein paar Seiten zurückblätterst.» Er beugt sich über den Schreibtisch, um mir die richtige Seite zu zeigen, und ich bemerke seinen Geruch. Er riecht nach frischer Wäsche und Shampoo, kein Aftershave oder übertünchendes Parfüm. Ich bemerke außerdem, dass er einen Ehering trägt, und ... das ergibt Sinn. Gut aussehende Männer sind normalerweise verheiratet. Der Ring ist golden, leicht abgerundet und sitzt etwas zu eng. *Vergeben*, sagt er. Wie ein Handtuch auf der Liege neben einem Swimmingpool auf Teneriffa. Nicht zu haben. *Gut.* Weil ich nicht nach Schweden gekommen bin, um mein Herz an selbstbewusste große Männer zu verschenken. Ich bin hier, um zu arbeiten und mein Bestes zu geben, es nicht noch mehr zu vermasseln.

«Richtig. Verstehe …» Aber ganz verstehe ich es nicht. Anscheinend hat er seine Stelle in Malmö vor sechs Monaten aufgegeben, ohne irgendwelche Referenzen aufzuführen. Leere Seiten und Lücken sind in der Regel nervig: Es bedeutet, dass man sie mit der eigenen Vorstellungskraft füllen muss. Ich habe gelernt, dass es unhöflich ist, jemanden nach dem Grund für seine Lücken im Lebenslauf zu fragen. Ähnlich wie wenn dir jemand erzählt, dass ihr Partner sie betrogen hat, und du fragst: mit wem? Diese Information war nicht Teil der Geschichte, und die Lücke wurde mit voller Absicht gelassen. Ich beschließe, etwas anderes zu fragen als: *Was hast du die letzten sechs Monate und siebzehn Tage gemacht?*

«Warum brauchst du diesen Job?» Ich sehe ihm in die Augen, weshalb meine Worte etwas langsamer aus mir herauskommen als üblich. Am schnellsten spreche ich, wenn ich auf den Boden gucke.

«Weil das Leben nun mal so spielt?» Er schenkt mir ein wissendes Lächeln, und für den Bruchteil einer Sekunde kann ich nachempfinden, was er meint. Dann bin ich genervt. Vage, denke ich. Mit einer Gegenfrage zu antworten.

«Okay, hör zu, ich kann hart arbeiten und bin pünktlich und gut in dem, was ich tue. Erfahrungen als leitender Angestellter habe ich auch. Derzeit bin ich arbeitslos aus Gründen, die nichts mit diesem Bewerbungsgespräch zu tun haben, und ich brauche einfach mal einen Tapetenwechsel. Es wäre großartig, wenn ich die Stelle trotz meines Y-Chromosoms bekomme.»

Ich zucke zusammen. Anscheinend kann er sehr direkt sein, *arrogant* sogar. Ihn einzustellen, wäre ein Riesenfehler. *Egal was ich tue, ich darf diesen Mann nicht einstellen.* Allerdings gibt es dafür keinen Grund: Er erfüllt die Anforderungen und könnte sofort anfangen, hat nicht versucht, einen höheren Lohn auszuhandeln, und macht den Eindruck, dass er gepflegt ist und ein Grundmaß an Hygiene einhält. Sexismus lässt sich nicht mit umgekehrtem Sexismus bekämpfen. Wir brauchen einen Tischler, und voilà, hier ist einer.

Als ich nicht sofort antworte, lässt er den Blick durch den Raum schweifen, und meiner folgt ihm, als sei er ein potenzieller Ladendieb. *Schwitze* ich? Kann nicht sein. Weil mich große arrogante Männer nicht zum Schwitzen bringen. Ich muss dieses Vorstellungsgespräch beenden, weil ich frische Luft brauche. Luft, die ich mir nicht mit Alex teile.

Ich halte ihm seine Unterlagen hin. Er streckt die Hand danach aus, aber ich lasse sie auf den Tisch fallen, bevor er sie greifen kann. *Bloß nicht* will ich seine Hand berühren. Oder die Person, die an der Hand dranhängt.

«Alex. Danke, dass du den ganzen Weg hier rausgefahren bist. Ich weiß, von Malmö ist es ein ganz schönes Stück. Ich werde dir morgen unsere Entscheidung mitteilen.» Während des Sprechens blicke ich auf den Boden und erstelle im Kopf bereits den Zeitplan für die kommende Woche, bei dem Alex und ich an unterschiedlichen Orten arbeiten.

Ich begleite ihn zur Tür. Muss sichergehen, dass er auch wirklich wegfährt. Ich sehe, wie er auf eine Schlüsselfernbedienung drückt, woraufhin die Blinklichter eines schwarzen BMW auf dem Parkplatz zweimal aufleuchten, als sagten sie: *Hallo, hallo.* Gott, dieser Typ muss echt große Stücke auf sich halten. Wahrscheinlich verbringt er die Wochenenden damit, sein Auto zu waschen. Ich wette, er gibt mehr Geld dafür aus, es glänzen zu lassen, als ich für meinen Haarconditioner.

«Hübsches Auto», sage ich mit meinem besten sarkastischen Unterton.

«Danke, es bedeutet mir sehr viel.»

Ha. Ich hatte recht. Hab's doch gesagt, ein Ich-gebe-meinem-Auto-einen-Gutenachtkuss--Typ. Noch lange nachdem er auf der halb gefrorenen Straße, deren Oberfläche die Konsistenz eines angetauten Steaks hat, davongefahren ist, fühle ich mich aufgewühlt und durcheinander.

Gänsehaut. Das Vorstellungsgespräch hat mir tatsächlich Gänsehaut beschert.

ALEX

Neue Aufgabe: Noch einmal, mich cool geben
Neue Aufgabe: Noch einmal, mich professionell geben
Neue Aufgabe: Nicht vergessen, du brauchst diesen Job

Etliche Stunden später habe ich immer noch nicht verarbeitet, was gerade passiert ist. Es war Folgendes: ein Vorstellungsgespräch. Fühlte sich aber so an: flattrige Nerven, Zusammenzucken, schwitzige Hände, die auf Jeans reiben, und ... *Begeisterung*?
Fuck.
Die Frau, die mich zum Vorstellungsgespräch eingeladen hat, sah überhaupt nicht aus wie erwartet. Sie ist durchschnittlich groß, aber das war es dann auch mit Durchschnitt. Sie hat die größten braunen Augen, die ich je gesehen habe. Sie trug ein weites schwarzes T-Shirt mit dem Firmenlogo in Weiß, dazu Jeans und Arbeitsstiefel. Mit Stahlkappen. Das T-Shirt verbarg alle interessanten Körperteile. Nicht dass ich Interesse hätte. *Überhaupt nicht.* Ihr dunkles Haar war zu einem Knoten auf dem Kopf gebunden, aber ein paar lockige Strähnen hatten sich losgerissen, als wären sie wütend auf etwas. Mit ihrem Haar würde ich mich nicht anlegen wollen. Oder mit ihr.
Als sie mich ansah wie etwas, das die Katze angeschleppt hat, schoss mir der Gedanke durch den Kopf, dass sie die Art Frau ist, der Männer gerne sagen, sie solle mehr lächeln. All das Geplänkel und die Merkwürdigkeit des vorigen E-Mail-Austauschs waren plötzlich passé. Habe versucht, professionell zu bleiben, konnte aber die ganze Zeit nur daran denken, dass ich diesen Job unbe-

dingt brauche – ich muss die Leasingraten bezahlen, wieder das Gefühl bekommen, dass mein Leben einen Sinn hat, muss Aufgaben in meinem Kalender abhaken –, nur dass ich den Job jetzt auch unbedingt will, damit ich sie wiedersehen kann.

Ein paar Stunden später wird aus der Vorstellungsgesprächsdame meine Chefin, als sie anruft und mir die Stelle anbietet. Kurz angebunden, in sachlichem Ton, professionell. Bemerke irritierenderweise, dass beim Klang ihrer Stimme meine Herzfrequenz steigt. Und dass ich lächeln muss. *Lächeln.* Wann kam das denn das letzte Mal vor? Sie klingt alles andere als begeistert, und ihr «Ich freue mich, dich am Montag zu sehen» vermittelt genau das Gegenteil. Mir egal. Ich empfinde etwas, das ich seit Monaten nicht empfunden habe.

Ich krame meine Arbeitskleidung hervor und stelle fest, dass mich ihr Anblick fröhlich stimmt. Ich überlege, den Ring abzunehmen. Gewöhnlich trage ich bei der Arbeit keinen Schmuck. Doch er wehrt sich, als ich gewaltsam an ihm herumzupfe, woraufhin ich ihn unter Wasser halte und es mit Seife versuche. Als ich ihn endlich auf mein Badezimmerregal lege, sehe ich, dass mein Finger dort, wo der Ring saß, ganz weiß ist. Es sieht aus wie ein Geisterring. Das stört mich. Meine Geister sind es, die mich nicht loslassen.

Eine Stunde später stecke ich den Ring wieder an.

KLARA

Google: Was ist als persönlicher Abstand angemessen?

Nach nur drei Arbeitstagen – und sehr zu meinem Erstaunen – funktioniert das mit Alex wunderbar. Er ist pünktlich, arbeitet hart und ist höflich. Die Kunden mögen ihn. Das einzig Merkwürdige ist seine Angewohnheit, einen anzustarren. Mich anzustarren. Üblicherweise bin ich diejenige, die Leute anstarrt. Meistens meiden andere Menschen meinen Blick entschieden. Als wäre ich in einem dauerhaften Der-Fremde-in-der-U-Bahn-Szenario.

Sein Starren ist nicht aufdringlich. Es macht mir nicht direkt etwas aus. So muss es sich wahrscheinlich anfühlen, berühmt oder eine sehr hübsche Person zu sein, die eben die Blicke auf sich zieht. Es ist kein Starren, das sagt: *Ich stelle dich mir nackt vor.* Oder: Ich *wünschte, du würdest jetzt aufhören zu reden.* Nichts dergleichen. Er sieht ernsthaft interessiert aus, so wie ein Kind gucken würde, vielleicht. Und Kindern zu sagen, sie sollen keine Leute anstarren, erscheint mir, na ja, zwecklos: Kinder tun, was sie wollen. Daher habe ich das Starren als Teil des Deals akzeptiert.

Heute ist unser erstes Mitarbeiter-Meeting, seit er dazugestoßen ist. Ich, Alex, Gunnar. *Und dann waren es drei.*

«Guten Morgen, Chefin.» Wenn Alex das sagt, klingt es nicht wie ein Witz, so wie bei anderen, seit ich mich in dieser Position wiedergefunden habe. Er kommt einfach auf mich zu und gibt mir die Hand. Und – oh.

Ich stehe neben Alex. Sehr *nah* neben ihm, und mein natürlicher Sensor schlägt Alarm, dass so etwas wie unmittelbare Gefahr droht. Eindeutig habe ich mich noch nicht an unseren Mitarbeiterzuwachs gewöhnt. Zwischen unseren Körpern befinden sich nur wenige Zentimeter, was mir schmerzhaft bewusst ist. Die Härchen auf meinen Armen stellen sich auf, als versuchten sie, meiner Haut zu entkommen, und das Schlucken fällt mir schwer, als läge ich auf einem Zahnarztstuhl, wo jedes Schlucken peinlich laut ist.

Und *sein Geruch*. Er überdeckt alles, und irgendwie könnte ich schwören, dass er an meinen dünnen Nasenhärchen kleben bleibt wie Frost an Grashalmen, denn selbst als Alex sich entfernt, ist der Geruch immer noch da. Wildblumen und das raue Meer. Gibt es das überhaupt? Hab es noch in keiner Parfümwerbung gesehen. «Er riecht also nach Algen?», fragte Alice, als ich ihr alles über unseren neuen Angestellten berichtete.

Darf man Angestellte bitten, Parfüm zu tragen?, habe ich Google gefragt, und das Urteil war, dass es nur in gewissen Berufssparten erlaubt ist, zu dem das Handwerk nicht gehört.

Ich habe das Gefühl, dass Alex nicht klar ist, welchen Effekt er hat auf ... *Leute*.

Bevor mir noch mehr lästige Gedanken kommen, piepst zum Glück mein Arm.

«Ja, was denn, Ollie?», frage ich an meinen Arm gerichtet und gucke ihn an, als würde er mir antworten. Dann fällt mir Alex wieder ein. Ich ziehe meinen Ärmel hoch, und zum Vorschein kommt ein rechteckiges flaches Kästchen, das auf meinem Arm geklebt ist.

«Darf ich vorstellen, Ollie. Ollie, das ist Alex. Er arbeitet mit mir.»

Alex tut so, als wäre es das Normalste der Welt, mit einem kleinen grauen Gerät zu sprechen.

«Du hast deiner Insulinpumpe einen Namen gegeben?»

«Ollie Omnipod. Mein wichtigster Mann, hält mich täglich am Leben. Jetzt gerade sagt er mir, dass er in sechs Stunden kein Insulin mehr hat.»

«Freut mich, ihn kennenzulernen. Alle Freunde von Klara sind auch meine Freunde. Warum Ollie?»

«Ich mag Alliterationen. Es gibt auch noch Charlie, den CGM.» Ich zeige meinen linken Arm und seinen Bewohner, mein Glukosemess-System. «Ich mag die Vorstellung, zwei Leute an meinen Armen zu haben, meine Bodyguards. Charlie ist beliebt. Er hat vier Follower. Obwohl drei davon zu meiner Familie gehören.»

Alex nickt Charlie grüßend zu und sieht aus, als würde er sich ernsthaft freuen, ihn kennenzulernen.

«Bluetooth?», fragt er.

«Ja. So was wie Zauberei gibt es wohl nicht.»

Es sollte wirklich nicht so einfach sein, sich mit Alex zu unterhalten. Gewöhnlich stelle ich mich bei Leuten wie ihm nicht gut an. Bei *gut aussehenden* Leuten. Leuten mit wohlproportioniertem Bizeps und weicher Haut, die Selbstbewusstsein verströmen wie irgendeinen Duft, den sie gerade in der Drogerie ausprobiert haben. *Oh, das? Nichts Besonderes.* Na ja, für mich ist es etwas Besonderes: Leute, die lächeln wie Alex, führen mir alles vor Augen, was ich nicht bin. Und die Liste ist lang.

Das Hauptproblem mit Alex ist, dass er meinen Frieden stört. Und ich mag meinen Frieden. Um mit der Situation klarzukommen, brauche ich ein Survival-Kit, beschließe ich, und mein Hauptwerkzeug darin muss Sicherheitsabstand sein. Ich entscheide mich für plus / minus zwei Meter. Alles darüber hinaus erscheint mir zu krass, vor allem wenn man Gegenstände übergeben muss wie den Autoschlüssel oder eine Notiz (so lang sind meine Arme nicht). Google sagt, dass die persönliche Distanzzone von Menschen zwischen fünfzig Zentimetern, also einer Armlänge, und einem Meter zwanzig, der durchschnittlichen Größe eines sechsjährigen Kindes, liegen kann. Bei Alex brauche ich mehr als die Größe eines Grundschulkindes. Ein Platz für alles und alles an seinem Platz. Alex' Platz ist *nicht* direkt neben mir.

Ich setze mich auf den Stuhl, der am weitesten von meinen Mitarbeitern weg steht.

«Gibt's schon Neuigkeiten wegen eines neuen Fliesenlegers?», fragt Gunnar. «Trotz der Stornierungen haben wir Schwierigkeiten, den Zeitplan einzuhalten.»

«Ja.» Ich glaube, dass ich diesmal eine Frau am Haken habe. «Heute Nachmittag kommt jemand zum Vorstellungsgespräch.»

Hanna hat erst vor Kurzem ihre Ausbildung zur Fliesenlegerin abgeschlossen. Sie wurde mir von Lennart empfohlen, wofür ich dankbar bin, vor allem weil mein erster Versuch, eine Frau anzustellen, so katastrophal verlief.

«Gut, Klara, denn schau dir das hier mal an.» Gunnar zeigt mir eine E-Mail auf seinem Bildschirm, die ich besorgt lese. Wieder schreibt jemand, dass er leider den Auftrag bei uns stornieren muss, selbst nachdem Gunnar geantwortet hat, dass sie ihre Anzahlung nicht zurückbekämen. Langsam bekomme ich ein mulmiges Gefühl im Bauch, als schwirrte eine einzelne Motte darin herum, trotzdem entscheide ich, Dad zunächst noch nicht damit zu belasten. Ich habe Gunnar, Alex und Hanna, um die Sache wieder ins Lot zu bringen. Und Saga, falls sie endlich, wie versprochen, die Website in Angriff nimmt.

«Wir können nichts anderes tun, als weiterhin unsere beste Arbeit abzuliefern. Es hat keinen Sinn, sich deswegen unter Druck zu setzen», sagt Alex, und mir fällt auf, dass er sich bereits in das Team mit einschließt: *wir*. Plötzlich habe ich eine Idee.

«Kannst du mir ein bisschen Tischlern beibringen? Falls Zeit dafür bleibt. Und es dir keine Umstände macht.» Früher habe ich Häuser geliebt, vor langer, langer Zeit. Bevor die Realität mir eine Backpfeife verpasst und meinen Träumen und Plänen ein Ende gesetzt hat und mir nur noch blieb, Bücher über Architektur zu lesen. Aber trotzdem, ich wäre gerne eine größere Hilfe.

«Klar.»

«Danke.»

Alex zieht seinen Pullover aus, und dabei verheddert er sich in seinem T-Shirt, sodass kurz sein flacher, gestählter Bauch zu sehen ist. Ich bereue sofort, den Tischlerunterricht vorgeschlagen zu haben, weil ich bereits vorhersagen kann, dass die Arbeitsbedingungen nicht ideal sein werden, wenn der Lehrer sich auszieht und seine Bauchmuskeln zeigt, wann immer er will. *Weitergehen.* Doch offenbar befolge ich meine eigenen Anweisungen nicht. Ich bleibe in der Tür stehen, als wäre es unmöglich, den Raum zu verlassen, ohne einen Blick zurückzuwerfen. Der Fairness halber muss gesagt werden, dass er mich wieder mal anstarrt, warum sollte ich also nicht zurückgucken dürfen? Aus Gründen der Selbsterhaltung sollte ich es vielleicht vermeiden. Man kann Alex nicht anders beschreiben als so: Er ist die nordische Schriftart Mjölnir. Kräftig, einzigartig und Aufmerksamkeit heischend wie ein Wikinger, aber in einer Schriftgröße acht, was ihn gleichzeitig unaufdringlich macht. Und wodurch es schwierig sein kann, zwischen den Zeilen zu lesen.

«Tschüs, Wikinger.» Die Worte sind aus meinem Mund, bevor ich überhaupt über sie nachdenken kann. Zum Glück scheint er sich nicht angegriffen zu fühlen, sondern wirkt vielmehr belustigt.

«Wikinger? Wie in: mörderischer Pirat?»

«Na ja, das Wort leitet sich von *fara a viking* ab, was so viel heißt wie: auf Kaperfahrt gehen. Wikinger waren normale Handelsleute, Schmiede und Bauern, die auf Raubzüge gingen. Zumindest sagt das meine Schwester. Ich meinte es nicht in der traditionellen Wortbedeutung, sondern als eine Art Kompliment. Genauso wie man *Prinzessin* oder *Häschen* genannt wird, obwohl man keins von beidem ist. Außerdem gibt es eine Microsoft-Schriftart, die Viking heißt.» *O mein Gott, hör auf zu brabbeln, du Idiotin.*

«Kapiert. Danke. Gefällt mir», sagt er, und in meinem Inneren passiert etwas sehr Lustiges, während ich rückwärts mit kleinen Schritten aus dem Raum tapse.

«Du kannst mich jederzeit Wikinger nennen.»

Schon *wieder* Gänsehaut. Ich muss die Heizung hochdrehen, egal wie sehr Dad wegen der Energiepreise murrt. Kann doch nicht sein, dass alle hier ständig Gänsehaut bekommen.

Hanna sprüht vor Energie. Ihr T-Shirt ist neongrün, mit der Aufschrift *BLEIB AUF ZACK* in Großbuchstaben. Ich könnte etwas von dieser Zackigkeit gebrauchen, denn jedes Mal, wenn das Prickeln, in Alex' Nähe zu sein, nachlässt, fühle ich mich völlig erschöpft und ausgelaugt, als hätte ich all meine Gefühle aufgebraucht. Schätze, manche Schriftarten sind einfach anstrengender fürs Auge. Wenn ich *beste Schriftart für Sehvermögen* googeln würde, stünde Mjölnir garantiert ganz weit unten.

Ich seufze, reiße mich zusammen und konzentriere mich auf das Vorstellungsgespräch.

Als ich Hanna die Checkliste aus der Stellenausschreibung zeige, die ich online gestellt habe, lacht sie und sagt: «Ich glaube, es wird Spaß machen, mit dir zu arbeiten.»

Dad hat mir eingetrichtert, nicht zu sehr aus dem Nähkästchen zu plaudern. *Sag ihr nicht, dass wir Aufträge verlieren oder was mit den letzten beiden Angestellten passiert ist.* Also hebe ich das Positive hervor: dass wir eine Betriebsrente haben, reizende Kollegen und einen Kaffeevollautomaten mit Bohnenmahlwerk.

«Du hast gerade erst deinen Abschluss gemacht. Fühlst du dich schon bereit, eigenständig zu arbeiten?», frage ich.

«Auf jeden Fall.» Sie schiebt das Kinn vor, als hätte sie Sorge, dass ich ihr nicht glaube. Tu ich aber. Obwohl sie erst neunzehn ist, hat sie ein unbekümmertes Selbstvertrauen. Ich dachte immer, wenn ich mich mit normalen, selbstbewussten Menschen umgebe, würde ihre Zuversicht auf mich abfärben und ich etwas davon in mir aufsaugen, es mir zu eigen machen. Erst sehr viel später wurde mir klar, dass Selbstbewusstsein, genau wie eine

Mitgliedschaft im Fitnessstudio, personalisiert und nicht übertragbar ist.

Mein Finger wischt über den Bildschirm meines iPhones, und ich senke den Blick. Die Überwachung des Blutzuckerspiegels ist die perfekte Ausrede, für einen kurzen Moment den intensiven Blickkontakt bei einem Bewerbungsgespräch zu brechen. Meine Blutzuckerkurve ist perfekt: horizontal und zentriert.

Daher bin ich gezwungen, wieder aufzublicken.

«Ich würde dich gerne auf Probe einstellen», sage ich. «Du arbeitest mit Gunnar zusammen, unserem langjährigen Fliesenleger, bis du weißt, wie der Hase hier läuft.»

Sie strahlt mich an. «Wunderbar! Danke, *echt*.»

«Eine Sache noch. Kennst du dich zufälligerweise mit Webdesign und Social Media aus? Meine Schwester Saga sollte sich eigentlich darum kümmern, hat sich aber als überhaupt nicht hilfreich erwiesen.» Mir wird klar, dass ich gerade zu viel preisgegeben habe, und ich lege die Hand auf den Mund, damit mir nicht noch mehr herausrutscht. Hanna scheint es nichts auszumachen.

«Ich würde sagen, das bekomme ich hin, ja.»

«Fantastisch.»

ALEX

PERSÖNLICHER KALENDER
Neue Aufgabe: Kalender synchronisieren
GETEILTER KALENDER
Neue Aufgabe: Siehst du das, Klara?
Bearbeitete Aufgabe (Klara): Angekommen, herzlichen
Dank.

Habe die erste Arbeitswoche überstanden. Mehr als überstanden. Wenn man beschäftigt ist, hat man keine Zeit, über seinen toten Bruder nachzudenken oder darüber, ob man ein Jahr, bevor man dreißig wird, all seine Meilensteine erreicht hat. Was Letzteres angeht, habe ich keine Ahnung. Woher soll ich denn wissen, ob ich im Leben versagt habe, schließlich kommt im Erwachsenenalter niemand vorbei und fragt: *Ernährst du dich vielseitig, Alex? Fallen dir innerhalb einer Minute drei Themen für Small Talk ein? Was der folgenden beiden Dinge ist dir wichtiger: ein funktionierender Streaming-Account oder eine Altersvorsorge?* Wir werden hängen gelassen und können uns nur selbst die Frage stellen, ob wir normal sind.

Ich lege das scharfkantige, steife Maßband an das Holz. Es ist hellbraun und hat runde Maserungen. Es muss von einem recht jungen Baum stammen; aus dem äußeren Teil des Stammes, wäre meine Vermutung. Ich fahre mit dem Finger darüber. Es ist perfekt poliert, glatt und weich. Mit meinem Bleistift (der angespitzt werden muss) setze ich eine Markierung und trage das Stück Holz zur Kreissäge, um die Enden zu kürzen. Nicht nötig, es probeweise an die Wand zu halten – ich weiß, dass die Bodenleiste passen wird. Schließlich sind es Zahlen. Kein Schätzspiel. Zahlen waren die eine Sache, bei der ich in der Schule hervorragend war. Der Lärm kreischt in meinen Ohren, dringt mir bis ins Gehirn, und meine Stirn wackelt wie Gelee vom Surfen auf den Klangwellen. Sollte nächstes Mal dran denken, meinen Gehörschutz zu tragen.

Meine Chefin hat mich gebeten, ihr ein paar Dinge beizubringen. Ich muss aufhören, sie so zu nennen; sie hat einen Namen. Einen schönen noch dazu. *Klara.* Das ist Schwedisch für *etwas schaffen* und kommt von dem lateinischen Wort für *hell* oder *klar*. Sie wirkt wie jemand, der viel schaffen kann, die Art Person, von der man sagen würde, dass sie viel auf dem Teller hat. Was das klar angeht, bin ich mir allerdings nicht so sicher. Sie wirkt eher zerstreut und strahlt diese diffuse Traurigkeit aus, deren Ursprung im Verborgenen liegt. Ich versuche ständig, sie zum Lächeln zu bringen, denn wenn sie lächelt, macht sie ihrem Namen alle Ehre. Klar, transparent und ungetrübt. Hell sogar.

Ich muss schon sagen, für jemanden, dessen Name *klar* und *etwas schaffen* bedeutet, ist sie überraschend schlecht darin, auf die Zeit zu achten, und hat so gut wie kein Organisationstalent. Ich bin nicht sicher, ob ich ihr meine Hilfe anbieten soll oder ob ich als Antwort nur ihren typischen Blick ernte, der töten könnte. Versuche herauszufinden, wie ich ihn weitestgehend vermeiden kann. Zum Beispiel sind ihr Nachrichten lieber als Anrufe. Am ersten Tag machte ich den Fehler, sie anzurufen, und ich schwöre, ihr Blick war so tödlich, dass ich ihn durch das Telefon spüren konnte.

«Wer ruft denn bitte heutzutage noch an? Ich dachte, es wäre ein Notfall.» (Klara)

«Telefone werden immer noch benutzt, weißt du. Ein völlig akzeptables und effizientes Kommunikationsmittel.» (Ich)

«Akzeptabel bei einem Notfall. Gibt es einen?» (Klara)

«Schätze, da ist was dran. Meistens rufen mich nur Leute an, die mir was verkaufen wollen, und die ...», ich breche ab, bevor ich *Sprechstundenhilfe meiner Psychologin* sagen kann, «...Sprechstundenhilfe meines Zahnarztes.» Na toll. Jetzt fragt sie sich bestimmt, welches Problem ich mit meinen Zähnen habe. In dieser Richtung ist mein einziges Problem, dass ich ein zu großes Plappermaul habe.

Ihr ein paar Dinge beizubringen, macht mir überhaupt nichts aus. Theoretisch. Praktisch verhält es sich anders. Es ist eine Schande, dass mich das Arbeiten mit Holz nicht von Klara ablenkt, wo es doch auf anderen Gebieten meines Lebens wahre Wunder bewirkt. Das Problem ist, dass ich ihre Anwesenheit im Raum körperlich spüre. Ich war erleichtert, als ich schlussfolgerte, dass der Grund für meine Besessenheit sein muss, dass sie eine medizinische Erkrankung hat – wenn ich mit ihr zusammenarbeite, ist es nur richtig, dass ich besonders auf sie achte. Es ist praktisch meine *Verantwortung*, Teil meines Jobs. Als Mitmensch. Nichts weiter. Definitiv nichts weiter. Ich bin depressiv und nicht im Geringsten an Frauen interessiert.

Bin letzte Nacht in eine Google-Falle getappt, als ich mich über Diabetes schlaumachte (wieder aus reinem *Verantwortungsgefühl*), und es ist faszinierend. Der Mathematikaspekt ist faszinierend. Zugeführte Kohlenhydrate versus verbrauchter Zucker, und dann das Insulin als eine Variable, die beides beeinflusst.

An diesem Morgen fange ich mir einen weiteren tödlichen Blick ein.

«Ich weiß, dass du Diabetes hast, und du musst mir gar nicht alles erzählen, aber ein bisschen was würde ich schon gern wissen, damit ich dir falls nötig helfen kann. Schließlich arbeiten wir doch jetzt zusammen», sage ich.

Sie seufzt mit dem gesamten Körper.

«Ich bin nicht arbeitsunfähig, Alex. Bloß mein Blutzuckerspiegel ist unberechenbar. Inzwischen kenne ich mich und meinen Körper gut genug. Und auch meine Grenzen. Aber wenn du es unbedingt wissen willst – wenn mein Blutzuckerspiegel zu niedrig ist, brauche ich Zucker. Wenn er zu hoch ist, brauche ich Insulin. Beides ist in meiner Bauchtasche. Mehr musst du nicht wissen. Sprich es bitte nicht wieder an.»

«Und ich dachte, du versuchst einfach, stylish zu sein.» Ich zeige auf die schwarze Nike-Tasche, die um ihre sanft gerundete Hüfte hängt.

«Hast du mich mal angeguckt? Style und Klara passen nicht zusammen.» Mit lang ausgestreckten Armen hält sie mir ein Brett hin. Ich frage mich, warum sie nicht einfach einen Schritt vor macht: Sie steht so weit von mir weg, dass sie fast umzufallen droht. «Gut so?», fragt sie.

«Ja», sage ich und zögere dann, weil ich nicht irgendeine Grenze überschreiten will – sie *liebt* Grenzen, wie es scheint. Aber sie hält mir gerade ein Brett hin, und als ich einen Schritt auf sie zugehe, ist sie so nah, dass ich ihren Atem auf meiner Brust spüre. Nicht dass ich darüber nachdenken würde. Über den Atem. Oder den Mund, aus dem er kommt. Zwinge mich dazu, mich auf etwas anderes zu konzentrieren. Zum Beispiel darauf, was sie anhat. Einen weichen blauen Pulli und eine schwarze Hose, die eine Leggins sein könnte.

«Warum gehen wir nicht zusammen Mittagessen? Statt des üblichen schnellen Sandwiches», schlage ich vor. «Da wir beide etwas essen müssen, könnten wir es auch einfach gemeinsam tun.»

Wir fahren zu einem kleinen japanischen Restaurant in der Nähe des Bahnhofs. Nicht eine einzige japanische Person ist anwesend, Mitarbeiter eingeschlossen. Ich bestelle eine Poke Bowl, Klara entscheidet sich für Sushi. Sie erklärt mir in Kurzversion, wie ihre Ernährung funktioniert. Es erscheint mir furchtbar kompliziert. Doch ich sollte niemanden verurteilen, denn meine besteht augenblicklich aus Pizza und Jalapeños.

Sie tunkt ihr Sushi mit dem Reis zuerst in die Sojasoße, sodass die Soße nach oben kriecht und den Reis langsam braun färbt. Man stippt nur den Fisch in die Soße, das habe ich gelesen, aber ich sage nichts. Vielleicht hat sie ihre Gründe – Klara hat alle möglichen Gründe für alle möglichen Dinge. Ich überlege scharf, was ich sagen soll. All die Fragen, die ich ihr gern stellen würde, sind zu persönlich, selbst für jemanden mit tödlichem Blick. Hast du einen Freund? Wohnst du jetzt dauerhaft bei deinem Vater? Woher stammt die Narbe an deinem Kinn? Wie isst du deine Frühstückseier am liebsten?

Ich entscheide mich für Folgendes: «Gefällt es dir bisher in Schweden?»

«Ehrliche Antwort? Es fühlt sich seltsam an. Alles hat sich verändert, seit ich weggezogen bin. Ständig sage ich Dinge und Ausdrücke, die 2010 angesagt waren. Als ich weggezogen bin, haben wir noch zu Girls Aloud getanzt. Lebst du schon immer hier?»

«In Malmö? Ja. Ich fühle mich wohl in der Stadt. Das Landleben wie da, wo ihr wohnt, habe ich nie ausprobiert. Ich mag es, dass immer Menschen in der Nähe sind. Es ist unkompliziert, sich mit jemandem zu treffen», sage ich und hoffe, sie findet mich nicht langweilig. Ich war noch nie woanders, habe nie etwas Besonderes gemacht. Der beständige Alex bleibt stets bei seinen Leisten.

«Schätze, das ist auch einer der Vorteile der Ehe. Trotz aller Schwierigkeiten hat man immer jemanden um sich», merkt sie an, und ich muss an Calle denken. Und an Dan. Weil sie das Ehepaar sind, das ich kannte. Ich berühre meinen Ring. «Nicht dass ich das aus eigener Erfahrung sagen könnte, natürlich. Ist es denn so?», fragt sie, und ich blicke auf.

«Ja», antworte ich mit den Gedanken woanders. Sie guckt auf ihr Handy, dann zu mir. Sie ist auf die Stuhlkante vorgerutscht, als würde sie gleich lossprinten wollen. «Schätze, das ist es, was einem das Eheleben gibt. Geborgenheit.»

Gespräche über die Ehe scheinen Klara aufzuwühlen. Ihre großen Kreolen hängen reglos neben ihren Wangen. Dann erwachen sie wieder zum Leben.

«Bitte sag mir, dass ich mich irre! Aber kann es sein, dass wir in zwanzig Minuten in Dalby sein müssen?», fragt sie.

«Sag du's mir. Du bist die Chefin.»

«Warum passiert mir das ständig? Tut mir leid, Alex, aber du hast fünf Minuten, um aufzuessen. Oh, es fühlt sich falsch an, das Leben dieses Lachses beendet zu haben, nur um ihn in fünf Minuten hinunterzuschlingen!»

Bin mir nicht ganz sicher, wie Klara es bisher geschafft hat, kein komplettes Projekt in den Sand zu setzen. Es ist, als wüsste sie nicht mal, dass es eine App gibt, die sich Kalender nennt. Ihr Gekritzel in dem ledernen Taschenkalender ihres Vaters kann man wohl kaum Terminplanung nennen. Beinahe hätte ich letzte Woche einen rollstuhlgerechten Zugang und einen Handlauf in der falschen Wohnung eingebaut, weil die Screenshots, die sie mir von besagtem Kalender schickt, immer unlesbar sind. Mir bricht schon der Schweiß aus, wenn ich diese wirren Versuche von Zeitplanung nur ansehe. Zahlen, Pünktlichkeit und Ordentlichkeit sind mein Ding. Aufgaben eintragen und sie erledigen ... Ich glaube, Ihre Taktik funktioniert, Dr. Hadid ...

«Wie bist du bisher nur zurechtgekommen? Du bist eine erwachsene Frau, die im Ausland wohnt und alles. Die internationale Wonder Woman aus London, die Südschweden mit ihrer Anwesenheit beehrt.»

«Wohl kaum eine treffende Beschreibung. In London teile ich mir eine Wohnung mit meiner besten Freundin, ich habe noch nie allein gelebt und verbringe meine Tage am Computer und mit dem Gefühl, die immer gleiche Unterhaltung zu führen, nur mit unterschiedlichen Personen. Ich war noch nie die Chefin von irgendwem oder irgendwas.»

«Trotzdem, ich habe das Gefühl, du … *wir* sind dem Untergang geweiht, wenn wir so weitermachen wie bisher. Heute Morgen habe ich eine Erinnerung bekommen, die lautete: *Tampons kaufen*.» Sie lacht laut auf.

«Entschuldige, die war offensichtlich nur für meine Augen bestimmt.»

«Verdammt, hättest du mir das nicht früher sagen können? Auf dem Weg zur Arbeit habe ich schon welche besorgt», sage ich im Scherz. «Ich wette, du bist die Art Person, die fünfhundert ungelesene E-Mails in ihrem Posteingang hat.»

Sie wirft einen Blick auf ihr Handy, während ich aufstehe und wir das Restaurant verlassen. Beeindruckend, wie schnell sie ihr Essen hinuntergeschlungen hat.

«Dreihundertzwölf», sagt sie über ihre Schulter und eilt mir weiter voraus. «Sieh mal, in London hatten wir einen Antwortkoordinator, Referenzantworten und einen Zeitplan. Es gab nie einen Grund für mich, meinen Kram auf die Reihe zu kriegen. Warum bist du überhaupt so ein Supertalent, was Notizen und Kalender angeht?»

«Sagen wir einfach, seit einiger Zeit ist das mein Ding.» *Mein einziges Ding.*

«Na dann, tob dich gerne in meinem Kalender aus. Ich hasse das Ding.»

«Ernsthaft? Das Angebot schlage ich nicht aus. Schick mir deine Log-in-Daten, und ich schlüpf in deinen Kalender.» *Was hab ich da gerade gesagt?* Klingt wie eine Dating-Masche. Aber die Zeitplanung würde so tatsächlich funktionieren. Es gäbe weniger Verwirrung, weniger genervte Kunden. Eine Win-win-Situation.

Als wir den Transporter erreichen, pingt mein Handy mit den Zugangsdaten für Klaras Kalender. Jetzt sind wir synchronisiert.

KLARA

Google: Was sollte auf meiner Bucketlist stehen?

Die Strahlentherapie geht jetzt schon sechs Wochen, und es gab eine Veränderung. Kein Spiegelei auf Toast mehr, und Dad sieht um Jahre gealtert aus, als wäre er mein Großvater.

«Wir können das Auto um die Ecke beim Fliesengeschäft stehen lassen. Dann sparen wir uns die Parkgebühren», schlägt er vor. Zu seinem heutigen Termin begleite ich ihn. Wir hätten ihm auch ein Taxi rufen können, jetzt, wo er zu erschöpft ist, um selbst zu fahren, aber ich möchte gerne dabei sein. Außerdem haben wir die fünfunddreißigminütige Fahrt dazu genutzt, über die Firmenausgaben zu sprechen und darüber, welche Unterlagen ich für die Buchhalter vorbereiten muss.

«Dad, wir gehen auf keinen Fall vier Blöcke zu Fuß zu deinem Bestrahlungstermin, nur um fünfzig Kronen zu sparen!»

Bei meiner Ankunft in Schweden sagte ich mir, dass Dad *Stadium 1* hat, nicht *Krebs*. Dass man das irgendwie voneinander trennen könne, wie es bei Zahlen und Wörtern normalerweise der Fall ist. Aber er sieht nicht aus wie eine Eins. Eher wie eine Acht auf der Schmerzskala. Für mich sind Kopfschmerzen eine Vier, ein angehauener Zeh eine Sieben und ein gebrochenes Handgelenk, weil man vom Baum gefallen ist, eine Neun.

«Wie hoch würdest du dein Übelkeitsgefühl einschätzen?», frage ich ihn.

Er lächelt. «Heute bei einer Zwei Komma fünf, Klara.»

Später beschließe ich, Prostatakrebs zu googeln. Das habe ich bisher nicht getan, weil ich eine Zahl hatte, ein *Stadium*. Aber jetzt nagt das Gefühl an mir, dass eine Krankheit nicht in Zahlen kategorisiert werden kann, sondern eher schwammig ist. Sie breitet sich aus, ohne dass wir etwas dagegen tun können.

Google sagt mir, dass Krebs im ersten Stadium klein ist und noch keine Metastasen gebildet hat. Ich kann mir beim besten Willen nicht vorstellen, wie sich bösartige Zellen im Körper meines Vaters ausbreiten, aber anscheinend muss ich das auch nicht. Die Krebszellen sind auf die Prostata beschränkt – auch dieses Wort mag ich: *beschränkt*. Klare Grenzen. Dann steht da noch, dass die Überlebensrate in den ersten fünf Jahren bei nahezu hundert Prozent liegt. Zumindest werde ich einen Vater haben, bis ich einunddreißig bin. Kein Grund, sich vorher Sorgen zu machen oder den Kopf zu verlieren.

«Dad, ich habe einen Plan gemacht für die nächsten fünf Jahre», sage ich. «Es gibt vieles, was ich gern tun würde.»

Auf meiner Bucketlist stehen: durchschnittliche Antwortgeschwindigkeit in YourMove-Chats von vier Sekunden erreichen (diesen Punkt habe ich gestrichen, weil ich nicht mehr dort arbeite) und mir ein Wort ausdenken, dass sich auf *Pfirsich* oder *Mensch* reimt. Außerdem steht da heiraten oder mich verloben. Da eine Beziehung unwahrscheinlich ist, will ich mir, um die Liste zu überarbeiten, andere Ziele in Zusammenhang mit dem Thema Hochzeit überlegen. Google sagt, dass ein Ziel dann realistisch ist, wenn man es unter Berücksichtigung seines derzeitigen Mindsets, seiner Motivation, des Zeitplans sowie seiner Fähigkeiten und Kompetenzen erreichen kann. Realistische Ziele helfen einem nicht nur dabei herauszufinden, was man will, sondern auch, was man erreichen kann.

Ich beschließe, wenn ich schon nicht heiraten kann, wäre ich gern eine Brautjungfer. Die Hochzeit meiner Schwester zählt nicht, denn die einzige Planung, die sie mir überließ, war die meiner eigenen Anreise. Sogar die Schuhe, die ich zu meinem schweinchenschnauzenrosa Kleid (meine Schwester nannte es *zartrosa*) tragen musste, wurden mir einen Monat zuvor per Post zugeschickt, genauso wie die Anweisungen für den Tag. Saga hat den Grundriss der Kirche aufgezeichnet, gespickt mit Pfeilen, die anzeigten, wo ich wann zu sein hatte. Ein kluger Schachzug, allerdings verbesserte ich die Zeichnung, indem ich kleine Figuren hineinmalte. Einen Strichmännchenpriester, einen Jesus am Kreuz und Gäste mit dreieckigen Kleidern und Hüten. Während der Zeremonie holte ich die Zeichnung hervor, um weitere Ergänzungen zu machen, wovon Saga später wenig begeistert war.

«Was hast du da vorhin geschrieben?» Ich dachte, sie hätte nur Augen für den Bräutigam haben dürfen. Anscheinend hatte Saga auch Augen für ihre Schwester.

«Ich habe den Grundriss korrigiert. Der Priester hatte einen Bart, und ich habe ihn ohne gezeichnet.»

«Nicht dein Ernst, Klara.»

«Das wäre nicht nötig gewesen, wenn du mir von vornherein einen vollständigeren Grundriss gegeben und solche Details nicht einfach weggelassen hättest.»

Ich wäre gerne in einer WhatsApp-Gruppe mit dem Namen «Was auf Mallorca passiert, bleibt auf Mallorca» oder so ähnlich, zum Beispiel für einen Junggesellinnenabschied. Alice sagt, sie glaubt nicht an die Ehe, und mein einziger Cousin hatte schon seit 2019 keine Freundin mehr, nachdem er im Internet von zwei Schwestern aus Michigan gelinkt wurde, meine Chancen sind also mau.

Ich überlege, was wohl auf der Bucketlist meines Vaters steht, und mir fällt ein, dass er mir immer beibringen wollte, wie man einen Reifen wechselt. «Ich will, dass meine Mädchen unabhängig sind.» Daher hole ich mein Handy hervor, um es für das Ende meines Aufenthalts zu planen, wenn Dad wieder mehr Energie haben dürfte. Zunächst verwirrt mich der Kalender mit all seinen

Terminen in verschiedenen Farben. Doch ich vertraue darauf, dass Alex alles im Griff hat, so sehr sogar, dass ich den alten Lederkalender gestern zu Hause gelassen habe.

Als ich einen seiner neuen Einträge lese, runzle ich die Stirn. Offenbar habe ich Alex in letzter Zeit ignoriert. Seit unserem gemeinsamen Mittagessen, das mich aufgewühlt hat. Zwar bin ich nicht stolz darauf, aber ich bin neidisch, dass jemand seine Frau sein darf und seine Gegenwart und ruhige Stimme der Soundtrack ihres Lebens ist. *Man hat immer jemanden um sich.* Hat er es nicht so ausgedrückt?

Der neue Kalendereintrag besagt:

Neue Aufgabe: Alex einen Guten Morgen wünschen

Schnell ändere ich ihn ab:

Bearbeitete Aufgabe: Klara vor 9 Uhr aus dem Weg gehen

Dann beschließe ich, meinen Punkt noch stärker hervorzuheben.

Bearbeitete Aufgabe: ... vor 10 Uhr. Vielen Dank x

Alex antwortet mit einer weiteren Änderung.

Antwort: Es sei denn, er bringt Croissants mit?

Gutes Argument. Wenn es um ein Stück Gebäck geht, könnte ich vielleicht über die komischen Gefühle hinwegsehen, die durch die Nähe meines sehr attraktiven, aber vergebenen Mitarbeiters in mir ausgelöst werden.

Antwort: Ein Guten Morgen für ein Croissant

Dann stehe ich auf und prüfe die Heizkörper für den Fall, dass Dad sie heimlich runtergedreht hat, denn ich bekomme immer noch gelegentlich Gänsehaut.

ALEX

Neue Aufgabe: Alex zur Blutzucker-App hinzufügen
Neue Antwort (Klara): Gibt es dafür einen mit der Arbeit
zusammenhängenden Grund?
Antwort (Alex): Alex zum Wellness-Beauftragten der Firma
machen (jetzt gibt es einen Grund)
Antwort (Klara): Check deine Mails, Herr Beauftragter.

In Entwürfe gespeichert
Lieber Calle,
dachte, dir zu schreiben, wäre merkwürdig und ein Beweis
für meine schlechte Verfassung, wie jemand, den ich
kenne, es ausdrücken würde, aber dann lasse ich das
Schreiben ein paar Tage sein, und schon überkommen mich
Schuldgefühle. Als würdest du darauf warten, dass ich dir
meine Neuigkeiten berichte. Denn rate mal! Diesmal hab ich
welche. Verdammt große Neuigkeiten. Ich habe einen Job
bekommen, und ich habe eine Chefin (klar), aber es ist ihre
Wenigkeit, die meine komplette Aufmerksamkeit beansprucht,
und immer wenn ich in ihrer Nähe bin, würde ich am liebsten
Dr. Hadid anrufen und sagen: «Hey, es gibt keinen Grund
mehr für diese ganzen Notizen oder weitere Folgesitzungen.
Ich empfinde nichts als Freude.» Dann geht sie auf Abstand –
das macht sie STÄNDIG. Als bräuchte sie zwischen sich und
anderen zu jeder Zeit körperliche Distanz. Meine Chefin ist
echt eine Type. Aber auf eine gute Art.
Sie läuft mir stets fünf Schritte voraus, und wann immer ich

162

ihr etwas näher komme, springt sie in die andere Richtung. Warum macht sie das? Ich liege nachts wach und frage mich, was es zu bedeuten hat. Bin es nicht gewohnt, dass Menschen derart schwer zu lesen sind. Und dann die Blicke, die sie mir aus heiterem Himmel heraus zuwirft, wie Blitze oder so. Sie ist eine wirklich intensive Person, doch gleichzeitig ruhig und sehr beständig. Aber auch unglaublich unorganisiert? Irgendwie werde ich aus ihr nicht schlau, trotzdem will ich es weiter versuchen – macht einfach zu viel Spaß.

Ich sehe plötzlich überall rote Wanderjacken. Sind die etwa wieder in Mode? Nirgendwo kann ich in der Schlange stehen oder aus dem Fenster gucken, ohne dass mir das Herz bis zum Hals schlägt. Wahrscheinlich spielen mir meine Schuldgefühle einen Streich, weil ich in letzter Zeit nicht mehr so viel gefahren bin. Bin jetzt nur noch an den Wochenenden auf der Suche, öfter ist nicht möglich, wenn man um sieben Uhr bei der Arbeit sein muss. Bist du enttäuscht? Willst du, dass ich weitersuche?

«Was würden Sie tun, wenn Sie die Zeugin finden?», fragte mich Dr. Hadid. «Was würde sich ändern? Calle würde dadurch nicht wieder lebendig.» Es würde für Gerechtigkeit sorgen, das würde es tun. Gerechtigkeit für dich, Gerechtigkeit für Dan – sogar für Mama und Papa. Die brauchen sie mehr, als sie zeigen. Ohne Zeugen lässt sich argumentieren, dass man nichts gesehen, nichts gehört, es nicht gewollt, nicht mal gewusst habe, dass man nicht fahrtüchtig war. Wenn einen jemand gesehen hat, ist das nicht so einfach. Ich kann nicht ändern, was passiert ist, kann die Zeit nicht zurückdrehen und sagen: «Ja, ich fahre dich nach Hause.» Gerechtigkeit ist das Einzige, was mir bleibt.

Wer hätte gedacht, dass es so befriedigend sein kann, den Blutzuckerspiegel von jemandem zu beobachten? Muss mir eingestehen, dass ich mir den Graphen öfter ansehe, als ich sollte. Dass sie mich als Follower hinzugefügt hat, bedeutet mir mehr als jede meiner früheren Instagram-Aktionen. Aber obsessiv ist das nicht von mir. Auf keinen Fall.

Es ist Mittagspause, und ich sollte mich wirklich aus dem Staub machen. Es gibt alle möglichen Orte, an die ich gehen könnte – das Büro, mein Transporter, die Stadt. Doch stattdessen setze ich mich vor dem Büro neben Klara auf die Bank und erwarte halb, dass sie nach mir schlägt und mich verscheucht wie eine Taube oder dass sie ans andere Ende der Bank rutscht, als hätte ich fettiges, stinkendes Fast Food dabei, von dem sie Abstand halten muss. Überraschenderweise bleibt sie sitzen.

Klara hält das Gesicht in die Sonne und schiebt die Ärmel hoch, wodurch ihre Insulinpumpe zum Vorschein kommt.

«Sonne ist draußen, Pumpe ist draußen», sagt sie. Vor Kurzem habe ich erfahren, dass sie nur vorübergehend in Schweden ist. Nicht sicher, wie ich das finden soll. Hab mich noch nicht getraut zu fragen, wie lange genau sie bleibt.

«Was zieht dich so sehr nach London zurück? Verstopfte Straßen und überhöhte Mieten?»

«Das ist nicht alles, was London zu bieten hat. Man muss dort wohnen, um es zu verstehen.»

«Ich weiß, aber im Ernst. Du kannst zurück in eine WG und zu einem Nine-to-five-Job und auf eine himmelhohe Anzahlung für irgendeine Immobilie sparen. Oder du kannst frische Luft haben, dein eigenes quasi mietfreies Zuhause und eine Arbeit, die du allem Anschein nach liebst.» *Du könntest mich haben. Träum weiter, Alex.* Das ist die Frau, die du in Croissants bezahlen musst, um nur ein Guten Morgen zu bekommen. Wenn das mal keine klare Message ist …

«Man ändert nicht einfach einen Plan. Einmal war ich gezwungen, das zu tun, und es hat mir den Boden unter den Füßen weggezogen. Noch heute, Jahre später, habe ich mich nicht von dem Schock erholt. Jetzt bleibe ich bei dem, was ich kenne. Ich werde mir wieder einen Job bei irgendeinem Kundendienst-Chat suchen, hart arbeiten und genug Geld sparen, um mir in einer Gegend eine Wohnung zulegen zu können, die im Kommen ist. Und dann lerne ich einen netten Mann kennen, der vorzugsweise groß und monogam ist. Ein Bonus wäre, wenn er kocht und auf der rechten Bettseite schläft. Ich bin nicht bereit, die Seite zu wechseln.»

«Ich schlafe auf der rechten Bettseite.» *Ernsthaft? Von all den intelligenten Dingen, die du zu einer Frau hättest sagen können, um besser dazustehen, entscheidest du dich für das?*

Mir fällt auf, dass Klara schwitzt. Neben ihren Ohren rinnen kleine Schweißperlen an ihrem Hals hinab. Die kleinen Härchen kringeln sich zu Spiralen.

«Du solltest das ausziehen», sage ich zu ihr.

«Das passiert, wenn mein Blutzucker erhöht ist. Dann kann ich nicht aufhören zu trinken, und alles fühlt sich zu heiß an. Wie bei der Menopause, vermute ich.»

Sie macht sich an ihrem Ärmel zu schaffen und zieht den Pulli über den Kopf. Darunter trägt sie ein schwarzes bauchfreies Top, oder ist das ein BH? Ich komme zu dem Schluss, dass es eins dieser hart arbeitenden Kleidungsstücke sein muss, die zwei Aufgaben gleichzeitig erfüllen. Sie reicht mir ihren Pulli – ich weiß nicht genau, warum und was ich damit tun soll –, und dabei berührt ihre Hand mein Handgelenk. Etwas durchzuckt mich, und ich habe das Gefühl, gerade aus einem Tagtraum gerissen worden zu sein, dabei hat sie doch nur ihren Finger auf meine Haut gelegt.

Ich schlucke schwer, falte den Pulli zusammen und lege ihn neben mich auf die Bank. Dann stehe ich auf, um ihr ein Glas Wasser zu holen. Während sie trinkt, habe ich einen *Totalaussetzer* und beuge mich vor, um ihr das Haar aus dem Gesicht zu streichen. Sprich – ihr zärtlich eine Haarsträhne zurückzustreichen und ihr in die Augen zu blicken. Keine Ahnung, warum ich das tue, ich muss den Verstand verloren haben.

«Alex», sagt sie. Klara hat meinen Namen schon hundertmal gesagt, aber diesmal schwingt eine gewisse Schwere mit.

Mir ist bewusst, dass ich zu weit gegangen bin, und ich habe keine Ahnung, was als Nächstes passiert.

KLARA

Google: Wie viele Sekunden «Schreibt ...» ist normal?

Als ich zu Hause bin und sich mein Puls wieder normalisiert hat –
ich hatte eine kalte Dusche, gefolgt von einem Gin Tonic draußen
vor der Tür, in der Hoffnung, dass die kalte Luft mit den Windböen aus Nordwest mir wieder ein bisschen Verstand einpustet –,
schreibe ich ihm.

Ich: Ich glaube, wir sollten wieder zurück
Alex (mit einer sehr, sehr schnellen Antwort): Zurück wohin?
Ich: In die Freundschaftszone

Diesmal antwortet er nicht schnell. *Schreibt ...* erscheint und ver-
schwindet wieder. Ich stoppe die Zeit, als würde ich meinen
Puls messen. Um zu prüfen, ob Gefahr besteht oder ein Problem.
Zwischen den einzelnen *Schreibt ...* vergehen fünfzehn Sekunden.
Nicht sicher, welche Alarmstufe das bedeutet. Ich wünschte, es
gäbe Schaubilder, die die Länge von *Schreibt ...* erklären.

Ich frage Alice um Rat, die mir in dieser Angelegenheit die beste
Hilfe zu sein scheint, da sie mir nicht im selben Maße dumme Fragen stellen wird, warum ein Angestellter die Grenzen der Freundschaftszone überschritten hat, wie es Saga tun würde. Doch möglicherweise täusche ich mich da.

«Was hast du gesagt? Weißt du eigentlich, dass du die Hälfte
der Zeit klingst wie ein Meme? Ziemlich sicher, dass es *tatsächlich*
genauso ein Meme gibt.»

«So schlimm kann das nicht sein. Memes sind kurz, prägnant

und bringen die Dinge auf den Punkt. Außerdem enthalten sie ein humoristisches Element, von dem man sagen könnte, dass es die Wahrnehmung von Freundlichkeit begünstigt. Und die möchte ich mir bewahren, da wir zusammenarbeiten. Was wäre das denn für ein Arbeitsplatz, an dem wir alle die Haare von Kollegen und Kolleginnen berühren?»

«Ich würde sagen, Memes können einen kaltherzig und distanziert wirken lassen.»

«Willst du etwa sagen, dass ich die Freundschaftszone Händchen haltend mit einem verheirateten Angestellten verlassen soll?»

«Klara, ich sage nur, dass du mal ruhig bleiben sollst.» Ich wünschte, ich *könnte* ruhig bleiben. Ich habe mir alle Mühe gegeben, die Gedanken an Alex zu unterdrücken, aber es ist einfach zu schwer, und am Ende lasse ich doch zu, dass sie über mich hinwegspülen.

«Ich habe alle meine Gedanken über ihn als eine dieser wilden Fantasien abgetan, die jeder hat.»

«Jeder hat wilde Fantasien?»

«Ja, zum Beispiel, dass man aus heiterem Himmel eine große Summe Geld von einem wohlhabenden Verwandten erbt, der Menschen hasste, einen selbst jedoch schätzte, weil man Veganerin ist.»

«Okay ...»

«Oder dass herauskommt, dass man wunderschön singen kann, aber entdeckt wird das erst bei einem Karaokeabend, an dem man betrunken ein Lied von Taylor Swift zum Besten gibt, doch hey, wer hätte das gedacht? Ein Talentscout ist anwesend, und man wird sofort unter Vertrag genommen. Oder dass man Oprah ein offenes und verletzliches Interview gibt, in dem man ihr von den eigenen Kindheitsproblemen erzählt und wie man es trotz all der Widrigkeiten geschafft hat, so erfolgreich zu werden.»

«Ja. Diese Fantasie hatte ich auch schon. Wirklich unglaublich, wie ich zur Filialleiterin aufsteigen konnte trotz des Traumas, dass meine beste Freundin ihre Hälfte unserer Freundschaftskette an ihren Bruder verschenkt hat, der auf mich stand.» Sie schnaubt. «Warte, erzähl mir von deiner Fantasie über Alex.»

«Oh, die ist nichts Besonderes. Du weißt schon, wie man sich eben vorstellt, dass man eines Morgens aufwacht und plötzlich tickt wie jeder normale Mensch und dass die Person, mit der man arbeitet, doch Single und zu haben ist für Leute, die ticken wie jeder normale Mensch? Diese Art Fantasie. Was mir nichts ausmacht. Solange niemand meine Haare berührt und die Grenze zwischen Fantasie und Realität verwischt.»

Alice schweigt einen Moment länger als gewöhnlich.

«Vielleicht liest du zu viel hinein? Du hast dich nicht gut gefühlt. Vielleicht wollte er einfach helfen», sagt sie schließlich.

«Ja. *Vielleicht*.» Es ist nur so, dass ich noch nie von meinen zwei anderen guten Freunden im Gesicht berührt werden wollte. Alice zu umarmen, macht mir nichts aus: Sie drückt fest zu und lässt schnell wieder los, wie ein Blutdruckmessgerät.

Alex und ich sind Freunde. *Freunde*. Das sollte ich mir wohl besser jedes Mal, wenn der Gedanke an seinen Mund in meinem Kopf auftaucht, in Großbuchstaben, Schriftgröße zweiundsiebzig vorsagen. Nur ein Mü kleiner, und es besteht die Gefahr, dass ich das kleine Wörtchen komplett von der Seite runterwische.

Ich schließe die Augen, doch alles, was ich vor mir sehe, ist Alex' Mund, der an mich gerichtete Worte formt, *liebevolle* Worte. Ich muss backen. Den Müll trennen, Etiketten abkratzen und Behälter auswaschen. Egal was. Dieses *Ding*, was immer es ist, lenkt mich viel zu sehr ab und lässt mich albern werden. Ständig erwische ich mich dabei, wie ich an Alex denke, obwohl ich es nicht sollte. Dabei, wie ich unter der Dusche, beim Fahren oder Kochen im Kopf unseren Chatverlauf durchgehe und mir vorstelle, was ihm beim Schreiben durch den Kopf ging.

Alex antwortet den gesamten Tag nicht, aber als ich in den Kalender sehe, wurde der Eintrag für unser nächstes Mitarbeiter-Meeting bearbeitet. *Ort: die Freundschaftszone.*

Als ich ihn am Dienstag das nächste Mal sehe, kann ich nur mit Mühe gerade laufen, als wäre ich irgendwie benebelt, und wenn er mit mir spricht, sage ich intelligente Dinge wie: «Aha! *Sehr gut*», ohne überhaupt zu wissen, wovon er gesprochen hat, und dann fliehe ich an den ruhigen Rückzugsort, genannt Küche. Ich werde mich in die Buchhaltung stürzen und Rechnungen schreiben und rausschicken. Das sollte meine Gedanken in eine andere Richtung lenken.

Ich koche mir einen Espresso, weil Kaffee angeblich eine ausgleichende Wirkung hat und kurzfristig die Aufmerksamkeit und das Denkvermögen steigert. Es funktioniert. Ich fühle mich wieder wie ich selbst. Ausgeglichen und normal und, was am wichtigsten ist, als hätte ich die *Kontrolle*. Mit Stolz kann ich sagen, dass ich nicht länger Gefahr laufe, den Fokus auf etwaige Körperteile meiner Angestellten zu richten. Wunderbar.

Mein besonnenes Ich beschließt, dass etwas Teambildung eine gute Idee wäre.

Ich schreibe Gunnar: Was hältst du von ein paar unverfänglichen Drinks unter Mitarbeitern am Donnerstagabend? Um zu feiern, dass unser Team wieder vollständig ist? Mein Dad kommt bestimmt auch. Um ehrlich zu sein, wird mein Vater wahrscheinlich meckern, ob es wirklich notwendig ist, wie viel es die Firma kostet und ob es den darauffolgenden Arbeitstag beeinflusst. Aber an dem Abend selbst wird er sich amüsieren.

Gunnar: Super Idee. *Daumen hoch *Halte mir den Abend frei.

Es dürfte wertvoll sein zu lernen, einen ungezwungenen, freundschaftlichen Abend mit meinen Angestellten (sprich Alex) zu verbringen. Und Dad kann die Aufmunterung vertragen. Ich hole das Handy hervor, um den Abend in den Kalender einzutragen.

ALEX

GETEILTER KALENDER
Neue Veranstaltung (Klara): Firmenfeier nach der Arbeit. Ehefrau willkommen!

Vermute, dieser Hinweis ist nicht für mich gedacht. Hin und wieder bekomme ich auch Klaras persönliche Kalendereinträge angezeigt (das Highlight diese Woche war: *handgewaschene Unterwäsche zum Trocknen aufhängen,* was mir ein prächtiges Bild im Kopf bescherte, auf das ich hätte verzichten können), aber dieser macht mich ratlos. Wessen Ehefrau bringt sie mit zur Firmenfeier?

Ich antworte mit einer Notiz: Sind wir auch ohne Ehefrauen willkommen? Oder ist Begleitung erforderlich?

Keine Antwort, und ich muss daran denken, dass ich Calle heute noch gar nicht geschrieben habe und dass vielleicht, nur vielleicht, Klara etwas mit der abnehmenden Häufigkeit zu tun hat. Doch heute Abend spüre ich diese vertraute Leere in mir. Noch fünf Wochen bis zur Anhörung, und ich bin noch keinen Schritt weiter.

In Entwürfe gespeichert
Calle,
auf meinem Handy habe ich immer noch ein paar Sprachnachrichten von dir. Du warst eine dieser seltsamen Personen, die Sprachnachrichten lieber mögen als Textnachrichten, hast immer gern geredet. Ich habe dir Nachrichten von der Länge eines Romans geschrieben, und du hast mit regelrechten Hörbüchern geantwortet. Wenn ich

sie mir jetzt anhöre, kommt es mir vor wie ein Schatten der Person, die du warst, als würde ich nicht dem echten Calle zuhören, sondern einer technischen, bearbeiteten Version von dir.

In Tonaufnahmen klingen wir nie wie wir selbst. Der Gedanke, dass es keine Spur unseres echten Selbst mehr gibt, wenn wir sterben, dass wir dann fast vollständig verschwunden sind, macht mich traurig. Alles, was mir jetzt noch von dir bleibt, der einzige Ort, an dem du noch existierst, ist mein Gedächtnis aus zusammengestückelten Erinnerungen. Wird sich dein Gesicht verzerren, wie es deine Stimme getan hat? Wird sich die Farbe deines Haares verändert haben, wenn ich in einem Jahr an dich zurückdenke?

Ich halte mich an den kleinen Details fest, die ich so deutlich in Erinnerung habe, dass ich sie niemals vergessen werde. Deine für deine Größe viel zu kleinen Füße. Ich sehe sie am Strand in Flip-Flops vor mir, feine blonde Härchen, noch heller als deine Haut, wachsen auf dem Ansatz deiner großen Zehen. Deine Augen sind auf mich gerichtet, und ich muss nur tief in sie hineinblicken, und schon geht es mir gut. Die Menschen schenken Füßen und Ohren keine Beachtung, dabei sind es Körperteile mit weniger Ablenkungen. Ein Gesicht kann tausend verschiedene Ausdrücke annehmen – doch ein Ohr kann seine Form nicht unter einem Stirnrunzeln, einer gehobenen Augenbraue oder einem veränderten Hautton verbergen. Diese Körperteile sind verlässlich, und ich klopfe mir selbst auf die Schulter, dass ich mich an sie erinnere.

Jetzt muss ich natürlich an Füße und Ohren denken. Klara hat wunderschöne Ohren, wie ich festgestellt habe. Von der Art, die sich mir einfach ins Gedächtnis einbrennt. Verratet das nicht Dan oder Paul, denn mir ist schon klar, dass es ungewöhnlich ist, einer Frau Komplimente über ihre Ohren zu machen. Klaras sind klein und stehen ganz leicht ab, die Ohrmuscheln sind flach und von der Form eines perfekten halben Herzens (ich frage mich, ob die beiden Hälften zusammenpassen; muss eine Möglichkeit finden, Klaras rechte und linke Gesichtshälfte in Augenschein zu nehmen, jetzt bin ich neugierig), und meistens sind ihre Ohren mit Gold- oder Silberschmuck behangen. Einmal baumelten große schwere Kreolen an ihnen. Nackt sind sie nie, aber ich sehe es förmlich vor mir: Wenn Klaras Ohren heiß sind, sind sie leuchtend rosa wie Wangen, und hellbraun, wenn es früh am Morgen und noch frostig ist. Ich glaube, ich könnte eine sehr gute Zeugenaussage über Klara Nilssons Ohren machen, falls das je nötig sein sollte.

KLARA

Google: Wie viele schmackhafte Steine gibt es auf der Welt?

Ich habe Hanna die Verantwortung für die Bar übertragen, was sie offenbar sehr ernst nimmt, da sie eine ganze Tüte voller hawaiianischer Blumengirlanden und Papierschirmchen mitgebracht hat.

«Margaritas sind zwar nicht hawaiianisch», sagt sie, «aber das ist der einzige Drink, den ich gut mixen kann.»

Ich sehe zu, wie sie die Gläser auf einem Tablett aufreiht und die Ränder in Salz tunkt.

«Hast du schon mal über Salz nachgedacht?», frage ich. «Es kann unmöglich der einzige Kristall mit Geschmack sein, den es gibt. Irgendwo muss es noch eine Gesteinsart geben, die darauf wartet, entdeckt zu werden.» Ich mache mir eine gedankliche Notiz, es später zu googeln.

«Sollte ich je eine finden, lasse ich es dich wissen. Du kannst deinen Vater holen. Wir sind hier fast fertig.»

Das Handy klingelt, und Saga erscheint mit ihrer guten Laune auf meinem Bildschirm. Ganz vergessen, dass Donnerstag ist. «War gerade ohne Harry im Supermarkt. Was sozusagen mein Lieblingsort ist, weil ich dort als Einzelperson existieren kann *und* von Essen umgeben bin.»

«Großartig. Bin gerade ein bisschen beschäftigt.» *Beschäftigt damit, die Tür anzustarren, durch die jede Sekunde Alex und der Rest hereinspazieren kommen könnte.*

«Oh.» Sie beugt sich vor, als erwarte sie, hinter mir den Grund für meine Beschäftigung zu entdecken. «Spielt da Musik?»

«Ja. Wir veranstalten eine kleine Firmenfeier.» Ich habe Hanna erlaubt, eine Playlist zu erstellen, da meine Musik auf Partys gewöhnlich nicht so der Kracher und besser dazu geeignet ist, allein im Transporter zu sitzen.

Sagas nächsten Satz höre ich nur halb, weil Alex den Raum betritt und meine Sinne aufhören zu funktionieren. *Natürlich.* Mein Herz schlägt so heftig, dass mein Trommelfell vibriert. Er ist allein. Kann es sein, dass er jedes Mal, wenn ich ihn sehe, größer und breitschultriger wird? Körperlich sollte das unmöglich sein, vor allem, wenn man bedenkt, wie groß und breitschultrig er von vornherein schon war. Alex ist mindestens 1,85. 87. 90. Vielleicht größer. Er trägt ein Hemd, das habe ich noch nie gesehen. *Wunderbar, noch ein Bild von Alex, das ich meiner ohnehin schon vollen Cloud von Bildern hinzufügen kann …*

«Saga, ich muss auflegen. Ich ruf dich später an.»

«Warte, was?»

Klar, dass sie perplex ist. Ihre kleine Schwester hat anderweitige Pläne! Vertröstet *sie. Lässt sie allein mit ihrem Wein und Geweine.*

Als ich von dem Handy aufblicke, steht Alex vor mir.

«Hi.» Mir drängt sich der Gedanke auf, dass dies ein sehr informeller Rahmen ist, in dem eine Umarmung zur Begrüßung angebracht wäre. Ich verfluche mich, dass ich mich nicht geistig auf diesen Moment vorbereitet habe. Stocksteif stehe ich da und warte auf den Zusammenprall, frage mich, ob ich den ersten Schritt machen oder abwarten soll, was er unternimmt. *Ich kann das, ohne zu zerschmelzen wie ein der Hitze ausgesetzter Zuckerwürfel.*

Wie sich herausstellt, kann ich es nicht. Denn als er sich vorbeugt, streift eine ganze Menge Stoppeln über meine Kopfkrone. Mein Gesicht ist gute vier Sekunden lang auf einer Höhe mit seiner Brust, lang genug, um tief seinen Duft einzuatmen, der meine Vorstellungskraft anheizt und mir die Fähigkeit raubt, zusammenhängende Sätze hervorzubringen. Oder sie überhaupt nur zu denken. Was der Grund dafür ist, dass ich nur ein «Oh, allein» herausbringe. Ich bin echt bescheuert.

Er wirft mir einen sehr langen, sehr verstörenden Blick zu, lächelt und lässt mich dann stehen, um hinüber zu Dad und Hanna zu gehen. Ich sehe zu. Dad klopft ihm auf die Schulter, und ich habe das Gefühl, etwas gut gemacht zu haben. Dad mag etwas, das ich in die Firma gebracht habe – Alex und Hanna. Selbst wenn ich es vermassle und es weiter Stornierungen hagelt, habe ich zumindest das richtig gemacht.

Eine Stunde lang scheint Dad sich zu amüsieren, dann kommt er zu mir. Ich habe bewusst versucht, sämtliche Geschäftsunterlagen zu verstecken, und sehe, wie er argwöhnisch den Blick durch den Raum und über den leeren Schreibtisch schweifen lässt.

«Ich schätze, noch mehr Spaß stehe ich nicht durch.» Er reicht mir sein Glas.

«Du hast dich gut geschlagen. Zahlreiche Unterhaltungen. Nur eine davon über Fliesen, soweit ich mitbekommen habe.» Er lächelt mich an.

«Gute Nacht.»

Dad geht nach Hause, und fünf Minuten später gehe ich auch nach draußen, um Nachschub an Eiswürfeln zu holen. Als ich vor der Tür stehe, höre ich, wie er mit Gunnar spricht – also ist er gar nicht gegangen. Dads Hand liegt auf dem Arm seines Freundes, während er spricht.

«Kannst du sicherstellen, dass sie den richtigen Fahrtenschreiber bekommen? Ich schicke dir die Daten der Polizeistation und die Fallnummer per E-Mail.» Es ist nur ein Flüstern, aber laut genug, dass ich es verstehe.

Polizei? Jemand muss ein Ticket für zu schnelles Fahren bekommen haben. Ich kann es nicht sein, da ich immer zehn Prozent unter der Geschwindigkeitsbegrenzung bleibe. Ich bin dankbar, dass nicht ich mich um die Korrespondenz mit der örtlichen Polizei kümmern muss, und will mich morgen bei Dad dafür bedanken, dass er die Aufgabe nicht mir aufgebürdet hat.

Dann greife ich nach der Tüte Eiswürfel und gehe wieder hinein.

ALEX

GETEILTER KALENDER
Erinnerung: Acht Uhr Projektstart Dalby
Antwort (Alex): Willst du hierfür vielleicht zu Hause
bleiben?
Antwort (Klara): Habe lediglich 1,3 Margaritas pro Stunde
getrunken. Bin frisch wie ein mit Lenor gewaschenes
Gänseblümchen. Wir sehen uns dort.

Dr. Hadid hat mir eine Voicemail hinterlassen. Sie würde gern mit einer mir nahestehenden Person sprechen. Im Kopf gehe ich meine Leute durch. Mama. Papa. Dan und Paul kommen am ehesten infrage. Bei der Vorstellung, wie meine Eltern in einem geschlossenen Raum über Gefühle sprechen, läuft es mir kalt den Rücken runter. Dan – den Armen hab ich mit meinen Problemen schon genug gefoltert. Er braucht Zeit für sich, um selbst seine Wunden zu heilen. Womit Paul übrig bleibt. Widerstrebend greife ich nach meinem Handy.

«Weißt du noch, wie unglaublich gern du mich hast und dass ich dir zahllose Male den Arsch gerettet habe? Damit meine ich während der Reise nach Barcelona 2015 und den einen Samstag in Göteborg, nicht ganz so lange her. Zeit, dich erkenntlich zu zeigen. Du musst mit mir zur Therapie kommen. Die Sitzung ist in zwei Wochen.»

«Du machst Witze. Du schleppst mich zur Paartherapie?»

«Deine Worte, nicht meine. Hör zu, dort darfst du eine ganze Stunde lang darüber sprechen, wie du der tolle Freund sein kannst, der du ohnehin schon bist, und deine Version der Ereignisse rund um den alten Alex und den neuen Alex schildern. Hinterher können wir ein Bier trinken gehen.»

«Okay. Du hattest mich bei Bier. Und altem Alex. Den Typ hätte ich gern zurück.»

Ich trage es in den Kalender ein.

Neue Veranstaltung: Paartherapie

Sofort bekomme ich eine Benachrichtigung. Der Veranstaltung wurde eine neue Notiz hinzugefügt.

Notiz (Klara): Möchtest du hierfür den Nachmittag freihaben?

Oh fuck. Hab es voll vergeigt und den Eintrag aus Versehen im geteilten Kalender gepostet.

Antwort (Alex): Ich gehe nicht zur Paartherapie. Kann das erklären.
Antwort (Klara): Klar. Daran ist nichts verwerflich, du musst dich nicht schämen.
Antwort (Alex): Nein – wirklich.
Antwort (Klara): Ich hab eingetragen, dass du in der Zeit freihast. Gern geschehen.
Antwort (Alex): Danke. Obwohl ich nicht zur Paartherapie gehe ...

KLARA

Google: Tom Vidén ...

Ein paar Termine herumzuschieben, damit Alex zu seiner Therapiesitzung gehen kann, war einfach; uns mangelt es inzwischen an Aufträgen. Ich versuche, es mir vorzustellen. Halten sie Händchen? Sitzen sie mit einem Meter Abstand auf einem Sofa? Sind meine Eltern zur Therapie gegangen? Ist es das, was direkt vor der Scheidung passiert ist? Ich schüttle den Gedanken ab. Alex ist die Sache eindeutig peinlich, und er will nicht, dass ich sie anspreche, geschweige denn darüber nachdenke. Ich drehe die Musik lauter. Brauche Ablenkung, kann nicht den ganzen Morgen über Paare und ihren Therapiebedarf nachgrübeln.

Der Supermarkt hat einen riesigen Parkplatz, weshalb ich, wo ich jetzt einen Transporter fahre, dort einkaufe. Ich kann keine Spiegeleier auf Toast oder Fast Food von Fred's Grill mehr sehen. Hab es im Nebendorf probiert, aber dort gab es ähnliche Imbisse: Brown's Pizza und einen Inder. Wenn ich schon von meinen Mittagessensgewohnheiten abweiche, muss es dafür einen guten Grund geben.

Ich lasse meine Einkäufe auf das Band fallen wie eine Ladung Wäsche. *Warum starren mich alle an?* Als Erstes lecke ich mir über die Lippen, obwohl ich schon seit einer Ewigkeit nichts mehr gegessen habe und da eigentlich nichts sein kann. Dann fasse ich mir an den Hintern, die Hose sitzt noch, kein großes klaffendes Loch. Auch der Kassierer beäugt mich von Kopf bis Fuß. Ich kaufe nicht *nur* helle Nudeln und Schokoriegel – eine Packung Quinoa und Lachsfilets sind auch dabei! Plötzlich fällt es mir wie Schuppen von den Augen. *Meine Einkäufe sind aufgeschichtet, als versuchte ich, den Schiefen Turm von Pisa nachzubauen.*

Wenn es euch je in einen schwedischen Supermarkt verschlägt, solltet ihr zwei Dinge wissen: Das Essen ist unfassbar teuer, nehmt es einfach hin und kauft, was ihr euch leisten könnt. Zweitens, die Einkaufswaren *müssen* so aufs Band gelegt werden, dass der Barcode zu euch zeigt. Das gehört zur schwedischen Höflichkeit. Schweden laufen nicht mit einem ständigen «Pardon» oder einem «Excuse me» auf den Lippen durch die Gegend, aber sie zeigen dem Kassierer Respekt. Tut ihr das nicht, wird nicht nur der Kassierer, sondern auch die gesamte Schlange hinter euch einen schlechten Menschen in euch sehen. In Schweden lieben wir Schlangen, so sehr, dass sogar unsere Einkäufe eine bilden müssen.

Ich versuche, meine Waren so schnell wie möglich neu anzuordnen. Dann packe ich meine Einkäufe in zwei Papiertüten, weil ich mich nicht traue, nach Plastiktüten zu fragen, obwohl sie mir lieber sind. Ich muss für die Umwelt tun, was ich kann. Vor allem, da ich jetzt einen großen Diesel-Transporter fahre. Anschließend warte ich geduldig auf einen Kassenbon, damit ich sagen kann, dass ich keinen brauche.

Ich eile zurück zum Transporter und werfe die Einkäufe zu den Farbeimern und den staubigen Arbeitsschuhen. Sicherheitsgurt, Eminem, Heizung, Handbremse, Zündung.

Und – *rums.*

Knulla. Ich vernehme das knirschende Geräusch von Metall, das zusammendrückt wird wie ein Stück Papier, bevor man es wegwirft. Wie in aller Welt kann es sein, dass ich den Rückwärtsgang eingelegt habe? *Verdummter Schaltknüppel.*

Endlich kommt mir der zündende Gedanke, den Fuß auf das Bremspedal zu pressen, um nicht noch mehr Schaden anzurichten. Am liebsten würde ich losheulen. Dies ist die Art Situation, in der ich Dad anrufen würde. Nur dass ich hier bin, um erwachsen und eine Unterstützung für ihn zu sein, da er sich in diesem Moment zu Hause ausruht, nachdem eine Stunde lang seine Leistengegend bestrahlt wurde. Ich unterdrücke die Tränen und versuche, mich zu beruhigen. Ohne Erfolg. Noch einen weiteren Augenblick lang bleibe ich sitzen, bevor ich mir ein Herz fasse und aus dem Transporter steige, um nachzusehen. Bitte lass es nicht katastrophal sein. Oder teuer. Wenigstens stehen keine Ferraris oder Porsches auf dem Parkplatz des Dorfsupermarkts. Es hätte schlimmer kommen können. Dasselbe hätte in einem piekfeinen Londoner Viertel voller Range Rover passieren können.

Es ist kein Chelsea-Traktor, aber es *ist* ein Mercedes. Weiß und strahlend sauber. Wieder kommen mir die Tränen. In meinen Taschen krame ich nach einem Stück Papier und bekomme eine herausgerissene Seite aus dem jetzt ausrangierten Taschenkalender zu fassen. Ich drücke das Papier gegen die Scheibe meines Transporters und kritzle eine Notiz darauf.

Liebe Person, der das schöne glänzende Auto gehört, ich hoffe, es geht Ihnen gut und dass Sie einen federnden Schritt und ein Lächeln im Gesicht haben. Ich hoffe, dass Sie bisher einen wunderbaren Donnerstag hatten und sich ausgeglichen fühlen, weil ich Ihren Tag gerade möglicherweise ein bisschen ruiniert habe. Ich lege dieser Nachricht einen Schokoriegel bei, für den Fall, dass Sie ein Stressesser sind ... Als das Blinklicht des Autos, an dem ich die Notiz befestigen will, zweimal aufleuchtet, halte ich inne.

«Hey! Was machen Sie da?» Hinter mir ertönt eine Stimme, die mich umschlingt, bis mein gesamtes Wesen eingewickelt ist in Erinnerungen. Weil es eine Stimme ist, die ich kenne. Noch habe ich ihn nicht erblickt, aber ich weiß, dass der Mann hinter mir Tom ist. Ich kann es hören und spüren. Ein Teil von mir hat Angst zu sehen, was für ein Mann aus ihm geworden ist, also bringe ich es schnell hinter mich. Ich drehe mich um, und mein Magen macht einen Purzelbaum.

«Klara.» Er klingt nicht überrascht. Vielmehr sieht er aus, als hätte er nichts anderes erwartet, als dass ich an einem Donnerstagnachmittag im Dorf Veberöd rückwärts sein Auto ramme. Warum, warum, warum? Nicht Frauen sind ein Rätsel, es sind die Männer, die unmöglich zu verstehen sind. Mein Herz pocht wie wild, und meine Handflächen sind feucht. Ich bin wie eine Zwiebel: Man muss mich nur anpiksen, und schon fange ich an zu schwitzen. Er hingegen scheint sich keinen Pfifferling zu scheren, ist cool wie eh und je (entschuldigt die fürchterlichen Gemüsewitze, mein Gehirn ist noch damit beschäftigt, Tom-Zeug zu verarbeiten). Er ist älter geworden, *logisch*, hat sich aber kein bisschen verändert. Fast so als hätte der achtzehnjährige Tom einen Instagram-Filter über sich gelegt und wäre in die heutige Zeit getreten. Sein dunkelblondes Haar ist mit einer – vermutlich – minimalen Menge Haarprodukt zur Seite gekämmt. Er trägt ein gebügeltes blaues Hemd und Chinos, obwohl es kalt ist. Früher war er immer bemüht, sein adrettes Image aufrechtzuerhalten, und man sah ihn nie ohne seine Tod's Loafer, egal ob Schnee lag oder nicht. Aber heute trägt er blaue Turnschuhe, und seine Hosenbeine sind perfekt hochgerollt, sodass sie genau anderthalb Zentimeter darüber enden.

«Gott, es tut mir so leid wegen des Autos. Ich bin immer noch dabei, mich an dieses Monstrum hier zu gewöhnen.» Ich zeige auf den Transporter, der traurig aussieht mit seiner eingebeulten Rückseite. Tom geht überhaupt nicht auf meine Entschuldigung ein, als würde sie ihn keinen Deut interessieren. Stattdessen sieht er mich neugierig an.

«Hab gehört, dass du zurück bist.»

«Das heißt dann wohl, ich bin schon berüchtigt. Einen Unfall mit dem Transporter zu bauen, verbessert meinen Ruf sicher nicht.»

«Da liegst du falsch. Du hast keinen Ruf, weil du die letzten

Jahre weg warst. Du bist ein Rätsel, Klara. Ich würde liebend gerne herausfinden, was dich so umgetrieben hat.» Und dann lächelt er. Ich spüre, wie ich schlucke und meine Wangen heiß werden. Tom hat *liebend* und *dich* im selben Satz gesagt.

Ein bekanntes Gesicht kommt aus dem Supermarkt auf uns zu, bevor ich noch mehr in das Gesagte hineinlesen kann. Lennart zu sehen, tut gut.

«Mach dich nicht fertig, Klara. Ich kenne jemanden, der das für wenig Geld repariert. Ich geb dir seine Nummer.»

«Danke», sage ich und drehe mich dann wieder zu Tom. «Schätze, dann solltest du mir wohl auch deine Nummer geben. Wegen der Versicherung?» *Oh, Klara, hör auf. Welchen Grund soll es denn sonst geben? Das musst du nicht extra klarstellen.*

«Richtig. Wunderbar», sagt Tom, der endlich den Unfall zu quittieren scheint.

Er greift in seine Hosentasche und zieht ein Portemonnaie von Louis Vuitton hervor, gibt mir eine Visitenkarte, und als ich sie entgegennehme, berührt meine Hand seine. Es fühlt sich an wie ein Elektroschock, aber ohne Strom, also ist es eigentlich nur ein Schock. Meine Muskeln erinnern sich einfach an die Berührung, *nicht meine Schuld*, irgendwie erkennt meine Hand seine Haut wieder. Hat er es auch gespürt? Ich hebe den Blick, aber seine Augen verraten nichts.

«Gut ... dann.» Da seinem Gesicht nichts zu entnehmen ist, blicke ich stattdessen auf die Karte in meiner Hand. «Du arbeitest jetzt im Unternehmen deines Vaters. Gratuliere.» Das war immer Toms Plan gewesen, was Sinn ergibt, wenn dein Vater der beste Strafverteidiger der Gegend ist: Hat man das Jurastudium erst beendet, gibt es keinen anderen Weg.

«Es ist schön, dich zu sehen, Klara.» Sein Selbstbewusstsein ist noch offensichtlicher, wenn er neben mir nervösem Etwas steht. Wir sind ein Spiel aus Gegensätzen.

«Ja, dich auch, so schön, echt toll.» Es *wäre* toll gewesen, hätte ich ihn vor, sagen wir, acht Jahren wiedergesehen. Hätte er plötzlich neben dem Tisch im Café gestanden, in dem er mich sitzen lassen hat, und gesagt: «Haha! Hast du etwa geglaubt, was ich auf den Becher geschrieben habe?» Selbst wenn er Wochen später aufgetaucht wäre, wäre das noch toll gewesen. «Es tut mir so leid, Klara, ich war so ein Dummkopf! Aber hier bin ich wieder, größer und besser, und ich gehöre ganz dir. Hier sind ein paar Blumen, und darf ich dir bitte die Füße massieren?»

Stattdessen war da nur Funkstille, und Jahre später steht er auf einem Parkplatz vor mir, und ich sage ihm mit brüchiger Stimme, es sei toll, ihn wiederzusehen.

Später, nachdem Dad die Hälfte seines Abendessens gegessen hat und ins Bett gegangen ist, mache ich es mir auf dem Sofa bequem. Über meinen Beinen liegt eine Strickdecke, und obendrauf schläft der Kater Benny.

«Würdest du bitte runtergehen? Mein Bein schläft ein», sage ich probeweise, doch er ignoriert mich, wie es Katzen meistens tun. «Na schön.» Weil ich zu höflich bin, ihn aufzuwecken, wackle ich nur mit den Zehen.

Es ist Donnerstagabend, zwanzig Uhr, Zeit für Wein und Geweine, daher rufe ich Saga an.

«Hey», meldet sie sich.

«Warum flüsterst du? Alles okay mit deinem Hals?»

«Harry schläft.» Während eines Straßenfestes kann mein Neffe in seinem Buggy schlafen wie ein Stein (letztes Jahr nahm ich ihn mit zum Notting Hill Carnival, weil ich mich als die coole Tante etablieren wollte), nicht aber, wenn er die sanften Stimmen seiner Eltern hört.

«Ist Heinrich nicht da?»

«Er ist in der Küche und arbeitet. Wir führen inzwischen sozusagen getrennte Leben. Eheglück. Aber ich weiß nicht, wie ich es sonst ertragen kann: Wenn ich nach Hause komme, nachdem ich den ganzen Tag gearbeitet und mit den Studierenden und meinen Kollegen gesprochen habe, zu Abend gegessen und Harry ins Bett gebracht habe, sehne ich mich einfach nur nach einer Dusche und danach, dass die nächsten zehn Stunden niemand meinen Körper anfasst. Eigentlich sollte ich jetzt ins Bett gehen, aber die Stille und dass niemand ‹Mami!› ruft, tut einfach zu gut, um es aufzugeben.» Sie dreht den Kopf zur Seite und ruft in Flüsterlautstärke irgendetwas zu ihrem Ehemann im anderen Zimmer.

«Heinrich sagt Hallo», teilt sie mir mit, als sie den Kopf wieder zu mir dreht. «Ich befürchte, aus uns sind diese attraktiven Mitbewohner geworden, auf die Werbung immer zugeschnitten ist: Berufstätige mit langen Arbeitszeiten, die fast nie Freunde zu Besuch haben. Im Haus begegnen wir uns, bleiben aber respektvoll auf Abstand, um uns nicht gegenseitig auf die Nerven zu gehen.»

«Familienleben klingt traumhaft.»

«Ja. Und dabei habe ich nur ein Kind.»

«Trinkst du gar nicht?» Mir ist ihre Tasse aufgefallen, und sofern sie sich nicht die beunruhigende Eigenart angewöhnt hat, ihre alkoholhaltigen Getränke aus einer Tasse mit Blumenmuster zu trinken, hat sie definitiv einen Pfefferminztee vor sich stehen.

«Ich versuche, montags bis freitags auf Alkohol zu verzichten», antwortet sie.

«Also ist es auf meiner Seite *Wein* und auf deiner *Geweine*. Keine große Überraschung», sage ich leise und bewege mich damit auf dem schmalen Grat zwischen offenkundigem Unmut und höflicher Missbilligung. Saga scheint mich nicht gehört zu haben.

«Wie geht es Dad?»

«Sehr gut, heute war ein guter Tag. Er hat Unkraut gezupft und den Rasen gemäht und war völlig verschwitzt, als ich nach Hause gekommen bin.»

«Das hast du ihn tun lassen?»

«Was soll ich deiner Meinung nach denn machen? Es ihm verbieten? Er ist nicht mein Kind, schon vergessen? Im Gegenteil, ich bin seins.»

«Du sollst ihm doch helfen und auf ihn aufpassen.» Genau das ist das Problem mit Saga – wegen Kleinigkeiten macht sie eine Riesenwelle, aber über wichtige Dinge regt sie sich so wenig wie möglich auf.

«Du kannst gerne selbst herkommen, wenn ich mich so beschissen anstelle! Von dir hört man immer nur: ‹Armer Dad, er braucht Hilfe›, aber ich, die ich tatsächlich hier bin, bekomme null Anerkennung.»

Saga schweigt und umklammert ihre Teetasse. Eigentlich kenne ich ihre Schweigepausen in- und auswendig, bin gut darin geworden, sie zu analysieren, aber diese hier ist keine Pause, die «Überleg's dir anders», «Spiel dich nicht auf» oder «Sag jetzt kein Wort» bedeutet. Sie hat eine neue im Repertoire.

«Warum können wir nie miteinander sprechen, ohne dass du mir ein schlechtes Gewissen machst?», fragt sie.

«*Du* hast ein schlechtes Gewissen? Ich war es nicht, die herumkritisiert hat.»

«Okay, was soll's. Ich bin froh, dass es dir gut geht. Ich muss jetzt noch eine Vorlesung vorbereiten.»

«Super, viel Spaß mit Christoph Kolumbus.»

«Klara, ich bin auf postkoloniale Beziehungen zwischen England und Indien nach dem Zweiten Weltkrieg spezialisiert. Ein Mörder aus dem fünfzehnten Jahrhundert hat da nichts zu suchen.»

Wir legen auf, und Benny, der kleine Racker, springt von meinem Bein runter auf den Boden und tigert auf der Suche nach einem ungestörteren Schlafplatz für die Nacht davon. Das Gleiche sollte ich auch tun, doch ich rühre mich nicht vom Fleck und greife nach der Flasche Sancerre, um mir nachzuschenken. Wie kann es sein, dass mein Glas schon leer ist? Kurz versuche ich mich an einer Übung, die mir ein Pilateslehrer mal während einer Stunde gezeigt hat, zu der ich mitgekommen bin (lest: *mitgeschleppt wurde*). Die Übung lautet: *in mich hineinhorchen*. Ich mag kein Pilates. Zu viele Körperteile und Hintern, die sich außerhalb von Matten bewegen. Meine Körperteile behielt ich penibel innerhalb meiner Mattengrenze, als wäre der Boden Lava, aber der Lehrer kam zu mir herüber und legte seine Hand auf meinen unteren Rücken, und ich musste die ganze Zeit denken, dass er in der Lava steht, und weigerte mich, mein Bein auszustrecken, als er nach meinem Knöchel griff. Aber das *In-mich-Hineinhorchen* geht klar für mich. Ist mir schwindelig? Ja. Fühle ich mich ungewöhnlich rastlos? Auch ja. Okay, dann ist es Zeit, mich zu Benny ins Bett zu legen.

Aber erst noch kurz scrollen. Ich öffne Facebook und denke an Tom. Schon seit Jahren habe ich ihn nicht mehr heimlich gestalkt und seinen Namen in eine Suchmaschine eingegeben. *Tom Vidén.* Nichts. Keine Ahnung, warum kein Profil erscheint. Vielleicht ist er einer dieser Menschen, die nicht im Internet präsent sind. Die Art Person, die jedem suspekt sein sollte, dieselbe Art Person, deren Nummer während meiner Jugend nicht im Telefonbuch stand. *Nicht im Telefonbuch!* Mum hat immer missbilligend mit der Zunge geschnalzt. Ehrliche, hart arbeitende Menschen verbergen nichts, nicht einmal die zehn Ziffern, die ihnen zugeteilt wurden.

In Toms Nichtexistenz auf Social Media sehe ich ein Zeichen, ins Bett zu gehen, und ich tapse die Treppe hoch.

Der nächste Morgen ist wie immer: viel zu heißer Kaffee, eine nicht ganz trockene Arbeitshose, obwohl sie die gesamte Nacht an der Luft gegangen hat, und eilig aufgelegtes Make-up. Das Letzte auf meiner Liste ist mein Blutzuckerspiegel, der an diesem Morgen glücklicherweise mitspielt. Der Graph auf meinem Bildschirm ist hübsch gerade, und ich danke mir selbst, meinem gestrigen Abendessen und dem Diabetes-Gott, mit dem ich oft ernste Gespräche führe. Dann halte ich in meiner morgendlichen Hektik inne. *Warte mal, warum habe ich Facebook-Benachrichtigungen? Ich poste nie etwas.* Ich benutze Facebook nur, um Menschen auszuspionieren, die mir nicht so wichtig sind, um mit ihnen in Kontakt zu bleiben, aber immer noch wichtig genug, dass ich sie in meinem Leben als Konkurrenz sehe. Und um Verwandten zum Geburtstag zu gratulieren, damit ich keine Karte schicken oder, *o Horror*, sie anrufen muss. Zwölf Leute haben meinen Post gelikt. *O Gott.* Ich habe Toms Namen ins falsche Feld eingetippt. Statt ins Suchfeld habe ich ihn ins Statusfenster eingegeben. Die letzten acht Stunden sagte mein Facebook-Status: *Tom Vidén.* Der Name meines Ex. *Oh. Nein.*

Am liebsten würde ich im Erdboden versinken, mich in Luft auflösen und welche Klischees es sonst noch gibt. Löschen, löschen und noch mal löschen. Hat er es gesehen? Zu spät, ich habe den Status schon gelöscht, und jetzt kann ich nicht mehr herausfinden, wer (*o, welch Grauen!*) ihn gelikt hat. Bitte mach, dass er ihn nicht gesehen hat! Ich überlege, einen neuen Status mit einer Erklärung zu posten. *Falsches Feld!* Oder: *Mein Account wurde gehackt!* Oder noch besser: *Mein Gehirn wurde gehackt!* Doch ich komme zu dem Schluss, dass das die Sache nur noch unangenehmer machen würde.

Kurz vor meinem Transporter bleibe ich wie angewurzelt stehen. «Da wir gerade vom Teufel sprechen», würde Alice sagen. Doch da ich inzwischen überzeugt bin, dass er nicht länger der Teufel ist, sollte ich anders formulieren: Da wir gerade von Tom sprechen. Ich habe eine Nachricht bekommen.

Tom: Hey, war schön, dich wiederzusehen. Ich bin froh, dass dein Auto beschlossen hat, meins zu rammen. Mein Mercedes hätte diese große Renault-Dame mit dem prallen Hinterteil gern auf ein Date eingeladen, aber da sie ziemlich was abbekommen hat, wurde ich gebeten, für ihn einzuspringen. Wie wäre es mit einem Abendessen morgen? In Lund?

Aaargh. «Okay, Mädchen!», sage ich zu mir selbst – obwohl ich allein und wahrscheinlich auch nicht mehr jung genug bin, um noch als Mädchen durchzugehen –, einfach weil es meiner Vorstellung nach etwas ist, das eine beim Daten sehr erfolgreiche Frau aus einem Chick-lit-Roman sagen würde. Ich lese die Nachricht noch mal. Und noch mal. Kurz denke ich, dass ich viel lieber Tischlerunterricht bei Alex hätte. Oder auch nur mit Alex gemeinsam eine Wand anstarren würde, während die Farbe trocknet. Aber dies hier ist vielleicht genau das, was ich brauche. Eine Ablenkung. Ich bin nur für ein paar Monate hier und habe mich so sehr auf Dad und die Firma konzentriert, darauf, sie nicht gegen die Wand zu fahren. Außerdem liebe ich schlechte Witze, und mit einem schlechten Anmachspruch kriegt man mich immer, von daher.

Ich: Einladung angenommen im Namen von Miss Renault.

Es ist meine unvereidigte Pflicht, Alice über jegliche Entwicklungen in Sachen Dating zu informieren, dasselbe gilt für sie, daher erstatte ich ihr widerwillig vom Auto aus Bericht.

Wie vorherzusehen, ist Alice wenig beeindruckt.

«Ist das nicht der Typ, der auf einem Kaffeebecher mit dir Schluss gemacht hat?», fragt sie. «Blöde Idee, Klara.» Sie klingt wie meine Schwester, die ihr Kleinkind maßregelt. *Das ist aber keine gute Idee, Harry, findest du nicht? Milch über den Hund zu gießen?*

«Ja, schon, aber damals waren wir noch Kinder. Gerade mal

achtzehn.» Es hat wehgetan. Tom war meine erste Liebe und mein erster fester Freund, und ich stand gerade vom Tisch auf, um unsere Becher am Tresen abzuholen, nur um festzustellen, dass nur noch meiner da war und eine Nachricht draufstand. Zuerst dachte ich, der Barista hätte vielleicht ein inspirierendes Zitat draufgeschrieben, und habe mich nach Tom ungesehen, um es ihm vorzulesen. Nur dass er nicht mehr da war und auf dem Becher stand, dass er Schluss machte.

Mir zieht sich heute noch jedes Mal der Magen zusammen, wenn ich meinen Kaffee am Tresen abhole, da ich halb erwarte, dass wieder eine Gemeinheit draufsteht. Daher bitte ich immer darum, meinen Kaffee in einer richtigen Tasse serviert zu bekommen, falls irgendwie möglich.

«Und warum genau dachtest du jetzt, eine Einladung zum Abendessen anzunehmen, sei eine gute Idee?»

«Du weißt, wie schwer ich Nein sagen kann. Er hat eine lustige Nachricht geschickt.»

«Wenn du nur auf lustig aus bist, kannst du genauso gut mit einem Clown ausgehen. Ach nein, warte, genau das tust du ja!»

«Ich will nicht mit einem Clown ausgehen. Eigentlich hatte ich gehofft, einen anständigen Mann zu finden, der zumindest *ein paar* ehrenwerte Eigenschaften hat, wie Loyalität, Verstand und häusliches Geschick, gepaart mit einer Prise Humor und Talent für Geplänkel. Aber vielleicht ist das zu viel verlangt.»

«Möglicherweise, ja. Und du glaubst, dein Ex besitzt irgendeine dieser Eigenschaften?»

«Vielleicht hat er sich ja verändert? Das mit uns ist Jahre her. Glaubst du nicht, es hat etwas zu bedeuten, dass ich ausgerechnet Toms Auto gerammt habe?»

«Du bastelst dir irgendeine süße Schicksalsbegegnung zusammen, weil du rückwärts in das Auto deines Ex gefahren bist. Du bist nicht in einer romantischen Komödie, Klara.»

«Ich weiß noch genau, wie du sagtest, ich bräuchte ein Trostpflaster, als Marc mit mir Schluss gemacht hat.»

«Das ist Monate her. Und dein Ex ist kein Trostpflaster. Der ist Geschichte, die sich wiederholt. Was stand noch mal auf deinem Kaffeebecher? Erinnere mich bitte.»

«*Tut mir leid, Klara, ich kann das nicht. xox, Tom.*»

«Und?»

«Und ein Smiley am Ende.»

«Sehr galant.»

«Ich schätze, ich sehne mich einfach nach einem klärenden Gespräch. Wir haben nach der Sache im Café nie wieder miteinander gesprochen. Eine Woche später bin ich nach London gegangen. Wenn er zugeben würde, dass er einen Fehler gemacht hat oder dass er bereut, wie er damals mit mir Schluss gemacht hat, könnte ich vielleicht einen Schlussstrich unter die Sache ziehen und aufhören, über seine Gründe nachzugrübeln.»

«Du suchst bei jedem, den du triffst, nach Anerkennung, Klara. Ich sage nicht, dass du die Einzige bist, wir Frauen ticken da alle gleich, wenn wir es uns nicht bewusst machen und damit aufhören. Heute Abend bin ich länger im Büro geblieben, um meinen Schreibtisch aufzuräumen, weil morgen früh die Reinigungskräfte kommen und ich ihre stille Anerkennung möchte, dass ich und mein Arbeitsplatz ordentlich sind. Sei etwas männlicher! Du willst dich seiner Anerkennung vergewissern, aber wen zur Hölle interessiert's? Wie wäre es, wenn du ihm *deine* Anerkennung versagst? Schon mal daran gedacht? Ich wette, nicht.»

«Aber er ist hier, und ich kenne ihn, und ich war schon mal mit ihm zusammen – alles große Pluspunkte. Ich werde nie der Typ für Dating-Apps sein und schon gar nicht der Typ, der in Bars geht und sich mit Fremden unterhält. Vielmehr bin ich die Art Frau, die wieder mit ihrem Ex anbandelt, weil er direkt vor ihrer Nase steht.»

«Dass er vor deiner Nase steht, bedeutet nicht, dass er dort stehen sollte», seufzt sie. Offen gestanden hat sie in den letzten zehn Minuten so oft geseufzt, dass ich befürchte, ihr könnte der Sauerstoff ausgehen.

«Okay, Alice, ich muss los. Ich werde deine Argumente berücksichtigen und eine wohlüberlegte Entscheidung treffen.»

«Wenn du darauf bestehst, das durchzuziehen, lass mich dir für den Anlass wenigstens ein Outfit schicken. Ich bezweifle, dass du Klamotten mitgenommen hast, die sich dafür eignen, den Ex zu bezirzen.» Ich will schon antworten, dass meine schwarze Jeggins und das schwarze Poloshirt perfekt sind. Schwarz geht immer. Für Mode habe ich mich nie besonders interessiert. Wie Essen dient Kleidung dazu, die Grundbedürfnisse des Menschen zu befriedigen. Sie sollen Wärme und Schutz bieten. In den letzten Monaten habe ich ziemlich gern schwarz getragen. Allerdings würde ich auch sehr gern *bezirzen*.

«Tolle Überraschung. Du bist die Beste», sage ich. Alice kennt meine Vorlieben und Toleranzgrenzen in Bezug auf Mode.

«Nur noch eine Frage. Du hast mir nie erzählt, was du mit dem Kaffee und dem Becher gemacht hast.»

«Dem Kaffee?»

«Ich meine, hast du ihn weggekippt und den Becher in der Schulaula ausgestellt, damit alle sehen, was er für ein Arsch war …?»

«Den Kaffee habe ich getrunken. Und den Becher in den Müll geworfen.»

ALEX

PERSÖNLICHER KALENDER
Neue Veranstaltung: Zu Calles Wohnung fahren
Neue Aufgabe: Eine Liste aller Dinge erstellen, die noch
dort sind
Neue Aufgabe: Bett, Couchtisch und Weinkühlschrank
auf Facebook Marketplace posten

Mir fällt auf, dass die Wohnung leerer geworden ist, seit ich das letzte Mal hier war. Direkt nach Calles Tod fehlte nur sein Portemonnaie, das auf der Polizeiwache lag und darauf wartete, auf Spuren untersucht zu werden. Als Nächstes verschwand sein Laptop, der immer auf der Frühstückstheke oder auf dem Sofa gestanden hatte: zurück zu seinem Arbeitsplatz, wo die darauf gespeicherten Dateien gesichert und anschließend vom Laptop gelöscht wurden, bevor er Dan übergeben wurde. Dann zog Dan aus. Er war sowieso immer nur an den Wochenenden hier; vor zwei Jahren hatte er eine Stelle in Stockholm angenommen und pendelte seitdem. Eine Wohnung wie diese sei zu schön, als dass eine Einzelperson sie nur an den Wochenenden nutzen sollte, sagte er. Da Calle Vollzeit hier gewohnt hatte, war die Wohnung quasi zu seiner geworden. Ich kam immer her, wenn ich sonst nichts zu tun hatte. Calle machte Witze, dass ich ihn öfter zu Gesicht bekam als sein Ehemann. Jetzt will Dan die Wohnung verkaufen, was ich verstehe, wirklich. Hasse die ständigen rührseligen Gedanken, die mir kommen. *Wenn Dan die Wohnung verkauft, hat Calle keinen Ort mehr, an dem er bleiben kann ...*

Als Dan es nicht übers Herz brachte, Dinge wegzuwerfen, kamen meine Eltern und ich vorbei, um ihm zu helfen, Calles Sachen durchzusehen.

«Das hier würde außer Calle niemand tragen. Du solltest es wegtun.» (Mama)

«Diese Bilderrahmen nehme ich mit zu uns.» (Mama)

Nach und nach wurde sein Zuhause zu einer Hülle.

Papa stand neben der Tür und wusste nicht, womit er anfangen sollte, als wäre er einen Nachbarn besuchen gekommen und zu einer unpassenden Zeit erschienen. Nach fünfzehn Minuten verließ er die Wohnung wortlos. Später fand ich ihn in der Lobby sitzend, wo er sich auf dem Handy Einbauregale ansah.

Jetzt gehe ich durch die kargen Räume und versuche herauszufinden, was diesmal fehlt. Es ist der Schreibtisch, der in der Wohnzimmerecke stand, zusammen mit dem Schreibtischstuhl.

Heute bin ich allein und sehe die Post nach irgendwelchen Abos oder Rechnungen durch, die Dan übersehen hat. Er ist diese Woche in Stockholm, gibt sein Bestes, sein Leben weiterzuleben, und vielleicht ist es einfacher für ihn, wenn er etwas Abstand zu allem hat. Mehr gibt es für mich nicht zu tun, der Haufen aufgerissener Umschläge liegt im Mülleimer, und die wichtigen Briefe befinden sich in meiner Jackentasche.

Als ich das Apartment verlasse und die Tür leise hinter mir zufällt, bleibe ich stehen, um den Namen zu betrachten, der immer noch dort über dem Briefschlitz steht, eingraviert auf eine Metallplatte. Plötzlich verspüre ich den Drang, sie abzunehmen, hole das Schweizer Taschenmesser aus meiner Hosentasche, in der auch ein Schraubenzieher steckt, und mache mich an dem Namensschild zu schaffen. Es hängt bereits ziemlich lose; es wurde nie ordentlich angebracht, sondern nur mit etwas Leim festgeklebt. Ich bekomme es ab, ohne mehr als einen kleinen Kratzer an der Tür zu hinterlassen. Als ich das Schild in der Hand halte, berühre ich mit dem Finger die Stelle der Tür, wo es hing.

Carl und Daniel Kristiansen, steht auf dem Schild.

Carl und Daniel Kristiansen wohnen hier nicht mehr. Carl Kristiansen – *Calle* – wohnt *nirgends* mehr.

Später am Tag unterhalte ich mich mit Klara. Es ist eindeutig, dass sie später noch was vorhat, denn, na ja, *wow*. Sie ist immer noch Klara, aber eine andere Version von sich, eine, die ich noch nicht gesehen habe. Ihr langes Haar fällt ihr glatt und glänzend über die Schultern und wippt bei jeder ihrer Bewegungen. Ihre Kurven umschmeichelt ein Wickelkleid mit fürchterlichem Muster, einem, mit dem meine Großmutter die Kissen im Gästezimmer bezogen hätte, große Blumen und geometrische Formen im Sechzigerjahre-Stil, aber an ihr sieht es atemberaubend aus, einzigartig. Ich kann den Blick nicht von ihr abwenden.

«Du siehst ... hübsch aus.» Untertreibung des Jahres. Ich höre mich selbst schlucken.

«Danke», sagt sie, und ich warte, dass sie etwas hinzufügt; sie sieht aus, als käme noch etwas, hat den Blick fest auf mich gerichtet. Ich streiche meinen Pulli glatt, will sie fragen, ob ich noch etwas länger bleiben kann. Sie windet sich ein bisschen und guckt auf ihr Handy, das auf dem Tisch liegt, als erwarte sie, dass es etwas zur Unterhaltung beiträgt.

«Ich versuche, jemanden zu finden», sage ich, ohne zu wissen, warum ich ihr das anvertraue.

«Irgendjemanden?»

«Nein, eine bestimmte Person. Entschuldige – das klang merkwürdig. Ich versuche, eine Frau ausfindig zu machen, die mir helfen kann.»

«Ich schätze, Googeln hast du schon probiert?»

«*Frau mit Hund und roter Fleecejacke* ergibt leider nicht viele Treffer», sage ich niedergeschlagen.

«Nein, aber man muss die richtige Frage stellen. Liefere Einzelheiten, und Google liefert Antworten. Was für ein Hund war es?»

Ich überlege kurz. Ich habe es herausgefunden, bevor ich den Aushang in der Tankstelle anbrachte. «Ein Schnauzer.»

«Super. Schreib alles auf, was du weißt, jedes Detail, an das du dich erinnerst. Dann schick es mir. Ich kann dir helfen.» Ich sehe sie an, und mir wird klar, dass sie die erste Person ist, die ihre Hilfe angeboten hat. Die mir nicht einfach sagt, es sei unmöglich, und mir rät, psychiatrische Hilfe in Anspruch zu nehmen. Ich weiß, dass bei der Suche nichts herumkommen wird. Wie auch? Aber ich bin von Herzen dankbar. Sie hat nicht mal gefragt, warum ich die Frau finden will, sondern einfach ihre Hilfe angeboten.

«Okay, ich sollte besser los. Tom wartet bestimmt schon», sagt sie, und ich stimme zu. Sie sollte besser los, bevor ich etwas Verrücktes tue, wie ihr zu sagen, dass sie der tollste Mensch auf Erden ist und ihre Ohren das Allersüßeste sind und ...

«Viel Vergnügen», sage ich.

Sie sollte wirklich zeitig zu Hause sein. Weil Schlaf gut für Menschen ist und uns morgen ein voller Arbeitstag bevorsteht. Definitiv nicht, weil mich der Gedanke, dass sie bei einem anderen Mann ist, plötzlich stört. Das wäre seltsam und besitzergreifend und unsinnig, weil es mich gar nichts angeht, was sie macht.

**Neue Veranstaltung (hinzugefügt zum geteilten Kalender):
7:30 Uhr Mitarbeiter-Meeting (es gibt Croissants)**

Das dürfte hoffentlich dafür sorgen, dass sie früh nach Hause und ins Bett kommt.

KLARA

**Google: Darf ich nach dem sechzigsten Date mit jeman-
dem schlafen?**

Ich erinnere mich noch an eine Liste der stressigsten Erfahrungen
im Leben. Ganz oben steht natürlich der Tod, gefolgt von Krankheit, ein Baby bekommen und den Job wechseln. Ich finde, ein
Date in einem schicken Restaurant gehört auch auf die Liste. Die
Stille, die mich glauben lässt, mein Gegenüber könne mich schlucken hören, die gerade Haltung, die die ganze Zeit einzunehmen
ist, und dann muss man auch noch die perfekte Balance finden,
gleich lang in die Augen des Gegenübers und auf das eigene Essen
zu sehen, was besonders schwierig ist, wenn das Essen aufregen-
der ist als der Mann. (*Pizza, Nudeln, Brotkorb, gebratene Calamari,
Tiramisu – ich sehe euch!*) Viel lieber würde ich nach der Arbeit
spazieren gehen, eine Ausstellung besuchen oder ausreiten.

Aber das ist es nicht, was Tom für mich geplant hat.

«Der Wein ist gut», sage ich. Er *ist* gut, besser als die Super-
markt-Variation, die ich immer kaufe.

«Italienisch, aus Apulien, eine Region, die weniger bekannt ist
für ihre Weingüter als andere. Irgendwann solltest du mal hinfahren. Die Landschaft ist unvergleichlich.»

«Mhhh, interessant.»

«Ist dir aufgefallen, welches Wasser ich bestellt habe?», fragt er.
Ist es nicht. Nur dass er um Sprudel gebeten hat. Gefügig blicke ich
auf die grüne San-Pellegrino-Flasche.

«Mit Wasser ist es ähnlich wie mit Wein. Es muss aufs Essen
abgestimmt sein. Man kann so viel lernen – die Menge an Na-

trium, wie stark das Wasser fisselt. San Pellegrino wird in Bergamo abgefüllt und hat einen Salzanteil, der sowohl zu Fisch als auch Fleisch passt. Bei Pasta oder einem Risotto würde ich ein Wasser mit geringerem Salzgehalt wählen – Perrier zum Beispiel.» Herrje. Ich erwähne nicht, dass das Einzige, was ich bei Wasser herausschmecke, der Chlorgehalt ist – von Leitungswasser. Der leicht beißende Geschmack durch Soho-Wasserhähne würde sich gut ergänzen mit, na ja, *nichts*.

«Wie ist das Leben in London? Was machst du so in deiner Freizeit?», fragt Tom als Nächstes, als stelle er eine Rückfrage zu meinem Lebenslauf.

«Sitzen. Schlafen. Viel mit Google reden. Trost in Rapmusik aus den Neunzigern und jeglicher Art Heißgetränk finden. Kuchen. Das ist so ziemlich alles», antworte ich, und Tom lacht, als hätte ich einen Witz gerissen. Ich lächle. Da dies ein sehr *informelles* Setting ist, strebe ich an, meine Ohrringe in einer Zwanzig-Sekunden-Frequenz baumeln zu lassen. Meine Wangen schmerzen schon leicht.

Die Speisekarte wird gebracht. Ich habe sie bereits als PDF von der Website des Restaurants heruntergeladen und mich entschieden, tue aber so, als würde ich meine Optionen abwägen, da Leute in Restaurants mit Speisekarten in der Hand genau das zu tun scheinen. Ich widerstehe, die Spaghetti zu bestellen, und nehme stattdessen die Penne in Trüffel-Sahne-Soße. Tom nimmt ein Steak, das er well done bestellt. Der Kellner hat offenbar Schwierigkeiten, ihn zu verstehen, denn er fragt: «Wie bitte?», woraufhin Tom seine Präferenz wiederholen muss. Essen sagt viel über uns aus. Ich blicke Tom an. Ein durchgebratenes Steak stünde für eine Person, die es behaglich mag, die ungern Risiken eingeht oder sich einer Herausforderung stellt. Er windet sich unter meinem Blick auf seinem Stuhl, daher sehe ich weg, um ihm meine Intensität zu ersparen.

«Also, was gibt's Neues bei dir? Hast du deinen Jura-Abschluss gemacht?», frage ich.

«Ja. Das war echt eine tolle Zeit. Ich habe hier in Lund studiert. Es ist eine der besten Unis im Land, wie du sicher weißt. Verrückte Zeit. Die Studenten sind echt eng miteinander, und die Partys sind der Wahnsinn. Da war dieses eine Mal ...»

«...im Ferienlager», sage ich, und Tom sieht mich streng an. Er steht anscheinend nicht auf Filmreferenzen aus den Neunzigerjahren. Ich möchte aber unbedingt, dass Leute auf mich stehen, daher schweige ich und nippe an meinem Wein.

«Ähm, und ... bei dir so? Du bist nach London gezogen, um Architektur zu studieren. Hat das geklappt?», fragt er in der Erwartung, dass es nicht geklappt hat. Er hat recht. Ich bestätige seinen Verdacht.

«Nein.»

«Schätze, nicht jeder hat das Zeug für die Uni. Das Handwerk ist so wichtig. Die Nachfrage ist immer hoch. Das sind die Jobs, ohne die eine Gesellschaft nicht existieren kann. Handwerker, Fahrer, Fabrikarbeiter, Reinigungskräfte. Geld oder Ansehen ist nicht alles. Ich gratuliere dir.»

Irgendwie fühle ich mich beschämt, kann aber den genauen Grund dafür nicht identifizieren. Als Kompliment getarnte Unhöflichkeit ist die schlimmste Art. Ich lächle einfach.

Aber hierzu gibt es eine Geschichte. Ich wurde am University College London angenommen, um Architektur zu studieren, den renommiertesten Studiengang in England, möglicherweise in ganz Europa oder sogar der Welt? Saga wohnte bereits in London, da sie seit einem Jahr dort Geschichte studierte. Jetzt hatte ich einen Grund, ebenfalls hinzuziehen.

«Gott, ich wünschte, jemand hätte mir erzählt, dass das erste Studienjahr in England nicht zählt», hatte Saga gestöhnt. «Jetzt habe ich mich völlig umsonst reingehängt, wo ich hätte feiern können wie die restlichen Studenten. Das wird mir eine Lehre sein, immer das Kleingedruckte zu lesen.» Sie fand die perfekte Wohnung, ein Studio-Apartment mit Doppelbett auf der Dalston Road in East London. Für uns reichte es.

«Du fährst erst in drei Wochen. Da hast du bestimmt noch ausreichend Zeit zu packen, Schatz», sagte Mum zu mir, als sich auf meinem Zimmerboden Stapel fein säuberlich gefalteter Kleider türmten, nachdem kein Platz auf den Kommoden und Stühlen mehr war.

Dann bekam ich eine E-Mail, die in meinem Bauch undefinierbare Gefühle auslöste.

Liebe Klara Nilsson,
das Ergebnis Ihres IELTS-Englischsprachtests, bei dem
Sie wie bereits erwähnt ein Ergebnis von mindestens 7,0
Punkten erreichen müssen, liegt uns noch nicht vor. Bitte
übersenden Sie uns das Testergebnis so schnell wie möglich,
um zu vermeiden, dass der Ihnen angebotene Studienplatz
anderweitig vergeben wird.
Mit freundlichen Grüßen
Das Zulassungsbüro

Ein Problem war das noch nicht. Ich hatte ein Mal an dem Test teilgenommen und eine Punktzahl von 5,6 erreicht. Saga sprach mir Mut zu: «Dein Englisch ist super, mach dir keine Sorgen!» Und Dad sagte: «Du musst irgendeinen dummen Fehler gemacht haben, K.» Mum umarmte mich und riet mir, den Test zu wiederholen.

Nachdem ich das zweite Mal durchfiel, begannen sich die E-Mails des UCL, in denen sie eine Punktzahl von 7,0 forderten, anzufühlen wie die eines aggressiven Schuldeneintreibers. Im August wurde der Ton dann dringlicher, und mir wurde angedroht, mir den Studienplatz zu entziehen.

Die E-Mails trudelten alle in meinem Posteingang ein, und ich beantwortete keine einzige davon.

«Dann eben nächstes Jahr», sagte Dad. Mum umarmte mich oft. Saga bestand darauf, dass ich trotzdem nach London zog. Ich könne mein Englisch verbessern und mich im nächsten Jahr erneut bewerben, und wenn ich nicht käme, müsse sie sich nicht nur die Wohnung, sondern auch das Bett mit einer völlig fremden Person teilen. Den Platz in Sagas Doppelbett wollte ich unbedingt haben, um ihr nahe zu sein, wie damals, als wir Kinder waren und ich noch keinen Diabetes hatte.

Wenigstens hatte ich noch meinen Freund. Ich verabredete mich mit Tom auf einen Kaffee, nachdem sein Sommerjob zu Ende war. Er ordnete die Akten in der Kanzlei seines Vaters, was ihn sehr viel Energie zu kosten schien, da er an den meisten Abenden, an denen wir verabredet waren, absagte, sodass wir uns in diesem Monat, dem August, nur genau zweimal sahen.

Ich trug ein T-Shirt, Jeans und bunte Turnschuhe, womit ich den Ratschlag eines Artikels befolgte, der bei Google ganz oben stand: *15 Kaffee-Date-Outfits, die du diesen Sommer ausprobieren musst*. Toms Lippen streiften kurz meinen Mund.

«Lass uns was zu trinken holen.»

«Ja, gern», sagte ich, und wir stellten uns nebeneinander in die Schlange. Ich griff nach seiner Hand. Sie war schwer zu finden.

«Geh und such uns schon mal einen Tisch, ich komm dann gleich nach. So wie immer, Klara?»

«Gern.»

«Cool. Bin gleich da.»

Ich setzte mich und wartete sechs Minuten – was möglicherweise zu lang ist, um dazusitzen und auf eine Kaffeebestellung und einen Freund zu warten –, bevor ich nachsehen ging. Der Rest ist Geschichte.

Der ursprüngliche Plan war folgender: Architektur studieren

und dabei eine Fernbeziehung mit Tom führen. Der neue lautete: nicht Architektur studieren und gar keinen Freund haben. Ich beschloss zu tun, was alle tun, die nach der Schule ein Jahr Findungsphase einlegen – mir einen Job als Verkäuferin oder Kellnerin suchen, während ich weiter probierte, den Englischtest zu bestehen.

Bis heute habe ich den IELTS ganze einunddreißig Mal abgelegt, und mein bestes Ergebnis war 6,9 Punkte. Vor drei Jahren habe ich aufgegeben, eine Stelle bei YourMove angenommen und akzeptiert, dass dies auf ewig mein Highscore sein wird. Wobei es, wenn man darüber nachdenkt, in Wirklichkeit mein Tiefpunkt war.

Wir bleiben, bis die Flasche Wein ausgetrunken ist, und treten dann mit rosigen Wangen hinaus auf den Gehweg. Es gibt viele Gründe, warum ich nicht mit Tom schlafen sollte. Falls ihr sie wissen wollt, fragt Alice, nicht mich, denn ich habe sie in den hintersten Winkel meiner Gedanken verbannt. Für mich gibt es gerade nur einen Gedanken, der in Dauerschleife spielt wie ein besonders faszinierendes YouTube-Video. *Bitte will mich!* Ich habe aufgegeben, eine Entscheidung zu treffen, und überlasse sie Tom. Will er mich? Wie sich herausstellt, ist das der Fall.

«Kommst du noch auf einen Kaffee mit zu mir, Klara?», fragt er, als wir neben dem Wagen stehen, den mir die Autowerkstatt zur Verfügung gestellt hat, während der Transporter repariert wird. Die perfekte Gelegenheit für mich, Gute Nacht zu sagen, einzusteigen und in die Nacht davonzufahren. Das Problem bei mir ist, dass ich sehr gut darin bin, perfekte Gelegenheiten verstreichen zu lassen (Nachweise können auf Anfrage erbracht werden).

«Wir haben eben erst einen Espresso nach dem Dessert getrunken.» Auf meiner Zunge liegt immer noch die Bitterkeit des Kaffees. Mein Erinnerungsvermögen lässt mich nicht völlig im Stich.

«Dann trink was anderes. Bei mir.»

«Wohnst du in der Nähe?» Was stimmt nicht mit mir? Als ob es einen Unterschied machen würde, ob er in der Nähe wohnt. *Oh nein, das ist zu weit, um mit meinen kurzen Beinchen hinzulaufen. Ich fahre lieber nach Hause.*

«Sehr nah.» Er steht jetzt *sehr nah.* Mein Herz schlägt schneller. Tom nimmt meine Hand, und ich folge ihm schweigend, werde weggeführt wie ein Kind.

«Okay, dann los.» Bevor ich es mir anders überlege, denke ich.

Seine Wohnung ist wunderschön. Sie liegt im obersten Stock eines Gebäudes aus dem 19. Jahrhundert, ist geräumig und extravagant eingerichtet. Ich wäre überaus beeindruckt, wüsste ich nicht, dass diese Wohnung weniger kosten dürfte als ein möbliertes Zimmer in Central London. Trotzdem sage ich ihm, dass sie wunderschön ist.

«Also machst du Kaffee?», frage ich, während er im Wohnzimmer herumläuft und die Lampen perfekt dimmt. Je dämmriger der Raum, desto klarer werden seine Absichten.

«Wir hatten Kaffee nach dem Dessert, schon vergessen?» Er stellt sich vor mich und legt die Hände an mein Gesicht. Er ist etwas größer als ich, und ich hebe den Kopf. Das Einzige, woran ich denke, ist, dass ich hoffentlich schön aussehe; dass er hoffentlich bereut, was er mir vor all den Jahren angetan hat.

Ich habe nichts gegen Küsse oder den Austausch sonstiger Intimitäten, wirklich nicht, denn sie sind vorhersehbar. Jeder Mann befolgt das gleiche Skript. Lippen berühren sich, Zunge versucht hineinzuschlüpfen, drückt die Lippen auseinander wie Vorhänge, Hand auf Hüfte / Brust / Gesicht (Zutreffendes ankreuzen), Gesicht/ Kopf zurückziehen und der Frau in die Augen blicken. Wiederholen. Tom hat das Skript aufmerksam gelesen. Wir sind jetzt bei der dritten Wiederholung.

In diesem Augenblick beschließe ich, mit Tom zu schlafen.

Google sagt, dass man nicht nach dem ersten Date mit einem Mann schlafen sollte, aber ich war mal mit Tom zusammen, und als ich schnell nachrechne, komme ich zu dem Schluss, dass dies hier ungefähr Date Nummer sechzig sein dürfte.

«O Klara, ich hab dich vermisst.» Das ist genau das, was ich hören will. Ich ziehe mein Kleid aus und beobachte seine Reaktion.

«Gott, du bist wunderschön. So viel schöner, als ich es in Erinnerung habe. Wie dumm war ich nur? Komm her.»

Hmhm, ja, sehr dumm, mach weiter.

Er legt die Hand auf meine Hüfte und zieht mich zu sich, und ich folge ihm zum Schlafzimmer, wo ich mich verlegen aufs Bett setze, unsicher, was ich als Nächstes tun soll. Es ist Monate her, seit ich das letzte Mal vor einem Mann nackt war. Die Tatsache, dass mein sechsundzwanzigjähriger Körper nicht mehr der des schlanken, fast zierlichen Mädchens ist, das Tom vor all den Jahren ausgezogen hat, ist mir schmerzlich bewusst.

«Gott, Klara. So verdammt heiß. Gott, sieh dich nur an.» So viel Gott im Raum hatte ich nicht erwartet.

Wieder küsst Tom mich und drückt mich sacht aufs Bett. Er massiert meine Brüste, als wären die Drüsen darin besonders hartnäckige Knoten in einem verspannten Rücken, die er unbedingt lösen will. Ich berühre seinen Körper und rufe mir in Erinnerung, welche Gefühle er früher in mir ausgelöst hat. Jetzt ist es einfach ein Körper und nicht mal ein sehr außergewöhnlicher.

«Kann man das abmachen?» Tom fährt mit dem Zeigefinger an meinem kleinen runden CGM, meinem Glukosemesser, entlang. Er hat aufgehört, mich zu streicheln.

«Ähm, nur alle zwei Wochen, wenn ich ihn austausche.»

«Es ist nur, dass ich ihn ein bisschen unangenehm finde. Gibt mir das Gefühl, dass ich vorsichtig mit dir sein muss.»

«Dich stört das Gerät, das mich am Leben hält?»

«Früher hattest du es noch nicht.»

«Weil ich mir viermal am Tag eine Spritze gesetzt und mir doppelt so oft mit einer kleinen Nadel in den Finger gepikst habe. Seitdem gab es bahnbrechende technologische Fortschritte.»

«Schätze, wenn du es so ausdrückst ...»

Er ist nicht der Erste. Tatsächlich scheinen Männer ziemlich eingeschüchtert von meinen Roboterteilen zu sein. Ich habe festgestellt, dass es vor dem Ablegen von Kleidungsstücken einer Warnung bedarf, ansonsten kommt alles zum Erliegen, und es folgt ein peinlich berührtes «Was ist das denn?» oder schlimmer, ein Starren, gefolgt von nichts, und der Versuch weiterzumachen, obwohl der Moment dahin ist. Da sag mal einer was von Stimmungskiller. Da sag mal einer, *ich* sei ein Stimmungskiller.

Kurz bringe ich etwas Abstand zwischen Tom und mich.

«Tut mir leid, Klara, vergiss, was ich gesagt habe. Machen wir einfach weiter, wo wir aufgehört haben», sagt er, als wären wir kurz von irgendeiner Tagesordnung abgekommen.

ALEX

Neue Aufgabe: E-Mail an Schnauzerverein verfassen
Neue Aufgabe: Mama/Papa/Dan über neueste Entwicklungen informieren
Bearbeitete Aufgabe: Nein, noch nicht. Kein Grund, ihnen Hoffnung zu machen

Kann es nicht glauben! Un-fucking-fassbar! Vier Tage, seit ich Klara erzählt habe, dass ich auf der Suche nach der roten Jacke bin, und sie überreicht mir eine ausgedruckte E-Mail. Darin steht ganz oben: *Schwedischer Schnauzerverein*, gefolgt von einer alphabetischen Liste der Mitglieder.

«Einen Versuch ist es wert», sagt sie. «Auch wenn die Erfolgsaussicht gering ist.» Einen solchen Fortschritt habe ich in acht Monaten nicht gemacht. Meine Hand zittert, als ich den Ausdruck entgegennehme. Auf der Liste stehen neunundsiebzig Frauennamen. Ich beschließe, auch die Leute mit männlichen Vornamen anzuschreiben. Kein Stein, den ich nicht herumdrehen, kein Schnauzerbesitzer, nach dem ich nicht suchen werde.

«Wenn du willst, kannst du früher Feierabend machen und dich sofort dransetzen.» Verwirrt blicke ich auf die Uhr. Es ist fast siebzehn Uhr. Die Zeit, um die ich immer Feierabend mache.

«Du willst, dass ich jetzt sofort gehe?»

«Ja. Warum machst du heute nicht schon um 16:51 Uhr Schluss?» Ich habe kein Bedürfnis zu lachen, weil geschenkte neun Minuten überhaupt nicht lachhaft sind. Zeit ist kostbar; es sind nur noch wenige Wochen bis zur Verhandlung.

«Danke», sage ich. «Ich weiß es zu schätzen.»

Wünschte, ich hätte gesagt, was ich eigentlich meinte: *Ich weiß dich zu schätzen, die einzige Person, die mir in den letzten Monaten echte Hilfe angeboten hat.* Aber das behalte ich für mich.

KLARA

Google: Was habe ich getan, dass meine Schwester wütend auf mich ist?

Aus irgendeinem Grund ist es schon wieder Donnerstag, aber es fühlt sich nicht so an. Hanna und ich bringen meinen Vater auf den neuesten Stand, aber er nimmt uns weit weniger in die Mangel als sonst. Dad gibt sich alle Mühe, in Firmendingen über alles informiert zu bleiben, aber er spricht ständig einen Auftrag an, den wir längst abgeschlossen haben, und fragt nicht mal nach den Fahrtenschreibern oder nach der Ausgabentabelle.

Hanna zeigt ihm auf ihrem iPad verschiedene Videos und Fotos unserer laufenden Projekte. Lange dauert es nicht, man bedenke, dass wir immer noch nicht genügend Aufträge haben, um die Wochen zu füllen. Ich schiebe den Gedanken beiseite. Mir bleibt noch mehr als ein Monat, bis ich die Zügel wieder aus der Hand geben muss. Die Dinge können sich bessern, es ist noch genügend Zeit. Kein Grund, Dad jetzt schon zu beunruhigen.

Nach der Hälfte der Videos hebt er die Hand.

«Ich vertraue euch. Schickt mir das alles einfach per E-Mail, und ich sehe es mir später an.»

«Du hasst E-Mails. Du magst persönliche Gespräche und Anrufe», widerspreche ich. Hanna wirft mir einen Blick zu, der sagt: *Schon okay, Klara. Lass gut sein.*

«Du hast recht. Mehr gibt es sowieso nicht zu besprechen. Dann war's das schon, Dad», schiebe ich etwas zu fröhlich hinterher.

«Geht's dir gut, Klara?», fragt Hanna mich, als Dad den Raum verlassen hat.

«Ja, es ist mein Vater, dem es nicht gut geht. Meine Mutter sagt, es sei normal, dass er sich krank fühlt, und dass es bedeuten könnte, dass die Behandlung anschlägt.» Ich habe Dads letzten Krankenhaustermin mit meinem schwärzesten Edding eingekringelt und ihn auch im Outlook-Kalender eingetragen.

«Ich bin hier, falls du etwas brauchst. Einen Keks zum Beispiel, oder ich könnte dir ein R&B-Lied deiner Wahl vorspielen.»

Mich durchflutet ein angenehm warmes Gefühl, und mir kommt der Gedanke, dass ich jetzt zwei Freundinnen habe. Alice und Hanna. Hanna, die ist wie ein menschlicher Labrador: weich und freundlich, lässt braune Haare in meinem Auto zurück (sie besteht darauf, sich jedes Mal zu kämmen, wenn sie einen Helm oder einen Hut getragen hat) und denkt bereits an ihre nächste Mahlzeit, bevor sie die gerade vor ihr stehende überhaupt aufgegessen hat. Ich mochte Labradore schon immer.

Der zweite Grund, warum es sich nicht wie ein Donnerstag anfühlt, ist, dass ich meinen Wein vor mir habe, aber niemanden für mein Geweine. Dreimal versuche ich es bei Saga, aber sie geht nicht ran. Ich warte zehn Minuten, dann schicke ich ihr ein Foto von meinem Weinglas. Auf dem nächsten, fünfzehn Minuten später, ist es halb leer, auf dem letzten ganz leer. Dann beschließe ich, Alice' ausgezeichneten Ratschlag in Sachen Ghosten zu beherzigen, den sie mir während meiner kurzen Zeit auf Dating-Apps gegeben hat: Am besten behandelst du die Person, die dich ghostet, als wäre sie unsichtbar. Statt Saga meine Gedanken zu schreiben, denke ich sie einfach, während ich mein Glas in die Spülmaschine stelle: *Danke, dass du für mich da warst.*

ALEX

GETEILTER KALENDER

Neue Veranstaltung: Üben für IELTS? (Dein Vater hat es mir bei der Firmenfeier erzählt ...)

Neue Notiz (Klara): Mein Vater sollte lernen, Familiengeheimnisse für sich zu behalten, zum Beispiel, dass Saga am Daumen gelutscht hat, bis sie sieben war, dass er seinen Kaffee mit drei Stück Zucker trinkt, obwohl der Arzt ihm gesagt hat, er soll nur einen Würfel nehmen, und dass seine jüngste Tochter einen Test nicht mal dann bestehen würde, wenn ihr Leben davon abhinge. Außerdem weißt du schon, dass es ein Englischtest ist und du kein Engländer bist?

Antwort (Alex): Ich habe bis vor ungefähr zwei Jahren an den Fingernägeln gekaut. Im Ernst, du redest, und ich höre zu?

Antwort (Klara): Könnte Hilfe in Mathematik gebrauchen. *Falls* ich tatsächlich irgendwann diesen Test bestehe und *falls* ich studieren wollen würde, bräuchte ich Übung in Mathe. Es ist sechs Jahre her, dass ich zur Schule gegangen bin. Wollen wir das stattdessen machen?

Antwort (Alex): Du hast hiermit einen Lehrer.

Antwort (Klara): Hast du überhaupt Zeit dafür?

Antwort (Alex): Du hast mir geholfen, meine Zeugin zu finden. Ich würde mich gern erkenntlich zeigen.

Ich habe eine Antwort bekommen. Am Montag ging die E-Mail mit dem Zeugenaufruf an die Verteilerliste der Hundebesitzer, und einen Tag später bekomme ich eine Mail von einer Frau namens Berit. Ich könnte heulen. Buchstäblich. Habe ich vielleicht auch schon. Auch Dan kann es nicht glauben. Gemeinsam starren wir auf den Bildschirm, seine Hände sind zu Fäusten geballt und seine Knöchel ganz weiß.

«Dann kommt dieser verfickte Vollidiot also doch nicht so ungeschoren davon», sagt er, und es ist möglicherweise das erste Mal, dass ich ihn fluchen höre, abgesehen von damals, als er sich den kleinen Zeh an einem Karton Weißwein gestoßen hat.

«Wow, das hat sich gut angefühlt. Jetzt verstehe ich, warum du so gerne fluchst», schiebt er hinterher, während er die Mail liest.

Berit aka die mysteriöse Fleece-Dame hat in jener Nacht letztes Jahr ein Airbnb gebucht, weil sie ihre Tante besuchte, und würde uns sehr gerne helfen. Sie verspricht, sich bei dem für den Fall zuständigen Kriminalbeamten zu melden, dessen Nummer ich ihr gegeben habe. Möglich, dass sie nicht mehr alles wisse, sagt sie, doch im darauffolgenden Satz schreibt sie: Ich erinnere mich allerdings an sehr viel Lärm und Schreie. Mein Hund hat gebellt, und als ich sah, dass jemand zu Hilfe kam, bin ich weitergegangen. Der weiße Transporter hielt am Straßenrand, und der Fahrer blickte über seine Schulter zurück. Er hatte dunkelblondes Haar, und ich fand, er sah angespannt aus. Etwa dreißig Sekunden später schoss er davon. Dabei ist er mit dem Reifen über den Bordstein gefahren.

Später am Abend bekomme ich eine Textnachricht, als wir gerade Ramen schlürfen.

Hallo Alex, gerade erinnere ich mich an noch etwas. Ich bin ziemlich sicher, gehört zu haben, wie der Fahrer irgendetwas Unverschämtes über Radfahrer gerufen hat.

In mir regt sich ein Hoffnungsschimmer, zum ersten Mal seit … ich kann es nicht mal genau sagen. Seit dem neuen Job fahre ich nicht mehr so häufig, und jetzt kann ich ganz damit aufhören. Es gibt keinen Grund, um zwei Uhr morgens irgendwo anders zu sein als in meinem Bett.

Ich bin ganz hibbelig und kann es kaum erwarten, Klara davon zu erzählen. Ich trage es in den Kalender ein, auf den wir beide Zugriff haben.

Neue Veranstaltung: Alex' tolle Neuigkeiten hören
Ort: die Freundschaftszone

Als ich ins Büro komme, mache ich uns beiden einen Kaffee, ihren mit Milch, meinen schwarz, und warte wie ein aufgeregtes Kind. Seit dem ersten Tag weiß ich, wie sie ihren Kaffee trinkt. Habe zugeguckt, wie sie ihn macht, und mir jede ihrer Bewegungen eingeprägt, als könne mir dieses Wissen eines Tages das Leben retten.

Plötzlich kommt mir der Gedanke, dass Klara in letzter Zeit weniger ernst wirkt und von mir nicht mehr so genervt zu sein scheint. Sie ist zu einer Person geworden, mit der ich gerne Neuigkeiten teile.

Es ist 9:10 Uhr, und sie ist immer noch nicht im Büro, was ungewöhnlich ist. Als sie endlich hereingestürmt kommt, bemerke ich, dass sie dieselben Kleider anhat wie am Tag zuvor.

«Hi.» Ihr Haar ist nicht mehr ganz so glatt wie gestern, sondern wellt sich leicht. *Warum trägt sie noch dieselben Kleider? Und warum zur Hölle schert es dich, Alex?*

«Tut mir leid, dass ich spät dran bin. Ich hatte gestern Abend eine Verabredung», sagt sie in neutralem Ton. «Weshalb wolltest du mit mir sprechen?»

«Ich habe Neuigkeiten. Und zwar dank dir.» Ihr das zu sagen, erscheint mir plötzlich nicht mehr ganz so süß. Ich bin enttäuscht, und die Kaffeetasse in meiner Hand fühlt sich kalt an. Ich reiche ihr ihre. Es sind immer noch phänomenale Neuigkeiten, und es ist einer der besten Tage meines Lebens, also Kopf hoch, sage ich mir.

«Ich habe die Frau gefunden.» Mir wird klar, dass ich Klara nicht viel von der Gerichtsverhandlung erzählt habe –gar nichts, um genau zu sein –, aber jetzt scheint mir dafür nicht der richtige Zeitpunkt zu sein.

«Die Schnauzer-Frau? Okay, jetzt sehe ich sie wahrscheinlich bis in alle Ewigkeit mit einem großen Schnauzbart vor mir.» Sie lacht. *Ist sie glücklicher als sonst?*

«Ja. Es gibt sie wirklich! Nach all der Zeit. Sie wird als Zeugin für uns aussagen. Alles ist geregelt.» Kurz verstumme ich. «Ich wollte mich bei dir bedanken.»

«Ach, das war doch gar nichts.»

«Doch. Für mich schon. Ehrlich gesagt bedeutet es mir alles.» Wenn ich könnte, würde ich ihr sagen, dass ich jetzt aufhören kann, nachts durch die Gegend zu fahren, und beim Anblick einer roten Jacke in einer Menschenmenge keine Panikattacke mehr zu bekommen und ihr wie ein Irrer hinterherzurennen brauche. Aber nichts davon kommt über meine Lippen.

«Ich werde jetzt duschen und mich bereit machen für den Tag. Danke für den Kaffee!» Sie geht hinüber zum Haus ihres Vaters und lässt mich mit dem dreckigen Geschirr im Büro zurück.

Ich schreibe Paul: Wenigstens muss ich mir wegen meiner Chefin nicht mehr den Kopf zerbrechen. Wie sich herausstellt, hat sie jemanden. Erleichtert.

Fühle mich nicht erleichtert. Aber es ist ein guter Tag, sage ich mir erneut. Ich öffne einen alten Kalendereintrag, den ich wider besseres Wissen verfasst habe, und kann nicht glauben, dass ich ihn erledigt habe.

Neue Aufgabe: Frau mit dem roten Fleece finden
Als ERLEDIGT markieren.

KLARA

Google: Wie vermeide ich es, die Gefühle von Leuten zu verletzen?

Tom hat mir geschrieben: Danke für neulich, Clara. Würde das gern wiederholen. Was hältst du davon, wenn ich Samstagabend für dich koche? PS: Wie läuft die Genesung von Miss Renault? X TOM

Mein Name ist Klara, mit einem K. Ich fühle mich beleidigt. Als Teenager habe ich seinen Namen in mein Notizheft geschrieben, ihn mit Herzen umrandet und probeweise meinen eigenen Namen danebengeschrieben, für den Fall, dass wir irgendwann heiraten. Und er kann meinen nicht buchstabieren? Vielleicht ist es eine Überreaktion, aber mein Name bin ich, und es ist ein Zeichen von Respekt, ihn richtig zu schreiben. Aber manchmal, wenn ich beleidigt bin, sagt man mir, es wäre «nur ein Witz» und «nichts für ungut». Ich kann meinem Bauchgefühl nicht trauen, denn die Dinge, über die ich mich aufrege, sind nicht dieselben, über die sich andere aufregen. Ich beschließe, meine Gefühle zur Seite zu schieben und die Sache stattdessen objektiv zu betrachten. Zu folgendem Schluss komme ich: Tom hat unsere gemeinsame Nacht genossen. Er will mich wiedersehen. Er macht einen Insiderwitz, was signalisiert, dass uns etwas verbindet. Tom ist Single, und jeder Mann bekommt von mir drei Versuche.

Ich beschließe, seine Einladung anzunehmen.

Folgendes antworte ich ihm: Ich denke, alle Faktoren miteinbezogen, dass es eine gute Idee ist, wenn du am Samstag für mich kochst. Außerdem habe ich sonst noch nichts vor, bis dahin also. X Clara. Meinen Namen schreibe ich absichtlich falsch, genau wie er, um ihm nicht wehzutun. Es könnte ihm sehr peinlich sein, dass er ihn falsch in Erinnerung hat, wenn ich ihn mit K schreibe.

«Ich wurde für ein Shooting gebucht!», flötet Alice. Ihre Extremitäten haben schon auf den Seiten zahlreicher Magazine gegrast, wo sie Schmuck, Nagellack und Warzenpflaster präsentierten.

«Es sind meine einzigen Körperteile, die modelwürdig sind», sagt sie. «Ich bekomme fünfundsiebzig Pfund und eine gratis Pediküre.» Schnell bringt sie die Aufmerksamkeit auf mich.

«Also, wurde es sexy zwischen euch?», fragt sie mich über die Autolautsprecher.

«Was bist du, eine Hausfrau aus den Fünfzigerjahren?»

«Ich bin nicht diejenige, die nach einem Mann sucht, der ihr Einmachgläser öffnet.»

«Wenn du es unbedingt wissen willst, ich würde es als Sekunden-Sex bezeichnen. Ich bin überrascht, dass er mir hinterher überhaupt noch mal geschrieben und gesagt hat, wie sehr es ihm gefiel. Als wäre er in einem anderen Zimmer gewesen als ich. Ich meine, sprechen wir über denselben Sex?» Mir passiert das oft. Alles scheine ich anders zu verstehen. Ich muss echt schlecht im Bett sein, wenn ich nicht dasselbe empfinde wie andere.

Dass die schnelle Umwälzzeit etwas mit meinen technischen Gerätschaften zu tun hatte, die ihm die Lust verdarben, erwähne ich nicht. Wenn man die Antwort von jemandem kennt (in diesem Fall wäre es höchstwahrscheinlich ein: «Er ist ein unreifes Arschloch»), gibt es keinen Grund, die Information zu teilen.

«Das ist der Unterschied zwischen Männern und Frauen. Frauen haben tollen oder schlechten Sex. Für Männer ist toller Sex toll und schlechter Sex immer noch ziemlich gut», erwidert Alice nachdrücklich auf diese Ich-hab's-dir-doch-gesagt-Art. «Wenigstens kannst du jetzt das Hirngespinst begraben, dass er deine wiederentfachte Jugendliebe ist. Weil an ihm nichts liebenswert ist.»

Ich sage ihr nicht, dass er meine einzige Option ist, es sei denn, man erwägt den über Fünfzigjährigen, der mir an diesem Morgen in der Schraubenabteilung des Baumarkts zugezwinkert hat. Sie scheint ohnehin bereits weiterzudenken.

«Es gibt immer noch Tinder.»

«Eine Dating-App hat auf meinem Handy nichts verloren.»

Eigentlich müssten Dating-Apps für mich gut funktionieren. Theoretisch gesehen. Wenn jemand nach rechts swipt, mag er dich. Die Regeln sind einfach genug zu verstehen, sehr viel einfacher als Körpersprache und Gesichtsausdrücke zu lesen, während man gleichzeitig den Blickkontakt halten muss. *Aber vergiss nicht, du darfst nicht starren, du röntgst die Leute, Klara!*

Anzahl meiner Versuche auf Tinder: sieben. Anzahl der zweiten Dates: null. Irgendwo geht mir mein Humor abhanden, wann immer ich statt meiner Finger meinen Mund bitte, einen Witz zu reißen. Siebenmal war ich überzeugt, den einen gefunden zu haben, unser Geplänkel war so gut, dass ich die ganze Nacht gekichert und meine acht Stunden Schlaf geopfert habe, die ich brauche, um optimal zu funktionieren und eine schnelle Antwortzeit im YourMove-Chat beizubehalten. Es gab Male, da bin ich – high von unseren Chats – praktisch schon ohne Klamotten Hals über Kopf losgestürmt, um mich mit einem Mann zu treffen, nur um herauszufinden, dass zwischen uns überhaupt kein Funke übersprang. *Ich war nicht, was er erwartet hatte.*

Rückblickend betrachtet weiß ich nicht, was ich mir bei den Versuchen überhaupt gedacht habe. Mich freiwillig mit fremden Männern getroffen zu haben, ohne zu wissen, ob sie vielleicht Serienmörder waren, Nagelpilz hatten oder sich gern Seifenopern ansahen, ist mir unverständlich. Alles drei wären Gründe, keine romantische Beziehung einzugehen, und Ersteres ist Grund genug, nicht mal eine Freundschaft zu schließen.

Einen viel zu großen Teil des Abends habe ich damit verbracht, englische Osterbrötchen zu backen.

«Warum kaufst du nicht einfach einen Osterkuchen?», fragt Dad, als ich meinen zweiten Versuch starte. Dass der erste schiefgegangen ist, schiebe ich auf die schwedische Trockenhefe. «Die von der Bäckerei sind köstlich.»

«Schweden hat aber keinen traditionellen Osterkuchen. Es ist der gleiche Schokokuchen, den es auch zu Weihnachten gibt.»

«Ich dachte nur, bei allem, was du sowieso schon auf dem Teller hast, ist backen vielleicht ein bisschen zu ambitioniert.»

Tja, er versteht das Problem einfach nicht, zwischen zwei Kulturen zu stehen. Wenn ich die englischen Traditionen aufgebe, habe ich das Gefühl, den englischen Pass nicht länger verdient zu haben. Ich sehe förmlich vor mir, wie mir bei meiner Rückreise der Grenzbeamte am Gatwick Airport ein Formular in die Hand drückt. Wenn ich mich verhalte, als wäre ich eine Teilnehmerin bei *The Great British Bake Off*, wird man mich bestimmt mit offenen Armen empfangen. Als ich letztes Jahr endlich meinen britischen Pass bekam, fühlte ich mich stolz, als wäre ich zu Hause. Trotz eines langen und schmerzhaften Prozederes, das mich ein Monatsgehalt kostete und während dessen ich fast durch den Multiple-Choice-Wissenstest über englische Kultur gerasselt wäre. *Welche Blume wird mit Großbritannien in Verbindung gebracht?* Warum EU-Migranten über tiefgreifendes botanisches Wissen verfügen müssen, ist mir ein Rätsel. Man sollte meinen, eine Vorliebe für Salt-and-Vinegar-Chips und zu wissen, wer *Love Island* gewonnen hat, wären bessere Indikatoren für Englischsein.

«Wem versuchst du denn dein Englischsein zu beweisen? Mary Berry?», fragte Alice, als ich sie um Hilfe bat.

«Typisch schwedisch bist du jedenfalls nicht mehr», sagt Dad hinter mir.

«Warum das?» Überraschenderweise habe ich bei dieser Aussage gemischte Gefühle. Ein Teil von mir will stolz lächeln, so wie jemand, der ein Kompliment für sein Haustier oder Outfit bekommt, aber ein anderer Teil ist getroffen und will sagen: «Und warum bin ich nicht schwedisch?»

«Du spülst das Geschirr mit einem Schwamm statt einer Bürste. Und du entschuldigst dich jedes Mal, wenn wir uns im Haus über den Weg laufen, selbst wenn wir nur aneinander vorbeigehen.»

Am folgenden Vormittag präsentiere ich in unserer Pause meinen dritten und erfolgreichen Backversuch.

«Sie sehen köstlich aus, Klara, aber ich feiere kein Ostern», sagt Gunnar.

«Die sind nicht für Ostern.» Ich erinnere mich, dass seine Religion ihm verbietet, christliche Feiertage zu feiern, und denke mir schnell etwas aus. «Meine Katze hat heute Geburtstag. Happy Birthday, Björn!»

«Na, wenn du meinst», lacht er. «Aber erzähl mir nicht, du hast noch eine Katze, die an Weihnachten Geburtstag hat.»

Jetzt wo ich seine Aufmerksamkeit habe, öffne ich den Kalender und lasse schnell zweimal den Blick darüberschweifen. «Mai und Juni sehen schmerzhaft leer aus», merke ich an und wünschte, Gunnar würde mir sagen, dass es sich um einen Fehler handelt und er vergessen hat, mir von den zehn neuen Aufträgen zu erzählen, die er gerade an Land gezogen hat. Ich habe Dad noch immer nicht das ganze Ausmaß eröffnet. Bald wird er in den Terminkalender schauen, auf die Umsätze oder in die Buchhaltungsunterlagen und erkennen, was ich seiner Firma angetan habe. Ich blinzle ein paarmal.

«Stimmt. Hör mal, Klara, es war klar, dass es nicht leicht werden würde mit dem Wechsel der Geschäftsleitung und der neuen Konkurrenz, die uns so aggressiv Aufträge streitig macht. Aber unser Unternehmen gibt es schon seit Jahren. Der Wind wird sich schon wieder drehen.» Aber wird er das? *Mich* gibt es auch schon seit Jahren, und der Wind in *meinem Leben* hat sich nicht wie durch Zauberhand gedreht.

«Hanna hat die Website und unsere Facebook-Seite echt toll hinbekommen, aber niemand scheint sie anzuklicken», sage ich.

«Wie wäre es, wenn wir im Radio Werbung schalten?», schlägt Alex vor und tunkt ein Osterbrötchen in seinen Kaffee. So werden sie eigentlich nicht gegessen. Im Namen meines Gebäcks fühle ich mich beleidigt.

«Das wirkt zu verzweifelt. Die Kunden würden es durchschauen. Wir haben unsere Aufträge schon immer nur über Weiterempfehlungen bekommen», entgegnet Gunnar.

«Ich werde noch mal mit Lennart sprechen, bevor ich nachher losfahre», verspreche ich. Nicht dass er mehr tun könnte, als uns jedem Kunden zu empfehlen, der sein Geschäft betritt.

Alex bleibt, als Gunnar geht.

«Also, was hat es mit diesem Mann auf sich, mit dem du dich triffst? Für nächste Woche stehen zwei Tom-Einträge im Kalender. Der Typ fährt wohl auf mediterranes Essen ab. Italienisch am Freitag und Französisch am Dienstag.» Der Nachteil an einem gemeinsamen Kalender mit Alex ist, dass er auch Einblicke in mein Privatleben bekommt. Auf seiner Seite stehen nur seltsame Einträge über Müllabfuhren und Samstagsleckereien, was, wie ich glaube, ein Geheimcode für etwas anderes, Heißeres ist, von dem ich nichts wissen soll. *Samstagsleckereien* könnte für Intimitäten mit seiner Frau stehen. Vielleicht sind sie die Art Pärchen, das schon so lange zusammen ist und eine so innige Verbindung hat, dass Sex zweitrangig ist und geplant werden muss. Schwierig, sich vorzustellen, mit irgendjemandem diese Ebene zu erreichen, geschweige denn mit Tom. *Oh richtig, Tom, der Mann, den ich date und über den Alex mir gerade eine Frage gestellt hat.*

«Tom und ich waren am Montag gemeinsam was essen, dann habe ich ihn zu einer Juraveranstaltung begleitet, die er für eine Gruppe Studenten hielt, am Donnerstag war ich zum Abendessen bei ihm zu Hause, und ja, jetzt scheint er eine regelmäßige Sache daraus machen zu wollen.»

«Klingt wie das verdammte Wochentagelied, wenn du mich fragst.»

«Hey, Vorsicht.» Aber ich muss lachen. Weil es lustig ist. Alex' Humor ist unaufdringlich. Er reißt die besten Witze, ohne dabei selbstgefällig zu wirken, als hätte er nicht mal geplant, einen Scherz zu machen, bis er ihn ausgesprochen hat, oder vielleicht teilt er auch einfach gern gratis Witze aus, im Gegensatz zum Rest der Gesellschaft, der andere nur unterhält, um Bewunderung zu ernten. Genau deshalb lache ich über seine Scherze, während ich bei denen anderer Leute nur die Mundwinkel bewege, damit meine Ohrringe gegen meine Wangen schlagen.

Ich halte ein poliertes Birkenholzbrett für Alex fest, der seine gesamte Aufmerksamkeit auf das Holz gerichtet hat und es sorgfältig markiert. Leicht rutscht er mit der Hand ab, und ich bleibe mit dem Daumen an einer scharfen Kante der Arbeitsfläche hängen, woraufhin ein rotes Rinnsal erscheint.

«Schawarma», entfährt es ihm.

«Wie bitte?»

«Ja. Das bedarf einer Erklärung. Meine Mutter hat uns nie erlaubt, Scheiße zu sagen, daher haben wir stattdessen Schawarma gesagt.»

«Deine Mutter klingt großartig.» Er reicht mir ein Taschentuch für meinen Finger, das ich freundlich ablehne.

«Nee, Blut vergeudet man nicht.» Ich hole mein Notfallset aus der Bauchtasche. Für den Fall, dass die Technologie versagt (was sie hin und wieder tut, auf nichts Menschengemachtes ist uneingeschränkt Verlass, und unglücklicherweise bin ich auf eine menschengemachte Bauchspeicheldrüse angewiesen), habe ich das gute herkömmliche Set. Ich drücke etwas Blut auf den Teststreifen, indem ich den Finger zusammenquetsche, bis der Tropfen rund und prall ist. Wunderschön fließt es über den Teststreifen. Anschließend wische ich den Daumen an meiner Arbeitshose ab. Kompressen sind für Anfängerdiabetiker, später härtet man ab.

«Jetzt habe ich ein neues Schimpfwort, danke. Kaum zu glauben, dass du es auch vermeidest wie die Pest, Scheiße zu sagen.»

Als ich mein Set zurück in die Bauchtasche stecke, fällt etwas zu Boden.

«Sag nicht, das war dein Mittagessen.» Alex hebt das Einwickelpapier des Proteinriegels mit genauso viel Ekel auf, als wäre es ein benutztes Kondom.

«Die sind gesund. Leicht, die Kohlenhydrate zu zählen, 18,1 Gramm, kein verrücktspielender Blutzuckerspiegel, weil ich mich vertan habe.»

«Machst du das oft?»

«Oft ist gar kein Ausdruck. Es ist Mittel zum Zweck, um am Leben zu bleiben, sonst nichts. Ich zähle die Kohlenhydrate, gebe sie in meine Pumpe ein, und dann esse ich die Riegel. Wenn ich einen stressigen Nachmittag habe, will ich nicht das Risiko eingehen, dass mein Blutzucker durch die Decke geht.» Hoher Blutzucker bedeutet Kopfschmerzen, Übelkeit und exzessives Pinkeln. Nicht ideal für lange Fahrten im Transporter.

«Klingt, als müsse ich anfangen, dich zum Mittagessen auszuführen.»

«Nein!» Das kam viel zu schnell aus meinem Mund. Der Gedanke, jede Mittagspause Konversation zu machen, ist … ermüdend.

«Okay», sagt er. Falls er enttäuscht ist, überspielt er es gut. Daraus schließe ich, dass sein Angebot reine Höflichkeit war, die Art

Angebot, von der man will, dass die andere Person es ausschlägt. So wie: «Sollen wir die Rechnung teilen?»

«Dann lass mich dir zumindest ein extra Sandwich mitbringen. Nur für den Fall.»

«Das wäre in Ordnung. Danke.» Ich entspanne mich ein bisschen. Über Sandwiches sprechen – das bekomme ich hin.

ALEX

PERSÖNLICHER KALENDER
Neue Aufgabe: Verabredung mit Paul absagen (oder
vielmehr alles stehen und liegen lassen, wann immer sie
durchblicken lässt, dass sie mich braucht)
Neue Aufgabe: Nach der Arbeit Mathebuch kaufen
(genauso: alles kaufen, was sie braucht, wann immer sie
es braucht)
Neue Veranstaltung: Lernklub mit Klara neunzehn Uhr
(überhaupt keine unangemessene Vorfreude – ich helfe
lediglich einer *Freundin*)

In Entwürfe gespeichert
Calle,
habe heute nicht zwingend über dich nachgedacht, sondern
über den Tod. Ein Schulfreund von mir – du kanntest ihn, er
war einen Jahrgang über mir – ist vor zwei Jahren an Krebs
gestorben. Ich war entsetzt, wenn auch vielleicht nicht genug;
seine Beerdigung war die erste, zu der ich je gegangen bin.
Ich habe mir ein Sakko von dir geliehen, weißt du noch?
Egal, er ist mit achtzehn aus Schweden weggezogen. Hat
schon Monate vorher von nichts anderem mehr gesprochen,
hatte ein Stipendium für eine New Yorker Universität und
konnte nicht aufhören, darüber zu schimpfen, was Malmö
doch für ein Drecksloch sei im Gegensatz zu der Metropole,
die auf ihn wartete. Aus seinem Mund klang es, als wäre der
rote Teppich für ihn ausgerollt und er bräuchte nur hingehen
und alles würde sich fügen.

Hinterher ist er nach Südafrika gegangen, nach Kapstadt, das, den Fotos nach zu urteilen, aussieht wie Miami. Dann ist er zurück nach Amerika, diesmal nach Los Angeles, wohin er meiner Vorstellung nach gut passte. Nur für Weihnachten und Mittsommer kam er zurück nach Schweden. Den Weihnachtsabend verbringen wir im Kreis der Familie, und der erste Feiertag ist für Freunde reserviert, da feiern wir in den Klubs der guten alten Zeit und treffen uns mit alten Schulfreunden. Und Mittsommer bedeutet Mitternachtssonne, Schnaps und Tanzen mit dem Duft von Blumen in der Nase. Dafür kam er zurück.

Dann wurde er krank. Er hat an der großen, weiten Welt festgehalten und sich in einer Stadt behandeln lassen, in der es niemanden gab, der ihm oder seiner Familie Quiches brachte. Dann starb er – und kam schlussendlich nach Hause.

Folgendes habe ich über das Leben gelernt: Man kann arbeiten und reisen und werden, was man will, aber am Ende wird man zurückgebracht und in der Erde begraben, der zu entkommen man so hart gearbeitet hat.

Gräber bedeuten mir nichts. Ich war schon seit Monaten nicht mehr auf dem Friedhof: Soweit ich weiß, steht auf deinem jetzt ein Gartenzwerg. Ich habe stattdessen den Ort, an dem du gelebt hast. Und geliebt hast.

Ich helfe Klara beim Lernen. Jetzt meine ich, deine Stimme in meinem Kopf zu hören, die sagt: «Bro, in letzter Zeit dreht es sich in diesen E-Mails ziemlich oft um Klara!» Und ja, du hast recht, weil sich mein Leben in letzter Zeit ziemlich oft um Klara dreht.

Seit einiger Zeit bin ich mir nicht mehr ganz sicher, wo ich hingehöre, was mich überrascht und nicht auf eine angenehme Art. Ich war immer der Meinung, dieser Ort hier sei so gut wie jeder andere, und das stimmt auch: Was mich verunsichert, ist nicht eine Reizlosigkeit oder Minderwertigkeit, sondern dass es jetzt einen Fixpunkt gibt, dem ich folgen muss, und wenn er wegzieht, könnte ich es auch. Ich bin hier nicht verwurzelt und hätte nichts dagegen, woanders hinzuziehen, um eines Tages zu dieser Erde zurückgebracht zu werden, mehr brauche ich gar nicht. Gesprochen habe ich darüber noch nicht, aber in wenigen Wochen fliegt Klara zurück nach London, oder *nach Hause*, wie sie es nennt. Nach dem letzten Kontrolltermin ihres Vaters.

London! War mal über ein Wochenende da. Bier ist überteuert oder schmeckt schal, und vor Tussauds anzustehen, hat länger gedauert, als durch das Museum selbst zu laufen. Außerdem, wozu guckt man sich eigentlich Wachsfiguren an? London ist jetzt wie eine über mir schwebende Bedrohung, als wartete ich auf Regen. Ich muss sie in ihren Vorhaben unterstützen, so viel bin ich ihr schuldig. Sie hat alles verdient, selbst wenn dieses alles London ist und nicht ich. Abgesehen davon sind wir Freunde, wie sie hinreichend klargemacht hat, und sie hat jemand anderen. Sie ist vergeben. Aber es ist schwer, nicht an sie zu denken, wenn ihr Name jeden Morgen in meinem Kalender aufpoppt. Heute, morgen, übermorgen. Und ich kann mir nicht vorstellen, dass er es eines Tages nicht mehr tut.

Nimm mir Klara Nilsson nicht weg, London. Du hast doch schon genug Leute.

A

Ist schon dunkel draußen. Manchmal ist die Dunkelheit so absolut, dass ich das Gefühl habe, es würde nie wieder hell. Ob andere Leute wohl auch solche Gedanken haben?

Das Haus von Klaras Vater steht jedem offen, man muss nur

zweimal klopfen und darf hereinkommen, und genau das tue ich, ziehe meine Schuhe aus und stelle sie neben die Tür. Anschließend betrete ich das großzügige Wohnzimmer.

«Peter.» Ich nicke ihm zu.

«Hi, Alex. Klara ist oben.»

Sie ist in ihrem Schlafzimmer? Da sollte ich bestimmt nicht raufgehen, oder? Ist es immer noch ein Kinderzimmer, oder hat sie umdekoriert? Hat sie Poster an der Wand hängen (Pferde? Eminem?) und eine Lavalampe? Kann nicht anders, als mich wieder wie ein Junge zu fühlen, der ein Mädchen zu Hause besucht, um ihm angeblich bei den Schulaufgaben zu helfen. Mich überkommt das Bedürfnis, ihrem Vater zu sagen, dass meine Absichten unschuldig sind und wir uns einzig und allein auf Mathematik konzentrieren werden. Vorbereitung für die Uni. Selbstvertrauen stärken. Doch das wäre völlig unnötig – schließlich helfe ich ihr wirklich lediglich mit Mathe. Trotzdem finde ich es höflicher, nicht schnurstracks hoch in ihre Privatsphäre zu stürmen. Daher lehne ich mich an den Türrahmen und gebe Peter ein Arbeitsupdate.

«Das Küchenprojekt im Kindergarten geht gut voran. Wir warten noch auf eine Palette Fliesen, aber nächste Woche sollten wir fertig sein. Die Regale in der Speisekammer habe ich maßangefertigt.»

«Gut, gut. Du machst das prima. Bist eine echte Bereicherung für unser Team.» Peter klammert sich an den Kaffeetisch und steht langsam auf. Ich widerstehe dem Drang, ihm zu helfen. Frage mich, wie es mir wohl dabei gehen würde, nicht mehr genug Kraft für alltägliche Dinge zu haben.

Mein Handy pingt. Entschuldigend halte ich es hoch, und Peter geht langsam aus dem Raum. Eine Nachricht von Paul: **Du sagst unser Treffen ab, um einer Frau Mathenachhilfe zu geben?? Alter, wenn das mal nicht der älteste Trick der Welt ist …**

Will schon antworten, aber die größte Ablenkung in meinem Leben betritt den Raum und tut, was sie am besten kann: mich ablenken.

«Woran arbeiten wir heute?»

Da ist sie. Nasse, zu einem Zopf geflochtene Haare, und kurz überkommt mich das seltsame Verlangen, den dicken Zopf zu greifen und sein Gewicht in meiner Hand zu spüren, während ich fest die Finger darum schließe. Sie trägt einen bequemen beige-farbenen Trainingsanzug und steht barfuß auf den Holzdielen. Es ist das erste Mal, dass ich ihre Füße sehe. Klein und quadratisch und mit gespreizten Zehen. Ich frage mich, wie sie sich in meinen Händen anfühlen würden.

Sie hat gerade etwas gesagt, oder? Ich schüttle den Kopf, um mich zu fangen.

«Grundlagen. Bruchrechnung und Dezimalzahlen.»

«Klingt gut.»

Ich folge ihr in die Küche. Habe nachgeschlagen, welche Pflicht-module ein Architekturstudium hat. Algebra, Geometrie und Tri-gonometrie. Schätze, so weit sind wir noch nicht. Wenn ich ihr Selbstbewusstsein stärken kann, was die Grundlagen angeht, wird sie den Rest besser meistern. Was sie braucht, ist nicht Übung im Englischsprechen, sondern Selbstbewusstsein und die richtigen Lerntechniken.

Als wir uns an den Tisch setzen, hole ich das Buch heraus, für das ich 199 Kronen bezahlt habe zuzüglich Aufschlag für die Lie-ferung am nächsten Tag.

«Brüche. Die kann ich nicht ausstehen, weil sie im Prinzip nichts anderes sind als Dezimalzahlen. Zum Beispiel ist 1/4 dasselbe wie 0,25, aber das eine ist ungerade und das andere gerade», sagt sie.

«Brüche sind keine geraden oder ungeraden Zahlen. Weil sie keine ganzen Zahlen sind, sondern nur Bruchteile. Du kannst nicht sagen, dass 1/3 ungerade ist, weil die Drei ungerade ist. Ich meine, es gibt Möglichkeiten, die Parität auf Mengen zu verallgemeinern, die größer sind als ganze Zahlen, aber man muss dabei wahrscheinlich einige wünschenswerte Eigenschaften aufgeben ...»

«Was genau bedeutet das auf Schwedisch? Oder Englisch, wenn dir das lieber ist?»

«Es bedeutet, dass du dir keine Gedanken darum machen musst, ob sie gerade oder ungerade sind.»

Bei dieser Aussage leuchtet ihr Gesicht auf, als hätte ich ihr eine Riesenlast von den Schultern genommen. Das gibt mir ein Gefühl von Erfüllung, wie ich es schon lange nicht mehr hatte. Sie zwirbelt mit den Fingern am Ende ihres nassen Zopfes herum und lässt ihn dann schwer auf ihre Schulter fallen.

«Hast du schon mal darüber nachgedacht, dass vielleicht gar nichts ungerade ist, sondern nur eine Version von etwas? Alles kann passen. Man kann jede beliebige Zahl umschreiben und sie gerade machen», sagt sie freudig.

Mathematisch ist das nicht korrekt, aber wer bin ich, es infrage zu stellen, wenn es ihr hilft? Sie zieht ihre Beine an den Oberkörper, greift nach ihrem Fuß und reibt mit der Hand an der Fußkante entlang. *Sie lässt sich also gern die Füße massieren.* Ich beobachte sie, während sie sich der ersten Aufgabe im Buch stellt. Sie lässt den Bleistift fallen und guckt drein, als hätte sie gerade live im Fernsehen die Eine-Million-Euro-Frage falsch beantwortet. Verzweiflung.

«Gott, ich bin *wirklich* dumm.»

Diese Aussage gefällt mir gar nicht. Weder die Worte noch die Art, wie sie sie ausspricht, als würde sie wiederholen, was andere ihr eingetrichtert haben. Wer immer das gesagt hat, soll sich, na ja, verpissen.

«Wer hat das zu dir gesagt?»

«Ist egal. Aber wenn du es unbedingt wissen willst, genug Leute, dass es statistisch korrekt ist.»

«Hör mir zu. *Dumm* ist ein Wort, das einfach nicht zu dir passt. Wie ... wie ‹Holz gehört nicht in einen Feuchtraum› oder ‹Ananas hat nichts auf einer Pizza verloren›. Kapiert?»

Sie deutet ein Nicken an.

«Wenn du etwas nicht verstehst, dann weil niemand sich die Mühe gemacht hat, es dir richtig zu erklären. Deren Problem – nicht deins.»

«Danke.» Es kostet mich alle Willenskraft, sie nicht an Ort und Stelle in meine Arme zu ziehen.

«Gut. Gehen wir die Aufgabe gemeinsam durch. Keine Eile.» Ich schlucke schwer.

Sie starrt auf die Buchseite und sitzt eine gefühlte Ewigkeit schweigend da, dann taucht sie aus ihrer Parallelwelt auf und grinst mich an.

«Zeig her», sage ich.

Sie schreibt ihre Berechnung auf. «Guck. Das ist richtig, oder? Ich hab's verstanden.»

«Ich wusste, du kannst es. Bei der nächsten Zulassungsprüfung zeigst du es denen.»

«Manchmal habe ich das Gefühl, dass selbst meine Familie die Hoffnung aufgegeben hat. Auch wenn sie es nie zugeben würden. Du bist die einzige Person, die sagt, dass ich es schaffen kann. Nicht dass das die Negativität meiner vergangenen Misserfolge auslöschen soll. Nicht direkt. Aber andererseits bedeutet es mir viel, was du denkst.»

«Tut es das?» Hab sie noch nie sagen hören, dass *Tom* ihr viel bedeutet.

«Natürlich!»

Sie blickt mir in die Augen. Wie kann kaltes Küchenlicht eine Person so gut aussehen lassen? Es ist eine LED-Lampe, kein Sonnenuntergang, aber da sitzt Klara leuchtend und großäugig vor mir. Schon seit bestimmt ein paar Minuten berührt mein Knie die Außenseite ihres Oberschenkels, und sie ist noch nicht weggerutscht.

Sie beugt sich tiefer über das Buch, und ihre schnellen Atemzüge klingen laut in der stillen Küche. Dann klappt sie es zu, legt den Bleistift akkurat auf den Buchdeckel und lehnt sich zu mir, und als sie sich wieder zurücklehnt, weg von mir, erscheint auf ihrem Gesicht ein breites Lächeln.

«Alex! Gerade ist mir klar geworden, dass ich wenigstens auf Englisch aus der Sieben eine gerade Zahl machen kann, man muss nur das S streichen, dann ist *seven even.*»

Falls wir gerade einen gemeinsamen Moment hatten, ist er jetzt vorüber. Unterricht vorbei. Schülerin entlassen.

KLARA

Google: Was macht einen guten Freund aus?

Ich nehme Hanna mit zu einer Kundin in Lund. Sie wird immer besser in dem, was sie tut, und ich genieße die Gesellschaft einer anderen Frau.

«Alles okay bei dir?», frage ich meine zweite Freundin. Sie läuft ein paar Meter hinter mir.

«Mir ist aufgefallen, dass du gerne etwas ... ähm ... Abstand hast?»

«Nur bei bestimmten Menschen.» *Menschen, die ich zu sehr mag.*

Die Tür wird von einer hübschen jungen Frau mit Downsyndrom geöffnet. Ihr blondes Haar lockt sich sanft, und sie trägt eine glitzernde lila Bomberjacke über einem körperbetonten Kleid. Dieses Outfit könnte ich niemals toppen.

«Maja? Wir sind hier, um zu sehen, wie es mit dem Badezimmer vorangeht.»

«Hi, kommt rein!» Sie strahlt mich an. «Ich möchte lila Fliesen. Ich bin am Wochenende schon mit meiner Mutter losgefahren und hab mir welche angesehen.»

«Super. Die Entscheidung eilt nicht. Falls du bereits etwas Bestimmtes im Auge hast, hilft das, und wir können die Kosten exakter kalkulieren. Hast du die Seriennummer der Fliesen im Baumarkt aufgeschrieben? Hat euch vielleicht sogar Lennart bedient?» Maja nimmt ein Blatt Papier vom Tisch und drückt es mir in die Hand. Es enthält Notizen über Fliesen und Duschvorhänge und ein paar Ideenskizzen von opulent aussehenden Badezimmern.

«Die sind toll. Bist du Künstlerin?»

«Schauspielstudentin!» Ich hätte es wissen sollen. Ihre Persönlichkeit sprang mich an der Tür sofort an.

«Ich wünschte, ich könnte schauspielern. Es würde mein Leben so viel einfacher machen.»

«Ich liebe es. Im Moment üben wir Monologe der Klassiker. Ich bereite einen aus *Romeo und Julia* vor. Das ist meine Lieblingsliebesgeschichte. Ich liebe Liebesgeschichten.»

Während Hanna das Badezimmer ausmisst, warte ich in der Küche.

«Das ist meine erste Wohnung. Mama kommt jedes Wochenende, um Riesenportionen Essen zu kochen, und jeden Freitag besucht mich mein Freund. Hast du einen Freund?» Maja sieht mich hoffnungsvoll an.

«Im Moment nicht. Anscheinend lassen sie sich schwer festhalten. Aber ich schätze, ich date gerade jemanden.»

«Ohhh. Hast du ein Foto von ihm? Schenkt er dir Blumen? Meiner bringt mir jedes Mal Blumen und Schokolade mit, wenn er kommt. Wie ein Gentleman.»

Darüber denke ich eine Weile nach. Tom hat für mich gekocht, ja, aber Blumen? Nein, Blumen hat er mir nie geschenkt. «Bringt er dich zum Lachen? Es ist wichtig, in einer Beziehung Spaß zu haben. Mein Freund ist sooo witzig. Er kann echt gut Schauspieler imitieren. Wir lieben One Direction und Billie Eilish. Aber die sind nicht so lustig.»

Nach Spaß habe ich nie gesucht. Spaß ist eines der irreführendsten, zweischneidigsten Wörter, die ich kenne. Es hat einen Beigeschmack von Partys, bei denen ich in der Ecke stehe, von anstrengenden Teambuilding-Maßnahmen und Urlauben mit der vorherrschenden Erinnerung an Sonnenbrand und Lebensmittelvergiftung. Ich überlege, ob ich mit Tom Spaß habe, und komme zu dem Schluss, dass ich mehr *über* Tom lache als *mit ihm*.

«Und .hast du Schmetterlinge im Bauch, wenn du an ihn denkst?»

«Ich glaube nicht.» Kann sein, dass ich etwas im Bauch habe, wenn ich an ihn denke, aber wenn ich es mir genauer überlege, ist es weniger ein Schmetterling als vielmehr eine einzelne Motte, die in meinem Magen herumflattert. Von der Art, die nur nachts herauskommt.

«Ich finde, du musst Schmetterlinge im Bauch haben», stellt Maja klar.

ALEX

PERSÖNLICHER KALENDER
Neue Veranstaltung: Paartherapie
Neue Aufgabe: Klara fragen, ob sie mit mir Kaffee trinken geht
Bearbeitete Aufgabe: Noch nicht ganz bereit dazu

Es ist eine Weile her, seit ich das letzte Mal hier war, und zwei Wochen, seit ich mich auf diesen fragwürdigen Termin eingelassen habe. Zu spät, jetzt einen Rückzieher zu machen.

Dr. Hadids Psychotherapiepraxis ist österlich dekoriert worden. Auf der Fensterbank liegen kleine gelbe Hühner und bunte Eier. Paul ist bereits da und füllt einen Fragebogen aus.

Als wir ins Sprechzimmer gerufen werden, überlasse ich ihm den bereitstehenden Stuhl und ziehe mir einen zweiten heran.

«Schlafen Sie inzwischen besser?», fragt mich Dr. Hadid.

«Viel besser», antworte ich und stelle überrascht fest, dass ich, abgesehen von gelegentlichem spätabendlichen Wachliegen, wenn ich mir Klaras Gesicht vorstelle, tatsächlich die nötigen Stunden Schlaf bekomme, die ich brauche, um optimal zu funktionieren. Ich schlafe nicht nur besser, ich fühle mich auch besser.

«Gab es in letzter Zeit irgendwelche Schwierigkeiten bei der Arbeit?», fragt sie.

«Ja, würde ich schon sagen. Allein morgens früh aufzuwachen und zur Arbeit zu gehen, ständig Leute zu treffen und, Sie wissen schon, *normal* zu sein. Außerdem ist die fehlende Struktur meiner Chefin frustrierend, aber wir bekommen das hin. Doch das sind alles keine durch Depression bedingte Schwierigkeiten.»

«Ich stimme zu. Das sind normale Herausforderungen, mit denen jeder von uns konfrontiert ist. Sie scheinen auf eine gesunde Art mit ihnen umzugehen. Wenn Ihr Schlaf und Ihre Stimmung stabil bleiben, lese ich daraus, dass Sie gut mit den Schwierigkeiten klarkommen.»

Sie richtet ihre Aufmerksamkeit auf Paul.

«Könnten Sie mir ein bisschen was über den Ring erzählen? Falls es für Sie in Ordnung ist, dass wir darüber sprechen, Alex? Soweit ich verstehe, waren Sie dabei, als Alex ihn gefunden hat.»

«Natürlich. Das war letztes Jahr im November. Ich begleitete Alex, als er im Krankenhaus Carls Habseligkeiten abholte, und irgendwann – ich glaube, ich saß im Wartezimmer, während Dan all die Formulare ausfüllte und unterschrieb – ging Alex den Inhalt der Plastiktüte durch. Und da hat er sich den Ring wohl einfach angesteckt.»

«Ich wollte ihn wieder abnehmen. Aber ich konnte nicht.» In mir kommen Kindheitserinnerungen hoch, wie ich Süßigkeiten stibitze und Mama mir befiehlt, sie wieder auszuspucken, aber ich mich weigere. Einmal am Finger, war es mit dem Ring das Gleiche: unmöglich, ihn zurückzugeben.

«Dan meinte, er solle ihn behalten. Alex war ein Wrack. So sehr, dass wir ihm alles gegeben hätten, worum er bat.»

Paul so beiläufig darüber sprechen zu hören, wozu ich selbst bisher nicht in der Lage war, fühlt sich ... befreiend an.

«Das war sehr hilfreich. Danke, Paul. Und Alex, empfinden Sie den Ring immer noch als hilfreich? Spendet es Ihnen nach wie vor Trost, ihn zu tragen?»

«Ehrlich gesagt denke ich nicht mehr oft über ihn nach. Er ist an meinem Finger, und da ist er mehr oder weniger geblieben seit jenem Tag im Krankenhaus.»

«Das ist kein Problem. Aber da Sie nicht mehr bewusst darüber nachdenken, für Trost nicht mehr aktiv auf ihn angewiesen zu sein scheinen, könnten Sie vielleicht den Gedanken erkunden, wie es Ihnen ohne den Ring gehen würde, wie Sie sich fühlen würden, wenn Sie auf Ihre Hand blicken und nicht sofort an Calle erinnert werden.»

Sie geht mit uns den Fragebogen durch, hakt Punkte ab über Freundschaft, welche Unterstützung ich im Leben habe und ob sich seit Beginn der Therapie daran etwas verändert hat. Zuletzt fragt sie Paul, ob er das Gefühl hat, dass auch ich ihm in unserer Freundschaft geben kann, was er braucht. Er sagt Ja, und ich bin stolz wie Oskar.

«Haben Sie – Sie beide – irgendwelche Fragen an mich?» Dr. Hadid leitet das Ende der Sitzung ein.

In der Erwartung, dass Paul die Augen verdreht, sage ich: «Es gibt etwas, das mir Sorge bereitet. Wäre es möglich, dass ich meine Trauer in eine andere Emotion umwandle? Sagen wir, ähm, wenn ich mich zu jemandem hingezogen fühle.»

Kämpfen ist schwer. Habe Hanna erzählt, dass ich nicht auf dem Markt bin, als sie fragte, ob da was läuft zwischen Klara und mir. Der Markt ist nichts für Männer mit Depressionen, einer Therapeutin und dem Ring eines Toten am Finger. Vielleicht sollte ich auf Dr. Hadid hören und in Erwägung ziehen, ihn abzunehmen.

«Sie meinen, Sie mögen jemanden und wollen wissen, ob das nur die Trauer ist, die aus Ihnen spricht?»

«Genau.»

«So viele Monate später wäre es eine höchst unwahrscheinliche Reaktion auf Ihr Trauma. Haben Sie schon mal überlegt, dass Ihre Gefühle für diese Person echt sein könnten?»

Schawarma. In Bezug auf Klara habe ich an viele Dinge gedacht. Erinnere mich an meine Unterhaltung mit Hanna vor zwei Tagen.

«Ist mir egal, was du sagst, Alex. Ich habe eure Blicke bemerkt. Ihr zwei wärt ein Traumpaar.»

«Ja, richtig. Keinen Schimmer, was du meinst. Klaras langfristiges Ziel ist London. Und ihr kurzfristiges ist Tom.»

Aber ich musste fragen: «Hat sie über mich gesprochen?»

«Wann spricht sie mal nicht über dich …?»

Ich verlagere das Gewicht auf dem Stuhl und sage zu Dr. Hadid: «Danke. Das zu hören, ist beruhigend.»

Dreißig Minuten später, während ich darauf warte, dass Paul aus der Toilette kommt, läuft Dr. Hadid im Wartezimmer an mir vorbei.

«Alex», sagt sie, «ganz unter uns: Vielleicht sollten Sie die Frau fragen, ob sie mit Ihnen ausgehen will.»

KLARA

Google: Was sind die nächsten Beziehungsschritte?

Es ist meine fünfte Verabredung mit Tom, seit wir uns auf dem Parkplatz getroffen haben. Und zwar treffe ich ihn aus keinem anderen Grund, als dass er angerufen hat, ich drangegangen bin, er mich gefragt hat und ich zugesagt habe.

Mag sein, dass mir klar geworden ist, dass Tom nicht mein Einmachglasöffner ist, denn an ihn denke ich eher wie an eine Tüte Smarties oder einen Becher Eiscreme nach dem Abendessen: Eigentlich sollte ich ins Bett gehen, aber nach *irgendwas* gelüstet es mich noch. Eine Nachricht an Tom befriedigt das Gelüst.

Wir haben die Oliven, die Nachos und die gebratenen Pimientos de Padrón (gepaart mit einem prickelnden Ramlösa, einem hier in der Gegend gewonnenen Wasser mit niedrigem Mineralgehalt und spritziger Kohlensäure, wie Tom mir erklärt) zur Hälfte aufgegessen, als mein Handy pingt. In einer Bar wirkt der Ton immer besonders aggressiv *Ping!* statt *ping*, als hätte mein Handy heimlich Tequila getrunken. Eine neue Veranstaltung. Warum brauchen wir um acht Uhr ein zusätzliches Mitarbeiter-Meeting? Ich hatte vor auszuschlafen. Falls man acht Uhr als ausschlafen bezeichnen kann, aber besser als nichts, da ich nun mal um 9:30 Uhr meinen ersten Termin habe. Ich verfluche mich dafür, Alex die Kontrolle über den Kalender gegeben zu haben.

«Hab morgen ein frühes Meeting. Ich muss in etwa dreiundzwanzig Minuten los», sage ich und nippe an meinem Wasser.

«Du kommst nicht mit zu mir? Bis zu dir nach Hause sind es gute fünfundvierzig Minuten mit dem Auto.»

«Stimmt. Es ist *sehr* weit. Ich sollte schon in achtzehn Minuten los, danke.» Bei ihm zu übernachten, würde mich ziemlich viel Zeit kosten, und ich müsste das Frühstück ausfallen lassen. Ich hatte nicht mal vor, mit zu Tom nach Hause zu gehen. Der morgige Tag ist recht voll, außerdem habe ich meine zweite Mathenachhilfestunde mit Alex: Da will ich auf keinen Fall müde sein.

«Das hättest du mir vorher sagen können.» Tom schmollt wie ein Kleinkind, beide Mundwinkel hängen tief nach unten. Diese überspitzten Gesichtsausdrücke sind hilfreich, da ich sie nicht erst minutenlang entziffern und dann herausfinden muss, welche Gefühle sie in mir auslösen. In diesem Fall habe ich keinerlei Mitleid mit ihm. Er hätte seine Erwartungen klarer machen können und dann im Vorhinein die Antwort bekommen, dass ich nicht mit zu ihm kommen würde.

«Du hast nicht gefragt, ob ich bei dir schlafe, sondern mich in eine Tapasbar eingeladen.» Allmählich geht er mir auf die Nerven. Bisher war Tom eine angenehme Ablenkung, klar, aber Ablenkungen sollten sanft bleiben und einem nicht die Stimmung verderben. Emotionaler Status quo. Sie sollten sein wie seichte Netflixserien, nicht zu aufregend und mit mittelmäßiger Hintergrundmusik, und im Falle einer Person sollten sie unterhaltsam sein, aber nicht erdrückend oder nervig. Tom ist langsam keine gute Ablenkung mehr.

«Klara, ich wollte etwas vorschlagen ...»

«Ja?»

«Ich dachte, wir könnten, na ja, heute Abend einen *Porno* anmachen.»

Ernsthaft? Ich fange an, meine Sachen zusammenzupacken.

«Ich habe das Gefühl, wie sind bereit für den nächsten Schritt.»

«Tom, der nächste Schritt wäre Händchenhalten in der Öffentlichkeit oder dass ich meine Zahnbürste bei dir lasse. Sich zusammen Pornos anzusehen, ist keine Beziehungsstufe.»

«Nein?»

«Nein. Ich fahre jetzt nach Hause.»

«Bist du sicher? Du könntest auch nur für einen Quickie bleiben. Wenn wir jetzt gleich zu mir gehen, hättest du immer noch Zeit, nach Hause zu fahren.»

«Absolut einhundert Prozent sicher. Danke für das Angebot, aber danke, nein.»

«Wie du willst. Dann brechen wir besser auf.» Ich sage nicht gern Nein, ich mag es, andere Menschen glücklich zu machen, aber wie Alice mir immer wieder eintrichtert: «Fang an, dich selbst glücklich zu machen, Klara. Du bist auch ein Mensch, du zählst also auch.» Und als ich das letzte Mal mit Tom geschlafen habe, fühlte ich mich nicht glücklich.

«Tom, kann ich dich was fragen?» Er begleicht gerade die Rechnung, als ich den Mut finde, ihm die Frage zu stellen, die ich ihm schon vor Jahren hätte stellen sollen.

«Warum hast du mit mir Schluss gemacht?» Mit einem stummen Dankeschön nimmt Tom vom Kellner seine Kreditkarte zurück und sieht mich mit seinen stechenden blauen Augen an.

«Ich war achtzehn und unreif. Ich war noch nicht gut darin, Beziehungen zu beenden, und du warst so verliebt in mich. Ich meine, das wusste jeder. Du warst die Art Freundin, die sich an mich klammerte, hast mir täglich hundertmal geschrieben, wolltest dich jeden Nachmittag treffen. Ich war mir nicht sicher, wie du es aufnehmen würdest, ob du eine Szene machen oder in Tränen ausbrechen würdest. Mit weinenden Frauen kann ich nicht umgehen. Ich weiß, dass es nicht die feine Art war, dich mit einer Nachricht auf einem Becher allein zu lassen. Mein Plan war, mich mit dir hinzusetzen und es dir zu sagen, ehrlich, aber dann habe ich kalte Füße bekommen.» Er lächelt. «Seien wir ehrlich, Klara. Du bist nicht gerade die einfachste Gesprächspartnerin, hab ich recht?»

Ich will fragen, warum er mich hinterher nicht angerufen hat, aber er redet weiter und gibt mir die Antwort, die mir vor all den Jahren hätte helfen können. Die mir sagt, dass er immer einer von drei Fehlversuchen sein wird, ohne Zukunftsaussicht, nicht mal als Ablenkung.

«Ich schätze, ich stand einfach nicht richtig auf dich.»

ALEX

Es ist 8:14 Uhr, und meine Hoffnung, dass Klara einen Tom-freien
Abend hatte und früh ins Bett gegangen ist, zerkrümelt wie die
süßen Teilchen, die ich auf dem Tisch angerichtet habe. Als sie
endlich durch die Tür geschossen kommt, merke ich, dass etwas
anders ist. Ihr dunkles Haar ist immer noch geglättet vom gestrigen Abend, aber sie trägt kein Make-up. Das kleine Muttermal an
ihrem Kinn tritt ohne den ganzen Schwachsinn deutlicher hervor.
Ich mag es.

«Gute Nacht gehabt?», frage ich.

«Schätze schon.» Sie nimmt sich ein Croissant, wickelt es in eine
Serviette und beißt in das knusprige Ende. Mit der anderen Hand
greift sie nach der Fernbedienung ihrer Pumpe. Sie sieht wütend
aus, genau wie damals, als ich sie zum ersten Mal getroffen habe,
als sie noch nicht Klara war, sondern eine seltsame Vorstellungsgesprächsdame. Vermutlich ärgert sie sich über irgendetwas, und
obwohl ich sie gern danach fragen würde, halte ich mich zurück
und versuche stattdessen, so hilfreich wie möglich zu sein.

«Die Croissants haben sechsundzwanzig Gramm Kohlenhydrate.» Ich habe mir bereits angewöhnt, Verpackungen vor dem

Wegschmeißen durchzulesen, damit ich weiß, welche Werte sie in die Pumpe eingeben muss.

«Danke.»

«Kein Problem.»

«Ich hab mit Tom Schluss gemacht.»

«Fuck, ja! Danke dafür!» Hatte absolut nicht vorgehabt, das laut auszusprechen.

«Kannst du bitte nicht fluchen?»

«Weiß nicht, ob das möglich ist. Meine Mutter hat jahrelang versucht, es mir abzugewöhnen. Jesus hat angeblich nicht geflucht, obwohl er ein einfacher Mann war.»

«Soll ich nachschlagen?» Sie nimmt ihr Handy zur Hand und tippt in Rekordgeschwindigkeit.

«*Ihr Schlangenbrut*, wird er zitiert. Ziemlich sicher, das ist das Äquivalent zu heutigem Fluchen. Du bist also in guter Gesellschaft, sag das deiner Mutter.»

Ich lache und frage dann: «Geht's dir gut?» Es scheint ihr gut zu gehen. Ich *will* sehr, dass es ihr ohne Tom gut geht.

«Ja. Danke. Es ist das erste Mal, dass ich eine Beziehung beendet habe. Irgendwie. Es sei denn, man zählt das eine Mal, als mir für die Fortführung der Beziehung Bedingungen gestellt wurden und ich mich entschieden habe, sie nicht zu akzeptieren, was dazu führte, dass wir getrennte Wege gingen.»

«Du hast recht, das zählt nicht. Aber er klingt nach einem Vollidioten.» Dann schiebe ich hinterher: «Warum hast du mit Tom Schluss gemacht?»

«Sagen wir einfach, es war eine aufschlussreiche Erfahrung, und ich habe meine Lektion gelernt. Und außerdem will ich keinen Loafer, wenn ich selbst ein Turnschuh bin.»

Ihre Klara-Logik macht mich wie immer neugierig. «Okay, ich kann nicht folgen. Du bist ein Turnschuh? Muss ich mir Sorgen machen?»

«Es ist eine Metapher, Alex.»

«Keine gängige.»

«Die gängigen ergeben sowieso keinen Sinn – ich erfinde lieber meine eigenen. Kennst du diese typische Frage, welches Tier man wäre? Na ja, übertrag das auf Schuhe. Ich habe das Gefühl, ich wäre ein alter Turnschuh, und die werden von den High Heels und Lederschuhen dieser Welt nicht immer wertgeschätzt.»

«Auf Ebay werden Turnschuhe für viel Geld verkauft. Sie sind sehr wertvoll, Klara.» Sie blinzelt, als hätte sie eine Wimper im Auge.

«Außerdem mochte er meine Pumpe nicht. Sie war ihm peinlich», fügt sie hinzu.

«Der soll sich ins Knie ficken.»

«Tja, wer immer ihn in Zukunft fickt, ich habe Mitleid mit ihr», sagt sie, aber ich bin zu wütend, um zu lächeln.

Ich schüttle es ab und beginne, das Frühstück wegzuräumen.

«Dann sehen wir uns in der Mittagspause für Mathe?»

KLARA

Google: Woher weiß ich, ob ich eine schlechte Person bin?

Mathe in der Mittagspause lief gut. Wir saßen nebeneinander im Transporter, zwischen uns Sandwiches und Getränke, während ich mich durch zwei Buchseiten arbeitete. Indem ich mir vorstellte, Alex neben mir sei mein ehemaliger Lehrer aus der zweiten Klasse, der einen Schnurrbart hatte und nach verschimmelten Garnelen roch, gelang es mir, freundlich und professionell zu bleiben. Alex hat mir Hausaufgaben gegeben, die ich erledige, während ich darauf wartete, dass er zu unserem nächsten Termin erscheint. Ich sitze schon so lange auf dem Bordstein, dass mein Kreuz wehtut, als sein Transporter endlich neben mir hält und er flink und agil wie ein Feuerwehrmann heraushüpft. Ich springe auf und klopfe meine Jeans ab, wo sie den Boden berührt hat, als müsse ich sichergehen, dass nicht aus Versehen Asphalt daran hängen geblieben ist.

«Da bist du ja», sagt er, und ich glotze ihn an. Da bin ich ja? Ich warte schon seit zwanzig Minuten auf ihn. Er wusste, wo ich bin – deshalb ist er gerade mit seinem Transporter vorgefahren.

«Ja», sage ich. «Hier bin ich, Alex.»

«Tut mir leid, dass ich zu spät bin. Der Kunde, bei dem ich eben war, fand unseren Kostenvoranschlag viel zu teuer im Vergleich zur Konkurrenz. Ich bin mit ihm jede Einzelheit durchgegangen, die wir anbieten und der Wettbewerber nicht, aber möglich, dass er dich trotzdem anruft und sein Glück versucht.»

Wann hört das endlich auf? Wie soll man im Geschäft bleiben, wenn ein Feind ständig versucht, einen zu sabotieren? Mir bleibt nicht mehr viel Zeit, und bald muss ich Dad reinen Wein einschenken. Bald. Aber noch nicht jetzt.

«Ich zahl noch schnell die Parkgebühren. Geh du schon mal vor und öffne die Werkstatt», sagt Alex. «Der Zahlencode für die Tür ist null-acht-sechs-fünf.»

Das Gebäude ist gelb, hat vier Stockwerke und davor einen Fahrradständer. Ich tippe den Zahlencode ein. Dann noch einmal und noch einmal, bevor ich mich zwinge aufzuhören. Folgendes ist mit dem Code passiert, den ich mir merken wollte: 08 ist August, 65 ist das Jahr, in dem meine Mutter geboren ist. Und zwar am 03. Mein Vater ist auch an einem 03. geboren, im Jahr 1963. Sein Geburtstag ist am einfachsten zu merken, wegen der vielen Dreien. *Was war noch mal der Zahlencode für die Tür?* Er ist mir komplett entfallen, weil die einzige Zahlenkombination, die mir im Moment noch einfällt, der Geburtstag meines Vaters ist, und ich bin ziemlich sicher, das war er nicht.

«Alles in Ordnung? Funktioniert es nicht?», fragt Alex, als er hinter mich tritt.

«Tut mir leid, Alex. Ich weiß den Code nicht mehr.» Kurz lache ich, um so zu tun, als wäre es lustig und mir egal, wie wenn man als Kind gemobbt wird. *Ha! Wenn ich mitlache, kann keiner über mich lachen.*

«Hier.» Er beugt sich vor, tippt die Zahlen ein, und die Tür schwingt auf. Mit dem Körper hält er sie offen, um mich zuerst hineingehen zu lassen. «Du bist eine kluge, intelligente Frau. Es ist mir ein Rätsel, wie du dir keine fünf Minuten lang vier Zahlen merken kannst», sagt er und stimmt in mein Lachen ein.

Darauf habe ich keine Antwort, daher entgegne ich bloß: «Gedächtnis wie ein Goldfisch.»

Zwanzig Minuten später sitzen wir im Transporter. Schweigen im Auto ist besonders laut. Ich drehe die Heizung auf sechsundzwanzig Grad, weil der Lärm der Lüftung eine Erleichterung ist.

«Ich mache mir Sorgen wegen Hanna. In letzter Zeit arbeitet sie oft allein, dabei hat sie gerade erst ihren Abschluss gemacht. Glaubst du, ich verlange zu viel von ihr?», frage ich.

«Ich glaube, dass sie prima zurechtkommt. Und dass du eine etwas überbesorgte, aber sehr gute Chefin bist.»

«Ist nicht jede Chefin so?»

«Das kann ich nicht beantworten. Ich hatte noch nie eine Frau als Vorgesetzte.»

«Also bin ich dein erstes Mal. Das gefällt mir.» Es rutscht mir einfach so heraus wie etwas Wildes, Ungezügeltes, das gesagt werden muss.

Alex' Atem wird flach, und er dreht den Kopf zu mir. Ganze sechs Sekunden gelingt es mir, den Blickkontakt zu halten, was beinahe Wochenrekord ist. Der Rekordhalter ist immer noch Alex mit neun Sekunden, als er mir am Dienstag eine Änderung an einem Bauplan zeigte, die ich sehr spannend fand.

«Ich nehm dich nur aufs Korn», stelle ich klar. Rufe mir in Erinnerung, dass Alex nicht mal mein Typ ist. Zu groß, zu blond, zu selbstbewusst. Zu verheiratet.

Außerdem darf ich die vorliegenden Statistiken nicht vergessen. Beziehungsversuche: elf. Davon erfolgreich: solide null.

Ich mache Musik an, und Neunzigerjahre-Rap ertönt in wunderbar beruhigenden Wellen.

«Gott sei Dank fahren wir normalerweise getrennte Autos.» Alex sieht mich belustigt an.

«Ja», sage ich, merke aber, dass es mir nichts ausmacht, neben Alex im Transporter zu sitzen, während mein Pferdeschwanz manchmal leicht seine Schulter streift, wenn ich den Kopf nach hinten drehe.

Seine Hand lenkt mich ab. Ich blicke zur Ampel vor uns, um zu sehen, ob sie schon grün ist, doch am Ende schiele ich doch nur wieder nach unten. Die Hand – leicht gebräunt und weich – liegt einfach auf seinem Oberschenkel, und ich empfinde den sehr starken Drang, meine Hand auszustrecken und sie auf oder vielleicht sogar in seine zu legen.

«Alex, es ist grün. Fahr.»

Nennt man das Flirten? Wenn jeder abwechselnd etwas Lustiges und Gefühlvolles sagt, sodass man einander näher rücken will? Ich bin nicht sicher. Weil ich noch nie sicher war. Mein Flirten beschränkt sich normalerweise auf das Anwenden von Techniken, die ich aus Mädchenmagazinen und später von Google habe. Unter dem Tisch mit dem Fuß seinen Fuß berühren zum Beispiel. Das ist schwieriger als gedacht, wenn man kurze Beine hat. Dazu muss ich auf meinem Stuhl nach unten rutschen und die Zehen ausstrecken, und dabei weiterhin ein verführerisches Gesicht zu machen, ist nicht ganz einfach. Meistens bewirkt es nur ein: «Alles in Ordnung bei dir?», was mich so sehr zusammenfahren lässt, dass ich mit meinem Absatz gegen das Bein des Mannes trete. Gewöhnlich belasse ich es einfach bei Lächeln.

«Mein Transporter kann morgen aus der Werkstatt abgeholt werden. Wenn du mich hinbringen könntest, würde ich ihn zurückfahren», sage ich, als wir um 18:19 Uhr vor dem Haus meines Vaters ankommen. Ich muss mir nicht länger einen Transporter mit Alex teilen. *Puh.*

Ich warte, ob er noch irgendetwas sagt; er sieht aus, als läge ihm etwas auf der Zunge, so wie er mich mit seinem Blick fixiert. Ich streiche mein T-Shirt glatt. Würde ihn gern bitten, noch etwas länger zu bleiben. Hereinzukommen ins Haus und sich auf einen unserer Küchenstühle zu setzen, während ich das Abendessen vorbereite. Vielleicht eine der ABBA-Katzen zu streicheln und über seine verschrobenen Eltern oder das Tischlerhandwerk zu sprechen. Ich habe weder Zugang zu Google noch einen Telefonjoker. Ich bin ganz auf mich gestellt. *Denk nach, Klara.* Wäre es so falsch, mit einem verheirateten Mann ein Glas Wein zu trinken?

«Wenn ich eine Flasche Wein aufmachen und dir ein Glas anbieten würde. Drinnen. Daran wäre doch nichts Verwerfliches, oder?»

«Etwas Verwerfliches an einem Glas Wein?», fragt Alex.

Ich lache, bin aber so angespannt, dass es eher klingt wie ein Schnauben.

«*Ein* Glas Wein, also Singular – nicht Plural – ist normalerweise harmlos, richtig?», versuche ich klarzustellen.

«Richtig. Auf ein Glas Wein also. Die harmlose Art.»

Wir ziehen die Schuhe aus, als wir das Haus betreten, und ich nehme die Flasche Rotwein aus dem Regal, die ich vor einem Tag geöffnet habe. Keiner von uns sagt ein Wort. Dabei rede ich immer mit Leuten. Brabble. Mühe mich ab, keine Schweigepause entstehen und die Ohrringe baumeln zu lassen. Doch wir sitzen einfach da, nippen an unseren Gläsern und sehen einander hin und wieder an. Dann, viel zu schnell, hat Alex seinen Wein ausgetrunken.

«Ich habe deine Ohren betrachtet. Sie bewundert», sagt er. Das habe ich noch nie jemanden sagen hören, und deshalb habe ich keinen Schimmer, wie ich damit umgehen soll.

«Ich sollte besser das Abendessen vorbereiten und oben nach Dad sehen.»

«Richtig, und ich mache mich besser auf den Weg. Danke für den harmlosen Wein», sagt er, und ich bringe ihn zur Tür, halte aber den Abstand von knapp zwei Metern ein, den ich in letzter Zeit vergessen zu haben scheine.

Deine Ohren bewundert, hat er gesagt. Ich will ihn fragen, was er damit meinte, aber selbst für mich, die Königin des Kopfzerbrechens, gibt es bei genauerem Nachdenken nur eine mögliche Antwort, und die lautet nicht, dass Alex einen Ohrenfetisch hat und herumläuft und die Ohren von Fremden und Kolleginnen bewertet. Nein, es bedeutet, dass er *meine* Ohren mag, er mag eines meiner *Körperteile*. Ich bin alles andere als eine Expertin darin, Leute zu lesen, komme aber zu folgendem Schluss: Alex bewundert *mich*. Mag mich. Doch der Ring an seinem Finger bedeutet, dass er es nicht tun sollte, und ich sollte im Gegenzug ihn nicht mögen.

Ich bemerke, dass ich auf Zehenspitzen gehe, eine meiner Angewohnheiten. Die Leute nehmen an, dass ich so laufe, weil ich klein bin und gern größer wäre. Mir ist aufgefallen, dass es immer dann passiert, wenn ich verwirrt bin oder unter Stress stehe, insofern haben sie wahrscheinlich nicht ganz unrecht – in diesen Situationen wäre ich tatsächlich gern eine größere Person. Bin ich aber nicht, denn an der Tür sage ich: «Alex, was, wenn an den Trauben etwas anders war?» Daraufhin bleibt er stehen, dreht sich um und kommt auf mich zu. Ich versuche, mich an all die Gründe zu erinnern, warum ich auf Abstand zwischen uns bestehe, aber kein einziger fällt mir ein.

«Was meinst du?»

«In dem harmlosen Wein. Mal angenommen, darin war ein unbeabsichtigter Zusatz – eine bösartige Traube vielleicht, die irgendwie in den harmlosen Wein geraten ist, als er gekeltert wurde. Dann wäre der Wein vielleicht doch nicht so harmlos.»

«Okay. Sagen wir mal, das könnte durchaus passieren. Sagen wir, der Wein war nicht harmlos. Was würde das bedeuten?»

«Das weiß ich noch nicht genau.»

«Klara, wenn du herausfindest, ob es für dich nur ein harmloses Glas Wein war ... oder eins, das nicht so harmlos war, und wenn du darüber reden willst, dann ... lass es mich wissen.»

Und mit diesen Worten geht er.

ALEX

PERSÖNLICHER KALENDER
Neue Aufgabe: Nicht mehr mit Klara Wein trinken. Nie
wieder
Bearbeitet: Nicht mehr mit Klara Wein trinken, es sei
denn, es sind Leute zugegen

Drauf geschissen. Dr. Hadid sagte, die Aufgaben müssen realistisch und zu schaffen sein.

Neue Aufgabe: Nicht mehr mit Klara Wein trinken, es sei
denn, es ist mindestens eine Katze zugegen

In Entwürfe gespeichert
Calle,
erinnerst du dich noch an das erste Mal, als du einen Jungen
geküsst hast? Während ich das schreibe, frage ich mich,
ob unsere Erinnerung mit uns stirbt. Ich habe nie über den
Tod nachgedacht: Wissenschaft ist mir lieber, und über den
Tod gibt es keine Wissenschaft. Nur über die Vorstufen des
Todes. Darüber habe ich zur Genüge nachgedacht. Wenn ich
mich der Vorstellung öffne, dass etwas von uns bleibt, wenn
wir sterben, welche Teile von uns sind es dann? Vernunft,
Erinnerung, Emotionen? Sind wir dann eine Wolke aus
Gefühlen und diffuser Liebe? Oder ein rationales, denkendes
Wesen, dessen Verstand vom Leben vielleicht sogar geschärft
wurde?
Wie auch immer. Erinnerung. Für den Fall, dass du dich

nicht erinnerst, dass du einfach eine Wolke Liebe oder auf dem Weg zu einem neuen Körper bist (ich hoffe, du darfst ein Hund sein; du hast Hunde geliebt und wärst der süßeste Golden-Retriever-Welpe), will ich dir auf die Sprünge helfen. Ich glaube, wir waren elf und vierzehn. Wenn uns die Erwachsenen fragten (es sind immer Erwachsene, Kinder stellen solche Fragen nicht), was uns in der Schule am besten gefiel, sagte ich «Mathe», und du sagtest «das Mittagessen». Keiner von uns sagte «die Pause», denn Pausen verliefen so:

«Wir fangen die Mädchen und sperren sie in die Höhle. Calle, du bewachst sie», wurde dir aufgetragen. Die Gruppe Jungs war groß, und das Spiel war, die Mädchen zu fangen und festzuhalten (ja, die Grundschule war eine Brutstätte für sexuelle Belästigung). Mädchen rannten aufgeregt oder verängstigt herum, je nachdem, welchen Rang sie in der Klasse hatten. Diejenigen, die keine Aufmerksamkeit von den Jungs bekamen, rannten langsamer als die übrigen, weil sie insgeheim hofften, gefangen zu werden, für das Spiel begehrt zu sein.

«Das Spiel ist bescheuert», sagte ich.

«Komm schon, Alex, wenn wir nicht mitspielen, sind wir geliefert», sagtest du. Das stimmte: Egal, welcher Wahnsinn in der Klasse ausgebrochen war, entweder machte man mit, oder man wurde zum Außenseiter. Ob gerade Murmeln angesagt waren oder POGs – runde Plastikdinger, die unsere Eltern als Geldverschwendung bezeichneten –, man brachte besser welche mit.

Wir drückten uns im Hintergrund herum, bewachten die Höhle oder besserten sie aus, statt Mädchen hinterherzujagen oder sie hineinzuzerren.

«Du bist dran, ein Mädchen zu küssen», sagte ein schlaksiger

Junge mit Sommersprossen zu dir, dessen Zähne ihm kreuz und quer aus dem Mund ragten.

«Nee, lass mal. Träum weiter. Mädchenkeime.»

«Du musst sie küssen! Küss sie, küss sie!»

«Okay, dann küsse ich halt jemanden.» Begeisterte «Ohhhh»-Rufe. Mädchen, die sich fragten, wer die Auserwählte sein würde. Wieder manche aufgeregt, manche ängstlich. Ich sah auf meine Füße. Klopfte mit der Hand gegen meinen Oberschenkel, als wäre er eine Trommel.

«Wer darf's sein?», fragte der Sommersprossige, als präsentierte er eine Herde Vieh auf dem Markt oder Antwortoptionen in einer Gameshow im Fernsehen.

«Du», sagtest du und richtetest den Blick dabei direkt auf unseren Feind.

«Igitt. Niemals. Nimm ein Mädchen, du Spinner.»

«Ich sagte, dass ich *jemanden* küsse, nicht ein Mädchen.» Plötzlich fingen alle an, dich anzufeuern, alle außer dem Auserwählten. Und du hast dich vor ihn hingestellt und ihm einen Kuss auf den zahnigen Mund gedrückt. So hattest du dir deinen ersten Kuss wahrscheinlich nicht vorgestellt, aber wahrscheinlich sind erste Küsse oft miserabel, oft peinlich und reuegetränkt. Deiner war ein Triumph, ein Machtbeweis. Mädchen zu jagen und in eine Höhle zu sperren, war genauso schnell out wie POGs und Tamagotchis. Und als du alt genug warst, um die guten Jungs zu finden, und sie geküsst hast, weil du es wolltest, machte dir deshalb niemand das Leben schwer.

Zu sehen, wie du an jenem sonnigen Tag im Mai Dan in der Kirche geküsst hast, war einer der stolzesten Momente meines Lebens.

Hab dich lieb.

A

KLARA

Google: Wie mache ich das Beste aus meinem viralen Moment?

Am nächsten Morgen fühlt sich mein Kopf schwer an. Ich hatte noch nie eine Freundschaft mit einem Mann, und die Google-Ergebnisse für *platonische Absichten* sind verwirrend. Auf mein Bauchgefühl ist kein Verlass, und wenn ich mir die Fakten so ansehe, könnte ich mich täuschen. Näher zusammenrücken und lange Blickkontakte müssten doch eigentlich etwas bedeuten. Vielleicht. Aber Alex will, dass ich zurück nach London gehe. Diese Tatsache lässt sich schwer leugnen. Er will es sogar so sehr, dass er mir Nachhilfe gibt. Alice meint, dass er vielleicht *tatsächlich* auf mich steht, aber noch mehr auf seine Ehefrau steht und deshalb will, dass ich gehe. *Ehefrau.*

Ich bin vollgepumpt mit Koffein und so hellwach, wie ich nur sein kann, als ich den Transporter anlasse. Ihn funktionsfähig zurückzuhaben, fühlt sich an wie eine Wiedervereinigung mit einem verloren geglaubten Freund.

«Hi, Klara. Hier ist Majas Mutter.» Es dauert einen Augenblick, bis der Groschen fällt, wer die Anruferin ist. Ich war nie gut darin, Stimmen Gesichtern zuzuordnen und andersherum. Obwohl ich mich an jede Falte eines Gesichts erinnern kann, in das ich vor acht Jahren mal in der U-Bahn geblickt habe, fällt es mir schwer, Bekannte namentlich zuzuordnen.

Die Frau am Telefon hilft mir auf die Sprünge.

«Die Wohnung in Lund? Ich weiß, dass Sie heute dorthin fahren, aber Maja musste mit einem gebrochenen Arm ins Krankenhaus.

Sie wird heute Nachmittag operiert und muss zur Beobachtung dableiben. Sie können aber jederzeit in die Wohnung und dort arbeiten.»

«Tut mir leid, das zu hören. Ich hoffe, Maja hält die Ohren steif.»

«Sie hat Pirouetten und irgendwelche Tanzbewegungen geübt, die in einem Sprung und einem Breakdance-Move enden. Fragen Sie nicht.»

«Genau so etwas habe ich mir vorgestellt. Das klingt sehr nach Maja.»

Ihre Mutter lächelt, ich kann es hören.

«Wir arbeiten weiter, während sie weg ist», verspreche ich. «Das wird eine nette Überraschung bei ihrer Rückkehr, und auf diese Weise ist sie wenigstens nicht da, wenn das Wasser abgestellt wird.»

Am darauffolgenden Tag fahre ich erneut zu Majas Wohnung, um das fertige Badezimmer in Augenschein zu nehmen. Sie fühlt sich leer an ohne sie. Ich habe Hanna mitgenommen. Gunnar und Hanna haben einen tollen Job gemacht. Das Badezimmer sieht perfekt aus, und ich schieße ein paar Fotos und schicke sie zur Abnahme an meinen Vater. Auch an der Endreinigung gibt es nichts auszusetzen, nicht ein Staubkorn ist noch zu sehen, doch als ich die Tür hinter mir zuziehen will, trifft es mich plötzlich wie ein Schlag, wie kahl das Bad aussieht. Unsere Kundin hat eine beachtliche Summe in die Hand genommen, um ihrem Badezimmer einen neuen Anstrich verpassen zu lassen, und wie jedes Unternehmen, das seinen Ruf verdient hat, sollten wir einige Extras bieten. Man würde ja auch kein Hotelzimmer wollen, in dem das Bett nicht gemacht ist oder keine kostenlosen Seifen bereitliegen, oder? Und was wäre ein Espresso in einem netten Restaurant, der ohne die kleine Schokolade oder einen Keks serviert wird?

Ich rufe Hanna zu mir.

«Kannst du schnell losfahren und ein paar Blumen, Seife und Handtücher besorgen? Der große Supermarkt müsste welche haben. Muss nichts Teures sein. Und wenn du etwas Badesalz oder eine Kerze findest, bring das auch mit.»

Eine halbe Stunde später sind wir fertig und betrachten unsere Verschönerungsmaßnahmen. Von kahl zu heimelig.

«Wunderschön», sagt Hanna. «Es macht echt einen Riesenunterschied, nicht wahr?» Über dem Handtuchhalter hängt ein weiches weißes Handtuch, auf dem Regal über den Waschbecken liegen Seife und Hygieneartikel, und den weißen Rand der Badewanne schmücken Lavendelsalz und eine Badebombe. Der Toilettenpapierhalter ist mit einer Klorolle bestückt, deren Ende wie in einem netten Hotel zu einer dieser schicken Origamifiguren gefaltet ist. Hanna hat sogar ein Badetuch, bedruckt mit Majas Lieblingssängerin, gefunden, das zu den Postern in ihrem Schlafzimmer passt. Spitzenjob.

«Ich finde, du solltest das zu einem regelmäßigen Ding machen: der Bygg-Nilsson-Touch», schlägt Hanna vor. Kein schlechter Gedanke. In meinem Kopf sprudeln vor Aufregung schon die Ideen.

«Ich könnte Spezialartikel mit unserem Logo bestellen. Ich könnte eine Liste mit Anbietern erstellen oder nachfragen, ob Lush uns einen Nachlass geben würde, und unsere eigenen Sticker draufkleben.»

Falls ich in diesem Moment noch nicht überzeugt war, räumt Majas Anruf am Abend jeden Zweifel aus.

«Was für eine schöne Überraschung! Das Badezimmer sieht toll aus, und was für eine schöne Idee, es mit neuen Handtüchern auszustatten. Selbst hätte ich nie welche gekauft. Die Billie-Eilish-Handtücher sind der Kracher. Das kommt alles auf Instagram. Ich hab schon bestimmt hundert Fotos von mir im Badezimmer gemacht, und Mama hilft mir mit den Bildunterschriften. Darf ich euch taggen?» Ich lächle in mich hinein, glücklich, dass ich endlich etwas Positives vollbracht habe.

«Klar, warum nicht?» Wir haben zwar ein Unternehmensprofil, aber bisher haben wir nur zwanzig Posts und neunzig Follower, von denen einer uns eine private Nachricht geschrieben hat, ob er die Fliesenlegerin aus unserem Mitarbeiterfoto für einen Feuchtraum-Job anfragen könnte, für einen *sehr feuchten Raum.*

Maja spricht weiter: «Ich bin ziemlich beliebt. Ich poste über meine Schauspielerei und das Tanzen und darüber, dass man seine Träume verwirklichen soll, ohne sich von einem bescheuerten Chromosom aufhalten zu lassen. Meine Follower sind total begeistert, dass ich ein neues Badezimmer bekomme. Sie werden es lieben.» Sie tut etwas, das klingt wie Hüpfen, und ich weiß nicht, ob ihr Arzt das gut finden würde. Dann fügt sie hinzu: «Ich meine, ich habe 200 000 Follower.»

Das Vibrieren unter meinem Kopfkissen weckt mich auf. Ich lache, wenn Leute von Strahlung reden und dass sie vor dem Schlafen ihr Handy ausschalten. Bluetooth rettet mir täglich das Leben. Als ich sehe, dass es Endlosschleife ist und kein Diabetesnotfall, atme ich erleichtert auf.

Mum: Ich bin stolz auf dich.

Schätze, das gilt Saga, doch dann lese ich die nächste Nachricht.

Saga: Hast du schon Instagram und Facebook gecheckt?
Saga: Die Zahl steigt minütlich. Mega.
Saga: Ich überlege, einige Inneneinrichtungsmagazine oder die örtlichen Zeitungen zu kontaktieren. Wir könnten diesen fotogenen Tischler gemeinsam mit dir vor dem Hintergrund deiner Kreationen ablichten.

Saga: Okay, ich wende mich jetzt an die Medien. Hab ein
paar E-Mails rausgeschickt und einen Artikel über dich
geschrieben. Das mit dem Familienunternehmen, dem
kranken Vater zu helfen und die Story von einer Frau in der
Baubranche könnte echt einen Nerv treffen.
Saga: Gut gemacht, K! xxxx

Saga überschüttet mich mit Lob, richtigem, bedingungslosem Lob ohne irgendeiner versteckten Nachricht.

Ich logge mich auf Instagram ein, um nachzusehen, was sie meint. Bygg-Nilssons Followerzahl ist über Nacht von drei auf dreitausend gestiegen. Wir haben Nachrichten mit Anfragen für einen Kostenvoranschlag, und in keiner darin steht *Fliesenlegerin* oder *feucht*.

Ich rufe Alex an.

«Boss-Lady», sagt er. Ich grinse wie eine Bekloppte.

«Das hätte ich nie erwartet. Boss-Ladys haben perfekt lackierte Nägel, eine perfekte Frisur und immer alles im Griff.»

«Ich finde deine Frisur perfekt, und ich würde sagen, eine Boss-Lady ist eine Frau, die eine gute Chefin ist, sich um ihre Mitarbeiter bemüht, ihnen zuhört und die ihren Kunden das bestmögliche Produkt liefern will. Wenn jemand eine Boss-Lady ist, dann du.»

Es ist Zeit für Wein und Geweine. Obwohl wir heute Champagner trinken, immer noch siegestrunken von unserem Erfolg (*meinem* Erfolg, denn diesen Applaus teile ich nicht). Und es gibt kein Geweine.

«Who runs the world?», singe ich.

«Girls!» Saga auf meinem Bildschirm tanzt mit den Schultern. «Who runs the world?»

«Bygg-Nilsson!» Wir krümmen uns beide vor Lachen.

«Gott, sind wir uncool.»

«Genau genommen sind wir ziemlich cool. Frag unsere neuen Follower. Und das Lokalblatt, das heute Morgen angefragt hat, ob sie einen Artikel über uns bringen dürfen.» Wir holen Atem und nippen am Champagner. Bei meinem letzten Arbeitgeber habe ich erreichte Kundenzufriedenheitsziele gefeiert, aber das hier fühlt sich anders an. Jetzt feiere ich meine eigene Leistung, im Grunde feiere ich *mich selbst. Uns. Meine Familie.*

«Glaubst du, dass wir jetzt auch mehr Projekte bekommen? Dass ich Dad ein ausgebuchtes Unternehmen zurückgeben kann?»

«Klara, ich bin mir sicher.»

«Ich wünschte, du wärst hier.»

«Ich muss dir was sagen», räumt Saga ein, und inmitten all der Freude zieht sich mein Magen zusammen, als versuchte ich mich an einem Sit-up. Nicht noch eine medizinische Hiobsbotschaft oder ein Familiendrama. *Bitte.*

«Ich höre.»

«Ich komme nach Schweden. Ich habe mir ein paar Tage frei-genommen und werde dich unterstützen.»

«Aber ich komm klar, alles ist unter Kontrolle.» Ich verkneife mir zu sagen, dass es jetzt ein bisschen spät ist, wo das Geschäft boomt und Dads Behandlung in einer Woche vorbei ist. Saga fährt fort und richtet dabei den Blick auf irgendeinen diffusen Punkt statt auf den Bildschirm.

«Ich komme für *mich*. Die Wahrheit ist, dass ich mal rausmuss. Ich ertrage es hier gerade nicht mehr. Heinrich habe ich erzählt, ich brauche eine Auszeit. Er hat das natürlich verstanden, hat es kommen sehen.» Ich bin sprachlos. Dann hört Sagas Blick auf, durch ihr Wohnzimmer zu tanzen, und richtet sich auf die Kamera. Man weiß, wie gern man jemanden hat, wenn man den Schmerz in dessen Augen sieht. Ich sehe Sagas Schmerz.

«Ich wusste nicht, dass es so schlecht um euch steht. Ist es wirklich so schlimm?»

«Vielleicht? Wahrscheinlich? Wenn sich nichts verändert. Ich fühle mich so dumm. Ich habe ein Kind – eins! Es gibt Frauen, die haben vier und kommen prima zurecht. Ich bin nicht stark genug. Aber ich habe einfach das Gefühl, dass von allen Seiten an mir gezerrt wird: Wenn ich eine gute Mutter bin, bin ich eine schlechte Lehrerin, und wenn ich eine gute Lehrerin bin, bin ich eine schlechte Mutter. Ich kann nicht alles gleichzeitig sein. Warum? Was stimmt nicht mit mir?»

In diesem Augenblick liebe ich sie noch viel mehr, die verletzliche Saga. Ihr Name bedeutet *Märchen*, und obwohl sie aussieht, als wäre sie einem entsprungen, bedeutet das nicht, dass ihr Leben eins ist. Ich habe sie nicht richtig gesehen, hatte kein Auge für ihre Bedürfnisse. Ich war zu beschäftigt damit, mir den Weg durch mein eigenes problematisches Leben zu walzen, um innezuhalten und eine gute Schwester zu sein. Jetzt ist es mir egal, dass sie die Website nicht fertiggestellt hat, jetzt will ich sie einfach in meiner Nähe haben.

ALEX

PERSÖNLICHER KALENDER
Neue Aufgabe: Klara nicht nerven, wenn der Blutzucker-
Alarm losgeht. Sie braucht deine Hilfe nicht.
Neue Aufgabe: Steigere dich da nicht rein, als würde sie
dich etwas angehen. Sie hat vier weitere Leute in der
App, ganz zu schweigen davon, dass sie das schon fast
ihr ganzes Leben lang ohne dich macht.
Neue Aufgabe: Ernsthaft, finde etwas anderes, auf das
du dich konzentrieren kannst

Habe die neue Zeugenaussage bekommen. Wurde gefragt, ob ich
den gesamten Bericht lesen möchte, aber mir geht es gerade viel
zu gut, als dass ich mich runterziehen lassen möchte. Ich werde da
sein am Tag der Anhörung, und das genügt. Meine Arbeit ist getan:
Ich habe die Zeugin gefunden.

Calle schreibe ich inzwischen nicht mehr so häufig, aber ich
schätze, diese Neuigkeit würde er gern erfahren.

In Entwürfe gespeichert
Lieber Calle,
wir versuchen, die Höchststrafe herauszuschlagen. Alles
dank der Zeugin und weil sich der Mörder offenbar aggressiv
im Straßenverkehr verhalten hat. Ich bin die Aussage
durchgegangen, die der Strafverteidiger heute Morgen
per Kurier gesendet hat, und ich denke, du wärst stolz. Auf
diese Kleine-Bruder-Art. Wie wenn du deinen Freunden und
Kollegen von mir erzählt und mich zum Essen eingeladen

hast. Du hast Feiern geliebt! Ich war so wütend, dass du deine letzte Geburtstagsparty nicht erleben durftest – sie war sogar schon geplant. Dan hat den Strandklub drei Monate im Voraus gebucht, weil du immer alles so penibel vorbereitet hast. Meeresfrüchte-Canapés, Champagner und Apple Cider. Es war nicht mal ein runder Geburtstag, du warst noch Jahre von der Vierzig entfernt, doch es war dir nicht vergönnt, ihn zu feiern. «Haltet die Totenwache dort ab», schlug jemand vor. Aber Dan entschied sich, die Anzahlung zurückzunehmen, als es ihm angeboten wurde. Sagte allen, sie sollten bei der Beerdigung Schwarz tragen, organisierte ein Büfett und servierte Quiches.

Wir haben schon seit Langem nichts mehr gefeiert. Aber diese Zeugenaussage gibt mir etwas Hoffnung, dass wir zumindest eine Chance darauf haben, dass die Sache zu unseren Gunsten ausgeht, was natürlich kein richtiger Grund zum Feiern wäre: Du kommst deshalb nicht wieder. Trotzdem, wenn wir es schaffen, wenn uns recht gegeben wird, könnte ich mir vorstellen, dass es uns auch ein Gefühl von Erfolg gibt, und vielleicht lade ich dann Dan, Mama und Papa zum Essen ein. Was auch eine Art Feier wäre.

A

Ich lege mein Handy weg, öffne die Autotür und greife nach meinem Rucksack. In diesen Minuten im Auto, bevor ich rausgehe in die Welt, steht die Welt für mich still. Das ist meine Flucht. Manchmal, wie heute, ziehen sich die Minuten zu einer halben Stunde.

Vor dem Haus, in dem sich meine Wohnung befindet, steht Paul mit etwas, das aussieht wie eine Ausbeute vom Wochenmarkt.

«Sagtest du nicht, du machst um fünf Uhr Feierabend?»

«Wusste ich, dass du kommst?» Ich werfe einen Blick auf mein

Handy, ob ich eine Erinnerung oder eine Nachricht übersehen habe.

«Du hast mir zweimal abgesagt. Das bedeutet, ich muss nach dir sehen, um sicherzugehen, dass es kein drittes Mal passiert. Okay?»

Wir gehen in meine Wohnung, und ich habe mir gerade die Schuhe ausgezogen, als eine weitere Person in der Tür erscheint: Dan, und es fühlt sich gut an, ihn zu sehen. Es ist schon ewig her.

«Dan? Wusste ich ...»

«Nein, wusstest du nicht. Wir haben uns Sorgen gemacht, okay?»

«Na toll. Ich bin am Leben und voll funktionsfähig, wie ihr sehen könnt.»

«Funktionsfähig? Du bist kein Toaster. Wie auch immer, ich hab uns was zu essen bestellt. Hoffe, ihr habt Lust auf Thailändisch? Wollte das Risiko nicht eingehen, ob Paul die richtigen Zutaten besorgt, um was Essbares zu zaubern.»

Paul wirkt schwer beleidigt, greift in die Papiertüte und wedelt mit einer Pastinake vor unseren Gesichtern herum. Thailändisch war ein kluger Schachzug.

«Also, warum lässt du nichts mehr von dir hören?», fragt Dan. «Ist es wegen Calle? Falls ja, schließ uns nicht aus – wir sitzen alle im selben Boot. Immer. Das weißt du. Und du weißt, wie schwierig es für mich war, wir haben alle getrauert, nur du hattest das Pech, Depressionen zu bekommen.» Das weiß ich, und ich weiß, dass es keinen Sinn ergibt und unfair ist. Warum konnte ich nicht wie Dan trauern? Gesunde Tränen und eine Woche Bettruhe statt sechs Monate Dunkelheit. Aber so sind Depressionen, sie drücken einen nieder ohne Rücksicht darauf, wer man ist oder ob die Trauer angemessen ist. Abgesehen davon war Dan nicht derjenige, dem sein Schlaf wichtiger war, als seinen Bruder sicher nach Hause zu bringen. Er kann mir so oft sagen, wie er will, dass es nicht meine Schuld sei, wahr wird es dadurch nicht.

Dan spricht weiter. «Oder – hast du andere Wege gefunden, dich abzulenken? In dem Fall unterstützen wir dich natürlich. Sag weiter unsere Verabredungen ab.»

«Gibt es eine Weder-noch-Option?», antworte ich, unsicher, ob ich schon bereit bin, es zuzugeben. Ich fühle mich in die Ecke gedrängt.

«Alexa, spiel ‹Brown Eyed Girl› von Van Morrison», hänselt Paul, was ihm ein Lachen von Dan einbringt.

«Klar, sie ist mir wichtig.» Um ehrlich zu sein, sind mir seit Neuestem eine Menge Dinge wichtig. Meine Eltern glücklich zu sehen, Gemüse zu essen, der Zustand des öffentlichen Gesundheitssystems, die globale Erwärmung, Fremde anlächeln.

«Und was ist mit deiner Wortgewandtheit? Keine Textnachrichten mehr, die nur aus zwei Worten bestehen? Ist dir aufgefallen, wie ausführlich du dich ausdrückst?»

Nein. Ist mir nicht aufgefallen.

«Solange du nicht anfängst, in Versform zu schreiben, ist alles in Ordnung.»

Ich gehe Bier holen, damit sie die Klappe halten.

«Also, wann verlässt deine Chefin das Land?», fragen sie wie aus einem Mund, als ich zurückkomme.

«Nach dem letzten Kontrolltermin ihres Vaters.»

«Das lässt dir begrenzte Zeit, um ihre Meinung zu ändern. Du solltest dich besser ans Werk machen.»

«So einfach ist das nicht. Selbst wenn ich wollte, dass sie bleibt – was ich nicht sage –, geht es dabei doch nicht um mich, oder? Sie hat ihre Gründe zurückzugehen, ihr eigenes Leben zu leben: Das hier war immer nur eine Lösung auf Zeit.» Und welche Ansprüche kann ich schon stellen? Überhaupt keine. Obwohl es mir eine Art Befriedigung verschafft, dass sie mir mit ihrer Blutzucker-App vertraut, sich von mir in Mathe helfen lässt, mich an ihrem Privatleben teilhaben lässt.

«Das hast du doch bestimmt kommen sehen. Komm schon, Mann.» Paul gibt nicht so schnell auf.

«Was? Die hervorragende Arbeitsleistung und den Charakter einer Kollegin zu würdigen, ist nicht dasselbe, wie wochenlang über sie zu sprechen.» Ich mag meinen Job, mag harte Arbeit und das Gefühl, nützlich zu sein. Ich mag *mich* mehr in letzter Zeit. Das will ich nicht versauen, nur wegen einer möglichen klitzekleinen, unbedeutenden Schwärmerei für meine Chefin, und ich sage nicht mal, dass ich für sie schwärme.

Mein Handy pingt mit einer Benachrichtigung. Als Dan und Paul in die Küche gehen, um Teller zu holen, nutze ich ihre Abwesenheit, um Klaras Werte aufzurufen, doch da steht nichts. *Warnung: keine Benachrichtigungen.* Vielleicht hat ihr Handy kurz die Verbindung verloren? Ich schiebe den Gedanken, so gut es geht, weg.

Nicht einfach, mich auf das Essen oder die Unterhaltung zu konzentrieren, obwohl es schön ist, dass Dan und Paul hier sind. Es wird noch schwieriger, mich zu konzentrieren, als auch drei Stunden später keine Werte von Klara angezeigt werden und weiterhin im Abstand von dreißig Minuten Warnungen ertönen.

«Möglich, dass etwas mit Klara passiert ist», sage ich.

«Warum sollte irgendwas passiert sein?», fragt Paul freundlich.

«Ihre Werte werden immer angezeigt. Sie verschwinden nie für länger als eine Stunde maximal. Der letzte Blutzuckerwert war niedrig. Seitdem nichts mehr.»

«Du behältst sie im Auge?»

«Es ist in Ordnung für sie. Ist so ein Arbeitsding.» Das klingt seltsam, aber nichts von alldem hier ist normal, oder?

«Vielleicht sollte ich hinfahren? Nur um nachzusehen.»

«Alex, der Retter», stichelt Paul. Dan bringt ihn mit einem Blick zum Schweigen.

«Vergiss nicht, ihr Vater ist bei ihr. Es ist nicht so, als wäre sie ganz allein. Du musst dich nicht unter so viel Druck setzen, Mann. Du musst nicht all dieses Gewicht ganz allein tragen.» Dan hat natürlich recht. Ich habe monatelang nach jemandem gesucht, dem ich die Schuld für den Unfall geben kann. Warum will ich noch mehr Verantwortung?

«Machst du dir wirklich Sorgen? Dann ruf sie an. Daran ist nichts verkehrt, oder?», sagt Paul, der jetzt ebenfalls besorgt aussieht. Er hat recht: Ich rufe sie einfach an, kein Grund, warum ich nicht aus heiterem Himmel eine Freundin anrufen sollte. Ich greife nach dem Handy, drücke auf Anrufen und höre die nicht enden wollenden Freizeichen in meinem Ohr. Keine Antwort. Jetzt mache ich mir noch mehr Sorgen, und zwar berechtigt. «Ich kann es nicht erklären. Ich habe einfach so ein Gefühl ...» Mit Alkohol im Blut sollte ich nicht fahren. Würde ich auch niemals tun, aber ich habe nicht mal ein halbes Bier getrunken. Trotzdem stürze ich schnell noch ein Glas Wasser herunter, bevor ich meinen Autoschlüssel und mein Handy einstecke. «Danke, dass ihr gekommen seid. Falls ihr geht, bevor ich zurück bin, zieht einfach die Tür hinter euch zu.» Und mit diesen Worten stürme ich aus der Tür.

Selbst wenn es verrückt ist, selbst wenn das alles für nichts und es nicht meine Aufgabe ist, mich um sie zu sorgen, falls es die kleinste Möglichkeit gibt, für eine Person da zu sein, wenn sie mich braucht, werde ich es tun. Mir wird bewusst, wie spät es ist und dass ich morgen früh um sieben Uhr rausmuss, aber diesmal ist es mir verdammt noch mal egal.

KLARA

Google: Ist Autismus genetisch bedingt?

Eine Woche nach unserem Videocall ist Saga hier, und ich könnte nicht glücklicher sein. Sie umarmt mich fest. Ich habe sie schon so lange nicht mehr gesehen, und mir fällt auf, dass sie um die Hüfte herum breiter geworden ist und zwischen ihren Augenbrauen eine neue senkrechte Falte hat. Eine Sorgenfalte, denke ich. Ihr Lächeln ist ansteckend und wärmt mich von innen. Keine Ahnung, ob es nur mir so geht oder allen Leuten, aber ich finde, sie ist die schönste Frau, die ich je gesehen habe.

Sie ist erst seit zwei Stunden im Haus, aber die Fenster sind bereits geputzt, und auf der Verandatreppe stehen Blumen.

«Therapie», sagt Saga. «Zu Hause darf ich nicht mal mehr alleine putzen, weil der Staubsauger meinem Kleinkind angeblich Angst einjagt und er mit der Toilettenbürste mehr Spaß hat als mit seiner Eisenbahn.» Sie geht sich die Hände waschen, schrubbt sie mit Lavendelseife und macht sich dann daran, das Abendessen vorzubereiten. Weiße Lasagne mit Spinat und Ricotta. Sie schneidet Zwiebeln wie eine professionelle Köchin.

«Kannst du glauben, dass Heinrich mir zu Weihnachten einen Französisch-Kochkurs geschenkt hat? Ich meine, im Ernst? Denkt er etwa, jetzt sei der richtige Zeitpunkt für mich zu lernen, wie man Sauce béarnaise macht? Wir befinden uns im Zeitalter von Pasta pur, nur Butter ist erlaubt, und wehe, du wagst, Pfeffer drüberzustreuen, oder das Kind verzieht das Gesicht wie ein Italiener, dem man verkochte Nudeln serviert. Fischstäbchen, Erbsen und Dosenmais stehen aktuell auf dem Speiseplan.»

«Ich bewundere dich echt: Du kommst nach der Arbeit nach Hause, und – wow, da ist ein Kind in deinem Haus! Das muss gefüttert und gebadet und abends ins Bett gebracht werden, und du musst sicherstellen, dass es, na ja, nicht stirbt.»

«Ja, so funktioniert das mit dem Kindergroßziehen, Klara ...»

Dad kommt mit einem iPad in die Küche, auf dem sein Enkel Harry gerade den Mund gegen den Bildschirm drückt, was wohl ein Kuss sein soll und auf seiner Seite der Verbindung einen nassen Fleck auf Dads Kinn hinterlässt.

«Tschau mit Pfau», ruft Harry, bevor er sich umdreht und nach der nächsten Ablenkung sucht.

«Pfau?», frage ich Saga lachend.

«Was denn? Das ist doch süß», antwortet sie. «Okay, Essen ist fertig.»

«Ruft eure Mutter an. Sie hat gefragt, ob sie uns beim Familienessen Gesellschaft leisten darf», sagt Dad und legt das iPad neben meinem Platz auf den Tisch.

«Damit sie sehen kann, ob du was Gesundes isst?», frage ich und stelle die Lasagne und den von mir gemachten Salat neben das iPad.

«Ich glaube, sie hat die Hoffnung aufgegeben. Inzwischen schickt sie mir lediglich eine tägliche Nachricht, auf die ich versuche zu antworten, aber oft vergesse ich es. Sie hat immer den gleichen Inhalt. Esse ich gut? Kommt Klara klar? Soll sie mehr Vitamine schicken? Wie eine dieser Massen-E-Mails. Ich wünschte, es gäbe einen Unsubscribe-Button.»

Lachend setze ich mich.

«Okay, dann klingle ich mal durch», sagt Saga und fügt an niemand Speziellen gerichtet hinzu: «Hande waschen!»

«Meine Hände sind sauber», sagt Dad und hält die Handflächen hoch.

«Entschuldigung – Gewohnheit.»

Sie lehnt das iPad gegen den Küchenrollenhalter, und auf dem Bildschirm erscheint Mum in einem weiten Leinenshirt und mit ihrer Brille auf der Nase.

«Spinatlasagne», sage ich.

«Salat mit Hühnchen», sagt sie.

«Käsekuchen», sagt Saga.

«Joghurt», sagt Mum.

«O Gott. Diese Enttäuschung, wenn man fragt, was es zum Nachtisch gibt, und als Antwort bekommt, dass ein verdammter *Joghurt* im Kühlschrank steht», stöhnt Saga.

«Kostbare Kindheitserinnerungen», pflichte ich ihr bei. Dann wende ich mich an Mum. «Wo ist dein Ehemann?» Es fühlt sich immer noch falsch an, ihn so zu nennen. Wenn ich gesehen hätte, wie sie sich gegenseitig das Eheversprechen gaben, ergäbe es für mich vielleicht mehr Sinn, aber sie haben einfach einen Termin beim Standesamt gemacht, damit der Antrag auf den spanischen Wohnsitz schneller durchging. Der einzige Beweis, dass die Ehe geschlossen wurde, ist der neue Nachname meiner Mutter.

«Beim Abendessen in seinem Golfklub.» Sie sieht uns stolz an, und ihr Blick hüpft von einem zum anderen. «Es ist schön, euch zusammen zu sehen. Ich bin so froh, dass du hingeflogen bist, um ihr zu helfen, Saga.»

Ich schiele zu meiner Schwester. Sie hat Mum nicht gesagt, warum sie in Wirklichkeit hier ist? Mum glaubt, sie wäre ihrer Schwester zu Hilfe geeilt? Tatsächlich meidet Saga meinen Blick.

Dad am Tischende hat bisher geschwiegen und langsam sein Essen gekaut, aber jetzt meldet er sich zu Wort.

«Klara schlägt sich sehr gut. Sie braucht keine Hilfe nach diesem viral gegangenen Video. Und vorher brauchte sie auch keine. Der Terminkalender für die nächsten Tage ist proppenvoll, aber ich bin sicher, Saga kann Schritt halten.»

Ich unterdrücke den Impuls, ihn zu bitten, das noch einmal zu wiederholen, diesmal bitte lauter, damit es auch die Leute in der hintersten Reihe verstehen. Es ist Anerkennung, und ich nehme sie.

Fünf Minuten später quasseln alle durcheinander, und ich hebe die Hand, als wäre ich in der Schule und wüsste die richtige Antwort.

«Klara?», sagt Mum.

«Wir sind hier nicht im Klassenzimmer», wirft meine Schwester ein.

«Na, wie soll ich mir denn sonst in diesem Spatzenschwarm Gehör verschaffen?»

Alle brechen in Gelächter aus, ich auch und vergesse dabei völlig, warum ich die Hand gehoben habe.

Nach dem Abendessen zieht sich Saga zurück, um Heinrich anzurufen, und ich räume gemeinsam mit Dad den Tisch ab.

«Das war anstrengend», sage ich. «Nicht zu vergleichen mit unseren stillen Toast-mit-Spiegelei-Mahlzeiten.»

«Sie ruft oft an, weißt du.»

«Oh, ich weiß.»

«Um gemeinsam zu Abend zu essen, meine ich.»

«Ihr habt Dinner-Dates über Zoom?» Diese Information ist mir neu, und sie ist befremdlich.

«Sie kann nicht gut allein sein, eure Mutter. Und er hat viele Verpflichtungen und Freunde, mit denen sie ihn teilen muss.»

Ich packe die Lasagnereste in eine Plastikdose, um sie am nächsten Tag in der Mittagspause zu essen – ein Stück für mich, ein Stück für Saga, eins für Dad und eins für Alex. Schließlich war er so nett, mir ein Sandwich mitzubringen.

«Warum lässt du dir das gefallen? Sie hat dich verlassen.» Ich habe nie verstanden, warum Dad nicht die gleiche Bitterkeit empfand wie Saga und ich, die wir manchmal immer noch empfinden.

Zuerst war er traurig: wie ein Kind, dem etwas weggenommen wurde und das nicht recht weiß, was es jetzt mit sich anfangen soll.

«Lass mich versuchen, es dir zu erklären.» Dad lächelt mich warmherzig an. «Früher habe ich halbprofessionell für den Malmö FF Fußball gespielt.»

Ich nicke. Wir haben ein ganzes Album mit Fotos von ihm, durchtrainiert im Trikot, und angeblich ist ihm Mum ins Auge gefallen, als er aus dem Teambus stieg. Sie stand gerade mit ihrer besten Freundin auf der anderen Straßenseite vor einem Levi's-Geschäft, und der Rest ist Geschichte, wie man so schön sagt. Na ja, jetzt ist es *tatsächlich* Geschichte.

«Dann habe ich mich verletzt. Der andere Spieler hat eine rote Karte bekommen, aber an meinem gebrochenen Knie hat das nichts geändert. Ich hab das Handtuch geschmissen und akzeptiert, dass mir der Sport nicht länger guttut. Aber die Sache ist die, Klara: Man hört nicht auf, etwas zu lieben, nur weil es einem nicht mehr guttut. Ich schaue mir die Spiele nach wie vor im Fernsehen an und werde Fußball immer lieben.»

«Mum während des Abendessens neben dir auf einem Bildschirm zu haben, ist also, wie sich ein Spiel anzugucken?»

«So ungefähr.»

Er wuschelt mir auf diese Art durchs Haar, die jede Frisur ruiniert. Da das einzige Date, das ich heute noch habe, das mit meinem Bett ist, lasse ich es zu, ohne mich wegzuducken.

«Saga geht's nicht so gut», sage ich.

«Das habe ich mir gedacht. Sieh zu, dass sie beschäftigt bleibt, lass sie arbeiten und in deiner Nähe sein. Sie berappelt sich schon wieder.»

Ich nehme mein Glas Wasser und will schon aus der Küche gehen, als ich noch mal stehen bleibe und mich zu ihm umdrehe.

«Dad, kann ich dich was fragen?»

Er nickt.

«Vermisst du manchmal ... den Fußball? Und wünschtest, du könntest immer noch spielen? Dass du dich nie verletzt hättest?»

«Nein. Fußball ist fordernd und nimmt dein ganzes Leben ein. Er kontrolliert dich. Ich mag, wie sich die Dinge entwickelt haben, und die Freiheit, die ich genieße. Ich würde nichts ändern wollen.»

Am nächsten Morgen führe ich Saga durch unsere aktuellen Baustellenprojekte. Im Transporter blicke ich argwöhnisch zu ihr auf dem Beifahrersitz. Sie hat ihre Girls-Aloud-Playlist angemacht, aber ich habe sie trotzdem lieb.

«Warum hast du Mum nicht gesagt, warum du wirklich hier bist?» Mal wieder erweckt es den Anschein, als bräuchte die hoffnungslose Klara Hilfe und als schwebte die verantwortungsbewusste Saga herbei. Ein Teil von mir will verzweifelt, dass sich dieses Narrativ ändert, aber mehr als alles will ich, dass sie diejenige ist, die es ändert.

«Dafür gibt es keinen Grund, oder? Falls sich alles auflöst und ich mich wieder besser fühle, gibt es keinen Grund, unsere Eltern in Sorge zu versetzen. Zumindest nicht jetzt.»

«Sorgen sollten sie sich also nur wegen mir? Das ist schließlich unvermeidlich, nicht wahr?»

Ich sehe, dass meine Schwester denkt: *Na ja, ja.* Aber sie spricht es nicht aus. Stattdessen sagt sie: «Ich habe es *dir* erzählt. Das macht dich zu meiner Vertrauensperson.»

Darüber denke ich nach. Es fühlt sich gut an, Sagas Vertrauensperson zu sein, und ich bin nicht sicher, ob ich es schon einmal war. Ich schätze, ich könnte ein Geheimnis für mich behalten und sogar so tun, als wäre *ich* die Hilfsbedürftige, wenn es bedeutet, dass ich jemandes Vertrauensperson bin.

«Na gut», sage ich.

«Danke.»

«Warum hüpfst du auf deinem Sitz auf und ab?», frage ich.

«Oh. Ich knirsche immer mit den Zähnen, wenn ich unter Stress stehe, daher versuche ich den Drang umzuleiten. Ich richte meine Konzentration auf etwas anderes, Sinnvolleres. Jedes Mal, wenn ich mit den Zähnen knirschen will, spanne ich stattdessen meinen Beckenboden an.»

«Wie steht es wirklich um dich und Heinrich?», frage ich sie, während aus dem Autolautsprecher «Something Kinda Ooooh» tönt. Anscheinend war das eine gute Frage, denn Sagas Antwort fällt recht lang aus.

«Ich *glaube*, zwischen uns ist alles in Ordnung. Ein Kind zu haben, ist einfach viel. *Ihm* ist es egal, dass wir getrennt schlafen, weil Harry mich braucht, oder dass ich ihn und Harry am Wochenende allein lasse und in ein Café fahre, um Arbeit fertig zu machen, die liegen geblieben ist. Er sagt, es sei nur eine Phase und dass es mit der Zeit leichter wird. Er ist ein guter Ehemann und Vater. Wirklich. Aber ich fühle mich traurig. Ich habe nicht das Gefühl, ein Familienleben zu haben, falls das Sinn ergibt? Ich will gemeinsame Abendessen, Wochenenden im Park, wo wir einen Ball herumschießen, und ich will unseren wöchentlichen Ausgeh-Abend. Aber körperlich bin ich dazu nicht in der Lage. Ich verstehe, warum Frauen auf Teilzeit reduzieren, aber ich habe mir geschworen, meine Karriere nicht aufzugeben.»

«Das sollst du auch nicht, aber dein Versprechen an dich selbst bringt dir nichts, wenn du einen Burn-out bekommst.» Mir ist bewusst, dass ich möglicherweise einen Selbsthilferatgeber zitiere, den ich mal gelesen habe, aber Saga scheint es nichts auszumachen. Sie sieht traurig aus.

«Ich will mich nicht entscheiden müssen, sondern ein Vorbild sein für meine weiblichen Studierenden. Ich will nicht, dass sie erleben, wie ihre Professorin wegen eines Kindes auf Teilzeit zurückschraubt.»

«Und wenn du es nicht wegen deines Kindes tust, sondern für deine mentale Gesundheit? Ist das nicht etwas, zu dem sie aufblicken sollten?»

«Manchmal habe ich das Gefühl, du bist die Kluge von uns beiden, Klara.»

«Danke, ich auch. Aber nicht manchmal, sondern immer», sage ich im Scherz. Sie streckt mir die Zunge raus.

«Da ist noch etwas, Klara.»

«Ja?»

«Die Kita hat mich letztens zu einem Gespräch über Harry bestellt.» Mir schwillt vor Stolz die Brust. Ich wusste, dass mein Neffe ein Genie ist. Dürfen Kinder in Deutschland vorzeitig eingeschult werden? Haben sie vorgeschlagen, einen IQ-Test zu machen?

«Es gibt Grund zur Besorgnis.»

«Besorgnis?» Wegen Intelligenz? Es darf echt niemand aus der Reihe tanzen, oder?

«Na ja, sie – die Betreuerin – hat gesagt, er habe Schwierigkeiten, eine *Beziehung* zu den anderen Kindern aufzubauen. Meistens spielt er nur mit seiner Eisenbahn, und wenn sich nicht gerade ein anderes Kind zu ihm gesellt, ist er allein.» Sie verstummt, und mein Griff ums Lenkrad wird fester.

«Dann ist da noch diese Sache mit dem Blickkontakt. Jeden Morgen, wenn er in die Kita kommt, sich auf die Bank setzt und von seinen Straßenschuhen in seine gesundheitsfördernden, aus biologisch gefärbter Wolle oder so gemachten Montessori-Schlappen schlüpft, sagt er nicht Guten Morgen zur Erzieherin, sondern hält den Blick ausschließlich auf seine Hausschuhe gesenkt.»

«Ah, Fokus. Eine tolle Eigenschaft», sage ich. «Wenn man gerade dabei ist, sich Hausschuhe anzuziehen, ist es doch sicher am besten, auf seine Füße zu gucken, oder? Wenn man eine Zwiebel schneidet, guckt man auf die Zwiebel. Und wenn man im Straßenverkehr Auto fährt, guckt man auf die Straße. Soll ich weiterma-chen?»

«Du verstehst nicht, worum es geht. Es ist möglich, sogar nor-mal, kurz aufzublicken und sich dann wieder seiner Beschäftigung zu widmen.»

«Was heutzutage für Anforderungen an Kleinkinder gestellt werden – Multitasking-Fähigkeiten mit nur zwei Jahren! Hast du dich beschwert?»

«Nein. Habe ich nicht. Nichts für ungut, Klara, aber kannst du mir mal eine Sekunde zuhören und mich auf den Punkt kommen lassen?» Jedes Mal, wenn Saga *nichts für ungut* sagt, frage ich mich, wie sie wohl klingen würde, wenn sie es tatsächlich ungut meint.

«Zu Hause gibt es auch ein paar Warnsignale. Er ist sehr wäh-lerisch beim Essen, du weißt, dass er die beige Farbpalette be-vorzugt – Pasta, Chicken Nuggets und Mais –, und er schläft nicht gut. Ich erzähle dir das, denn je mehr ich zu dem Thema lese, desto stärker habe ich das Gefühl, dass du es wissen solltest.» Sie hält inne, als wartete sie darauf, dass ich etwas sage. Tue ich nicht, also fährt sie fort: «Ich lasse ihn auf Autismus testen.»

Die Traurigkeit meiner Mutter ist etwas, das ich in mir aufsauge wie ein mulmiges Gefühl, sie ist wie ein Knoten in meiner Magen-gegend. Wie der Geruch nach Zigarettenqualm, der sich nach einer durchfeierten Nacht in den Haaren festsetzt. So ist Mums Traurig-keit. Zum heutigen Zoom-Call hat sie zusätzlich zu ihrer Traurig-keit eine Requisite mitgebracht, eine Tasse Tee. Als würde es ihr helfen, sie vor sich stehen zu haben. Ich entscheide, nicht dasselbe zu tun wie meine Schwester und die Dinge für sich zu behalten. Ich will über sie reden, selbst wenn es dazu führt, dass Mum ihre Traurigkeit auspackt.

«Was hast du in letzter Zeit so gemacht, mein süßer Kohlkopf?» *Kohlkopf* ist nicht der schrägste Kosename, den meine Mutter für mich gefunden hat. Kinder *Kohlköpfe* zu nennen, kommt angeblich aus irgendeiner fremden Sprache, aber ich erinnere mich nicht, aus welcher. Meiner Meinung nach gibt es andere, niveauvollere Sprachgewohnheiten, die man pflegen sollte, aber das sage ich ihr nicht.

«Du weißt, warum ich mit dir sprechen will», sage ich und wünschte, sie würde nicht so traurig aussehen. Mit glücklichen Leuten zu reden, ist einfacher. Ich schweige kurz, weiß nicht, wie ich anfangen soll. Dieser Anruf ist nötig, weil sie mir in meiner Kindheit etwas verschwiegen hat, trotzdem scheint es meine Verantwortung zu sein, das Gespräch darüber anzustoßen. «Ist dir je der Gedanke gekommen, dass ich Autistin sein könnte?» Die Worte fühlen sich seltsam an. Ich habe sie erst ein Mal gesagt, zu Google.

«Offen gestanden, wollten wir dich testen lassen», gibt Mum zu. «Der Schule sind einige Verhaltensweisen aufgefallen. Du schienst nie mit anderen Kindern spielen zu wollen. Nur mit Saga.» Daran erinnere ich mich. Es war mir lieber, mit Saga zu spielen, was Sinn ergibt. Sie ist klug und jedem überlegen, den ich kenne. *Was machst du? Kann ich mitmachen? Wofür ist das?* Ihre Freunde beantworteten meine Fragen und gaben mir eine Rolle in ihrem Spiel: das Baby, das Haustier, die Jägerin (ich rannte ziemlich langsam).

«Ich bin introvertiert», entgegne ich, als würde das alles erklären, mich in einem Satz zusammenfassen und jede Notwendigkeit einer Diagnose hinfällig machen.

«Auch introvertierte Menschen haben Freunde. Und Partner.»

«Ich habe zwei Freundinnen. Und ich hatte schon Partner; nur dass sie mir immer wieder weggenommen wurden. Der Laden schließt jedes Mal, wenn ich ankomme und bereit bin, in eine Beziehung zu investieren.»

«Ja, Liebling. Das ist mir bewusst.»

«Wenn ihr den Verdacht hattet, warum habt ihr mich dann

nicht testen lassen? Saga tut wenigstens alles für Harry. Sie ist eine gute Mutter. Gut im *Kindergroßziehen*.»

«Wir hatten einen Termin für dich, aber dann ... bist du krank geworden.» Ich schlucke. Erinnerungen an Nadeln, flackerndes Krankenhauslicht und *zu viel Lärm*!

«Dein Verhalten war das Letzte, um das wir uns da Gedanken gemacht haben. Der Termin für die Einschätzung wurde abgesagt, und später hatte es einfach keine Priorität mehr. Du bist immer gut in der Schule zurechtgekommen, hattest trotz Diabetes gute Noten und hast dich so sehr bemüht. Gott, waren wir stolz auf dich.» Ich war wirklich gut in der Schule. *Der Vorteil daran, keine Freunde zu haben: Zeit zu lernen.*

Mums Hand sucht neben dem Laptop auf dem Tisch nach einer neuen Requisite und findet einen Stift, mit dem sie nun herumspielt.

«Selbst die Schule hatte keine Bedenken mehr», fährt sie fort. «Abgelenkt zu sein, ist typisch bei Diabetes, und da wir ein ärztliches Attest hatten, in dem stand, dass ein hoher oder niedriger Blutzuckerspiegel die schulischen Leistungen beeinträchtigen kann, wurde dir die nötige zusätzliche Zeit gegeben. Etwas Formelleres brauchten wir nicht. Und wir dachten: *Wie viel kann dieses Mädchen denn bewältigen?* Wie wärst du denn damit umgegangen, nicht nur Diabetes zu haben, sondern auch noch ... etwas anderes.»

«Autismus.»

Plötzlich fühle ich mich furchtbar müde.

«Du warst schon immer besonders. Liebling, das ist etwas Positives. Es hat mich ziemlich überrascht, wenn man bedenkt, wie gewöhnlich dein Vater ist.» Wenn Dad gewöhnlich ist, wünschte ich, alle anderen wären es auch. Er kam zu jeder Schulaufführung, holte uns immer ab und war da, um uns die Schuhe zuzubinden. Doch das spreche ich gar nicht erst aus, weil ich weiß, dass meine

Mutter nur die Augen verdrehen und sagen würde: «Klar, eine aufregende Persönlichkeit ist nicht die einzige positive Charaktereigenschaft, die man haben kann.»

«Du bist diese kluge Frau, die so viel weiß, sich aber die einfachsten Dinge nicht merken kann.»

Als sie das sagt, trifft es mich plötzlich wie ein Schlag.

Sich die einfachsten Dinge nicht merken kann.

«Du bist eine kluge, intelligente Frau. Es ist mir ein Rätsel, wie du dir keine fünf Minuten lang vier Zahlen merken kannst», hat Alex zu mir gesagt. Und wie hat Saga es noch mal ausgedrückt? » Harry ist ein sehr gescheiter Junge, befolgt aber partout keine einfachen Anweisungen.» Plötzlich wird mir die Ähnlichkeit der Aussagen bewusst.

«Ich muss auflegen, Mum.»

«Wir haben doch gerade erst angefangen zu telefonieren, Schatz.»

«Ich weiß, es sind erst …», ich werfe einen Blick auf die Uhr, «…acht Minuten. Aber ich kann jetzt nicht mehr reden.»

«Klara, wir dachten, wir tun das Richtige, indem wir dir nicht noch eine Diagnose aufhalsten. Es tut mir leid, wenn wir die falsche Entscheidung getroffen haben.»

Mum will unbedingt eine Antwort von mir, aber ich brauche etwas Zeit. Ich blockiere Endlosschleife und lösche sie alle aus der App zur Überwachung meines Blutzuckerspiegels. Ich fühle mich einsam. Schalte das Internet auf meinem Handy aus. *Jetzt können sie nicht mal mehr meinen Blutzuckerspiegel sehen.* Plötzlich ist mir heiß, als hätte ich zu lange in der Sauna gesessen, und die einzige Möglichkeit, mich abzukühlen, wäre, in einen Schneehaufen zu springen.

Ich gehe in die Küche, öffne den Tiefkühler und stecke den Kopf hinein. Atme ein. Dann lege ich mir eine Tüte gefrorene Erbsen auf die Brust. Es brennt und sticht.

Und ich denke, wenn jemand mich fragen würde, wie es mir geht, hätte ich keine Antwort.

Manchmal, wenn ich nicht schlafen kann, liege ich wach und denke über all die Dinge nach, die Google nicht kennt. Den Klang der Stimme meines Großvaters zum Beispiel. Wie es sich anfühlte, endlich genauso groß wie Saga zu sein. Den Geruch des Autos aus meiner Kindheit. Das alles sind Dinge, die in meiner Seele wohnen. Google hat keine Antwort auf Fragen über Bestreben, Wert, Verlangen oder Charakter, alles Dinge, die wir in uns tragen. Wer ich bin und wer ich sein will, das ist eine dieser Fragen, und zwar eine, die ich anscheinend selbst beantworten muss.

Ich: Wer bin ich?
Google: Eine bessere Frage wäre: Wie würde ich gerne das Leben erfahren?
Ich: Erklär das bitte.
Google: Auf die Frage gibt es keine plausible Antwort. Weil unser Wesen nicht in Stein gemeißelt ist. Das Hauptaugenmerk sollte nicht darauf liegen herauszufinden, wer wir sind, sondern darauf zu ermöglichen, was man gerne erfahren würde. Identität sollte als fortlaufender Prozess verstanden werden, ein fließendes Selbstverständnis.
Wie anders das Leben doch wäre, Klara, wenn man, statt zu fragen, wer man ist, darüber nachdenken würde, wie man das Leben gestalten möchte.

Okay, ich habe meinen Namen eingefügt, aber ich habe das Gefühl, Google und ich sprechen uns inzwischen mit Vornamen an, wenn man bedenkt, dass wir unzertrennbar sind, seit es Google gibt oder ich alt genug war, um es zu benutzen. Was auch immer zuerst der Fall war.

Saga ist nach Ystad gefahren, um die Nacht bei einer alten Schulfreundin zu verbringen. Dad hat keinen Appetit. Ich auch nicht, aber ich esse oft aus Gewohnheit und Not heraus. Die Zutaten für das geplante Essen – gebratener Lachs – für nur eine Person zu verwenden, wäre unvernünftig, daher hole ich eine Portion Brokkoli-Quiche aus der Tiefkühltruhe. Ich dosiere mein Insulin, während das Essen im Ofen ist, und springe kurz unter die Dusche. Erst als das Essen vor mir steht – auf der Quiche balancieren ein paar Blätter Rucola –, muss ich mir eingestehen, dass ich keinen Bissen runterkriege. Ich bin körperlich nicht in der Lage dazu. Daher wickle ich die Quiche in Frischhaltefolie, lege sie in den Kühlschrank und gehe ins Bett.

Inzwischen sollte ich eine Expertin sein, aber die Wahrheit ist, dass ich in all den Jahren kein einziges Mal ohnmächtig geworden bin. Neben mir sitzt Alex zusammen mit einem zweiten Mann, den ich sofort als Rettungssanitäter erkenne. Okay, wie schlimm ist es?, denke ich. Eigentlich wollte ich es laut fragen, aber wie sich herausstellt, habe ich es nur gedacht. Ich versuche es noch mal. Alex beugt sich über mich.

«Warte. Du musst nichts sagen. Das hältst du noch ein paar Minuten aus.» Dann blickt er mir in die Augen, sieht die zwei großen Fragezeichen darin und beginnt, mir die Situation zu erklären.

«Du hattest eine schlimme Unterzuckerung. Ich wollte mich nicht einmischen, aber ich habe immer wieder eine Warn-Benachrichtigung bekommen, und nach einer Weile dachte ich einfach, *scheiß drauf*, und bin hergefahren. Ich hoffe, das war in Ordnung?» Oh, es ist mehr als in Ordnung, will ich ihm sagen. «Hat dein Handy die Bluetooth-Verbindung verloren?» Ich schließe die Augen. Schuldig.

«Schon okay, Klara. Ich bin hier», vernehme ich die Stimme meines Vaters aus der Zimmerecke.

«Setzen wir Sie mal auf, okay?», sagt der Mann mit der grünen Sanitäteruniform und legt mir vorsichtig die Hand in den Nacken, um mich zu stützen. Ich setze mich auf, als wäre ich von einem Zug überfahren worden. Jemand drückt mir ein Trinkpäckchen mit Orangensaft in die Hand.

«Hier. Ich helf dir.» Alex flößt mir den Saft ein, und es ist so ziemlich das Beste, was ich je getrunken habe. Mit jedem Schluck fühle ich, wie meine Lebensgeister zurückkehren. Alex streichelt mir über den Rücken. Ich habe nichts dagegen. Als das Trink-päckchen fast leer ist, macht es ein saugendes Geräusch, als atme es tief ein. Obwohl ich mir ziemlich sicher bin, auch den letzten Tropfen getrunken zu haben, ziehe ich weiter am Strohhalm. *Nicht weggehen.*

Rettungswagen-Mann meldet sich zu Wort.

«Okay. Wenn es Ihnen gut genug geht, dass Sie laufen können, müssen wir Sie nicht für eine Untersuchung ins Krankenhaus bringen.»

Alex macht ein Gesicht, als hätte er gerade erfahren, dass er eine Million Pfund gewonnen hat.

«Ich habe die Warnungen drei Stunden lang ignoriert, dann habe ich es nicht mehr ausgehalten. Zum Glück hat dein Vater die Tür nicht abgeschlossen, denn er ist nicht aufgewacht, als ich geklopft habe.»

«Er schließt nie ab. ‹Hier gibt es nichts zu stehlen und nieman-den, der es wert wäre, entführt zu werden›, sagt er immer.» *Meine Stimme, das war meine Stimme. Sie ist wieder da!*

Mein Verstand ist klar genug, um meinen Blutzuckerspiegel zu prüfen, und ich seufze erleichtert, als ich sehe, dass er fast im Nor-malbereich ist. Jetzt will ich nur noch, dass die ganze Aufmerk-samkeit von mir genommen wird.

«Wenn Sie wollen, nehmen wir Sie für einen Check-up mit ins Krankenhaus», sagt Rettungswagen-Mann. «Aber da es Ihnen jetzt besser geht, gibt es eigentlich keinen Grund dafür. Sie sollten allerdings einen Termin bei Ihrem Arzt machen. Möglicherweise muss die Dosis angepasst werden, damit so etwas nicht noch mal passiert.» Ich sage ihm nicht, dass ich weiß, warum es passiert ist, dass ich Abendessen vorbereitet und mir Insulin für eine Mahlzeit gegeben habe, die ich nie aß. Dass ich meine Familie in der App blockiert habe wie ein eingeschnapptes Kind und ich damit mein Leben aufs Spiel gesetzt habe.

«Das ist nicht nötig, danke. Ich fliege in zwei Wochen nach Hause, wo ich unter Beobachtung meines Endokrinologen bin», sage ich. «Der sehr kompetent ist», füge ich an Alex gerichtet hinzu, da er ein seltsames Gesicht macht, was ich als Misstrauen gegenüber englischen Medizinfachkräften interpretiere.

Rettungswagen-Mann schreibt sich das auf und packt seine Utensilien zusammen.

Dad ist wieder zurück ins Bett gegangen, nachdem ich ihm wiederholt versichert habe, dass es mir gut geht. Sobald Alex und ich allein sind, ändert sich sein Gesichtsausdruck. Er legt mir die Hand auf den Rücken, während ich vom Boden aufstehe, und seine Augen sind geweitet, als versuche er, mir telepathisch seine Gedanken mitzuteilen. Ich denke an seinen Finger, der meine Lippen berührt hat, als ich an dem Strohhalm saugte, und mich überkommt Unsicherheit. Bis eben war meine Bewältigungsstrategie, verschiedene Punkte auf der gegenüberliegenden Wand anzustarren, doch jetzt dreht Alex mich zu sich.

Ich halte mich an ihm fest, während ich aufstehe.

Ich sage mir, dass ich ihn loslassen muss, aber meine Arme verweigern mir den Gehorsam. Von außen betrachtet, mag es so aussehen, als prüfe er, ob bei mir alles okay ist, ob ich allein stehen kann, aber in diesem Augenblick weiß ich, dass auch seine Arme mich nicht loslassen wollen.

«Wir müssen morgen früh raus», bringe ich endlich hervor.

«Wen interessiert's, ob wir um sieben Uhr anfangen?»

«Acht Uhr», sage ich. «Wir fangen um acht Uhr an. Nicht um sieben.»

Später am Abend entdecke ich einen neuen Eintrag in unserem geteilten Kalender, den Alex in letzter Zeit für eine Art privaten Chatroom zu halten scheint.

Neue Veranstaltung: Klara sagen, wie ich mich gefühlt habe, als ich sie bewusstlos auf dem Boden fand.
Ort: außerhalb der Freundschaftszone

Ich lese den Eintrag dreimal, bevor ich beschließe, dass ich weiß, was er bedeutet. Dann denke ich an die Tatsache, dass dieser Mann einen Ehering trägt und ich zweitens Schweden sehr bald verlassen werde. Drittens, allein zu erkennen, dass ich die Freundschaftszone verlassen *möchte*, ist überwältigend, und ich will, dass das Gefühl verschwindet. Ich füge dem Eintrag eine Notiz hinzu.

Alex hat das für sich zu behalten. Grüße, Klara

Wenige Minuten später erscheint eine Antwort.

Verstanden. Werde es nicht wieder zur Sprache bringen.
Alex

TEIL DREI

Der April in Malmö ist ein kühler Monat mit Windgeschwindigkeiten zwischen 13,8 km/h und 16,9 km/h, was bedeutet, dass der Wind merklich bläst. Die Temperatur schwankt zwischen durchschnittlich 3,2 und 12,6 °C. Die letzte Woche des Monats ist die wärmste.

ALEX

PERSÖNLICHER KALENDER
Neue Aufgabe: Weitermachen, als wäre nichts gewesen –
nach dem Vorfall
Neue Aufgabe: Einen Weg finden weiterzumachen – ohne
Klara
Neue Aufgabe: Warum geht es in meinem Leben immer
nur darum weiterzumachen?

In Entwürfe gespeichert
Calle,
gestern war ich für jemanden da. Habe keinen Rückzieher
gemacht, obwohl ich versuchte, es mir auszureden.
Und obwohl ich tief drinnen wusste, dass sie ohne mich
klarkommt, fühlt es sich an, als hätte ich etwas Schlimmes
verhindert. Ich habe Verantwortung übernommen, getan, was
ich konnte. Natürlich half es, dass ich sehen konnte, wie sich
dieser Notfall anbahnte. Ich habe eine Warnung bekommen.
Bei dir gab es keine Vorwarnung.
Das Selbstvertrauen ist wahrscheinlich eine direkte Folge
davon, etwas getan zu haben, endlich. Dasselbe Gefühl wie
damals, als ich in unserer Straße von dem höchsten Ast
im Baum gesprungen bin, um dir den Arsch zu retten. Nie
im Leben wäre ich gesprungen, hättest du nicht die Hälfte
deiner Pokémonkarten darauf gewettet; die Familienehre und
achtundzwanzig kostbare Karten haben mich dazu gebracht,
es doch zu tun. Hab mir den Arm gebrochen, aber du
durftest deine Karten behalten.

Diesmal habe ich mir keine Knochenbrüche zugezogen, dafür ist wohl mein Herz gebrochen.

Ich soll es für mich behalten, hat sie gesagt. Wie kann ich es verdammt noch mal nicht zur Sprache bringen? Doch jetzt weiß ich, dass sie mich genauso will wie ich sie. Was aber nicht bedeutet, dass sie deshalb etwas unternehmen wird. Sie hat deutlich gemacht, dass sie nicht vorhat, etwas zu unternehmen. Was bedeutet, dass ich auch nichts unternehmen kann. Weil ich nicht der Typ dafür bin. Und sie nicht so eine Frau. Man jagt Klara nicht hinterher; man wartet auf sie wie auf die Königin, die sie ist. Darauf, dass sie mir zunickt, mir ein Zeichen gibt, irgendetwas. War es besser, es nicht zu wissen? Ja. Jetzt ertappe ich mich nur dabei, wie ich jede ihrer Bewegungen analysiere und versuche, ihre Gedanken zu erraten. Jetzt, wo ich weiß, dass sie an mich denkt, muss ich wissen, was genau sie denkt.

Ich denke unaufhörlich an sie. Gründe, weshalb ich weiß, dass Klara einen starken Einfluss auf mich hat: Ich fluche weniger und habe angefangen, belangloses Zeug zu googeln wie: *Ist Mosaik italienisch?* Und: *Wie hoch ist die Lebenserwartung einer Karotte?*

Sage mir immerzu, dass sie ohnehin bald weg ist. Ich habe wichtigere Dinge, auf die ich mich konzentrieren muss, wie die Arbeit und die Gerichtsverhandlung. Berit aka «Die mysteriöse Frau im roten Fleece» hat angeboten, mit mir einen Kaffee trinken zu gehen, was eine echt nette Geste ist. Bald können wir mit der ganzen Sache abschließen, das spüre ich. Aber dann funkt plötzlich mein albernes Gehirn dazwischen: *Die wichtigste Sache der Welt ist zu wissen, welche Ohrringe Klara heute trägt.* Und sicherzugehen, dass Tom ihr nicht wieder geschrieben hat.

Der Drang, Dr. Hadid anzurufen und ihr zu erzählen, dass

ich all diese neuen besorgniserregenden Symptome habe,
ist stark. Mal sehen, was sie in unserer nächsten Sitzung
sagt. Wahrscheinlich wird sie die Symptome als Gefühle
abtun. Gott, ich hasse Gefühle, wenn sie sich anfühlen wie
Symptome.

Werde dich wissen lassen, wie das Gespräch mit Berit
gelaufen ist: Fühlt sich an, als würde ich mich mit einer alten
Freundin treffen, dabei hat sie dich bloß eine knappe Minute
gesehen. Doch das war die Minute, die dein Leben beendete.
Daher ist es wichtig für mich. Wenn der Augenblick, in dem
wir sterben, kein lebensdefinierender Moment ist, was dann?
Hab dich lieb. Das habe ich dir nicht oft genug gesagt, aber
ich tue es.

Lese mir die nicht abgehakten Kalendereinträge von gestern
durch, ein seltener Anblick, und lasse es für den Tag gut sein. Ein
Tag, an dem ich es lediglich geschafft habe, eine E-Mail zu schreiben, die niemals gelesen werden wird.

KLARA

Google: Was genau ist Autismus?

Ich habe einen Termin bei einer Psychologin gemacht. Als ich die Entscheidung erst mal getroffen habe, konnte ich unmöglich warten, bis ich wieder in London bin, außerdem gibt es im englischen Gesundheitssystem Wartezeiten.

«Ich kann unmöglich Diabetes und Autismus haben», sage ich zu Saga, die sich, inspiriert von der Flut an Followern, endlich der Website und den Social-Media-Accounts widmet, damit Hanna sich auf die Flut an Kunden konzentrieren kann, die uns jetzt überrollt. Da ihr Familienleben offenbar auf der Kippe steht, habe ich ihr meine Hilfe angeboten, die sie jedoch mit der Begründung ausschlug, dass mein Profilname mich umgehend disqualifiziere, mich um die Social-Media-Sparte der Firma zu kümmern. Außerdem wurde ich überschwemmt mit E-Mail-Anfragen für Kostenvoranschläge. Ich habe der Firma etwas gegeben, mit dem Mateusz und seine Gang niemals mithalten können.

«Das ist keine sehr wissenschaftliche Aussage, oder? Denkst du etwa, eine Diagnose schützt dich vor einer weiteren? Außerdem ist Autismus keine Krankheit, sondern einfach eine Art und Weise, wie man ist und die Welt sieht.»

«Wenn Harry Autismus diagnostiziert wird, bedeutet das für ihn zusätzliche Herausforderungen», sage ich mit dem Gefühl, ihn in Schutz nehmen zu müssen. Plötzlich bin ich sehr emotional. Ich liebe Harry. Wir haben gemeinsame Interessen wie Legobauen (ich mag die blauen Steine am liebsten) und Literatur (*Der Grüffelo* ist sehr spannungsgeladen und hat einen unvorhersehbaren Plot-

Twist). Ich möchte nicht, dass sich mein Neffe genauso wie ein Sonderling fühlt, wie ich es getan habe. Das erkläre ich Saga.

«Bescheid zu wissen, wird ihm helfen. Die Herausforderungen werden für ihn dann nicht ganz so groß sein, siehst du das nicht? Eine Diagnose zu haben, ist etwas Gutes.»

Überzeugt bin ich immer noch nicht.

«Es könnte sein, dass die Leute ihn anders behandeln. Ich möchte nicht, dass die Leute Mitleid mit ihm haben – oder mit *mir*. Oder dass sie ihm – oder *mir* – erzählen, die Nichte irgendeines Nachbarn habe auch Autismus. Das ständige ‹Meine Tante hat Diabetes› ist doch schon genug», sage ich.

«Dann erzähl es niemandem. Wäge ab. Hat es Vorteile für mich, wenn eine bestimmte Person diese Information über mich hat? Wenn ja, sagst du es ihr, wenn nicht, dann nicht.»

Mir kommt ein Gedanke, der Licht in meine Seele bringt.

«Ich hatte immer das Gefühl, dass mit mir irgendetwas anders ist. Wenn es nur Autismus ist, würde das bedeuten, dass mit mir nichts verkehrt ist.»

«Mit dir ist nichts verkehrt. War es nie und wird es nie sein. Ich wäre stolz, wenn mein Sohn ist wie du, Klara», sagt Saga, und meine Brust schwillt an wie ein aufgehender Teig.

Ich laufe, da ich es kaum erwarten kann anzukommen. Drei Stufen und eine Tür mit einem Messingschild, auf dem *Dr. Svensson*, *Dr. Hultgren* und *Dr. Hadid* steht und darunter ihre jeweiligen Spezialgebiete. Am Empfangstresen sitzt keine Sprechstundenhilfe, daher gehe ich weiter ins Wartezimmer. In der Tür bleibe ich stehen und will mich schon fast wieder umdrehen, als – *Alex. Warum ist er hier?* Alex sieht mich an und lächelt. Ich sehe ihn auch an, aber ohne zu lächeln. Dies ist ein typischer Fall von falsche Person am falschen Ort, und mir ist schmerzlich bewusst, dass ich mit diesem Zusammentreffen nicht gut klarkommen werde.

«Hi», sagt er.

«Bist du öfter hier?», entgegne ich.

«Es ist nicht gerade eine Bar, oder?»

Stimmt. Es ist keine Bar. Aber meine Erfahrungen mit Small Talk im Wartezimmer bewegen sich gen null, und mir will partout nichts anderes einfallen.

«Ja, ich bin öfter hier. Seit Kurzem allerdings nicht mehr ganz so oft.»

Ich frage mich, was vor Kurzem passiert ist. Wenn es eine Bar wäre, würde ich womöglich nachhaken, aber die Sprechstundenhilfe kehrt an den Tresen zurück und nickt mir zu. Ich gehe zu ihr hinüber.

«Mein Name ist Klara Nilsson, und ich bin nicht öfter hier, aber ich habe einen Termin um halb vier.»

Sie reicht mir ein Clipboard mit mehreren Formularen. Gerne würde ich mich neben Alex setzen, aber nur zwei der neun Stühle sind besetzt. Wenn ich zwei Stühle zwischen ihm und mir freilasse, ergibt das ein symmetrisches Muster. Diese Tatsache finde ich schwer zu ignorieren, daher wähle ich diesen Stuhl, stelle meine Tasche auf den Boden und balanciere das Klemmbrett auf meinen Oberschenkeln, wobei ich die Fersen anhebe, damit es höher liegt. Erst später kommt mir der Gedanke, dass Alex deshalb glauben könnte, dass ich ihn wegen des desaströsen gestrigen Kalendereintrags meide. Was ich vielleicht auch tue, aber nicht komplett. Ich mag ihn zu sehr, als dass ich ihn je komplett meiden könnte.

Sie trägt einen rosa Pullover und hat ein breites Lächeln im Gesicht, als ich ihr Sprechzimmer betrete. Sie hat kein Namensschild, aber ich nehme an, dass sie Dr. Svensson ist.

«Hallo, Klara. Kommen Sie herein. Es ist schön, Sie kennenzulernen.»

«Danke, danke.» Ich nehme auf einem Stuhl mit ausgeblichenen Punkten Platz und frage mich, ob dieser Raum von denselben Leuten eingerichtet wurde wie das öffentliche Krankenhaus. Leicht verrücke ich den Stuhl, weil er in einem seltsamen Winkel steht. Im Raum ist es heiß und drückend: Schwedische Gebäude sind nicht gemacht für frühlingshafte Hitzewellen, nur sehr wenige sind klimatisiert. Wenn man das ganze Jahr auf acht Wochen Sommer wartet, grinst man nur und erträgt es, schwitzt es raus, wie man hier sagt. Wir sind außerdem kollektiv zu geizig, Geld für etwas auszugeben, das nur ein Sechstel des Jahres in Betrieb wäre.

«Ist die Temperatur für Sie angenehm, Klara? Ich weiß, dass es recht warm ist, aber wenn ich das Fenster öffne, könnte es etwas laut sein.» Ich lächle. Lärm möchte ich nicht. Mir fällt auf, dass an der Wand hinter ihr keine Bilder hängen; sie ist beruhigend kahl, und ich fühle mich willkommen. *Verstanden.*

«Ich bin hier, um Ihre fachliche Meinung einzuholen», sage ich. Zwei Tage lang habe ich nun über die Möglichkeit nachgedacht, dass ich autistisch sein könnte, und hinreichend Beweise gesammelt. Das Problem ist, dass sie sich alle widersprechen. Die Beschreibung im Internet zum Beispiel sagt, dass jemand mit Autismus Wiederholungen mag und sich möglicherweise jedes Mal auf denselben Parkplatz stellt und verärgert ist, wenn er nicht frei ist. Ich hingegen habe keinerlei Probleme damit, auf der Straßenseite mit den geraden statt den ungeraden Hausnummern zu parken. Denn wenn alle Plätze auf der Seite mit den ungeraden Hausnummern belegt sind, könnte das bedeuten, dass die Ungeraden Freunde gefunden und ein erfülltes Leben haben und mich nicht brauchen. Und obwohl ich es vorziehe, links abzubiegen, kann ich *durchaus* auch nach rechts fahren. Was etwas völlig anderes ist und wenn überhaupt meine Flexibilität unter Beweis stellt.

Noch ein Beispiel: Ein autistischer Erwachsener könnte von seinem Liebespartner besessen sein und anhängliches Verhalten sowie absolute Bewunderung für ihn an den Tag legen. Das trifft auf mich überhaupt nicht zu. Wenn doch, hätte ich nicht so einfach mit Tom Schluss gemacht. Mein einziges Objekt der Besessenheit in letzter Zeit scheint Alex zu sein, und er ist nicht mein Liebespartner.

«Natürlich. Sie sagten, Sie erwägen die Möglichkeit, dass Sie Autismus haben. Ist es richtig, dass ein naher Verwandter kürzlich damit diagnostiziert wurde?» Ich habe auf eine Ja- oder Nein-Antwort gehofft – die mag ich am liebsten –, aber mir wird klar, dass ich keine bekomme und dies eine lange Unterhaltung wird.

«Seine Einschätzung steht noch aus. Aber mein Neffe und ich sind uns sehr ähnlich.»

«Okay, was lässt Sie denn zu der Meinung kommen, Sie könnten Autismus haben?» Ihr Ausdruck ist unverändert. Im Gespräch mit Dr. Svensson ist sehr klar, wann ich an der Reihe bin zu sprechen, ganz anders als bei sozialen Interaktionen, bei denen ich immer unsicher bin, wann ich mich zu Wort melden muss und wann jemand anderes an der Reihe ist und ich nur meine Ohrringe baumeln lassen sollte. Hier leiten ihre Fragen meine Monologe ein, und sie sind immer gekennzeichnet durch eine lange Pause und einen aufmerksamen Gesichtsausdruck.

«Zuerst war da die Sache mit meinem Neffen. Dann habe ich einen Onlinetest gemacht, und das hat mich zum Nachdenken gebracht. Ich bin in vielerlei Hinsicht anders, aber in vielerlei Hinsicht auch völlig normal. Ich ziehe mich an wie jeder andere und bin echt ziemlich gewöhnlich. Aber die Art und Weise, wie ich denke und fühle, scheint oft den Ansichten anderer zu widersprechen. Andere Leute sehen keine Schriftarten und Turnschuhe statt Gesichtern, ihnen sind gerade und ungerade Zahlen egal, und sie wissen ohne Stichwort, wie oft sie zu lächeln haben. Ich habe es einfach damit abgetan, dass ich, Sie wissen schon, *seltsam* bin. Meine Mutter sagt immer, Männer seien vom Mars und Frauen von der Venus, aber was, wenn manche von uns von einem dritten Planeten stammen? Auf dem ich *dazugehören* würde, wenn ich ihn nur fände.»

«Danke, dass Sie das alles mit mir teilen, Klara. Eine psychologische Einschätzung ist ein langer Prozess, aber ich kann sehr gern alles Nötige in die Wege leiten. Er beinhaltet Befragungen von Freunden sowie Gespräche mit Ihnen und einen IQ-Test. Überlegen Sie sich, was Sie sich von einer Einschätzung erhoffen. Manchen Menschen kann die Diagnose Antworten auf Ereignisse in ihrem Leben geben, manchen kann sie helfen, Strategien zu entwickeln, um im Leben besser zurechtzukommen und nicht so schnell auszubrennen. Andere haben gar keine Probleme und sehen keine Vorteile darin, sich dem Diagnoseprozess zu unterziehen. Ich schlage vor, Sie belesen sich noch ein wenig im Internet und denken darüber nach, ob es etwas ist, das Sie gern tun möchten. Sobald Sie sich sicher sind, kann ich Sie an den richtigen Psychologen verweisen. Eine Diagnose zu haben, kann etwas sehr Positives sein.»

Mit ihr zu sprechen, hat mich entspannt. Obwohl ihre Schriftart klein ist und sie eine sanfte Stimme hat, habe ich das Gefühl, dass all ihre Worte einfach zu verstehen sind. Auf dem Nachhauseweg gehe ich im Kopf durch, was sie gesagt hat, und komme zu dem Schluss, dass ich sehr gerne eine Diagnose hätte. Und einen Ort, an dem ich dazugehöre.

«Das hättest du mir sagen können.»

Gerade habe ich Dad gestanden, wie schlecht es um Bygg-Nilsson bestellt war. Meine Schuldgefühle wurden von der Tatsache abgemildert, dass die Firma jetzt bis September voll ausgebucht ist. Wir haben eine viermonatige Wartezeit.

«Aber um ehrlich zu sein, hätte ich schicke Seifen und Handtücher als lächerlich und unnötig abgetan. Am Ende war es besser, dass du es nicht vorher mit mir abgesprochen hast. Manchmal braucht es einfach einen frischen Blickwinkel.»

«Gibst du da gerade zu, dass es gut war, die Kontrolle abzugeben?», necke ich ihn. «Sei um fünfzehn Uhr bereit. Saga will neue Fotos für die Website schießen, und ohne dich geht es nicht.»

Dad seufzt, weiß jedoch, dass für die Website zu modeln nicht verhandelbar ist.

«Hast du schon deinen Rückflug gebucht?», fragt er. Es fühlt sich an wie eine Ohrfeige. Obwohl ich allem und jedem, der zuhört, die Ohren volljammere – und entgegen meinem anfänglichen Widerstand –, erfüllt mich der Gedanke, nach Hause zu fliegen, mit Grauen und einem Gefühl der Beklemmung. Zurückzugehen, nach einem neuen Job zu suchen und generell mein altes Leben in der Kellerwohnung in 243A Munster Road wiederaufzunehmen, erscheint mir unmöglich. Am liebsten würde ich laut rufen: «Einspruch! Die Anwesenden möchten Einspruch erheben.» Dass Klara zurückgeht, wäre ein riesiger Fehler. Doch Dad streicht gemächlich und ohne Eile Butter auf sein Brot, hält zwischendurch sogar inne, um einen Schluck Kaffee zu trinken, während das Messer auf dem Tellerrand ruht, bis er bereit ist fortzufahren. Er scheint keine Ahnung zu haben, dass es eine sehr schlechte Idee wäre, jetzt nach Hause zu fliegen. Es ist vorbei, denke ich. Tschüss, Job, den ich inzwischen wirklich gerne mache; tschüss, Gefühl, die Königin der Welt zu sein, nachdem ich es geschafft habe, seitwärts einzuparken, Kundengespräche zu führen und Fliesen auszuwählen; tschüss, Kaffeepausen mit dem Team. Tschüss, Alex.

Das Gute daran, nach Hause zurückzukehren: mein eigenes Bett, mein eigenes Zimmer und Alice. Aber es bedeutet auch, dass sich nichts ändern wird. Plötzlich fröstelt es mir, ich muss den Verstand verloren haben. Seit wann mag ich Veränderung? Ehrlich gesagt mag ich sie in diesem Fall nicht nur, sondern ich finde die umgekehrte Vorstellung, dass sich *nichts* verändert, furchtbar. Die

Vorstellung, für immer auf dem Weg zu einem unbekannten Bestimmungsort zu sein. Ich will sagen: «Vielleicht können wir noch ein bisschen damit warten, einen Rückflug zu buchen. Schließlich gibt es keinen Grund für eine eilige Rückkehr, oder?» Dann fällt mir ein, dass, abgesehen von der beiläufigen Andeutung meines Vaters, ich solle wieder nach Hause fliegen, Alex vor ein paar Tagen ebenfalls auf meine Abreise hingewiesen hat: *Wenn du zurück in London bist.* Die vielen Nachhilfestunden. Sie wollen, dass ich gehe. Ich gehöre hier nicht hin. Daher sage ich: «Darum kümmere ich mich heute Abend. Danke, dass du mich daran erinnerst, Dad.»

Vor dem Büro steht ein Volvo, als ich Dad im Haus zurücklasse und über den Hof gehe, um den Nachmittag lang Buchhaltung zu machen.

«Hallo», sage ich, als der Fahrer aussteigt. Vor mir steht ein Mann mit rotem Bart, der nicht viel größer ist als ich. Er trägt Bürokleidung von der stylishen Art, die mir verrät, dass seine Position hoch genug ist, dass er es sich erlauben kann.

«Hi. Sie wurden mir weiterempfohlen. Einer meiner Nachbarn war vor einiger Zeit Ihr Kunde. Im Juli letzten Jahres?», sagt er.

«Richtig. Da war nicht ich zuständig, sondern ein – ähm – anderer Gentleman.» Ich versuche, nicht unprofessionell zu klingen, da ich gelernt habe, dass es besser ist, nicht offenzulegen, dass der Besitzer des Unternehmens krankheitsbedingt die Zügel an seine Tochter übergeben hat. Ich nehme an, dass dieser Mann wegen irgendeines Auftrags den Weg zu uns gefunden hat. Und ich möchte weitere Aufträge. Auch wenn unser viraler Moment den Schaden durch Mateusz' und Rams Schmutzkampagne mehr als wettgemacht hat, möchte ich gerne eine komplett ausgebuchte Firma übergeben. Wenn ich trotz der Warteliste noch einen Auftrag reinquetschen kann, werde ich es tun.

«Möchten Sie mich ins Büro begleiten, damit wir uns unterhalten können?»

«Mein Schwager ist Handwerker», sagt der Mann, als wir nebeneinander über den feuchten Kiesweg ins Büro gehen. «Ich wollte ihm das Projekt nicht aufhalsen. Ehrlich gesagt glaube ich, dass es möglicherweise zu viel für ihn wäre. Die Wohnung hat sentimentalen Wert für uns beide, falls das Sinn ergibt. Ich würde nicht wollen, dass er den ganzen Tag dort verbringt.»

«Ich verstehe. Das ist sehr rücksichtsvoll.»

Er spricht weiter, obwohl ich gar keine Rückfrage gestellt habe. «Es geht ihm schon viel besser, er kommt weniger oft in die Wohnung. Ich möchte einfach eine Situation vermeiden, in der er wieder jeden Tag dort ist, weil es sein muss. Wir sollten beide nach vorn blicken.»

Jetzt werde ich neugierig, was ist das für ein Ort? Halb erwarte ich, dass es um ein Familienschloss voller Schätze und Reichtümer oder einen anderen bedeutenden Besitz geht. Daher bin ich leicht enttäuscht, als ich erfahre, dass es sich um ein Zwei-Zimmer-Apartment in Malmö handelt. Doch als ich höre, dass es sich im Turning Torso befindet, horche ich auf. *Das ist eine der größten Sehenswürdigkeiten in Malmö!*

«Bevor ich einen Kostenvoranschlag machen kann, müsste ich mir die Wohnung ansehen. Ich könnte morgen vorbeikommen, da haben wir ein Zeitfenster. Falls es schnell gehen soll.»

«Klingt gut. Ich habe den Wohnungsschlüssel dabei, das Apartment steht derzeit leer, Sie müssen sich also nicht vorher anmelden.»

«Perfekt. Dann melde ich mich in ein paar Tagen mit einem Kostenvoranschlag und einem Plan, wie wir weiter vorgehen.»

«Vielen herzlichen Dank. Ich weiß es wirklich zu schätzen, dass Sie mich dazwischenquetschen. Wie war noch gleich Ihr Name?»

«Klara. Klara Nilsson. Freut mich, Sie kennenzulernen.» Ich bin dazu übergegangen, meinen vollen Namen zu nennen. Vor einem Monat tat ich das noch nicht, aus Angst, mein Gegenüber könne denken, es sei mein Unternehmen, dass ich eine Baufirma besäße. Aber inzwischen tue ich es aus genau diesem Grund: Zu wissen, dass sie eins und eins zusammenzählen und in mir die Besitzerin sehen, erfüllt mich mit Stolz. Der Mann zieht seine Jacke an und hält mir die Hand hin.

«Danke, Klara. Ich bin Dan.»

ALEX

PERSÖNLICHER KALENDER
Neue Aufgabe: Ofen sauber machen
Neue Aufgabe: Duschvorhang sauber machen
Neue Aufgabe: Wiederholen. Anschließend jede andere unsexy Aufgabe in Angriff nehmen, die ich die letzten sechs Monate liegen gelassen habe. Bonus, wenn es hilft, alle Gedanken an Klara Nilsson zu vertreiben ...

Ruhelos. Wie sich herausstellt, können Gedanken an Klara mit Putzen koexistieren. Denke an die Art, wie ihre Körpersprache sich verändert und sie ein zappeliges Wrack wird, wenn ich in ihrer Nähe bin. Kann nicht anders, als bei allem, was sie sagt, zu lächeln. «Bist du öfter hier?» Lauthals im Wartezimmer. Ein Teil von mir wollte es ihr gestehen, alle Karten auf den Tisch legen, auch die Luschen. Aber sie hat deutlich gemacht, dass sie daran kein Interesse hat, und ich habe versprochen, es nie wieder anzusprechen. Wie bescheuert ist das denn?

Schon seit ich nach Hause gekommen bin, versuche ich mich abzulenken, aber gegen Mitternacht ertappe ich mich dabei, wie ich etwas tue, das ich seit dem Vorfall nicht getan habe – ich durchlebe den Moment in Gedanken noch einmal. Dokumentiere ihn. Das ist doch zumindest etwas. Wenn ich ihn mit meinem Entwürfe-Ordner teile, kann ich ihn vielleicht auch mit jemand anderem teilen – sagen wir, Dr. Hadid.

In Entwürfe gespeichert

Lieber Du,

immer wieder denke ich über die Nacht nach, in der es passiert ist. Wir stehen vor dem Restaurant, und ich kicke mit meinen Timberland-Stiefeln, die ich anhabe, weil es arschkalt ist, einen Kieselstein weg. Calle schließt sein neues Fahrrad auf.

«Kannst du es wirklich nicht bis morgen hier stehen lassen und mit mir im Auto nach Hause fahren?», fragt Dan Calle.

«Niemals lasse ich diese Schönheit allein hier. Wir sind mitten in Lund, und das Fahrrad ist nagelneu.» Calle hat vor, ab jetzt mit dem Fahrrad zur Arbeit zu fahren, seinen Beitrag für die Umwelt zu leisten und gleichzeitig etwas für seine Gesundheit zu tun. Das Fahrrad ist schwarz und zu sportlich für ihn.

«Es würde nicht ins Auto passen.»

«Alex hat einen Transporter.»

«Und muss morgen um sieben Uhr aufstehen», erinnere ich ihn.

«Genau. Du musst mich nicht mitnehmen. Es sind nur fünf Minuten mit dem Rad zur Bahnstation. Fahr du mit dem Auto nach Hause, Dan, und wir sehen uns dort.» Calle beugt sich vor, bis er Dans Lippen berührt, verweilt einen Augenblick so mit geschlossenen Augen.

«Nehmt euch ein Zimmer, ihr zwei. Am besten ein Teenager-Zimmer, denn da scheint ihr hinzugehören», sage ich gleichermaßen begeistert und höllisch eifersüchtig auf meinen Bruder, dass er die Liebe seines Lebens gefunden hat.

«Hast du überhaupt einen Helm dabei?», fragt Dan, der immer noch nicht ganz überzeugt ist.

«Es wird schon nichts passieren, Dan. Die Stadt ist wie ausgestorben.»

«Er fährt ja nur bis zur Bahn», schließe ich mich der Meinung meines Bruders an.

«Ganz genau. Tschüss, Alex. Immer schön artig bleiben!»

Calle schwingt sich aufs Rad und fährt los, erst schwankend und unstet, bevor er an Geschwindigkeit zunimmt und um die Ecke verschwindet, sein Fahrrad nur auszumachen durch sein Blinklicht.

Zwei Stunden später bekomme ich den Anruf von Dan. Das Auto hat Calle mit voller Wucht erwischt. Wäre er mit Dan nach Hause gefahren, würde er jetzt noch leben. Hätte ich ihn und sein Fahrrad nach Hause gefahren, würde er jetzt noch leben.

Stattdessen ist er während der Not-OP gestorben, und Dan und ich konnten uns nicht mal von ihm verabschieden. Und alles, was mir bleibt, ist ein kurzes Video auf Social Media, das ich tagein, tagaus in Dauerschleife abspiele. Die ersten Tage zwang ich mich, es mir anzusehen. Sieh dir an, was passiert ist wegen dir und deinem beschissenen Sieben-Uhr-Tagesbeginn, denke ich. Im Helm ist eine Wassermelone; er wird auf den Boden fallen gelassen, und die Frucht bleibt unversehrt. Dann wird eine zweite Wassermelone, ohne Helm, ebenfalls auf den Boden fallen gelassen. Die Frucht zerplatzt. Rötlicher Saft läuft auf den Asphalt, und der Typ in dem Video macht ein erschrockenes Gesicht. Die Kamera zoomt auf den in der Melone klaffenden Spalt, der einem Canyon gleicht. Es ist ein Lehrvideo, das zeigen soll, wie wichtig Helme sind.

Nur dass es in meinem Kopf zu einem Horrorfilm wird, in dem sich jede Sekunde anfühlt wie eine Stunde, und die Melone mit dem klaffenden Grand Canyon wird ersetzt durch den Kopf meines kleinen Bruders.

KLARA

Google: Wie konnte ich übersehen, dass er mich die ganze Zeit mochte?

Das Gebäude ist nobel, wohl das nobelste, was ich während meiner Zeit hier gesehen habe. Es erinnert mich an eines der Luxusapartmentkomplexe an der Themse in London. Der Turning Torso ist ein Wahrzeichen von Malmö. Im Vorhinein habe ich etwas recherchiert und herausgefunden, dass er von dem namhaften spanischen Architekten Calatrava entworfen und 2005 fertiggestellt wurde. Für die Inneneinrichtung ist der berühmte Designer Philippe Starck verantwortlich. Es ist keine gewöhnliche Wohnadresse. Man kann sogar eine geführte Tour buchen, um sich den Turning Torso aus der Nähe anzusehen und die Aussicht aus den oberen Stockwerken zu genießen. Er steht am Stadtrand und hat einen tollen Blick aufs Meer. Ich laufe durch das blau erleuchtete Foyer zu einem geräumigen Aufzug und gucke auf die Schaltknöpfe für die vierundfünfzig Stockwerke. Noch einmal lese ich die Nachricht von Dan, dem Mann, der kürzlich ins Büro gekommen ist. Es ist Wohnung Nummer achtundneunzig im zweiunddreißigsten Stock.

Der Schlüssel gleitet ohne Widerstand ins Schloss, ganz anders als in meinem Elternhaus, wo es mindestens zwei Versuche braucht und man gleichzeitig mit der Hüfte dagegendrücken muss, damit sich die Tür öffnet. Alte Gebäude murren und wehren sich, wenn man sie betreten will, geben am Ende jedoch nach – wie bei einer konfliktbeladenen Beziehung. Neue Gebäude heißen einen immer willkommen.

Als ich eintrete, stehe ich in einem großen Raum mit unverstellter Sicht aufs Meer. Die Symmetrie ist beeindruckend, von der Art, wie sie in meinen Architekturbüchern zu finden ist. Obwohl es schon auf neunzehn Uhr zugeht, ist es draußen noch hell. Schätze, der Sommer steht tatsächlich vor der Tür.

Ich erinnere mich an das Gespräch im Büro. Eine Wand soll eingezogen werden, aber so, dass das Gefühl von Geräumigkeit bestmöglich erhalten bleibt. Zwei Schlafzimmer statt einem, um das Verkaufspotenzial zu erhöhen. Bei dem Gedanken, dass ich es vielleicht, vielleicht skizzieren kann, bekomme ich ein Kribbeln im Bauch. Dan wird sich trotzdem an einen Architekten wenden wollen, aber ich könnte eine erste Zeichnung anfertigen und sie ihm mailen. Ich sehe es alles vor mir. Ich streiche mit den Händen über die saubere Küchenplatte. Die Backofenuhr ist um 14:13 Uhr stehen geblieben. Obwohl es keinen Grund dafür gibt, öffne ich den Kühlschrank. Abgesehen von einer Ketchupflasche und einem Sixpack Bier ist er leer.

Ich gehe ins Schlafzimmer. Es ist leer bis auf ein Bett, das mit gebügelten Laken bezogen ist. Dieses Zimmer wird von den Renovierungsarbeiten unberührt bleiben, daher ziehe ich sorgsam die Tür hinter mir zu und gehe zurück in den Wohnbereich. In mir herrscht ein ziemliches Durcheinander; gleich einem Trockner, in dem eine Ladung bunter Wäsche herumwirbelt. Dads Krankheit, die Distanziertheit meiner Schwester, Tom, Alex, Fliesenprojekte und Autismus. Ich stelle mich vor die große Fensterfront und blicke hinaus über das ruhige Wasser zur dänischen Küste am Horizont.

Ich weiß nicht, wie lange ich dort gestanden habe, als mich etwas aufschreckt. Das vertraute Geräusch eines Schlüssels, der in ein Schloss geschoben wird. Seltsam. Wer sollte denn hierherkommen? *Ein Einbrecher? Ein Mörder?! Bitte, ich will nicht sterben!* Die Wohnungstür schwingt auf, wenn auch nahezu geräuschlos, und dann vernehme ich Schritte. Das war's. Gleich werde ich von einem verrückten Einbrecher ermordet, der es auf eine leer stehende Penthouse-Wohnung abgesehen hat. Ich kann nicht mal Hilfe rufen, weil meine Tasche mit dem Handy auf dem Boden neben der Wohnungstür liegt. Ich erinnere mich an Ratschläge für die Begegnung mit Wildtieren, Informationen, die ich mal für den Fall nachgeschlagen habe, dass ich im schwedischen Wald einem Bären oder Wolf über den Weg laufe. *Langsame Schritte machen. Wenn das Tier Sie verfolgt, stellen Sie sich tot.* Ich kann mich nicht totstellen, wenn ich stehe. Die Schritte kommen näher. *Noch näher.* Ich bin der festen Überzeugung, jetzt jede Sekunde an einem Herzinfarkt zu sterben.

«Hallo? Ist jemand hier?» Der Mörder muss meine Tasche gesehen haben. Für mich gibt es keinen Ausweg. Allerdings ... klingt der Mörder gehörig nach ...

«*Alex?*»

Ich erstarre.

Er erstarrt.

«Klara?»

«Das wär dann wohl ich», sage ich. Meine Wangen brennen, und ich würde ihm am liebsten um den Hals fallen, weil er kein Mörder ist.

«Was machst du hier?» Er steht jetzt dicht vor mir und sieht mir auf eine Art in die Augen, dass ich noch röter werde. Ich blicke hinaus aufs Meer.

«Dasselbe könnte ich dich fragen.»

«Okay, aber ich habe zuerst gefragt.»

«Ich arbeite.»

«Du arbeitest?» Er guckt mich verwirrt an. Wir haben vor zwei Stunden Feierabend gemacht.

«Na ja, den Ausblick genießen gehört nicht dazu. Da habe ich gerade nicht gearbeitet. Das war ich, wie ich eine Pause mache.

Aber davor. Ich bin wegen eines Kostenvoranschlags hier. Für unseren neuesten Kunden.»

Sein Blick wandert durch den Raum, als hätte er keine Ahnung, was er tun soll, und als suche er nach Inspiration.

«Du hast mir noch nicht verraten, warum *du* hier bist», hake ich nach.

«Das hier ist – na ja, war – die Wohnung meines Bruders.»

«Deines Bruders?»

«Er ist letztes Jahr verstorben. Sein Ehemann muss dich beauftragt haben – *uns*.»

«Dan.»

«Ja.»

«Willst du drüber reden?»

«Eigentlich nicht. Nicht jetzt.»

«Okay.»

«Dann lass ich dich mal deinen Job machen. Tut mir leid, dass ich so überraschend hereingeplatzt bin.»

«Nein, nein. Ich bin es, die gehen sollte.»

Ich mache einen Schritt nach rechts, aber Alex steht mir im Weg und bewegt sich nicht.

«Klara, bitte bleib. Ich sagte, ich bin noch nicht bereit, über meinen Bruder zu reden – nicht dass ich nicht reden will. Ich muss tatsächlich mit dir reden. Ich glaube, das hätten wir schon viel früher tun sollen.»

Ich zögere. Alex und ich, allein. Es ist definitiv Zeit zu gehen. Etwas Distanz zwischen uns zu bringen.

«Trotzdem sollte ich besser gehen, findest du nicht? Wir haben jetzt diesen Auftrag, um den wir uns kümmern müssen. Ich werde dir diesbezüglich morgen früh alles erläutern.» Er steht unbeweglich da und wartet, dass ich gehe. Ich mache einen kleinen Schritt Richtung Tür, in der Hoffnung, dass meine Beine die Arbeit von allein machen, wenn ich nur einen Anstoß gebe.

«Gute Nacht», sage ich und mache drei weitere wackelige Schritte an ihm vorbei, ohne mich umzudrehen. Aus irgendeinem Grund habe ich Angst, ihm in die Augen zu blicken. Als ich meinen Kopf nur ganz leicht zur Seite drehe, sehe ich sein Spiegelbild in der Glastür. *O Gott.* Denk nach, Klara. Ich stehe da wie festgefroren. Hinter mir macht Alex einen Schritt auf mich zu, und ich stehe nur unbeweglich da.

«Klara», flüstert er mit schwacher, belegter Stimme. «Du musst nicht so überstürzt aufbrechen. Ich bezweifle, dass du hiernach noch einen Termin hast, und Saga ist zu Hause bei deinem Vater, hab ich recht?»

Er hat recht. Das sind nicht die Gründe, weshalb es mich zur Tür, zum Ausgang und zur frischen Luft auf der anderen Seite zieht. Ich habe ihm gesagt, dass er es sein lassen und mich – *uns* – klar in der Freundschaftszone halten soll. Aber tief in mir weiß ich, dass es nicht das ist, was ich will; und zwar schon seit einer ganzen Weile nicht.

«Ich glaube, du solltest wissen, dass ich dich mag», sage ich schließlich. «Obwohl ich es nicht sollte, diese Art von Mögen, meine ich. Ich weiß schon die ganze Zeit nicht, wie ich mich richtig verhalten soll. Ich habe gegoogelt. Viel.»

«Natürlich hast du das.» Seine Stimme ist zärtlich und belustigt, und ich drehe mich zu ihm um. Jetzt bin ich ihm wirklich sehr nahe. Uns trennen nur wenige Zentimeter. Mich auf die Berechnung dieses Abstands zu konzentrieren, war ein Fehler – jetzt bin ich nur noch verunsicherter.

Er senkt den Kopf, und ich hebe das Kinn, unsere Gesichter sind plötzlich ganz dicht voreinander.

«Du hast keine Ahnung, wie oft ich mir schon vorgestellt habe, dir zu sagen, was ich für dich empfinde. Aber ich wollte deine Wünsche respektieren. Und du sagtest, ich solle es für mich behalten …»

«Musste ich.» Ich hole tief Atem, bevor ich hinterherschiebe: «Was ist mit deiner Frau?»

«Welcher Frau?»

«Deiner Frau – die, mit der du verheiratet bist. Die das Gegenstück zu deinem Ehering trägt. Oder hast du sie etwa vergessen?» Plötzlich wirkt er beleidigt und total verwirrt zugleich.

«Ich bin nicht verheiratet – das ist der Ring meines Bruders. Ich trage ihn seit dem Unfall. Irgendwie kann ich ihn nicht abnehmen. Wenn ich ihn trage, habe ich das Gefühl, dass er bei mir ist. Du dachtest, ich hätte eine Frau? Drei Monate arbeiten wir schon zusammen, ohne dass ich sie ein einziges Mal erwähnt habe? Du kennst meine Sozialversicherungsnummer und meine Schuhgröße, aber dachtest, ich verheimliche irgendwie eine Frau?»

«Was ist mit der Paartherapie?»

«Ein Insiderwitz. Ich bin mit meinem Freund Paul hingegangen, den ich dir übrigens liebend gern vorstellen würde. Meine Therapeutin wollte einen meiner engen Freunde kennenlernen, als Teil meiner Therapie. Daher habe ich es Paartherapie genannt.»

Wussten das alle außer ich? Gunnar? Hanna? Selbst *Dad*? Hat er nicht mal erwähnt, ich solle Alex öfter einladen? Und ich dachte, er hätte das nur gesagt, weil *er* seine Gesellschaft mag. Bin ich die Einzige, die so völlig auf dem Holzweg war? In meinem Kopf fügen sich plötzlich die fehlenden Puzzleteile an ihren Platz.

«Ich brauche ein paar Sekunden, um mein System neu zu starten. Den Datenstrom zu aktualisieren sozusagen», erwidere ich. *Alex ist Single. Alex ist Single. Alex ist Single.*

«Dir ist nie der Gedanke gekommen, mich zu fragen? Eine einfache Frage hätte das alles lösen können», sagt *Single*-Alex.

«Gewöhnlich stelle ich keine Fragen, deren Antwort offensichtlich ist», entgegne ich. «Ein Ehering ist ein bewährtes Mittel, um den Familienstand anzuzeigen, genauso wie Kopftücher Ausdruck einer Religion sind.» Ich finde Symbole hilfreich. Namensschilder, grell orangefarbene Westen, die schreien: *Frag mich um Hilfe*. Mein Blick huscht zwischen dem Meer und der Wohnungstür hin und her, und Alex streckt die Hand aus, berührt mein Gesicht und lenkt meinen Blick sanft zurück zu sich, damit er meine volle Aufmerksamkeit hat.

«Du hast natürlich recht, der Schluss war naheliegend. Aber ich habe keine Frau. Niemanden. In meinem Leben gibt es absolut niemanden. Doch das würde ich gern ändern.»

«Würdest du?», flüstere ich. «Erzähl mir mehr.»

«Klara, du bist stark und unerschrocken, schön und klug, und du hast ein gutes Herz. Und den besten Hintern, den ich je gesehen habe.» Er streicht mit den Fingerkuppen über meine Wange, und ich spüre, wie ich mich ihm entgegenlehne. Seine Fingerspitzen fahren über meine Unterlippe.

Aber er küsst mich immer noch nicht. Stattdessen flüstert er, sein Mund dicht vor meinem, und seine Atemluft kitzelt meine Lippen.

«Willst du es auch wirklich, Klara?»

Mir dämmert, dass Single-Alex ebenfalls unsicher ist und dass ich sein Selbstvertrauen möglicherweise missinterpretiert habe, so wie ich seinen Ring missinterpretiert habe. Ich stelle mich auf die Zehenspitzen, um seinem Gesicht noch näher zu kommen, reiche aber immer noch nicht ganz bis an seine Lippen heran und nicke.

«Heißt das *ja*?»

«Ja, du Knalltüte.»

Er zieht mich zu sich heran. *Endlich.* Ich habe das Gefühl, den Verstand zu verlieren, ein wenig wie damals, als ich alle Hemmungen ablegte und Pommes frites *und* Kartoffelbrei als Beilage bestellte. Ich drücke meinen Mund auf seinen.

Zuerst ist der Kuss ein sanftes Streichen über meine Lippen, dann wird er hungriger. Alex küsst mich mit all der Entschlossenheit, die zu seinem Charakter gehört, die er bei allem, was er tut, an den Tag legt. In meiner Magengegend flattert ein ganzer Schwarm gefühlt sehr heller und sehr gelber Frühlingsschmetterlinge.

Als ich auftauche, um Luft zu holen, muss ich etwas sagen, irgendetwas.

«Bevor wir uns das erste Mal trafen, dachte ich, du wärst eine Frau.» Er lacht, und es ist klar, dass er mit mir lacht, nicht über mich.

«Selbst meine Eltern dachten, ich sei ein Mädchen, bevor sie mich das erste Mal sahen. Ich bin nach Prinzessin Alexandra benannt. Wenigstens hatten meine Eltern genug Anstand, nur *Alex* in die Geburtsurkunde eintragen zu lassen.»

«Dann bist du also meine Prinzessin – nicht meine Viking-Schriftart!» Der Blick, den Alex mir schenkt, ist so ernst, dass ich in Lachen ausbreche.

Ich vergrabe mein Gesicht an seinem Hals und nehme seinen Geruch in mir auf. Ich habe Angst, aber ich glaube, er auch. Alex ist es wert, sich ein wenig zu fürchten, einen Schritt aus meiner Komfortzone zu treten.

«Gott, Klara. Deine Augen …»

«Hm?»

«Sie sind stechend, als würden sie brennen.»

«Mir wird immer gesagt, mein Blick wäre zu intensiv. Ich darf nicht vergessen zu blinzeln und hin und wieder verschiedene Gegenstände anzusehen.»

«Zu intensiv? Du hast ja keine Ahnung, was du mit mir machst, Klara Nilsson.»

«Für mich ist es völlig unverständlich, dass dich nicht jeder so anguckt», entgegne ich. Wie konnte mir das alles entgehen, als ich ihn kennengelernt habe? Er hat mich dermaßen abgelenkt, weil ich ihn *mag*.

Ich lasse die Hände an seinem Rücken hinabgleiten, von den Schulterblättern entlang der Wirbelsäule. Alex gebietet mir sanft Einhalt, indem er meine Hände in seine nimmt. Eine Welle der Zurückweisung überrollt mich. Erinnerungen kommen hoch, wie ich auf Google *Wie man küsst* suche und an die Belastung, immer abliefern zu müssen, während des Küssens im Kopf jeden theoretischen Schritt durchzugehen, in der Hoffnung, gut genug zu sein, und für einen Augenblick fehlen mir die Worte. Zu viel zu sein, aber gleichzeitig auch nie genug. Gleich wird es wieder passieren.

«Ich würde gerne diesen Moment mit dir genießen, einfach so, wie er ist, nur noch ein Weilchen länger.» Er legt den Arm um mich, dreht uns beide zur Fensterfront, und vor uns liegt das Meer. «Du hast diese Wohnung wieder zu einem glücklichen Ort für mich gemacht.»

Plötzlich ergibt alles Sinn. Sein Verhalten, als er hereinkam, dass er so kurz angebunden war.

«In etwa zehn Minuten bekommen wir einen atemberaubenden Sonnenuntergang. Dan hat die meisten Möbel verkauft, aber ich denke, wir können es uns trotzdem gemütlich machen. Wir haben Plätze in der ersten Reihe», sagt er, geht und kommt mit ein paar Decken und einem Haufen Kissen zurück.

«Hiermit wird es gehen.»

Wir breiten alles auf dem Wohnzimmerboden aus, und ich stehe zögerlich da, während sich langsam ein orangefarbener Schleier über den Abendhimmel legt. Ganz wie in einer Fantasievorstellung, denke ich, aber auch völlig anders. Eine Version, die einen Sonnenuntergang und ein Kissenlager auf dem Boden beinhaltet, habe ich nicht geprobt.

«Das ist der Moment, in dem du dich hinsetzt, es dir gemütlich machst und dich von mir im Arm halten lässt. Okay?»

«Okay.» Ich schlucke, erleichtert, dass ich Anweisungen bekomme.

Es ist unbekanntes Gebiet, aber ich rutsche auf den Kissen herum, bis ich eine bequeme Position gefunden habe. Dann lege ich den Kopf auf Alex' Brust.

«Ich mag es hier. Seit dem Unfall komme ich fast jede Woche her. Manchmal leistet mir mein Schwager Gesellschaft, und wir schauen uns gemeinsam einen Film an und trinken ein Bier. Selbst jetzt noch, wo die Wohnung so gut wie leer ist, kann ich nicht *nicht* herkommen.»

«Dan. Er wirkt nett.»

«Er ist der Beste.»

Mehr sagt Alex nicht, daher ergreife ich das Wort. «Menschen scheinen Dinge gern in ein Vorher und Nachher zu unterteilen. Als gäbe es einen Wendepunkt. War der Verlust deines Bruders ein Wendepunkt in deinem Leben?»

«Ja. Calle, sein Tod.»

«Dann hast du also die ganze Zeit getrauert, während ich mich über meine Schwester aufgeregt habe ... Es tut mir so leid, Alex. Ich wusste es nicht.» All die Male, die ich mich über Saga beschwert habe – meine Schwester, die ich liebe, die ich immer noch habe, die ich umarmen und sehen und mit der ich immer noch sprechen kann –, war er in Trauer. Es muss die reinste Qual für ihn gewesen sein.

«Ist schon okay, du konntest es nicht wissen. Und ich bin froh, dass du deine Schwester noch hast.»

«Ja, ich auch.» Eine tolle Schwester, wie sich herausgestellt hat. Der ich nicht genug Anerkennung gezollt habe. «Ich wünschte, du hättest es mir gesagt. Erzähl mir von ihm.»

Und Alex erzählt mir alles. Von ihrer Kindheit und dem gemeinsamen Großwerden bis dahin, dass er Trauzeuge bei Calles und Dans Hochzeit war. Von zusammen verbrachten Ferien und der Art brüderlicher Beziehung, von der die meisten träumen.

«Wenn man den Schmerz zulässt, wird er erträglicher. Nichts

bleibt ewig», sage ich, als er geendet hat. Das tue ich, wenn ich nicht wegrennen kann. Wenn die Welt zu viel wird, ist Option eins Flucht. Aber wenn das nicht möglich ist, sitze ich die Belastung aus, lasse das überwältigende Gefühl zu, in dem ich ertrinke, und warte darauf, dass es vorübergeht.

Alex schweigt eine Weile, bevor er sagt: «Ich schätze, ich bin vor dem Schmerz weggerannt. Bin im Auto herumgefahren – wenn ich in Bewegung war und versuchte, etwas zu tun, konnte ich mit ihm umgehen, ihn ignorieren. Dadurch konnte ich aufhören zu fühlen.»

Durch unsere Kleidung hindurch spüre ich unseren Herzschlag, nicht im Einklang, vielleicht ist der eine gerade und der andere ungerade.

«Ich könnte die ganze Nacht hierbleiben», sage ich.

«Warum tun wir es dann nicht? Der Sonnenuntergang ist nichts im Vergleich zu dem Sonnenaufgang. Ich bestelle uns was zu essen.»

Mich überkommen Zweifel, und ich werde steif. Übernachtungspartys mag ich nicht. Hab sie noch nie gemocht. Die Häuser riechen immer nach anderen Leuten und ihrem Waschmittel. Es ist, als würden sie einen für die Dauer des Aufenthalts mit ihrem warmen Atem anhauchen. Momentan fühle ich mich gut, *wunderbar* sogar, aber wenn man mit jemandem schläft, gibt es manchmal weniger Luft zum Atmen, und einen berühren kalte Füße mit spitzen Zehennägeln, und man wird von undefinierbaren Geräuschen geweckt. Doch dann frage ich mich, ob es vielleicht einfach so wäre wie jetzt in diesem Augenblick, wenn ich mit Alex hierbleibe. Das Auf und Ab seiner Brust und sein Geruch. Der einzige Unterschied wäre, dass ich die Augen schließe und schlafe.

«Alex, ich würde sehr gerne eine Übernachtungsparty mit dir machen.»

ALEX

GETEILTER KALENDER
Neue Notiz (Klara): Letzte Nacht war wunderbar.
Neue Antwort (Alex): *Du* bist wunderbar.
Neue Antwort (Klara): Fühl dich frei, weitere Dates zu
planen, falls du willst. Verschiedene Orte
Neue Veranstaltung (Alex): Nächsten Dienstag, 19 Uhr.
Abendessen bei Alex zu Hause
Neue Antwort (Klara): Dann haben wir ein Date!

Daran könnte ich mich gewöhnen, Klara in meinen Armen. Genau genommen, *auf meinem Arm*, sodass er anfängt zu kribbeln, weil ich einen Blutstau bekomme. Ich sollte sie runterschieben, aber ich will sie nicht aufwecken.

Die Vorhänge sind schon lange weg, daher bin ich mit dem ersten Tageslicht aufgewacht. Zum ersten Mal, seit Gott weiß wie lang, fühle ich mich ruhig. Ich weiß, dass es in Ordnung ist: Wenn sonst nichts, wäre zumindest Calle glücklich.

Ich streiche ihr eine dunkle Haarsträhne aus dem Gesicht und gebe ihr einen Kuss auf den Kopf. Sie bewegt sich leicht und öffnet die Augen, unter denen etwas schwarze Wimperntusche verschmiert ist.

«Ich dachte, du würdest über alle Berge rennen, wenn ich dir meine Gefühle gestehe», sage ich.

«Welche Berge? Wir befinden uns im flachsten Teil Schwedens.» Sie lächelt, und mir geht das Herz auf.

«Ich muss bald aufbrechen. Ich habe meinen Eltern versprochen, bei ihnen vorbeizuschauen und mir vor der Gerichtsver-

314

handlung die Fallakte genau durchzulesen.» Ich konnte mich immer noch nicht dazu bringen, die Verteidigung des Mannes zu lesen oder mir die Fotos anzusehen. Für den Augenblick schiebe ich den Gedanken beiseite.

«Wie geht es deinen Eltern? Seit dem Unfall, meine ich.»

«Sie kommen klar. Mein Vater hat direkt danach monatelang Dinge gebaut. Meine Mutter hat gebacken. Richtig exzessiv, sie haben keine Minute innegehalten. Im Gegensatz zu mir, ich bin wie bewegungslos stehen geblieben. Mein Vater trauert mit den Händen statt mit dem Kopf oder dem Herzen. Was ich durchgemacht habe, kann er nicht im Geringsten nachvollziehen. Die Garage ist vollgestopft mit Gegenständen, die er gebaut hat. Vogelhäuser, Stühle und Schlitten. Was immer das Herz begehrt.»

«Das macht mich traurig. Ein Museum der Verlustverarbeitung.»

«Wenn man es so ausdrückt ... Vielleicht sollte er sich davon trennen.»

«Na ja, wir haben ein Bauunternehmen. Wir könnten den Lagerbestand erfassen und unseren Kunden die Dinge kostenlos anbieten?»

«Er würde murren und protestieren, aber ich glaube, du hast recht. Es ist Zeit, die Garage zu entrümpeln. Ich werde mit ihm darüber reden.»

«Was deine Mutter angeht – bringst du deshalb immer Zimtschnecken mit zur Arbeit?»

«Sagen wir einfach, wir haben genug für die Mitarbeiter-Meetings der kommenden zwei Jahre.»

Der kommenden zwei Jahre. Auf diesen Zukunftsverweis gehe ich nicht weiter ein, lasse ihn vorbeiziehen wie kleine nervige Symptome einer Erkältung, die man ignoriert und mit der man trotzdem zur Arbeit geht, obwohl man weiß, dass sie einen am Ende niederwerfen wird. Ignoriere den Verweis und weiß, dass sie es auch tut, weil sie bloß nickt. Ich möchte das hier als glückliche Erinnerung behalten.

Und in glücklichen Erinnerungen geht keiner zurück nach London.

KLARA

Google: Wie oft darf man am IELTS teilnehmen?

Als ich gehe, schreibe ich meiner Schwester.

> Ich: Der Mann, von dem ich angenommen habe, er sei
> verheiratet, hat sich als Single entpuppt.
> Saga: Wer? Alex? Das sind tolle Neuigkeiten, kleine Schwester.
> Ich: Es gibt etwas, das ich nicht ganz verstehe.
> Saga: Ganz einfach: Du magst Alex. Alex ist Single. Alle sind
> happy.
> Ich: Ja, aber wenn er schon die ganze Zeit Single war und
> mich mochte, hätte er doch bestimmt einen Weg gefunden,
> mir das zu zeigen.
> Saga: Du hattest was mit Tom ... Das hätte Alex davon
> abgehalten, irgendwelche Avancen zu machen. Außerdem
> könnte es eine Rolle gespielt haben, wie du dich verhalten
> hast, weil du dachtest, er sei verheiratet.
> Ich: Dann war die Sache mit Tom also genau wie der Ring
> ein Zeichen? Mit ähnlich abschreckender Wirkung?

Das ergibt absolut Sinn. Saga kann die Dinge immer so erklären,
dass ich sie verstehe. Alex und ich hatten beide Zeichen, die uns
blind machten für die gegenseitige Anziehung. Woher hätte ich
wissen sollen, dass es nicht sein Ring ist, und woher hatte er wissen sollen, dass ich die Zeit mit Tom nicht genoss? Das ist das
Problem mit Zeichen, die erzählen nicht die ganze Geschichte.

An diesem Abend kommt mir Googles Ratschlag in den Sinn, vielmehr darüber nachzudenken, wie ich mein Leben gestalten möchte, als darüber, wer ich sein will. Ich bringe die Liste zu Papier, die Google mich zu erstellen gebeten hat.

Ich möchte sowohl ein Leben als Schwedin als auch als Engländerin.

Ich möchte mit Immobilien arbeiten. Nicht mit den in Schriftarten sprechenden Käufern, sondern mit Immobilien selbst. Möchte sie zeichnen, sie visualisieren, sie verändern.

Ich möchte positiv auf das Leben meines Neffen einwirken. Sowohl durch meine Anwesenheit als auch durch Leistungen, die ihn stolz auf mich machen könnten.

Ich möchte meine Familie und meine Freunde in meinem Leben haben. Alice kann es kaum erwarten, mich wiederzusehen, und ich beschließe, nach meiner Abreise mit Hanna in Verbindung zu bleiben.

Ich möchte Alex in meinem Leben haben, aber nicht über eine WhatsApp-Gruppe oder als Kumpel. Nein, was Alex angeht, setze ich keine Grenzen. Obwohl wir die Dinge langsam angehen lassen, weiß ich, dass ich ihn neben mir wissen will, vor mir, hinter mir, auf mir und unter mir.

Für die ersten zwei Punkte habe ich keine Lösung. Ich kann nicht einfach hinzufügen: *ähnlichen Job wie bei YourMove finden*, weil auf Fragen zu antworten und sich mit technischen Problemchen auseinanderzusetzen nicht Arbeiten mit Immobilien ist. Außerdem wäre es nicht die Art Beruf, die meinen Neffen inspirieren würde – weil es nicht das ist, was ich tun möchte. Ich kann mich der Tatsache nicht verschließen, dass ich gerne Architektin wäre. Das Maßnehmen, zu sehen, wie eine Vision verwirklicht wird. Der Tischlerunterricht hat diesen Wunsch nur verstärkt. Ich müsste weniger Kundengespräche führen und weniger Auto fahren, was meiner mentalen Gesundheit guttun würde. Und hier verfluche ich Google. Es ist ja schön und gut, Listen zu schreiben und sich auf das zu konzentrieren, was ich will – bis der Umstand, wer ich bin, allem einen Riegel vorschiebt.

Ich bin Klara Nilsson, Diabetikerin und Autistin. Ich habe Träume und Ambitionen. Aber ich kann nicht mal den IELTS-Test bestehen, um sie wahr werden zu lassen.

ALEX

PERSÖNLICHER KALENDER
Neue Aufgabe: Einen Weg finden, dass es funktioniert
Neue Aufgabe: Siehe oben
Neue Aufgabe: Weil es verdammt noch mal alles sein
könnte, was zählt

Die Woche zieht in einem seltsamen Nebel aus Klara und mir zusammen vorbei. Als wir zur Arbeit erscheinen, wissen innerhalb von Sekunden alle Bescheid. Macht mir nichts aus. Sonst hat sie immer zwei Meter Abstand zu mir gehalten, doch jetzt streift ihr Arm unablässig meine Körperseite. Als wäre ich ihr Mittelpunkt, und ich liebe es. Wenn sie sich wegbewegt, bleibt ihr Blick auf mich gerichtet. Ich genieße dieses ständige wohlige Gefühl.

«Du bist wie ein Werwolf, der sich eingeprägt hat», sage ich zu ihr.

«Ich wusste gar nicht, dass du Teenager-Serien über Vampire guckst. Außerdem bin ich nicht sicher, ob es sonderlich schmeichelhaft ist, mich mit einem Werwolf zu vergleichen.» Aber ihr ist anzusehen, dass ihr mein Kommentar gefällt.

Mir kommen die vergangenen Monate in den Sinn. All die Zeit, die wir - ich - vergeudet habe. Und nicht nur seit ich das Büro hier draußen auf dem Land betreten habe und sie das erste Mal sah, sondern auch die Zeit davor. All die Jahre, die ich mich zufriedengegeben, mich treiben gelassen und akzeptiert habe, dass das Leben durchschnittlich ist.

Ich lege ein paar Früchte in eine Schale, die ich gekauft habe. Ich bin aufs Ganze gegangen und habe sogar eine Duftkerze mitgenommen. Vanille, was mich an Calle erinnert. Dazu Platzdeckchen für den Tisch. Oh, und eine Blume in einem Keramiktopf. Nur für den Fall, dass sie es mag, wenn jemand so etwas zu Hause hat. Der wichtigste Kauf war die Küchenwaage, mit der ich jetzt Nudelportionen abwiege, um die Kohlenhydratmenge bestimmen zu können. Wenn ich für Klara koche, dann richtig. Schließlich ist es unser erstes Date, wenn man das gemeinsame Sandwichessen im Transporter mal außen vor lässt.

Mama hat mir eine Sprachnachricht geschickt, und ich höre sie mir geduldig an.

«Alex, mein Lieber, hier ist Mama. Aber vermutlich hast du das schon auf dem Bildschirm gelesen. Hi. Würdest du sagen, dass wir morgen Schwarz tragen sollen? Ich weiß, dass es keine Beerdigung ist, aber ich kann mir an einem solchen Ort einfach nichts Buntes vorstellen, du etwa? Ziehst du deinen Anzug an? Papas habe ich gebügelt, er ist dunkelgrau, falls du dich erinnerst? Wie auch immer, wahrscheinlich rufe ich Dan an und frage ihn nach seiner Meinung, falls du diese Nachricht nicht bekommst.»

Ich schreibe ihr zurück und setze ein rotes Herz ans Ende der Nachricht. *Zieh das an, worin du dich wohlfühlst. Nichts zu Enges, etwas, worin du gut atmen kannst und nicht erstickst. Du machst das schon.* Ich versuche, eine Stütze für meine Eltern zu sein, so wie sie eine für mich waren. Es fühlt sich gut an, eine Aufgabe zu übernehmen, die ich erfüllen kann.

Auf meinem Bildschirm erscheint eine Benachrichtigung. Dinner bei Alex zu Hause wurde von 7 Uhr auf 7:20 Uhr verschoben und eine Notiz hinzugefügt: Finde keinen Parkplatz.

Ich antworte: Komme runter.

Ihr Transporter schleicht die Straße entlang, und ich signalisiere ihr anzuhalten. Auf der gegenüberliegenden Straßenseite ist eine völlig akzeptable Parklücke, aber sie scheint sie nicht nehmen zu wollen.

«Spring raus. Ich parke ein.» Mit einer Hand am Lenkrad chauffiere ich den Transporter in die Lücke und hoffe, dass sie sich nicht auf den Schlips getreten fühlt. Als ich aussteige und auf sie zugehe, strahlt ihr Gesicht, was mich beruhigt, und sie winkt mir freudig zu, als wäre ich das Beste, was sie den ganzen Tag gesehen hat.

Nach dem Abendessen, auf das ich mich nur schwer konzentrieren kann, beschließe ich, es anzusprechen. Was mich zurückgehalten hat. In einem Atemzug und mit etwas seltsam klingender Stimme sprudelt es aus mir heraus.

«Du hast mich im Wartezimmer der Praxis gesehen. Und ... darüber möchte ich gern mit dir sprechen, ich will dir sagen, warum. Ich hatte Depressionen, und vielleicht habe ich sie immer noch, vielleicht sind sie irgendein angeborener Teil von mir», gestehe ich ihr.

«Okay», sagt sie nur. Nicht dass ich doch so fröhlich wirke, dass schon alles gut werden wird oder dass ich stärker bin als die Depression. Je älter ich werde, desto mehr schätze ich es, wenn Menschen weniger sagen: Oft bedeutet es mehr. Wenigen Worten kann man vertrauen, vor allem den einzelnen, die groß auf eigenen Beinen stehen. In einem Wald aus Wörtern verirrt man sich. Klingt nach Klara-Logik. Gerade will ich diese Gedanken aussprechen, doch sie kommt mir zuvor.

«Wir haben alle unsere Eigenheiten. Ich habe Diabetes. Außerdem verstecke ich mich in einem Transporter und höre Rap-Musik, wenn ich mich unwohl fühle, und ich schenke geraden und ungeraden Zahlen viel zu viel Aufmerksamkeit.» Kurz schweigt sie. «Eigentlich wollte ich das gar nicht erzählen. Normalerweise gehe ich meine Sätze dreimal im Stillen durch, bevor ich sie in die

Welt entlasse, wo sie beurteilt werden. Aber ... es wäre möglich, dass ich Autismus habe. Also autistisch bin.»

Ich hebe den Blick und reagiere mit einem Echo der Antwort, die sie mir eben gegeben hat.

«Okay.»

Weil in diesem Moment verdammt noch mal alles okay ist. Auch wenn mir deutlich bewusst ist, dass es nur ein Moment ist.

«Wie geht es weiter mit uns?», frage ich.

«Ich weiß nicht, wie so was abläuft. Meine längste Beziehung als Erwachsene dauerte sechs Wochen. Und während zwei dieser Wochen war er verreist.»

Warum macht es mich so glücklich zu wissen, dass niemand sie für länger als ein paar Wochen halten konnte? Was wäre nötig? Nicht viel. Es wäre überhaupt nicht schwierig. Dann erinnere ich mich, dass all dies befristet ist.

«Du gehst zurück nach London.»

«In zwei Wochen.»

So bald. Monatelang war die Zeit mein Feind. Ich habe sie verflucht und es persönlich genommen, dass sie so schnell vorbeizog. Bald wird die Gerichtsverhandlung vorüber sein, aber jetzt habe ich ein neues Datum, das drohend über mir schwebt.

«Falls mit Dad alles in Ordnung ist. Wenn seine Behandlung weitergehen muss, könnte es sein, dass ich bleibe.»

Natürlich. Wir sind alle nervös wegen Peters bevorstehendem Kontrolltermin. Es *muss* alles in Ordnung sein. Jeder andere Wunsch wäre reinster Egoismus.

«Hoffen wir, dass die Therapie angeschlagen hat. Und dass du zurückfliegen kannst. Deinen Test machen, dein Leben weiterleben kannst.»

«Reden wir lieber nicht drüber?»

Ich schlucke schwer. Will sie vielleicht ... gar nicht gehen?

«Nur für den Augenblick. Morgen ist ein großer Tag für dich.

Wenn er vorbei ist, können wir reden», stellt sie klar, als könne sie mir meine plötzliche Aufregung ansehen, und ich spüre, wie ich und meine dumme Hoffnung zusammenfallen wie Spinat in einer heißen Pfanne. *Sie wird ihre Pläne nicht für dich über den Haufen schmeißen, Alex.*

«Klar.»

Wegen morgen habe ich schon genug Sorgen, und sie hat recht: Alles kann warten bis hinterher.

Zum dritten Mal in einem Jahr trage ich meinen Anzug. Ich hasse diesen Anzug. Nach der Beerdigung habe ich ihn in die hinterste Ecke meines Kleiderschranks gestopft und hätte das Ding am liebsten verbrannt, als wäre es mottenbefallen. Zum Glück habe ich es nicht getan. Es erscheint mir passend, dass ich in demselben Anzug, den ich beim Abschied von Calle getragen habe, seinem Mörder das erste Mal gegenüberstehen werde.

«Ich könnte dich begleiten», bot Klara beim Abendessen an. Könnte sie. Die Gerichtsverhandlung ist öffentlich; jeder kann sich in den Saal setzen und zuhören. Ich stelle sie mir dort vor. Irgendwie wäre es beruhigend zu wissen, dass eine der Personen nur für mich dort sitzt, während ich mir anhöre, welche Einzelheiten dazu geführt haben, dass mir mein Bruder genommen wurde.

«Das wäre schön. Ich weiß nicht, ob ich es dir schon gesagt habe, aber in deiner Gegenwart fühle ich mich ruhiger.» Ich lächle. In letzter Zeit lächle ich ziemlich häufig.

«Dann werde ich da sein.»

Das Gericht ist ein braunes Gebäude aus den Achtzigerjahren, das aussieht, als könne hier nichts Gutes entspringen, wie eine Schulküche oder wenn man sich selbst sagt: nur noch ein Getränk. Ich hoffe, dass sein Erscheinungsbild in die Irre führt. Es wirkt so banal und ist nicht, was ich erwartet habe. Vorgestellt habe ich mir gewölbte Decken und kunstvolle Holzschnitzereien wie in amerikanischen Gerichtsdramas, Richter mit teuren Schuhen und eine Menschenmenge, die der Gerechtigkeit zujubelt. In der Realität sitzen da auf altersschwachen Bänken zwei gelangweilte Jurastudierende mit Notizblöcken und ähnlich altersschwach aussehende Juristen, vor denen Stapel von mit Post-its gespickten Ordnern liegen. Bei diesem Anblick würde ich am liebsten schreien: «Das hier ist wichtig! Jemand ist gestorben!» Aber wenn ich das täte, würde mich der stämmige Sicherheitsmann neben der Tür zweifellos hinausbegleiten.

Als wir uns der Taschenkontrolle nähern, fange ich an zu schwitzen.

«Alex?» Klaras Hand liegt nicht länger in meiner. Mir ist gar nicht aufgefallen, dass ich sie abgeschüttelt habe.

«Entschuldige. Mir geht's gut. Alles in Ordnung.» Aber nichts ist in Ordnung. Natürlich nicht. Ich hätte wissen sollen, dass mich ungefähr jetzt eine Panikattacke überkommen würde. Wünschte, ich hätte meine Tabletten mitgebracht. Mich überläuft es heiß und kalt, und meine Lungen füllen sich mit etwas Klebrigem, das mir das Atmen unmöglich macht. Wenigstens weiß es Klara besser, als mich zu berühren. Oder dumme Fragen zu stellen, die alles nur noch schlimmer machen würden. Stattdessen steht sie einfach neben mir wie eine starke und stabile Säule. Als wolle sie mich daran erinnern, dass *hier* die Welt ist. Solide. Und darauf wartet, dass ich meinen Angstzustand überwinde. Ich spüre, wie sich meine Schultern ganz leicht entspannen, und zwinge mich, sie anzusehen.

«Ich weiß nicht genau, wie ich dich unterstützen kann.»

«So gefällt es mir ganz gut. Danke.»

«Du sagst mir immer, dass ich Dinge schaffen kann. Dass ich klug und stark genug bin. Du stärkst mir auf so natürliche Weise den Rücken, dass ich mich nicht mal dagegen wehren kann oder möchte. Kohlenhydrate zu zählen, mir im Auto Snacks zu geben, all diese kleinen Dinge, die mir einfach helfen, weißt du?»

Ich räuspere mich, kann mich aber nicht dazu bringen, etwas zu sagen.

«Tust du diese Nettigkeiten auch manchmal für dich selbst? Sagst du dir, dass du es schaffen kannst? Dass du gut genug bist? Ist dir klar, dass du dich so für andere um dich herum aufopferst, dass es dich beinahe umbringt?»

Na ja. Nein. Tu ich nicht. Sollte ich?

«Dann sage ich es dir, wenn du magst.»

Für eine Weile stehen wir nebeneinander wie Bäume im Wald. Ich habe es geschafft: *Ich hatte eine Panikattacke in der Öffentlichkeit, und ich habe sie überwunden. Sie ist ausgestanden.* Das ist also das Schlimmste, was passieren kann. Auf gewisse Weise fühlt es sich befreiend an. In meinem Kopf habe ich mir diesen Moment als riesige Katastrophe ausgemalt, die zu jedem Preis vermieden werden muss. Der Preis war, dass ich aufhörte zu leben. Aber das hier – damit kann ich umgehen. Sollen mich die Leute doch angucken, wenn sie wollen. Klara zuckt nicht zusammen, wenn jemand ihr Equipment anstarrt, ihre Roboterteile: Sie trägt sie mit Stolz. Vielleicht sind Angstzustände nicht unbedingt etwas, auf das ich stolz sein kann, aber für sie schämen muss ich mich ganz gewiss nicht. Also folge ich ihrem Rat und sage mir, dass ich es schaffen kann, dass ich für die Menschen da sein kann, die mir am Herzen liegen – Mama, Papa und Dan. Und es stimmt.

KLARA

Google: Wie hätte ich es wissen sollen?

Ich weiß nicht genau, was gerade passiert ist, aber was immer es war, ich habe es tief in der Seele gespürt. Ich habe mir eine gedankliche Notiz gemacht, nach Panikattacken zu googeln. Es muss hilfreichere Bewältigungsstrategien geben, als wie erstarrt stehen zu bleiben, als wäre eine Pistole auf einen gerichtet. Jetzt werde ich Alex nicht mehr von der Seite weichen. Es gibt Artikel mit der Überschrift *9 Zeichen, dass dein Partner zu anhänglich ist und was du dagegen tun kannst*, aber direkt neben Alex herzulaufen fühlt sich besser an als der Abstand von zwei Metern, den wir immer hatten. *Anhänglich* kann bedeuten, dass man emotional abhängig ist, aber es kann auch bedeuten, dass man jemandem sehr treu ergeben ist. Ich wäre Alex gerne treu ergeben wie ein loyaler Hund.

Alex' Eltern kommen zu uns herüber. Neben ihnen erkenne ich Dan wieder.

«Hallo. Ich bin Alex' Mutter.» Sie vergeudet keine Zeit, indem sie auf eine Vorstellung wartet.

«Freut mich sehr, Sie kennenzulernen! Es tut mir so leid, dass wir uns ausgerechnet hier das erste Mal begegnen. Ich wünschte, ich hätte Alex' Bruder gekannt.» Die Mutter ist klein und rundlich, das Gegenteil zu ihrem groß gewachsenen stattlichen Sohn. Sie sieht aus, als lebe sie von Liebe und Umarmungen. Alex' Vater streckt die Hand aus und nickt wohlwollend, als ich sie ergreife.

«Komm.» Alex nimmt meine Hand und führt mich weg. Sein Griff ist bestimmt, und meine Hand versinkt komplett in seiner.

Im Gerichtssaal sitzen nur wenige Leute. Ein Mann im Anzug

sitzt mit dem Rücken zu uns; er bequemt sich nicht – oder traut sich nicht –, sich umzudrehen. Er hat ein kleines Team aus Anwälten um sich, die Einzigen, die sich unterhalten. Ich war noch nie vor Gericht. Einmal habe ich im Supermarkt einen Rabattaufkleber auf einen Artikel geklebt, für den ich eigentlich den vollen Preis hätte zahlen müssen, aber niemand hat es bemerkt, und ich bin dem Auge des Gesetzes entkommen.

Alex drückt mir eine Mappe mit Dokumenten in die Hand.

«Halt das kurz. Ich gehe noch mal zur Toilette.» Er fährt sich mit der Hand durchs Haar und schüttelt dann den Kopf auf eine Art, dass die Bewegung seinen gesamten Körper hinabläuft.

«Natürlich.»

Ich blicke auf die erste Seite, auf der die beteiligten Personen aufgelistet sind, und dann lese ich es. Mein Körper reagiert, bevor mein Gehirn überhaupt verarbeitet, was ich da lese, und mir dreht sich der Magen um. Ich lese es, *verstehe* es aber nicht.

Angeklagter: Mateusz Holm.

Wie in Trance blättere ich durch die Mappe, bis ich zu der Seite gelange, auf der das Tatfahrzeug beschrieben ist. Sowohl die Marke, das Modell und das Kennzeichen erkenne ich wieder. *Unser Firmenwagen.*

Es ist zu spät, um abzuhauen, zu spät, um Alex beiseitezunehmen und zu sagen: «Hör zu, die Kacke ist am Dampfen, aber ich muss dir was sagen.» Tatsächlich ist es für alles zu spät, weil Mateusz plötzlich vor mir steht.

«Klara? Was machst du denn hier?» Er stößt ein angespanntes Lachen aus und legt mir die Hand auf die Schulter, als wäre ich ein kleines Kind, das sich an einen Ort verirrt hat, an dem nur Erwachsene erlaubt sind, und als würde er mich gleich hinausbugsieren. Bei der Berührung mache ich einen Satz und erschaudere.

«Finger weg», sage ich mit Ekel in der Stimme. Mateusz sieht mich verwirrt an.

«Warum bist du hier? Ist Peter auch da?», fragt er und blickt sich im Saal um. Ich gucke auf den Punkt zwischen seinen Augenbrauen, wo sich eine tiefe Furche bildet.

«Warum bist *du* hier, Mateusz?», frage ich. Doch ich kenne die Antwort. Er ist hier, weil er vor neun Monaten mit einem Transporter durch Lund gefahren ist. Weil er Fahrerflucht begangen hat.

Jetzt steht Alex neben mir. Dann Dan. Dann weitere Leute mit ernsten Gesichtern. Sie sind nicht persönlich involviert, wie mir klar wird. Einer von ihnen ergreift das Wort.

«Sie dürfen nicht miteinander sprechen. Bitte gehen Sie und nehmen Ihre Plätze ein.» Ein Mann mit einem Stapel Dokumenten in der Hand zeigt zur linken Seite des Saals. Niemand bewegt sich. Außer Mateusz, der fast unbemerkt einen Schritt zurück macht. Er hat Alex noch nie gegenübergestanden, weiß aber, dass er Respekt vor ihm haben muss.

Dan zieht besorgt an Alex' Ärmel.

«Komm mit mir, Alex», sagt er. Aber es scheint nicht, als würde Alex irgendwohin gehen. Er steht da wie eine riesige Statue, überragt uns wie Thor, der Donnergott, während sich über ihm eine Wolke aus Emotionen auftürmt und droht, sich zu entladen. Ich stelle mir vor, dass sein Kopf voll ist mit all den wütenden Symbolen der Wingdings Schriftart.

«Woher kennst du ihn?» Sein Blick klebt weiterhin auf Mateusz, aber die Frage gilt mir.

«Er ... er hat für die Firma meines Vaters gearbeitet. Ich habe mit ihm zusammengearbeitet.» Alex' Augen werden groß. «Aber ich hab ihn gefeuert, kurz nachdem ich die Geschäftsführung übernommen habe. Er war unausstehlich. Er hat gemeine, unangebrachte Dinge gesagt.»

«Das ist der Typ, dessen Stelle ich übernommen habe? Wusstest du, dass er jemanden überfahren hat? Diese Kleinigkeit zu erwähnen, hast du wohl vergessen, was? Verdammt, Klara, das ist der Kerl, der meinen Bruder totgefahren hat! Er hatte 0,8 Promille und will sich jetzt aus der Verantwortung ziehen!» So habe ich Alex noch nie gesehen.

«Security!», ruft Mateusz. Alex ist viel größer, kräftiger und wütender als er, und ihm schlottern bei seinem bloßen Anblick die Knie. Instinktiv mache ich ein paar Schritte zurück und stoße mit Alex' Mutter zusammen, die mich mit schmerzverzerrtem Gesicht ansieht. Mateusz wird weggeführt. Dan legt die Hand auf Alex' Schulter.

«Alex, atme!», sagt er zu ihm.

«Fuck, Klara.» Alex ist außer sich, und sein Blick ist der eines panischen Tiers, das in die Ecke gedrängt ist. Als wäre er in seinem schlimmsten Albtraum gefangen. *Für dieses Gefühl bin ich verantwortlich.*

«Was geht hier überhaupt vor?» Er reibt sich das Gesicht. «Wie konnte ich so blöd sein? Wochenlang fahre ich jetzt schon einen dieser Transporter ...»

Dann fällt es ihm plötzlich wie Schuppen von den Augen: die Möglichkeit.

«Bin ich denselben Transporter gefahren, der meinen Bruder getötet hat? Bin ich denselben verdammten Transporter gefahren?»

«Ich wusste es nicht», sage ich leise. Ich weiß, dass ich für mich einstehen sollte, aber wenn mich jemand anschreit, will ich mich immer nur hinsetzen.

«Du wusstest es nicht? Und dein Vater? Weiß er, dass er einen Kriminellen beschäftigt hat?» Der Fahrtenschreiber, denke ich. Ja, Dad muss es gewusst haben. Warum hat er Mateusz nicht gefeuert? Warum war er noch da, als ich die Geschäftsleitung übernommen habe? Unmöglich, dass Dad das ganze Ausmaß kennt, denke ich. Niemals.

«Ich weiß ja, dass du nicht gerade eine Leuchte in Mathe bist,

aber selbst du solltest eins und eins zusammenzählen können.»
Selbst du. Bei dem Gedanken, dass ich genau das hätte tun müssen, dass ich möglicherweise alles völlig falsch verstanden habe und es mal wieder meine Schuld ist, überkommt mich Scham.

«Ich wusste es nicht, ich schwöre. Und ich habe ihn gefeuert, weil er ein faules Ei war.» Mir wird übel, jetzt, wo mir klar wird, mit wem ich es da zu tun hatte. Mir das Leben bei der Arbeit schwer zu machen, war nichts im Vergleich zu dem, was er Alex' Familie angetan hat. Seiner lieben Mutter, die mich mit offenen Armen begrüßt hat, und seinem Vater, der ihm wie aus dem Gesicht geschnitten ist.

«Alex, es tut mir so leid. Es ist nicht so, als stünde ihm *Mörder* auf die Stirn geschrieben. Dad muss nicht gewusst haben, was genau passiert ist. Wahrscheinlich hat Mateusz es heruntergespielt. Und von der Verbindung zu dir kann er auch nichts gewusst haben. Da bin ich mir sicher.»

«Es ist Zeit, uns zu setzen, Alex ...» Dan zupft erneut an seinem Ärmel. Ich gebe Dan die Mappe, die ich immer noch in der Hand halte.

«Geh einfach.» Alex kehrt mir den Rücken zu, und mir bleibt nichts anderes übrig, als mit brennenden Tränen der Scham und Traurigkeit in den Augen den Saal zu verlassen. Ich würde gern etwas sagen, *irgendetwas*, aber meine Emotionen sind zu stark. Und überraschenderweise lassen die neuen warmen Gefühle für Alex nicht nach, nicht mal für eine Sekunde. Selbst jetzt nicht, wo er mich *hasst*. Es ist überwältigend, und ich brauche frische Luft. Den Transporter. Mein Buch über skandinavische Architektur. Rap. Irgendetwas, das mich beruhigt. Ich lasse den Kopf hängen, sodass ich nur den Boden vor mir sehe, und gehe zu dem Klang von Alex' Stimme davon.

«Und Klara, damit du's schon mal weißt – ich kündige.»

ALEX

Das also ist Mateusz. Auch bekannt als *Er* oder *Der Mörder*. All die Zeit habe ich mich gefragt, was die Zeugin in dem roten Fleece sagen würde, und dann konnte ich es nicht erwarten, *ihn* zu sehen. Und jetzt sitzt er nur wenige Meter entfernt von mir auf der anderen Seite des Saals. Folgendes sehe ich, wenn ich ihn angucke: große Zähne, die er anscheinend nicht genügend verstecken kann. Ein dünner Mund mit trockenen Stellen an den Lippen (abheilender Herpes?). Mausbraunes dünnes Haar und eine zurückweichende Haarlinie. Die Ohren – sind durchschnittlich. Hier gerate ich ins Stocken, weiß nicht, wie ich das Gewöhnliche beschreiben soll. Die Nase ist dünn und schmal. In seinem Gesicht ist generell zu viel Dünnes und nicht genug Rundes: ein unausgewogenes Gesicht. Wieder konzentriere ich mich auf seine Lippen, die sich zwar bewegen, über die aber kein Wort kommt. Dies sind die Lippen, die einen Geldwert vorgeschlagen haben für das Leben meines Bruders und die Freiheit dieses Mannes, und es sind auch die Lippen, die sich mit Klara unterhalten und vielleicht sogar mit ihr gelacht haben.

Ich habe in mir nie eine wütende Person gesehen. Eigentlich sogar das Gegenteil: Ich bin so milde, dass es fast schon kleinlaut wirkt. Bin bekannt dafür, dass ich mit diplomatischen Fähigkeiten, die dem schwedischen Staate würdig sind (in Schweden gab es seit 1814 keinen Krieg – ein Weltrekord), Streits schlichte. Doch irgendetwas passiert mit mir. Ich möchte ihm wehtun. Ich denke an meinen Bruder und seinen zerquetschten Kopf auf dem Asphalt, und dann kommt mir ein zweiter Gedanke. *Er hatte meine Stelle.* Seine verfickten Hände, an denen Blut klebt, haben den Transporter berührt, mit dem ich herumgefahren bin. Und dann ist da noch *Klara.* Mochte sie ihn? Wie konnte sie mit einem *verfickten Gewalttäter* zusammenarbeiten?

Als die Gerichtsverhandlung vorüber ist, erwache ich, als wäre ich eingenickt, und stehe plötzlich wie neben mir. Als ich auf dem Weg nach draußen an ihm vorbeigehe, mache ich einen Schlenker nach rechts, auf ihn zu, ignoriere die Stimmen hinter mir, die sagen, ich solle weitergehen. Solle ihm keine Beachtung schenken. Erst direkt vor Mateusz bleibe ich stehen.

Dann begehe ich in meinem neunundzwanzigjährigen Leben meinen ersten Akt der Gewalt.

KLARA

Google: Wie soll ich jetzt überhaupt weitermachen?

Zwei Tage ist es her, seit Mateusz mein Leben ruiniert hat. Diese gesamte Zeit habe ich in meinem Zimmer verbracht, abgesehen von ein paar kurzen Pinkelpausen und der gelegentlichen Suche nach Snacks in der Küche. (Ich bin dankbar, als ich entdecke, dass Dad immer noch Schokolade im Haus versteckt, obwohl außer ihm nur ich dort wohne. Habe eine Marabou-Vollmilchschokolade hinter dem Toaster gefunden.) Ich frage mich, ob auch Alex die Tage zählt.

Ich habe mit keiner Menschenseele gesprochen, abgesehen von Dad, Saga und der Dame, die ich gestern angerufen habe, um mich zu beschweren, dass ihr Produkt überbewertet ist. Die Bauchschmerzen, das Hochschießen meines Blutzuckerspiegels und die Extradosis Insulin war es nicht wert.

Genau das habe ich der Person erklärt, die meinen Anruf bei Ben & Jerry's entgegennahm.

«Meine Schwester hat Ihre Eiscreme gekauft, da sie für meine Umstände empfohlen wird.»

«Ihre Umstände?» Die Dame tat dieses Ding, bei dem man wiederholt, was die andere Person gesagt hat. Diese Strategie ist am erfolgreichsten, wenn man sich nicht selbst eine Lösung überlegen will, sondern die Arbeit der anderen Person überlässt. *Diese Dreistigkeit!*

«Ich habe selbst mal im Kundendienst gearbeitet», sagte ich in der Hoffnung, etwas Respekt oder besser noch Angst in ihr zu wecken. «Bei einer Google-Suche wurde mir die Geschmacksrichtung *Half baked* empfohlen, was mich auf die Website Ihres Unternehmens geführt hat. Es sei die empfohlene Sorte für Menschen, die *sitzen gelassen* wurden.» Bei dem Wort atme ich scharf aus. *Ich habe es ausgesprochen.*

«Enttäuscht muss ich sagen, dass die Eiscreme mir keinerlei Linderung von meinen zerstörerischen Gedanken verschafft hat. Dabei habe ich alle Anweisungen befolgt, das Eis direkt aus dem Becher gelöffelt, obwohl ich eine Dame bin, und dabei Reality-TV geguckt. Als der Becher leer war, hatte ich immer noch negative, aber undefinierbare Gefühle.»

Plötzlich fand die Frau am Telefon ihre Stimme wieder.

«Undefinierbare Gefühle ...?»

Ich lege all den Ärger, ihr die einfachsten Dinge erklären zu müssen, in meine Stimme.

«Na ja. Wenn man verliebt ist – waren Sie jemals verliebt? –, bekommt man diese Schmetterlinge im Bauch. Sehen Sie, die hatte ich. Doch als ich Ihr Eis gekauft habe, war in meinem Bauch eher ein Schwarm Motten. Dunkel, blind und besonders nachts aktiv. Ich hatte gehofft, sie würden weggehen.»

In diesem Augenblick entschied ich, dass bei der Person, mit der ich sprach, jede Mühe vergebens war und ich die 49,99 Kronen lieber doch nicht zurückhaben wollte, und legte auf.

Ich schloss die Jalousie und ging schlafen.

Für mich sind meine Blutzuckerwerte tröstlich. Immer wenn ich nicht schlafen kann, sehe ich sie mir an. Die kleinen schwarzen Punkte, aus denen der Graph besteht, jeder davon eine Zahl, eine Messung meines Bluts. Die häufigste Zahl auf dem Bildschirm ist die Sechs. Ich schlafe besser, wenn es eine Sechs ist. Bei einer Acht wache ich in den frühen Morgenstunden auf und greife nach meinem Handy. Wenn auf dem Bildschirm *Keine Daten* steht, fühle ich mich, als wäre ich von der Erdkugel verschwunden, als hätte ich meinen Körper verlassen. Alles ist leer, und ich halte immer wieder den Atem an, bis ich wieder da bin, in der Form einer Linie aus schwarzen Punkten. Dann weiß ich, dass ich noch lebe. Ich habe geprüft, wie viele Follower ich noch in der App habe, und es sind nach wie vor fünf. Alex folgt weiterhin meinem Blutzuckerspiegel.

Es klopft an der Tür.

«Kannst du bitte aufmachen?» Widerstrebend klettere ich aus dem Bett, die Decke ist völlig zerwühlt, und irgendwo auf dem Boden liegt ein Schokoladenpapier. Gefährlich neben dem Bett auf dem Boden positioniert, steht ein Glas Wasser, das nur darauf wartet, von jemandem umgestoßen zu werden. Für einen Außenstehenden wäre es schwer zu glauben, dass ich dieselbe Klara bin, die Badezimmer dekoriert und viral gegangen ist für ihre Raffinesse bei der Inneneinrichtung und ihr Auge fürs Detail. Diese Klara schafft es kaum, ihre Zähne zu putzen.

«Ich komme bald runter», sage ich und wünschte, er würde mich allein lassen.

«Darf ich reinkommen?» Dad hätte das Fragezeichen auch weglassen können, denn er wartet gar nicht erst auf eine Antwort. Bevor ich etwas sagen kann, werden die Vorhänge aufgezogen, und Licht durchflutet das Zimmer. Er schiebt die Bettdecke zur Seite, hebt das Schokoladenpapier auf, um es einzustecken, und setzt sich auf mein Bett.

«So wie ich es verstehe, ist es zwischen dir und Alex nicht gut gelaufen.» *Die Untertreibung des Jahrhunderts.* Ich habe jedes Mal das Gefühl, mir würde jemand einen Magenschwinger verpassen, wenn ich den Vormittag im Gericht erneut durchlebe.

«Wenigstens ist meine Zeit hier um, und mein Flug nach Hause ist gebucht. Ich muss ihn nicht wiedersehen.» *Nach Hause* klingt anders, wenn ich es jetzt sage. Das Wort hat nichts mehr von einem heimeligen, sicheren Ort.

«Es tut mir leid, dass es ein solches Ende genommen hat. Ich dachte wirklich, dass ihr beide gut zusammenpasst.» Ich bekomme das Gefühl, dass Dad noch mehr sagen möchte, sich aber nicht traut.

«Du hast einen phänomenalen Job gemacht, Klara. Siehst du das nicht?», sagt er stattdessen.

«Echt? Ich hab einen Unfall mit dem Transporter gebaut. Zwei Angestellte sind weg. Gerade habe ich sogar noch einen dritten dazu gebracht zu kündigen.»

«Aber dann hast du alles wieder hingebogen. Du hast nicht nur die Scherben aufgesammelt, sondern es geschafft, ein erfolgreiches, aber in die Jahre gekommenes Unternehmen aufzupolieren und ihm ein Alleinstellungsmerkmal zu geben. Und was unsere beiden Ex-Mitarbeiter angeht: gut, dass wir sie los sind. Heutzutage hat Sexismus am Arbeitsplatz nichts verloren, von dem, was Mateusz getan hat, ganz zu schweigen. Alex sollte einsehen, dass du nichts Falsches getan hast.» Bei der Erwähnung seines Namens wirft Dad mir einen Blick zu, weil er bereut, ihn ausgesprochen zu haben.

«Ich dachte die ganze Zeit, du hättest lieber Saga hier.»

«Ich liebe deine Schwester genauso sehr wie dich, aber das hier war ohne Zweifel eine Aufgabe für Klara.»

«Mum ist da sicher anderer Meinung.»

«Schreibt sie dir etwa jeden Tag? Denn das tut sie, wenn sie um jemanden besorgt ist. Mir schreibt sie. Weil sie weiß, dass du alles im Griff hast.»

Na ja, nein, sie hat mir in letzter Zeit gar nicht oft geschrieben, wird mir klar.

«Ich habe immer das Gefühl, nicht erwachsen genug zu sein, weil ich meinen Weg noch nicht gefunden habe, während Saga mit beiden Beinen im Leben steht.»

Ich habe gekellnert, während sie ihre Dissertation schrieb. Meine einzige akademische Leistung oder der einzige Stempel, den ich der Welt aufgedrückt habe, ist die Cocktailliste der Bar, die ich geschrieben habe. Mein Lieblingsname war Saure Schwesternsauerei.

«Das stimmt nicht. Du warst schon immer sehr erwachsen. Ich habe immer darauf gewartet, dass du endlich mal etwas Spaß hast und dich ausprobierst. Deine gesamte Kindheit über hast du auf deine Gesundheit geachtet und uns alle mit deiner Stärke und Entschlossenheit inspiriert. Du hast dir schon mit sechs Jahren selbst Spritzen gesetzt, verdammt noch mal! Wenn überhaupt war ich erleichtert zu sehen, dass du es nicht zu verbissen angehst, eine Weile das Leben genießt und dich nicht vorschnell in irgendwelche Verpflichtungen stürzt.»

So habe ich das noch nie gesehen. Ich blinzle ein paarmal und kämpfe mit den Tränen.

«Ehrlich gesagt habe ich die Zeit hier echt genossen.» Noch während ich es ausspreche, wird mir klar, dass es stimmt. Und zwar nicht nur wegen Alex; das Unternehmen meines Vaters zu führen, hat mir das Gefühl gegeben, eine Aufgabe zu haben. Schon ewig habe ich nicht mehr an Mark, meinen Ex, gedacht oder an die Dinge, die mein altes Leben zu bieten hatte. Meinen Nachnamen auf den Firmenwagen zu lesen, erfüllt mich inzwischen mit Stolz, nicht mehr mit Scham wie in der ersten Woche. Ich war stolz, diesen Transporter zu fahren, und stolz darauf, was wir als Team geleistet haben.

Als ich schließlich vor die Tür gehe, um frische Luft zu schnappen, sehe ich zum ersten Mal seit Tagen die Sterne. London ist so hell und so sehr damit beschäftigt, die Leute mit künstlichem Licht zu bestrahlen, dass die Sterne darin untergehen. Jede Hauptstadt hat die Sterne im Himmel durch menschliche ersetzt.

«Siehst du *Karlavagnen*?» Den großen Wagen, wiederholt mein eingebauter Übersetzer. Dad hat sich zu mir gesellt, und sein

Atemwölkchen zieht gen Norden, während er den Kopf in den Nacken legt.

«Ja. Früher haben wir ihn immer *Klaravagnen* genannt.»

«Es war dein Wagen. Ein Prinzessinnenwagen, wie du immer betont hast. Wenn du gekonnt hättest, hättest du ihn im Himmel rosa angemalt.» Ich lächle. Ich hatte eine schöne Kindheit. Dass ich einen Wagen aus Sternen hatte, ist der beste Beweis dafür.

«Bist du glücklich, Klara? Abgesehen von Alex, meine ich», fragt Dad, und ich denke darüber nach. Mit sechsundzwanzig bin ich nicht so glücklich, wie ich es mir als Teenager vorgestellt habe, für den dieses Alter war wie ein weit entferntes Land. In meiner Vorstellung war dieses Land voller Erfolge und Romantik, und dort gab es ein Haus, vor dem die Architekturjournalisten von *Elle* Schlange stehen. Auf diese Art glücklich bin ich nicht. Aber ich bin glücklich, wenn ich ein schwieriges Projekt abschließe, ich bin glücklich, wenn Dad und ich gemeinsam essen, und ich war glücklich, wenn auf meinem Handy ein Kalendereintrag von Alex erschien. Glücklichsein ist eine Skala, und in letzter Zeit ist mir klar geworden, dass man am besten irgendwo in der Mitte zwischen Euphorie und Traurigkeit liegt. Wenn ich doch nur diese goldene Mitte finden und dort bleiben könnte. Das sage ich zu Dad.

«Ich war schon glücklicher, als ich je erwartet hätte.»

«Die Mittzwanziger sind keine einfache Zeit. Euch wird gesagt, dass euch alle Türen offen stehen. Seit eurer Jugend wird euch das eingetrichtert, aber dann tretet ihr hinaus ins Leben und stellt fest, dass einige der Türen doch fest verschlossen und eure Träume außer Reichweite sind. Als ich jung war, war es noch anders. In deinem Alter war ich bereits verheiratet, hatte ein Haus und ein Kind. Damals konnte man sich noch ein Haus leisten und eine Familie ernähren. Wir mussten nicht unsere gesamten Zwanziger hindurch sparen, nur um eine Anzahlung machen zu können.»

«Irgendwie bin ich Mitte zwanzig geworden und stehe ohne

festen Job oder Beziehung da. Ich hab nicht mal einen Abschluss.» Und ich bezweifle, dass ich je einen bekommen werde. Dieser Traum scheint unerreichbarer denn je.

«Du musst nicht studiert haben, um eine Firma zu leiten. Habe ich auch nicht, ich habe nicht mal einen höheren Schulabschluss. Deine Mutter hat einen Uni-Abschluss, und was tut sie damit? Sie verkauft Vitamine nach dem Schneeballsystem», entgegnet Dad, und ich lache.

«Immerhin bekommen wir kostenlos Vitamine.»

«Sie schmecken nach Seegras.»

«Spirulina nennt man das», korrigiere ich ihn.

«Wenn man sie in Wasser auflöst, wirken sie Wunder für die Blumen.»

«Mum würde die Krise bekommen, wenn du ihr erzählst, dass du sie dafür benutzt. Sie sollen deinen Krebs heilen.»

«Ich schaffe es auch ohne die Vitamine. Aber lass ihr den Glauben, ihre Pillen hätten dazu beigetragen.»

«Eine Sternschnuppe!» Mit kindlicher Begeisterung zeige ich in den Himmel und hätte fast einen Blick über die Schulter geworfen, um zu sehen, ob Saga sie vor mir entdeckt hat. Aber sie ist natürlich damit beschäftigt, irgendwo anders Gott weiß was zu tun.

«Schnell, wünsch dir was», drängt Dad.

Und das tue ich.

Am nächsten Morgen wache ich zu einer Nachricht von Saga auf, in der es offenbar um eine dringende Angelegenheit geht.

Saga: Im Badezimmer war eine Spinne. Hat es unter der Tür hindurchgeschafft und sitzt jetzt vermutlich davor.
Saga: Bitte beeil dich, ich bin den Tränen nah.
Saga: Klaraaaa?
Saga: ?

Ich schreibe zurück:

Ich: Klara ist tot. Du bist die Nächste. Gruß, Spinne

«Nicht lustig», sagt Saga, als sie fünf Minuten später mit einem dunkelblauen Handtuchturban auf dem Kopf, der ihre Augen nur noch blauer wirken lässt, aus dem Badezimmer kommt.

«Die Spinne dürfte das ähnlich sehen. Sie ist jetzt bloß noch ein zerquetschter Schatten ihres früheren Selbst in einem Taschentuch im Küchenmülleimer.» Saga blickt argwöhnisch, beschließt aber, sich keine Sorgen wegen Spinnengeistern zu machen, und nimmt sich eine Tasse aus dem Regal.

«Ich kann dir gar nicht sagen, wie toll das ist. Heißer Kaffee. Das Problem mit kaltem Kaffee ist nicht der Geschmack, sondern dass er einem die Tatsache vor Augen führt, dass man sein Leben nicht im Griff hat», sagt Saga und legt die ganze Hand um die Tasse mit dem Logo der Universität Stuttgart. «Wenn man keine Zeit hat, ein Getränk leer zu trinken, solange es noch heiß ist, ist man – verzeih mir die Ausdrucksweise – am Arsch gepackt, was die berühmte Work-Life-Balance angeht. Heute habe ich mir das erste Mal seit Monaten wieder die Zunge an Kaffee verbrannt», fügt sie zur Erklärung hinzu. Dann klappt sie ihren Laptop zu und beäugt mich von oben bis unten. Plötzlich ist mir sehr bewusst, dass ich seit drei Tagen dieselbe löchrige Jogginghose und keinen BH trage.

«Das ist *schlimm*. Es wird Zeit, dass du aus dem Haus kommst. Für morgen habe ich uns einen Reitausflug gebucht», sagt Saga. «Und ich habe Fragen über Badezimmer. Wir brauchen dich zurück im Büro, damit du Gunnar und Hanna alles ordentlich übergeben kannst.»

«Ich muss noch Papierkram erledigen. Und wir haben Dad. Und eigentlich wollte ich was backen und meine Zehennägel lackieren.»

«Oh, weil du in den letzten Tagen so produktiv warst? Ich bin mir ziemlich sicher, dass du dir diese Vorhaben gerade erst ausgedacht hast.»

«Ich bin eine schlechte Lügnerin. Aber das heißt nicht, dass ich mit Teambuilding-Übungen bestraft werden muss», murmle ich und sehne mich nach meinem Zimmer.

«Es wird ein Riesenspaß. Wann haben du und ich das letzte Mal zusammen etwas unternommen, und damit meine ich nicht, die Ergebnisse eines MRTs analysieren oder herausfinden, wie man Fliesen auf Instagram gut aussehen lassen kann? Bitte.» Sie hat nicht unrecht. Wann habe ich das letzte Mal etwas nur für mich getan? Meine Hobbys beschränken sich darauf, das Wohnzimmer auf- und die Spülmaschine einzuräumen.

Ich denke an die warme Schnauze eines Islandponys, das auf der Suche nach einem Leckerli an meiner Hand knabbert, und daran, wie ich die Nase in seiner Mähne vergrabe. Pferde riechen erdig und erden dich. Es ist unmöglich, flach zu atmen, wenn man von dem moschusartigen Geruch nach Pferd umgeben ist.

«Ich bin mir sicher, dass es einen negativen Effekt sowohl aufs Gleichgewicht als auch auf die Naturerfahrung hat, wenn man durch sein Handy scrollt», sage ich zu Saga, die mit einer Hand die Zügel festhält und mit der anderen ihr Handy. Ihr Pferd trottet direkt neben meinem ruhig den Weg entlang. Mein Pferd heißt Pontus und ist braun; Sagas heißt Vega und ist ein Schimmel.

Sie spielt weiter an ihrem Handy herum, und mir kommt es so vor, als ginge es weniger darum, mich aus dem Haus zu kriegen, als vielmehr um was immer sie am Telefon macht. Ich will schon in meiner Gedächtnisbibliothek nach einem bissigen Kommentar suchen, als ich überlege, dass ihre Distanziertheit viele Gründe haben könnte und nicht unbedingt bedeutet, dass sie mich ignoriert. Ich frage mich, ob ich eine Frage stellen soll wie: «Alles in

Ordnung bei dir?» Das scheint die hilfreiche Phrase zu sein, wenn man dieses nagende Gefühl von Sorge verspürt, das ich gerade identifiziert habe. Aber dann erinnere ich mich daran, wie sie auf solche Fragen hin immer höhnisch grinst und das Gesicht verzieht. Daher lege ich stattdessen ein paar Grundregeln für unseren gemeinsamen Nachmittag fest.

«Die nächste Stunde keine Handys. Ich werde meins auch auf lautlos stellen, und du weißt, dass ich das hasse.» Sich zu unterhalten, ist nicht einfach, wenn man ein Pferd reitet. Sie dreht den Oberkörper zu mir, während sie auf und ab wippt.

«Na gut.» Sie steckt das Handy in die Tasche und zieht sich die Kapuze über den Helm. Es hat angefangen, leicht zu nieseln. Mir schwant, dass dies nur der Anfang ist.

Ich habe recht: Bald regnet es dicke ausdauernde Tropfen. Nicht der freundliche Niesel, den man aus England kennt, sondern ein schwerer, heftiger Regen. Auch der Wind scheint stärker zu werden. Strähne um Strähne entreißen sich meine Haare dem Haargummi, und es heult in meinen Ohren. *Super.*

«Warum beschwerst du dich? Du hast doch eine Regenjacke an.» Sagas Stimme geht in den Windböen fast unter.

«Ich bin keine zwei, und das hier ist keine Matschpfütze. Die wenigsten Erwachsenen werden gerne bei eiskalten Temperaturen klatschnass», entgegne ich.

«Es gibt kein schlechtes Wetter – nur schlechte Kleidung.» Meine Güte, sie klingt genauso wie *Mum.* Oder sämtliche schwedischen Eltern. Es ist ein beliebtes schwedisches Sprichwort, das sich Kinder ständig anhören müssen, wenn sie mit dem Fahrrad zum Fußballtraining fahren sollen, in der großen Pause nach draußen oder mitten während eines Schneesturms den Vorgarten aufräumen sollen. *Es gibt kein schlechtes Wetter ...*

«Meinst du, wir sollten umdrehen?», rufe ich Saga zu, muss aber trotzdem mein Pferd antreiben, um gehört zu werden.

«Wir haben für zwei Stunden bezahlt.»

«Na dann, Gott bewahre, wenn wir nur eine Minute früher zurückkämen.» Normalerweise würde ich dasselbe tun. Ich halte Zeiten gerne ein – sie sind nützlich. In dieser Hinsicht sind Buchungen und Aktivitäten großartig. Kinderpartys haben eine festgelegte Anfangs- und Endzeit. Als Erwachsener betritt man eine riesige Grauzone. Wirklich, Dinnerpartys mag ich allein aus dem Grund nicht, dass ich nie sicher sein kann, wann die Gäste gehen, und somit auch nicht, wann ich die Musik ausmachen, mein Gesicht waschen, die Zähne putzen und ins Bett gehen kann. Alice' Eltern habe ich gern zu Besuch, weil sie außerhalb von London wohnen und den letzten Zug nach Hause nehmen müssen – um 22:14 Uhr.

«Klara, hör einfach auf zu reden, ja?»

«Tu ich nicht. Lass uns eine gute Zeit haben. Du wolltest Teambuilding? Schön, bilden wir ein Schwesternteam!»

«Nein, im Ernst – hör auf zu reden. Weil ich nämlich glaube, dass wir uns verirrt haben. Gib mir mal die Nummer des Reiterhofs», sagt Saga und streckt die Hand aus, als wolle sie Miete eintreiben.

«Du hast das hier doch organisiert.»

«Danke, du bist eine große Hilfe.» Sie seufzt und zieht eine Schnute, bevor sie den Rücken durchdrückt, um wieder Haltung anzunehmen. Wir wühlen beide in unseren Taschen nach einer Visitenkarte mit einem Pferd darauf. Der Inhalt meiner: ein Maßband, Dreck, mein Blutzucker-Kit, ein Lutscher und ein paar Nägel. Ihrer: eine Packung Taschentücher, Lipgloss und ein Haargummi, ein spiralförmiges aus Plastik, das die Haare nicht kaputt macht. Nein. Nichts.

Ich weise nicht noch mal darauf hin, dass das hier ihre Idee war. Dass sie die Führung übernommen hat oder dass ich wegen des von ihr angezettelten Streits die Orientierung verloren habe. Wütend stampfe ich in eine Pfütze, während ich die Zügel unserer beiden Pferde festhalte. Saga schirmt mit der Hand ihr Handydisplay ab, um zu erkennen, was Google Maps sagt. Ich kenne Google besser als sie.

«Das funktioniert hier nicht. Es werden keine Straßen angezeigt», sagt sie.

«Wir haben immerhin unseren Standpunkt», entgegne ich hoffnungsvoll.

«Schön, dann finde du ohne Straßen heraus, in welche Richtung wir müssen. Sollen wir einfach querwaldein reiten? Wenigstens sind wir vor dem Regen geschützt, wenn wir es hier aussitzen.»

«Ich dachte, es gibt kein schlechtes Wetter, nur ...» Ein lauter Donner unterbricht meinen Satz, und ich rücke instinktiv näher zu meiner Schwester. Wünschte, ich könnte googeln, wie hoch das Risiko ist, in einem Kiefernwald von einem Blitz getroffen zu werden, aber Google sagt nur: *Keine Netzwerkverbindung.* Saga ist sichtlich besorgt. Geister, Spinnen, laute Geräusche – wenn man so darüber nachdenkt, hat sie vor vielem Angst.

«Lass uns von den Bäumen weg und eine Lichtung suchen», sage ich ziemlich sicher, diesen Ratschlag in der Schule gehört oder irgendwo gelesen zu haben.

«Damit wir durchweicht werden? Ich würde sagen, wir suchen Schutz unter dem größten Baum, den wir finden können! Ich zittere buchstäblich wie Espenlaub wegen der Kälte, K.»

«Erfrieren oder vom Blitz getroffen werden? Wähle deinen Tod, liebe Schwester! Was mir lieber ist, weiß ich.»

Sie murrt und blickt sich um, als befürchte sie, ein Blitz würde hinter ihr herjagen, aber als ich in der Hoffnung loslaufe, ein offenes Stück Wald zu finden, folgt sie mir.

«Eine Lichtung», höre ich sie sagen. «Seit wann denkst du so pragmatisch?»

«Ich bin nicht hoffnungslos, weißt du?» Bei diesen Worten kommt mir plötzlich ein Gedanke, und ich bleibe stehen. «Warte mal, wenn du mich für hoffnungslos hältst, warum hast du mich dann nach Schweden geschickt? Ist dir klar, welchen Schaden ich hätte anrichten können?», schreie ich. Keine Ahnung, ob es wegen des Regens ist oder weil ich meine Schwester in diesem Augenblick anschreien möchte. Wie kann der Himmel plötzlich so dunkel sein? Ich habe vergessen, wie beängstigend schwedische Regenstürme sein können.

«Mum und ich hatten eine Unterhaltung. Wir fanden, es war genug für dich mit Kunden-Chats und toxischen Männern. Du brauchtest eine Herausforderung, eine andere als dein Krankheitsbild. Du hast so viel *Potenzial*, Klara. Wir wollten einfach, dass dir das klar wird.»

«Also habt ihr mich wissentlich ins kalte Wasser geschubst? Ich kann es verdammt noch mal nicht glauben.»

«Hör mal, ich hätte wirklich nicht herkommen können. Der Teil ist wahr. Aber ja und nein, wir haben dich nicht ins Wasser geschubst, sondern dich einer *herausfordernden Umgebung* ausgesetzt.»

«Du wusstest, wie schwer das für mich sein würde!» Ich bin wütend, aber die Anwesenheit von Pontus zwingt mich dazu, ruhig zu bleiben. Auf Tiere oder Kinder bin ich nie wütend: Sie verstehen die Dinge oft nicht und reagieren unangemessen. Ich kann das nachempfinden.

Saga blickt schuldig drein, daher weiß ich, dass meine Reaktion berechtigt ist.

«Ich gehe hier lang.» Sanft zupfe ich am Zügel meines Pferdes. Ich weiß, dass es der richtige Weg ist, obwohl jede Reihe Kiefern genauso aussieht wie die vorige. «Entweder du vertraust mir, deiner hoffnungslosen Schwester, oder sieh halt, wo du bleibst, buchstäblich.» Ich stapfe davon, der Regen prasselt mir mit der Kraft einer überlaufenden Regenrinne auf die Schultern, bevor er zu Boden fällt. Meine Wimpern können die Wassertropfen kaum aus meinen Augen halten, und meine Hände sind schon ganz rosig und steif von der nassen Kälte. Meine Socken sind durchweicht, und der Boden knatscht bei jedem meiner Schritte.

Erst als der Weg eine Kurve macht, drehe ich mich um. Saga und ihr Pferd folgen mir mit knapp zwanzig Meter Abstand, langsam und mit hängenden Köpfen. Ich bleibe stehen und warte auf sie. Die nächsten fünf Minuten stapfen wir mit den Pferden im Schlepptau Seite an Seite wutbrodelnd nebeneinanderher.

Dann sagt sie: «Was glaubst du wohl, warum ich mich immer so angestrengt habe? Du wurdest von ihnen geliebt, egal was du getan hast. Immer hieß es: ‹Klara ist so stark und großartig.› Ich hingegen konnte nur dann Lob bekommen, wenn ich gute Noten schrieb, und selbst dann fühlte es sich unbedeutend an. Ich habe mir immer gewünscht, auch krank zu werden! Damit ich auch eine Woche im Krankenhaus läge und Mum für mich allein hätte und Dad mit Geschenken und Süßigkeiten vorbeikäme.» Einen Augenblick lang bin ich sprachlos.

«Davon hast du mir nie etwas erzählt.» Ich dachte, sie war wütend auf mich. Wenn Leute wütend auf mich sind, verstehe ich, dass diese Wut durch mich ausgelöst wurde – durch meine Person, meine Worte oder meinen Körper –, dass die Wut auch von *ihnen* kommen kann, habe ich nie bedacht. Möglicherweise habe ich gar nicht so viele Menschen in meinem Leben wütend gemacht, wie ich glaubte. Vielleicht bin ich selbst die einzige Person, der ich nicht gerecht geworden bin.

«Dir zu sagen, dass ich über meine Grenzen gehe, nur um mit dir zu konkurrieren, hätte den Sinn und Zweck verraten.»

«Es tut mir leid, Saga.»

«All dieses Gerede über die perfekte Saga, das Märchen ... na ja, das bin ich nicht. Ich muss dir was gestehen. Als wir damals im Sommer, als du noch ein Baby warst, einen Roadtrip gemacht haben? Da habe ich dich die ganze Zeit gezwickt. Buchstäblich jedes Mal, wenn du aufgehört hast zu weinen, still und heimlich, während Mum und Dad sich auf die Straße und die Landkarte konzentrierten.»

«O mein Gott. Du Unmensch.»

«Ja.»

«Aber du warst erst vier. Ich vergebe dir.»

«Was ist mit der dreißigjährigen Saga? Vergibst du ihr auch? Dafür, dass sie dich allein gelassen und nicht genügend unterstützt hat?» Ich denke darüber nach, was ich so tue, das mich zu einer guten Schwester macht, und viel fällt mir nicht ein. Ich habe ständig Entschuldigungen gefunden, Saga nicht zu besuchen. Der Flug nach Stuttgart war furchtbar, und Saga war ständig beschäftigt, sodass ich allein durch die Straßen der Stadt schlendern und allein Museen besuchen musste, deren Ausstellungen mir eigentlich völlig egal waren: Ich sah mir den Teppich eines imposanten Hauses an oder die Marmorstatue eines leicht bekleideten Mannes und fragte mich, was Saga in diesem Moment wohl in ihrem Büro machte, wünschte, sie stünde neben mir, damit ich zu ihr sagen konnte, dass die Statue aussah wie unser Lehrer aus der zweiten Klasse mit der langen Nase. Meine Lösung war, einfach nicht mehr zu Besuch zu kommen.

«Ich war auch eine ziemlich beschissene Schwester, oder?», gebe ich zu.

Ich kann mich nicht erinnern, dass es mir auch nur ein Mal gelungen wäre, gegenüber meiner Schwester schwierig und kurz angebunden zu sein. Oder sie mit Abwesenheit zu strafen. In vielerlei Hinsicht sind wir uns fremd, meine Schwester und ich. Doch das möchte ich nicht; ich möchte mehr Zeit mit ihr verbringen. Ich möchte meine Schwester Saga in- und auswendig kennen. Wenn mich jemand fragt, wie sie so ist, möchte ich Antworten parat haben. Dass mir die Worte aus dem Mund sprudeln.

«Du hast mich deine Vertrauensperson genannt, aber ich habe

nicht das Gefühl, das verdient zu haben», sage ich. «Weil ich dir nicht gebe, was du brauchst, meine ich. Immerzu will ich, dass du für mich da bist, aber was biete ich dir im Gegenzug? Ich frage nie nach, wie es dir eigentlich geht. Ich wusste ja nicht mal, dass dir das Muttersein so schwerfällt.»

Saga öffnet den Mund, wahrscheinlich um zu widersprechen und mir ein besseres Gefühl zu geben, doch dann überlegt sie es sich anders und macht einfach: «Mhhh.»

«Du bist so unglaublich, Saga. In deiner Gegenwart fühlt sich jeder wohl. Du kannst dich mit jedem unterhalten und verstehst dich sofort mit allen. Ich dagegen ...», ich schlucke schwer, «...schaffe es nicht mal, zum Friseur zu gehen. Das Schweigen, nachdem wir den üblichen Small Talk hinter uns gebracht haben – wohin wir in Urlaub fahren, wo wir arbeiten und was unsere Pläne fürs Wochenende sind –, ist für mich unerträglich. Ich versuche, mir ‹Hms› und ‹Oh-jas› abzuringen, bis endlich der Föhn ausgepackt wird und das ganze Gerede ertränkt, aber es will mir einfach nicht gelingen.» Das entlockt ihr ein Lachen.

«Ich dachte schon, dass deine Haare etwas lang aussehen», sagt sie und schiebt dann hinterher: «Ich habe wieder Empfang! Und ich glaube, ich erkenne die Holzhütte wieder, an der wir gerade vorbeigegangen sind. Ich würde sagen, wir sind offiziell zurück auf dem richtigen Weg.»

Ich bin kurz vor dem Einschlafen, als das Geräusch von Schritten an mein Ohr dringt.

«Hey.» Saga steht in der Tür. Seit sie da ist, schlafe ich auf einer Matratze im Büro, damit sie ihr altes Zimmer haben kann.

«Kannst du nicht schlafen?»

«Ich habe mich gefragt, ob du die Matratze in mein Zimmer legen willst.»

«Hast du Angst vor den Schatten?»

«Blödsinn. Es kommt nicht oft vor, dass ich mit meiner Schwester unter einem Dach bin, und jetzt, wo ich es tue, fühlt es sich bescheuert an, eine Wand zwischen uns zu haben. Es ist meine letzte Nacht in Schweden.»

Ich lächle, springe vom Boden auf und ziehe die Matratze hinter mir her, während sie die Decke und die Kissen einsammelt.

«Vielleicht ist es doch ein bisschen wegen der Schatten. Einer davon sieht aus wie Piers Morgan.»

«Wow, das *ist* Furcht einflößend.»

In Sagas Zimmer angekommen, ziehe ich mir die Decke bis übers Kinn, denn um schlafen zu können, muss mein gesamter Körper zugedeckt sein. Die Bettwäsche ist abgenutzt, sie wurde so oft gewaschen, dass sie ganz dünn und leicht ist. Meine hat ein Blumenmuster und Sagas ist bedeckt mit kleinen Prinzessinnenkronen.

«Einen kranken Vater zu haben, ist nicht einfach», flüstere ich in die Dunkelheit.

«Mutter zu sein, ist nicht einfach», flüstert sie zur Antwort.

«Eine Baufirma zu leiten, ist nicht einfach.»

«Verheiratet zu sein, ist nicht einfach.»

«Hoffnungslos verliebt zu sein, ist nicht einfach.»

«Dreißig zu sein, ist nicht einfach.»

«Sechsundzwanzig zu sein, ist nicht einfach.»

«Ein *Mensch* zu sein, ist *überhaupt* nicht einfach.»

«Ich habe mir uns immer als Schuhe vorgestellt.»

«Schuhe?»

«Ja, du der glänzende High Heel und ich der dreckige Sneaker.»

Ihr Lachen durchbricht die Stille.

«Klara, ich bin eine verfluchte Birkenstock-Sandale oder ein durchgelaufener, aus dem Hotel geklauter Badelatschen, der seine beste Zeit lange hinter sich hat. Das einzig Glänzende an mir ist meine fettige Stirn.»

«Saga, du hattest recht. Ich war Schweden gewachsen. Damit will ich nicht sagen, dass es okay war, mich zu zwingen herzukommen, aber ich war der Aufgabe gewachsen, und dass du mein Potenzial gesehen hast, war vielleicht gar nicht sooo schlecht.»

«Ich hab dich lieb, Klara.»

«Ich dich auch.»

ALEX

PERSÖNLICHER KALENDER

Neue Aufgabe: Dan den Ring zurückgeben. Es ist nun mal nicht meiner. *Abgehakt*

Neue Aufgabe: Auto verkaufen – brauche es nicht. Möchte auch gar kein teures Auto besitzen. *Abgehakt*

Neue Aufgabe: Über Klara Nilsson hinwegkommen. *Nicht mal im Entferntesten abgehakt*

Eine Woche ist es her. Der Anzug ist wieder dorthin gestopft, wo ich ihn hoffentlich nie wiedersehen werde. Diesmal verbrenne ich ihn vielleicht wirklich, um dem Schicksal eine Nachricht zu senden. *Hör auf, dich mit Alex anzulegen. Auf so was ist er nicht vorbereitet. Er hat keinen verdammten Anzug!* Es ist vorbei. Das monatelange Suchen, Haareraufen und sich Quälen hat endlich ein Ende. Fühle mich erleichtert. Aber nach Feiern ist mir nicht zumute.

Fünf verpasste Anrufe von Klara. Sie hasst Telefonieren, von daher scheint sie dringend mit mir reden zu wollen. Ich kann aber nicht mit ihr sprechen. Will nichts hören oder erklären müssen. Weil es nichts zu erklären gibt, hab ich recht? Wenn ich mit ihr spreche, explodiere ich womöglich. Seit drei Stunden sitze ich auf dem Sofa und muss immer wieder an die Zeit vor zwei Monaten denken, als ich noch ein völlig anderer Mensch war. Habe ihren Kalendereintrag gesehen, sie fliegt heute. Ich weiß nicht genau, welche Reaktion sie sich erhofft und weshalb sie fünfmal anruft, wenn sie doch offensichtlich das Land verlässt. Ihr Leben weiterlebt.

Jetzt weiß ich, wie sich ein gebrochenes Herz anfühlt. Wenn Depression ein Mangel an Gefühlen ist, ist das hier ein Überschwang an allen negativen Gefühlen auf einmal, zusammengequetscht in einem Aufzug, einer U-Bahn oder irgendeinem anderen unglaublich klaustrophobischen Ort. Ich schätze, wenn man es aussitzt, überlebt man es: Dann verhungern die Gefühle langsam, verkümmern irgendwann dort in ihrem Aufzug. Ich versuche, es auszusitzen. Die Angst, die Wut und ... die *Reue*?

KLARA

Google: Wie schmeißt man eine «Ich habe den Krebs besiegt»-Party?

Wir sitzen auf Metallstühlen mit blau gemusterten Polstern, und über uns brennen helle Lampen. Es gibt keinen Grund, Ärztesprechzimmer freundlicher einzurichten; werden gute Nachrichten überbracht, wäre es dem Patienten auch egal, wenn der Raum aussähe wie eine Junkiehöhle, und bei schlechten Nachrichten würde das freundliche Ambiente nur in den Augen wehtun. Das Zimmer ist perfekt.

Wir sind bereit. Mum auf dem iPad ist mucksmäuschenstill. Genau wie wir. Nachdem Saga mich in den Oberschenkel gekniffen hat, habe ich mein gedankenloses, nervöses Gebrabbel eingestellt. Seit der Kindheit ist das mein Stichwort, die Klappe zu halten, und immer noch genauso effektiv.

«So.» Dr. Singh schürzt leicht die Lippen und macht sich bereit zu sprechen. Sein Blick wandert zwischen Dads Gesicht und dem Computerbildschirm hin und her, bleibt immer wieder für längere Zeit auf Letzterem liegen, um die Informationen über meinen Vater und dessen Körper zu lesen, über *seinen Fall*, worauf er in den Augen des Arztes reduziert ist. «Ich habe die Ergebnisse Ihres MRT und PET vorliegen, Peter. Es sieht aus, als wären keine Lymphknoten in den Nachbarregionen befallen.» Er wendet den Blick von dem Bildschirm ab, und auf seinem Gesicht breitet sich ein Lächeln aus. «Was bedeutet, dass Sie krebsfrei sind.»

«Machen Sie Witze?», bricht es aus mir heraus, und mein Körper steht halb vom Stuhl auf.

354

«Ganz und gar nicht. Das wäre ein ziemlich makabrer Scherz, finden Sie nicht?» Dr. Singh lächelt mich an.

Mum auf dem Bildschirm fängt an zu jubeln, als hätten wir im Lotto gewonnen, was irgendwie auch stimmt.

«Wir sollten unbedingt eine dieser ‹Ich habe den Krebs besiegt›- Partys schmeißen», sagt Saga. «Für die wir eine Tumor-Piñata basteln und in Stücke schlagen.»

Wir umarmen Dad, und während mich die Erleichterung überschwemmt, spüre ich noch etwas anderes, ein egoistisches, unerwartetes Gefühl, das mir sagt, dass meine Arbeit hier getan ist, was bedeutet, dass ich nach Hause fliegen muss. Ich hatte Frieden geschlossen mit der Tatsache, mich gar damit angefreundet, dass meine Reise kein gesetztes Enddatum hatte.

Ich wünschte, ich könnte es Alex erzählen. Wir haben uns gemeinsam vorbereitet und auf gute Nachrichten gehofft: sowohl was die Gerichtsverhandlung als auch den Gesundheitszustand meines Vaters angeht. Und jetzt haben wir beide die guten Nachrichten bekommen, die wir uns erhofft haben, aber es fühlt sich nicht ganz so wundervoll an, wie ich es mir vorgestellt habe.

Drei Monate waren es. Es will mir nicht recht in den Kopf. Irgendwie fühlt es sich an, als wäre ich erst gestern angekommen, aber andererseits müssen Jahre vergangen sein, weil ich bei meiner Ankunft eine andere Klara war als jetzt. Als hätte mir ein Teil gefehlt, den ich jetzt, so kitschig es auch klingen mag, gefunden habe.

«Du weißt, dass du natürlich auch gern bleiben kannst», sagt mein Vater zögerlich, als befürchte er, ich könne ihm für diesen Vorschlag die Hand abbeißen. Die Klara, die vor einigen Monaten in Schweden gelandet ist, um die größte Aufgabe anzugehen, die ihr je gestellt wurde, hätte es vermutlich getan.

«Eines Tages vielleicht. Aber ich muss nach Hause. Ich habe

mein Leben in London.» Auf mich warten mein WG-Zimmer, meine Habseligkeiten, mein Sparkonto mit dem Betrag, der irgendwann mal als Anzahlung für ein Eigenheim in einem Londoner Vorort dienen soll, und eine meiner zwei Freundinnen. *Wenn Alex mich nicht hassen würde, sähe die Sache vielleicht anders aus ...* Diesen Gedanken schiebe ich von mir. Ich habe es auf jede erdenkliche Art und Weise und auf jeder Bedeutungsebene des Wortes verschissen. *Ich verscheiße, ich verschiss, ich habe verschissen, ich bin angeschissen.*

«Kommst du klar, wenn ich weg bin?», frage ich ihn.

«Ich werde dich vermissen, aber ich bin bereit, mich wieder in die Arbeit zu stürzen, und mir fehlt mein Toast mit Spiegelei. Pfannengemüse jeden Dienstag ist einfach nicht dasselbe.»

«Ich habe dir ein paar Bewerbungen vorsortiert. Sie liegen im Büro in dem grünen Ordner. Diesmal habe ich in der Stellenausschreibung erwähnt, dass wir weiterhin fünfzig Prozent der Stellen mit Frauen besetzen wollen, und sie wurde nicht offline genommen.» Natürlich führt dieser Gedankengang schnurstracks zu Alex, zu dem Augenblick, als er mit verwuscheltem Haar und seinen skandinavischen Wangenknochen in der Tür stand. *O Alex.* Wäre ich doch nur normal. Noch nie habe ich es mir mehr gewünscht. Dann wüsste ich, was ich tun, was ich sagen müsste, um die Katastrophe abzuwenden. Ich hätte ihm erklären können, was ich für ihn empfand – für ihn *empfinde*. Das einst undefinierbare Gefühl in mir ist jetzt klar und deutlich. Ich, Klara Nilsson, habe mich verliebt. Genau das hätte ich ihm gestehen können, und vielleicht hätten meine Worte ausgereicht. Aber das tun sie nie. Anstelle treffender Worte habe ich *Defizite*. Genauso war es im ersten Teil des psychologischen Gutachtens formuliert, das Dr. Svensson mir per E-Mail geschickt hat. *Autismus ist eine unsichtbare Behinderung.* So unsichtbar fühlt es sich aber nicht an, wie es da vor mir und meinem Glück im Wege steht. All das denke ich natürlich nur im Stillen. Gegenüber Dad spreche ich Folgendes laut aus: «Insgesamt sechs Bewerbungen halte ich für vielversprechend, das sind die in dem Ordner. Ich bin sicher, dass die Zukunft der Firma rosig sein wird, auch wenn ich nicht mehr hier bin.»

«Danke», sagt Dad mit einem Lächeln. «Ich habe beschlossen, Hanna deine Position anzuvertrauen. Die vergangenen drei Monate haben mir gezeigt, dass ich nicht der Einzige bin, der diese Firma leiten kann. Es ist Zeit für mich, einen Gang zurückzuschalten und deine Veränderungen für uns arbeiten zu lassen. Ich denke, mir zwei Tage die Woche freizunehmen, wird mir nicht wehtun.»

Mir drängt sich das Bild auf, dass meine Arbeit hier einen Duft hat, der noch lange, nachdem ich weg bin, wie ein Aftershave in der Luft hängen bleibt. Der Gedanke gefällt mir, dass etwas von mir hierbleibt. Etwas, zu dem ich möglicherweise eines Tages zurückkehren kann.

«Ich würde dir gern etwas zeigen», sagt Dad. «Aber dazu musst du mit nach draußen kommen.»

Dad zeigt auf den Werkzeugschuppen, in dem sich weniger Werkzeug als vielmehr wahlloser Schrott befindet. Als er die Tür öffnet, folge ich ihm hinein. Vor uns steht ein glänzendes schwarz-blaues Motorrad in all seiner metallischen Pracht. Es riecht nach *neu*. Dad strahlt vor Freude.

«Mein neues Spielzeug. Ich fand, nach der ganzen Tortur habe ich mir das verdient.»

«Der Wahnsinn, Dad! Ich wusste gar nicht, dass du auf Motorräder stehst.»

«Das war schon lange mein Traum, aber ich war immer zu vernünftig, ihn zu verwirklichen. Schätze, das wird mich den gesamten Frühling und Sommer auf Trab halten, die endlosen flachen Straßen Südschwedens. Ich schließe mich einer Motorradgruppe an, die einmal pro Woche gemeinsame Touren macht.» Ich umarme ihn. Er fängt an, seine Bucketlist abzuarbeiten, genau wie ich. Er kommt schon klar.

«Du machst es richtig, Dad. Man lebt nur einmal. Es sei denn, man ist ein Salamander oder eine Amphibie, dann hat man zwei Leben.»

Später muss ich erneut an den Satz «Man lebt nur einmal» denken und öffne Google, weil auch ich nicht den Lebenskreislauf eines Reptils habe.

Google: Sollte ich dem Mann schreiben, der mich hasst?

Fünfmal rufe ich Alex an und lausche seiner Stimme auf dem Anrufbeantworter, die sagt: «Hallo, hier ist Alex.» Dann beschließe ich, ihm trotz besseren Wissens und entgegen dem Rat der Suchmaschine eine letzte Nachricht zu schicken.

Als wäre er tot, schreibe ich: *Danke für alles. Vergangen, aber nie vergessen.*

Die Nachricht über meinen wieder einmal in die Hose gegangenen Liebesversuch hat es – Überraschung, Überraschung – von Schweden bis nach Marbella geschafft.

«Hier ist deine Mutter.» Warum tun Eltern das ständig. Eure Kinder haben eure Nummer eingespeichert und können sehen, wer anruft. Das solltet ihr wissen, schließlich besitzt ihr selbst Smartphones, die den Namen des Anrufers anzeigen. Oh, und Moment mal. Es ist ein Videoanruf, das Gesicht meiner Mutter erscheint also auf dem Bildschirm, als ich auf *Anruf annehmen* drücke.

«Ich weiß, dass du es bist, Mum.»

«Wie geht es dir, mein Schatz?» Gibt es heute keinen Sonnenuntergang oder einen gesegneten Hashtag, den sie teilen kann? Das ist unüblich für Mum. Vielleicht regnet es in Spanien. Sie trägt ihre Sonnenbrille und hat die Haare zurückgestrichen. Ihre Hände sind ganz ruhig und pfriemeln an gar nichts herum.

«Ich möchte mich bei dir entschuldigen. In letzter Zeit hat ziemlich viel Druck auf dir gelastet. Zum Teil, weil Saga und ich dich dazu genötigt haben, deinem Vater zu helfen. Wir waren immer der Meinung, dass du der Aufgabe gewachsen bist. Du bist so stark und einfallsreich.»

«Welche Wahl hatte ich denn?» Ich versuche alles, die Tränen zu unterdrücken. Irgendwie macht Technologie mich angreifbarer: Mein Kopf muss in dem Viereck bleiben, während ich im echten Leben wegsehen und meinen Körper drehen kann, um meine Emotionen zu kaschieren. Hier bin ich ausgeliefert. Ich hasse leidenschaftliche Videoanrufe.

«Es tut mir leid. Du hast recht.»

«Der Mann, den ich liebe, hasst mich jetzt. Niemand will mich, wenn es darauf ankommt. Und ja, wir haben uns erst vor Kurzem kennengelernt, und nein, wir sind nicht verheiratet, und ja, ich werde wahrscheinlich über ihn hinwegkommen, sagen wir nächstes Jahr irgendwann. Aber ich will nicht über ihn hinwegkommen, ich sollte es nicht müssen. Das mit uns hätte nicht zu Ende gehen sollen.» Die Worte schießen aus mir heraus, als hätte meine Mutter einen unsichtbaren Staudamm geöffnet.

«Wenn er für dich bestimmt ist, wird er zu dir zurückfinden. Gib noch nicht auf, Klara. Fang noch nicht an, ihn zu hassen. Er ist verletzt. Menschen brauchen Zeit, um zu reflektieren. Wut hält nicht ewig an, egal was jemand einem angetan hat.»

«Er will nichts mit mir zu tun haben.»

«*Im Moment*. Vielleicht hast du recht, aber du kannst nichts anderes tun, als abzuwarten.»

Mein Mund verzieht sich zu einem winzigen Lächeln. Keine Ahnung, wann sie mir das letzte Mal Beziehungstipps gegeben hat. Wahrscheinlich war es im Kindergarten, als Grobian Oliver mich ständig gebissen hat. Plötzlich überkommt mich das Verlangen, sie zu umarmen, oder vielmehr, von ihr umarmt zu werden.

«Wenn ich erst mal einen neuen Job gefunden habe, könnte ich dich besuchen kommen. Ich könnte ein bisschen Sonnenschein vertragen», sage ich.

«Das wäre wunderbar.»

Mir wird klar, dass Mum trotz ihres mitteilsamen, lebhaften Wesens auf eine besondere Art einsam ist, die daher rührt, dass die eigenen Kinder weit weg leben.

Anscheinend steht mir ein Tag voll FaceTime bevor. Saga ist die Nächste. Sie ist zurück in Deutschland und hat sich einen Plan überlegt, wie sie ihre mentale Gesundheit verbessern kann. Aber heute geht es nicht um ihre Herausforderungen, sondern um meine.

«IELTS. Du musst es noch mal versuchen, Klara.» Ihr Gesicht nimmt meinen Handybildschirm ein.

«Das habe ich schon. Es ist ein feiner Grat zwischen Optimismus und Dummheit. Zwischen Hoffnung und Ignoranz. Welchen Unterschied sollen ein paar Mathestunden schon machen?» Das Selbstbewusstsein, das ich aufgebaut habe, ist gemeinsam mit Alex verpufft.

«Die Sache sieht jetzt anders aus. Es gibt Hilfe. Dir steht mehr Bearbeitungszeit zu. Ein extra Raum, in dem du den Test allein machen kannst. Es ist nicht Dummheit, es noch mal zu versuchen, wenn sich die Voraussetzungen geändert haben.»

Darüber denke ich nach. *Natürlich.* In trockener Erde kann ein Samen nicht wachsen, aber wenn man ihn in den satten Boden von Skåne pflanzt, streckt vielleicht ein Keimling den Kopf durch die Erde, um zum ersten Mal das Licht zu erblicken. Ich liebe Saga dafür, dass sie Dinge sagt, die mir völlig logisch erscheinen, auf die ich allein aber niemals gekommen wäre.

«Bewirb dich an der Uni. Wenn du angenommen wirst, hast du immer noch den gesamten Sommer, um dich auf den Test vorzubereiten. Bis dahin hast du auch deine offizielle Diagnose, was Extrahilfe bedeutet. Vielleicht schaffst du es diesmal, K. Nein, ich *weiß*, dass du es schaffst.»

Noch am selben Abend fülle ich meine Bewerbung aus. Vier Jahre ist es her seit dem letzten Mal. Als ich auf der Website des UCAS, der zentralen Stelle zur Vergabe von Studienplätzen, fertig bin, buche ich einen IELTS-Test. Ich werde nicht bis zum Sommer warten. Bei dem Kästchen mit der Frage nach *Einschränkungen* zögere ich kurz, setze dann ein Häkchen und schreibe mit einem seltsamen und unerwarteten Gefühl von Dazugehörigkeit *Autismus* in das Feld. Anschließend trage ich den Termin in meinen Kalender ein und beschließe aus einer Laune heraus, den Eintrag zu teilen. Er soll wissen, dass ich es versuche, dass *ich* die Entscheidung getroffen habe, es immer noch zu versuchen. Dass ich nicht einfach aufgeben werde.

GETEILTER KALENDER
Neue Aufgabe: IELTS-Test

Am Tag nach meiner Ankunft in London werde ich wissen, ob ich es schaffen kann oder nicht.

ALEX

PERSÖNLICHER KALENDER
**Neue Aufgabe: Mich bei Peter entschuldigen, dass ich
einfach so gekündigt habe**
Neue Aufgabe: Dito bei Gunnar
Neue Aufgabe: Dito bei Hanna

Nachricht von Paul: Geht's dir gut, Kumpel? Hab die guten Neuigkeiten gehört. Und die schlechten. Willst du drüber reden? Ich werde
mir alle Mühe geben, ein guter Freund und für dich da zu sein.

Nachricht von Dan: Alex, du weißt, dass ich dir nie die Schuld gegeben habe. Und deine Eltern auch nicht. Hoffe, der Schuldspruch
bedeutet, dass du dir endlich auch selbst keine Schuld mehr geben
musst. Sehen wir uns heute Abend auf ein letztes Bier in der Wohnung?

Nachricht von Hanna: Alex, Klara ist ein Häufchen Elend. Du hast
ihr Herz gebrochen. Sie kommt kaum noch zur Arbeit, isst nur noch
Proteinriegel und trägt keine Ohrringe mehr, nichts baumelt neben
ihrem Gesicht. Weil sie nicht lächelt. Ich verstehe ja, dass du gegangen bist, weil du verletzt bist und alles. Ist mir egal, dass du
ohne echten Grund die Firma im Stich gelassen hast, aber so darf
es zwischen euch beiden nicht zu Ende gehen. Das werde ich nicht
hinnehmen. Blas Trübsal, mach dein Depri-Ding, aber dann reiß dich
zusammen und bring die Sache wieder in Ordnung. Hast du vergessen, dass sie heute fliegt?

Dieses Bild von Klara bringt mich um. *Ohne echten Grund.* Klara kann nichts für den Tod meines Bruders. Ich hab sie gefragt, ob sie es wusste, aber auf eine Antwort gewartet habe ich nicht, hab ihr nicht mal die Möglichkeit gegeben zu antworten. Ich habe den Kopf verloren, war nicht ich selbst. *Und dann habe ich gekündigt.* Ich bin kein Mensch, der Leute einfach im Stich lässt. Der seinem Team den Rücken kehrt, seinen Freunden. Dieser Job war meine Rettung, *sie* war meine Rettung, und ich brauche ihn zurück. Aber erst brauche ich sie zurück. Ob sie wohl immer noch bei ihrem Vater ist und sich für die Abreise fertig macht? Keine Ahnung. Was würde ich überhaupt sagen, wenn ich sie anrufe? Plötzlich überkommt mich ein Gefühl von Dringlichkeit, als mir klar wird, dass ich Zeit verschwendet habe. Genug damit. Dr. Hadid meinte, ich kann aufhören, mir Aufgaben zu stellen, aber ich schätze, diese letzte brauche ich noch.

Neue Aufgabe: Zum Flughafen fahren
Neue Aufgabe: Klara finden
Neue Aufgabe: Ihr sagen, was mir klar geworden ist

Rasiere mich, ziehe mich an und trage das Aftershave auf, das ich laut ihr niemals ändern darf. Werde kurz von Mama aufgehalten, die anruft, um mir zu sagen, dass Dan ihnen einen Großteil der Schadensersatzzahlung überlassen hat. Es wird eine Einhornstatue in Calles Namen geben (fuck, zum Glück wird er das nie erfahren) und eine Spende an einen Verein, der sich für die Sicherheit im Straßenverkehr einsetzt und Fahrradhelme an Kinder verschenkt. Bei der Freude in Mamas Stimme empfinde ich ein Gefühl des Friedens, das ich schon lange nicht mehr hatte. Ich sage ihr, dass ich sie lieb habe.

Durch das Zugfenster sehe ich die Lichter von Malmö, die immer kleiner werden, während wir in Richtung dänische Küste fahren.

Der Turning Torso ist das letzte sichtbare Zeichen der Stadt, bevor sie im Nebel verschwindet. In dem Gebäude werden die Arbeiten begonnen haben, um einen Ort für jemand Neuen zu schaffen.

Ich suche mir einen Sitzplatz, dann schreibe ich meinem Bruder.

In Entwürfe gespeichert
Calle,
Mann, ich hab dir schon seit vier Tagen nicht geschrieben. Der erste Tag ohne E-Mail kam und ging, ohne dass ich es überhaupt bemerkte. Es gibt ein Leben für mich ohne dich. Ich hätte nicht gedacht, dass es möglich wäre, aber die Leere, die du hinterlässt, muss nicht mit Beklommenheit gefüllt werden: Da kann einfach Leere sein. Ich muss sie nicht ausfüllen. Das dachte ich nur, und es hat mir Sorgen bereitet, weil ich wusste, dass es ein Ding der Unmöglichkeit ist. Niemand kann deinen Platz einnehmen, aber jetzt weiß ich, dass das auch gar nicht nötig ist. In mir ist endlos viel Platz.
Ich habe die Gerechtigkeit bekommen, die ich brauchte. Genau genommen habe ich in das Gesicht geschlagen. Das war die Geldbuße von 2500 Kronen für ungebärdiges Benehmen im Gerichtssaal auf jeden Fall wert.
Neben der Leere, die du hinterlässt, gibt es noch eine zweite. Diese hingegen kann ich füllen, und ich habe vor, alles wiedergutzumachen. Fehler passieren, und ich kann nicht zulassen, dass ein kleiner Fehler mich wieder dahin zurückwirft, wo ich war. Mich wieder zu der Person macht, die ich vor ihr war. Sie ist mein Vorher-und-nachher; du bist das, was ich immer mit mir herumtragen werde, meine ewige Wunde, aber sie ist es, die mich lebendig macht.

Als ich zusammen mit einem ganzen Zugabteil Urlauber am Flughafen aussteige, dämmert mir, dass ich gar nicht weiß, wo Klara ist, und dass es nicht einfach werden dürfte, sie hier zu finden. Der Flughafen Kastrup ist groß. Groß wie ein LEGO Flagship Store. Dann fällt es mir plötzlich wie Schuppen von den Augen, und ich weiß, was ich tun muss.

Sie scheint diesen Kommunikationsweg sowieso zu bevorzugen, da sie die Worte dabei besser in sich aufnehmen kann und sich wohler fühlt.

Unser Kalender.

KLARA

Google: Sollte ich wegen eines Mannes meinen Flug verpassen?

Die Hektik des Flughafens zieht einen entweder in seinen Bann, reißt einen mit all ihrer Aufregung und kindlichen Abenteuerlust mit, oder sie erdrückt und erinnert einen, dass man in einem Meer aus voranstrebenden Menschen die Orientierung verloren hat.

Nachdem ich meinen schwedischen Pass vorzeigte, wurde ich durch die Sicherheitskontrolle gelassen. Für die Briten muss es der britische Pass sein und für die Schweden der schwedische. Ich mag, dass ich sowohl ein «Haben Sie einen schönen Urlaub, Miss» als auch ein «Willkommen zu Hause» gesagt bekomme und nachweisen kann, dass ich beiden Ländern zugehörig bin.

Gerade habe ich ein Plunderstück mit Vanillecreme gegessen, das heute sowohl mein Mittag- als auch Abendessen ist, während ich auf einer Bank vor der Lounge sitze, zu der ich keinen Zugang habe. Ich beobachte, wie Männer in Anzügen und Paare mittleren Alters mit ihrem Goldticket herauskommen oder hineingehen, um sich an einem kalten Büfett und kostenlosem Bier zu bedienen. Meine Gedanken drehen sich hauptsächlich um den IELTS-Test. Auf den inneren Drang hin, ihn hinter mich zu bringen, habe ich den nächstmöglichen freien Termin gebucht. Dafür muss ich zur Liverpool Street fahren, aber das ist es wert. Also, möglicherweise. *Bitte lass mich diesmal bestehen.*

Doch hin und wieder schweifen meine Gedanken auch zu Alex.

Auf meinem Handybildschirm erscheint eine Erinnerung.

Meeting: 7-Eleven, Terminal 2

Das ist merkwürdig. An diesen Eintrag kann ich mich gar nicht erinnern. Und mit wem sollte ich dort ein Meeting haben? Ich überlege: Außer mir hat nur eine einzige Person Zugriff auf meinen Kalender – Alex. *Alex sagt, ich muss am 7-Eleven sein. Jetzt sofort.* Ich renne regelrecht zurück zu der Ecke, wo ich vor etwa einer halben Stunde an besagtem Shop vorbeigegangen bin. Oh, verdammt und zugenäht, Alex, hättest du nicht einen näheren Treffpunkt wählen können? Ich bin keine Läuferin, erst recht nicht, wenn ich mein Gepäck mit mir herumschleppe.

Als ich ankomme, blicke ich mich hektisch um, sehe aber nur unbekannte Gesichter und Regale voll kalorienreichem Essen. Kein Alex. Ich streiche mir die Haare aus dem Gesicht, richte meine Frisur und stelle mich aufrecht hin. Immer noch kein Alex. Ernsthaft? Weitere fünf Minuten lasse ich verstreichen, jede davon länger als die vorherige.

Noch immer ist keine Alex-förmige Gestalt zu sehen, und meine Hoffnungen schwinden. Er ist nicht hier. Es muss ein Irrtum sein. Warum habe ich mir Hoffnungen gemacht? *Es ist vorbei.* Ich fühle mich so dämlich. Ich habe zu viele romantische Komödien geguckt.

Gerade als ich mich umdrehe, um zurück zum Gate zu gehen, ploppt es auf.

Bearbeitete Aufgabe: 7-Eleven, Abflughalle, vor der Sicherheitskontrolle.

Was ist das für ein Spiel? Keine Ahnung, was ich tun soll. Ich bin schon durch die Sicherheitskontrolle, wenn ich jetzt zurückgehe, verpasse ich möglicherweise meinen Flug. Um mich herum sind zu viele Menschen, sie sind mir zu nahe, und die Situation fängt an, mir über den Kopf zu wachsen. Nicht sicher, ob es heute noch einen Flug gibt, sollte ich meinen verpassen, und ich muss morgen in London sein. Google würde mir sagen, dass ich meine Pläne nicht für einen Mann über den Haufen werfen soll. Ein Teil von mir will Google anschreien: «Du kennst diesen Mann nicht! Du hast Alex nie kennengelernt! Er ist nicht mal bei Google angemeldet! Wenn doch, würdest du verstehen.» Mehr als alles möchte ich zurück in die Abflughalle gehen, durch die Menschenmenge rennen und glauben, dass es wirklich er ist. Aber von Google ist es ein striktes *Nein*. Wenn ich noch länger durch die Suchergebnisse scrolle, verpasse ich meinen Flug, und das kann ich nicht zulassen.

Weil ich zum zweiunddreißigsten Mal den IELTS-Test machen muss.

ALEX

GETEILTER KALENDER

Neue Notiz (Klara): Glaubst du etwa, du kannst einfach mein Leben bearbeiten?

Neue Antwort (Alex): Es gibt so vieles, dass ich bearbeiten möchte. Und löschen.

Antwort (Klara): Diese Veranstaltung liegt in der Vergangenheit.

Antwort (Klara): Du kannst sie nicht mehr ändern.

Antwort (Alex): Wer will mich aufhalten? Ich werde so viele neue Einträge erstellen, wie es braucht, bis du mir glaubst. Schau heute Abend noch mal hier rein.

Antwort (Klara): Es sind nur Kalendereinträge, wir haben keine echte Beziehung. Das hier bedeutet überhaupt nichts.

Romantik ist tot. Zumindest wenn man den Sicherheitsmann an Terminal 2 am Flughafen Kastrup fragt.

«Bitte, ich muss nur für eine halbe Stunde hinein. Hier sind mein Pass, meine Wohnungsschlüssel und meine Kreditkarte. Damit halten Sie buchstäblich mein Leben in den Händen, was Ihnen garantiert, dass ich zurückkomme.»

«Sir, ohne Boardingpass kein Zutritt.»

«Sie ist die Liebe meines Lebens.»

«Es freut mich, das zu hören, aber Verliebte sind von der Boardingpass-Regel nicht ausgenommen.» Hab es doch gesagt, Romantik ist tot. «Sie sollten besser zum Schalter gehen und sich ein Ticket kaufen. Wo sie doch die Liebe Ihres Lebens ist.» Er zwinkert mir zu, als hätte er etwas Lustiges gesagt. Das ist Ansporn genug, und ich renne los.

Die Frau am Ticketschalter hebt den Blick von ihrem Computer, auf dem sie damit beschäftigt war, Flugpläne zu koordinieren. Oder Twitter zu checken. Wer weiß. Ich lese ihr Namensschild.

«Hallo, Tina. Ich hatte gehofft, Sie könnten mir bei etwas helfen. Ich brauche Ihr günstigstes Ticket, das mir Zutritt zu Terminal 2 gibt.»

«Haben Sie dort etwas vergessen? Dann wird es am Ende des Tages ins Fundbüro gebracht.» Ich habe das Gefühl, was immer auf ihrem Bildschirm zu sehen ist, ist wichtiger als ich.

«Ich habe tatsächlich etwas verloren, könnte man sagen, aber es ist eine Person. Eine weibliche Person.» Jetzt sieht Tina mich argwöhnisch an, überlegt, ob ich ein Mörder sein könnte und ob sie die Polizei rufen sollte, scheint jedoch die Vermutung fallen zu lassen, dass es sich bei der verlorenen Person um eine Leiche in einem Koffer handelt.

«Falls ein Kind vermisst wird, müssen wir eine Lautsprecherdurchsage machen.» Kurz stelle ich mir vor, wie Klaras Name ausgerufen wird. Aber es wäre ein fauler Ausweg, sie von jemand anderem rufen zu lassen. Das hier ist meine Aufgabe – *mein* Punkt auf der To-do-Liste. Mein letzter. Außerdem könnte eine Durchsage bei Klara zu einem Rap erforderlichen Zusammenbruch führen.

«Bitte, ich muss einfach nur in den Terminal 2. Ich liebe diese Frau. Und sie steigt gleich in ein Flugzeug nach London Gatwick.»

«Oh cool. Wie in diesem Film mit Hugh Grant.» Endlich habe ich ihre Aufmerksamkeit: Wie sich herausstellt, ist Ticketschalter-Tina eine hoffnungslose Romantikerin.

«Wir haben noch einen Platz nach Reykjavík für 1696 Kronen, Abflug in zwei Stunden. Falls das mit der Frau nichts wird und

Sie Interesse haben, es ist eine sehr schöne Stadt. Sie haben nur zwanzig Minuten, bis das Gate Ihrer Freundin schließt», sagt sie, woraufhin ich sofort zusammen mit einem «Danke schön» meine Kreditkarte über den Tresen schiebe und mich bereit mache loszusprinten.

Ich renne zum Gate 22, der Inhalt meiner Hosentaschen schlägt gegen meine Oberschenkel, und mir steigt die Hitze ins Gesicht. So habe ich mir nicht vorgestellt, um Klaras Liebe zu kämpfen. Wie ein Schuljunge, der dem Bus hinterherrennt. Außerdem kommt mir der Gedanke, dass ich nicht mit leeren Händen vor ihr stehen sollte – Blumen, Schokolade, irgendetwas.

Doch wie sich herausstellt, muss ich mir darüber keine Sorgen machen.

«Letzter Aufruf für Flug 342 nach London Gatwick», verkündet eine niederschmetternde Stimme. Wäre ich jemand anderes, sagen wir, Usain Bolt oder ein Politiker, der vor seiner Verantwortung davonläuft, hätte ich alles gegeben, wäre weitergespurtet und hätte es womöglich in letzter Sekunde geschafft. Aber ich muss meine eigenen Grenzen akzeptieren. Ich bin Alex, und auch in Topform könnte ich keine achthundert Meter in knapp zwei Sekunden zurücklegen. Nach Atem ringend, bleibe ich stehen.

Heute werde ich Klara nicht zurückgewinnen.

Bei meiner Ankunft im Turning Torso umarme ich Dan.

«Alles in Ordnung?», fragt er und reicht mir das obligatorische Bier.

«Alles in Ordnung», spreche ich ihm nach.

Wir blicken hinaus aufs wilde Meer. Es gibt keinerlei Sitzmöglichkeiten. Neben der Tür stehen eine Leiter und ein paar weitere Utensilien, und das Deckenlicht flackert, als wüsste es, dass seine Tage gezählt sind. Meine Beine schmerzen, weil ich den ganzen Tag herumgerannt bin.

«Die Weinbar sah nicht übermäßig voll aus, als ich auf dem Weg hierher daran vorbeigekommen bin», sage ich.

«Ich hätte nichts gegen eine Vorspeisenplatte für zwei», sagt Dan.

«Sollen wir dann unser nächstes Bier dort trinken?»

«Gute Idee.»

Es ist keine traurige Angelegenheit, als wir die Wohnung verlassen, oder keine so traurige, wie ich erwartet hätte. Weil ich immer noch Dan habe, und das ist etwas. Ich schalte das Licht aus, und Dan schließt hinter uns ab.

Als ich an diesem Abend nach Hause komme, scrolle ich im Kalender durch die Wochen und gucke mir jeden einzelnen Tag an, um zu sehen, wo es falsch gelaufen ist – wo *ich* einen Fehler gemacht habe. Seltsamerweise stelle ich fest, dass ich die Vergangenheit nicht ändern würde, selbst wenn ich sie wie einen Kalendereintrag bearbeiten könnte. Weil ich genau hier sein muss, wo ich gerade bin.

Dasselbe gilt für Klara. Ja, sie sagte, dass es nicht echt sei und ich ihr Leben nicht bearbeiten könne, aber die Zukunft ist noch offen. Ich kann eine digitale Zukunft erschaffen und ihr zeigen, wie die Geschichte von Klara und Alex aussehen könnte. Also beginne ich, Einträge zu verfassen.

GETEILTER KALENDER

Neue Aufgabe: Mich bei Klara entschuldigen. Hätte sie niemals so anfahren dürfen, wo doch gar nichts ihre Schuld war

Neue Aufgabe: Klara von dem Tag erzählen, an dem wir uns kennenlernten. Wie sie mich umgehauen hat

Neue Aufgabe: Klara erzählen, dass ich mit jedem Tag verrückter nach ihr geworden bin

Neue Aufgabe: Herausfinden, wie wir eine gemeinsame Zukunft haben können (Fernbeziehung?)

Möglich, dass sie die Einträge nie lesen wird, aber zumindest existiert sie nun – die Zukunft, die ich mir wünsche.

KLARA

Google: Wo wäre ich nur ohne dich?

Der Raum ist groß und luftig. Die Prüfaufsicht trägt gelb gestreifte Socken, die mich an eine Biene erinnern. Auf dem Blatt vor mir sind ganz schön viele Kästchen, aber das macht mir nichts aus: Ich mag es, wenn sie angekreuzt sind, und ich versuche, meine Kreuzchen symmetrisch zu setzen. Die Stellen für Freitext hingegen stören mich: Sie sind groß, leer und sehr weiß, und ich soll sie füllen. Bisher habe ich zwei Sätze geschrieben. Alle anderen im Raum wirken sehr beschäftigt. Ich verstehe nicht, wie sie das Summen der Bienensocken, das ich so deutlich vernehme, nicht hören können.

Die fünfundvierzig Minuten sind fast um, und immer mehr Leute stehen auf und verlassen den Raum. Ich muss dem Drang widerstehen, ebenfalls aufzustehen und ihre Stühle zurück unter die Tische zu schieben. Sie tun mir leid – die Leute, nicht die Stühle –, da ich mir nicht vorstellen kann, dass jemand, der es nicht schafft, Stuhl und Tisch ordentlich zu hinterlassen, den Test bestehen kann.

Die Frage starrt mich an. *Viele Menschen glauben, dass technologische Geräte wie Smartphones und Tablets mehr Nachteile als Vorteile mit sich bringen. Inwiefern würden Sie zustimmen oder widersprechen?*

Meine Extrazeit hat angefangen, und etwas Seltsames passiert. Das rechteckige Feld mit den Schreiblinien verwandelt sich vor meinen Augen in eine Sprechblase, und in mir bilden sich Sätze. Ich schreibe. Tatsächlich schreibe ich so viel, dass ich für meinen letzten Satz noch eine Linie außerhalb des Feldes dazumalen muss. Ich erörtere, dass ich ohne Diabetes-Technologie möglicherweise gestorben wäre und dass Social Media Menschen Möglichkeiten eröffnen kann, die sie dringend brauchen, jungen Frauen mit Downsyndrom zum Beispiel oder einer anderen jungen Frau, die versucht, eine Firma zu leiten. Google kann Schnauzerbesitzerinnen finden, und in einer kleinen quadratischen App kann eine ganze Familie Platz finden. Dann argumentiere ich, dass Technologie die psychische Gesundheit fördern kann, indem sie zum Beispiel einem jungen Mann dabei hilft, seine Depressionen zu überwinden, da er mithilfe der Technologie kleine, aber messbare Erfolge sehen kann. Und dass sie möglicherweise weiß, dass zwei bestimmte Menschen zusammengehören und ihre Leben synchronisieren sollten, noch bevor sie es selbst wissen.

Als ich den Stift hinlege, hat sich der Mottenschwarm in meinem Bauch schlafen gelegt, oder vielleicht ist er auch gestorben – die Lebensspanne einer Motte ist sehr kurz –, und ich lächle den Mann mit den Bienensocken an, als ich ihm meinen Test überreiche. «Danke», sage ich zu ihm. «Haben Sie einen schönen Nachmittag. Ich schwirre jetzt ab.»

ALEX

GETEILTER KALENDER
Neue Aufgabe: Nach London fliegen
Neue Aufgabe: Zu Klaras Wohnung fahren
Neue Notiz: (Ich trage das alles hier ein, für den Fall,
dass du es liest, Klara, und keine Überraschung möch-
test. Hoffe aber, du magst sie. Denke schon. Aber nur für
den Fall.)

Ich bin in London angekommen. Saga hat mir alle nötigen Infos gegeben, die ich für eine reibungslose Fahrt zu Klaras Wohnung brauche: Adresse, U-Bahn-Linie und eine Standpauke. «Wird ja auch langsam Zeit, Alex. Ich hoffe, es ist nicht schon zu spät, du verdammter Vollidiot.» Das habe ich verdient, daher dankte ich ihr für die guten Wünsche.

Klara wohnt in einem schmalen, weiß getünchten Haus, das in einer ruhigen Straße in eine Reihe fast identisch aussehender Häuser gequetscht ist. Als ich durch den kleinen Vorgarten zur Haustür gehe, sehe ich, dass jemand im Souterrain durch die Vorhänge lugt wie ein neugieriger Nachbar. Ob es Klara ist, kann ich nicht erkennen; ich mache lediglich ein Paar Augen aus, das in der Dunkelheit glänzt wie das einer Katze. Ich hoffe, dass diese Person mir die Tür öffnet.

Tut sie.

«*Hola.*» Sie hat helle Sommersprossen und ein wie festgetackert wirkendes Lächeln. Ich bemerke ihre säuberlich manikürten Fingernägel, weil sie sich erheblich von Klaras angeknabberten

376

unterscheiden. Obwohl ich vorbereitet bin, trete ich unbehaglich von einem Fuß auf den anderen.

«*Jó napot.*» Sie sieht mich an wie ein menschliches Fragezeichen, selbst ihr Kopf ist zur Seite geneigt, es fehlt nur noch der Punkt darunter.

«*Guten Tag* auf Ungarisch», erkläre ich, und sie lacht, besinnt sich dann jedoch und presst die Lippen zusammen.

«Du bist der Typ, der es mit meiner Mitbewohnerin versaut hat.»

«Ich bevorzuge: der Typ, der sich in sie verliebt und es *dann* versaut hat», entgegne ich.

«Kapierst du's nicht? Mit Klara versaut man es nicht. Sie mag wirken wie ein Fels in der Brandung, aber sie ist zerbrechlich.»

«Darf ich reinkommen?»

«Bist du hier, um dich zu entschuldigen?»

Es gibt keinen Grund, nicht offen und ehrlich zu sein.

«Ja.»

«Nun, da du gute Absichten zu haben scheinst, komm rein.»

Ich folge ihr durch einen schmalen Flur in die offene Wohnküche. Die Wohnung ist voller Krimskrams, farbenfroh und warm. Ein bisschen wie bei zwei Großmüttern, die sich nicht überwinden können, etwas wegzuwerfen, die einen starken Sinn für Strick und Blumenmuster haben, aber genauso sehr für moderne Inneneinrichtung.

«Hier.» Alice stellt einen Teller Zimtschnecken auf den Küchencounter, den ich mir als Ort auserkoren habe, um zu stehen und zu warten.

«Sie backt also wieder?», frage ich und denke an ihre kleine Identitätskrise, der wir im vergangenen Monat die Osterbrötchen zu verdanken hatten. Das hat sie mit Mama gemein.

«Ja. Ist gerade erst angekommen, als sie schon die Zutaten auspackte. Alles schwedisches Zeug.»

Ich bin eindeutig nicht in der Stimmung für etwas Süßes, aber Klara hat sie gebacken, und es fühlt sich an, als stünde sie persönlich neben mir und bestehe darauf, und ich will nicht unhöflich sein. Gerade als ich von der Zimtschnecke abbeiße, öffnet sich die Wohnungstür. Alice zieht sich zurück, und Klara steht vor mir. *Endlich.*

«Alex», sagt sie, und ich atme tief ein und aus, weil sich allein bei ihrem Anblick etwas in mir entspannt.

KLARA

Google: Sollte man der Person vergeben, die einen am meisten liebt?

Alex. Bei mir zu Hause. Das ergibt keinen Sinn; es fühlt sich an, als gehöre er zu einer anderen Welt. Ich würde lügen, wenn ich sagte, ich hätte mir diesen Moment nicht erträumt und herbeigesehnt; dass er mir hinterherfliegt. Für wie unwahrscheinlich ich es auch hielt – niemand läuft Klara Nilsson aus der 243A Munster Road hinterher. Sie ist jemand, in die man allerhöchstens hin*ein*läuft. Und die man eher aus Bequemlichkeit behält denn aus Verlangen.

«Ich habe dich vermisst», sagt er.

«So sehr, dass du meine Anrufe ignoriert hast?»

«Ich brauchte etwas Zeit. Als ich wieder klar denken konnte, warst du schon auf dem Weg zum Flughafen. Es tut mir leid, dass ich nicht früher bereit war.»

«Du hättest einfach anrufen können.»

«Du hasst Telefonate.»

«In einem Notfall sind Telefonate akzeptabel. Das *war* ein Notfall, Alex.» Er lächelt und streckt die Hand nach meinem Gesicht aus. Ich wehre sie nicht ab.

«Du hast nichts falsch gemacht, Klara. Ich habe Dinge gesagt, die ich aufrichtig bereue. Du hast mich an meinem Tiefpunkt gesehen, und ich frage dich, ob du mir verzeihen kannst, wo du nun die schlimmste Version von mir kennst.»

Die Klara, die ich vor einigen Monaten war, hätte für das Versprechen, eine weitere Woche gewollt zu werden, jedem Mann alles verziehen. Nicht deshalb spüre ich, wie ich weich werde und

379

Alex vergeben möchte. Sondern weil er ein *guter Mensch* ist, selbst seine schlimmste Version lässt mich daran nicht zweifeln.

«Warum hast du mich für nichts und wieder nichts durch den gesamten Terminal rennen lassen? Warum warst du nicht da, wo du gesagt hast?» Ganz zufrieden bin ich mit seiner Erklärung noch nicht. Aber die Kalendereinträge, die ich an diesem Morgen gelesen habe, haben mich besänftigt.

«Entschuldige. Ich wollte rechtzeitig am Gate sein, aber ich musste ein Flugticket nach Island kaufen, und ...»

«Island?»

«Ohne Ticket hätten sie mich nicht reingelassen.»

«Tja.»

«Um Haaresbreite hätte ich es geschafft. Aber jetzt bin ich hier. Ich bin gekommen. Um dir zu sagen, dass ich ein Idiot bin. Ein Vollidiot. Die Emotionen sind mit mir durchgegangen, und ich hatte kein Recht, mich so zu benehmen.»

Ich habe dieses vage Gefühl, dass ich trotz der Entschuldigung sauer sein sollte, aus Prinzip. Aber irgendwie bin ich es nicht, irgendwie ist meinem Ärger die Luft ausgegangen, und stattdessen sind da Glücksgefühle – starke Glücksgefühle.

«Du warst verletzt. Das verstehe ich. Hör zu, wenn ich es zurücknehmen könnte. Alles. Dieser schäbige Mistkerl ...»

«Der Mörder, meinst du.»

«Hanna hat mir alles erzählt. Ich bin froh, dass er überführt wurde. Vermutlich hat dir jemand erzählt, warum er gefeuert wurde – warum *ich* ihn gefeuert habe?»

«Ja, inzwischen weiß ich alles über ihn. Was mir die Tatsache, dass wir gewonnen haben, nur versüßt – er ist ein Arschloch, ein egoistisches Schwein. Er war stark alkoholisiert, und weil er Fahrerflucht begangen hat, hatte unser Anwaltsteam leichtes Spiel. Seine Verteidigung, dass er nicht gesehen hätte, was passiert war, ist zusammengefallen wie ein Kartenhaus, als unsere

Zeugin aufgerufen wurde und aussagte, dass er das Opfer am Boden beschimpft hat. Mama kann jetzt das gesamte Pride-Einhorn kaufen, wenn sie will. Was sie offensichtlich auch tun wird.» Er lacht.

Einen Augenblick lang schweige ich und frage mich, mit wie vielen sexistischen Witzen Mateusz im Gefängnis wohl davonkommen kann. Ich beschließe, dass dies der letzte Gedanke ist, den ich an ihn verschwende. Der allerletzte.

«Es ist okay. Es ist vorbei.»

«Also, was jetzt?»

«Ich bin gekommen, um dir zu sagen, dass ich der dümmste Mann der Welt bin. Verzeihst du mir bitte? Ich warte auch gern, solange du Google um Rat fragst. Oder noch besser, tun wir es gemeinsam ...» Er öffnet die Suchmaschine auf seinem Handy und tippt in das Feld: *Sollte man der Person vergeben, die einen am meisten liebt?* Warme Gefühle durchfließen mich, und am liebsten hätte ich einen Screenshot seiner Frage gemacht. *Liebe* in geschriebener Form.

«Ich dachte, du hasst mich», sage ich, während wir uns beide über den Bildschirm beugen, und ich seufze erleichtert, als ich lese, dass Google auf meiner Seite ist.

«Dich hassen? Klara, selbst als ich so wütend war, dass ich mich nicht dazu bringen konnte, dir gegenüberzutreten oder dich anzuhören, habe ich dich zu keinem Zeitpunkt gehasst. Ich liebe dich, und ich will das Gesamtpaket, ich will ein Leben mit dir. Das Haus, Kaffee am Morgen, eine geteilte Bettdecke, eine Schublade voller Notfallsnacks. Ich möchte sehen, wie du mit vierzig aussiehst. Und mit achtzig. Also, falls du glaubst, mir vergeben zu können.»

«Alex, ich hab dir längst vergeben.» Die Leichtigkeit, mit der mir dieser Satz über die Lippen kommt, erstaunt mich.

Wir küssen uns, als wäre eine gesamte Filmcrew anwesend und als laute unsere einzige Anweisung, eine Szene namens «Der

Liebeskuss» in den Kasten zu bringen. Es ist überragend. Und kurz. Unsere Handys, sowohl meins als auch seins, vibrieren mit einer Warnung, dass mein Blutzuckerspiegel absinkt.

«*Knulla*», sage ich.

«Schawarma.»

«Das nenne ich mal den Moment ruinieren.»

Er kramt in seinen Hosentaschen, in denen er jetzt schon seit Monaten zuckerhaltige Snacks aufbewahrt, nur für den Fall, und reicht mir ein KitKat.

«Es gibt trotzdem noch Dinge, über die wir sprechen müssen. Ich weiß gar nicht mehr recht, wo mein Zuhause ist – ob in London oder Schweden. In letzter Zeit fühlt es sich so an, als führten alle Wege nach Skåne, aber ich möchte in London bleiben. Ich habe heute einen IELTS gemacht und bin sicher, dass ich bestanden habe. Mir wurde zusätzliche Bearbeitungszeit gewährt, und ich durfte geräuschreduzierende Kopfhörer tragen. Ich bin doch nicht dumm, Alex.»

«Dumm?» Jetzt greift er mich an den Schultern, als wolle er mich schütteln, damit ich zu Verstand komme. «Du bist eine unglaubliche Frau, Klara Nilsson. Niemals könntest du dumm sein. Deine Logik erscheint mir mehr Sinn zu ergeben als alles, was ich sonst gehört habe, und dir fallen Dinge auf, denen sonst niemand Beachtung schenkt. Ich werde es zu meiner Aufgabe machen, dass du siehst, was ich sehe. Jeden einzelnen Tag. In London – wenn das der Ort ist, an dem du bist.»

«Ernsthaft? Du würdest für mich hierherziehen?» Meine Miene ist todernst.

«Ernsthaft. Ich habe zwar schon deinen Vater angefleht, mir meine alte Stelle wiederzugeben, aber ein Neustart würde mir bestimmt guttun. Du müsstest mich nur bitten. Du weißt, dass ich deinem ‹Bitte› nichts entgegenzusetzen habe.»

«Dann *bitte*, bitte zieh zu mir nach London.»

«Betrachte die Aufgabe als hinzugefügt. Mir egal, welches Land. Für mich führen alle Wege zu Klara.»

«Meine Viking-Schriftart», sage ich.

«Klara Nilsson, ich liebe dich.»

ALEX

PERSÖNLICHER KALENDER
Neue Aufgabe: Mietvertrag kündigen
Neue Aufgabe: Organisieren, dass das Auto dem neuen
Besitzer überführt wird
Neue Aufgabe: Alle kommenden Therapiestunden mit
Dr. Hadid absagen

Hanna könnte nicht glücklicher sein, als ich sie anrufe, um sie zu bitten, für mich einzuspringen und mein Arbeitspensum zu übernehmen. Ich habe es erst mit Klara und dann mit Peter besprochen, und wir waren uns alle einig, dass sie meine Stelle auch auf Dauer übernehmen kann.

«Hauptsache, ihr zwei seid glücklich.»

«Danke, Hanna. Ich werde dich vermissen», sage ich, und als ich später darüber nachdenke, wird mir klar, dass ich jetzt nicht nur Klara habe, sondern eine ganze Familie aus Kollegen, die ich vor drei Monaten noch nicht hatte, und ich weiß, dass wir alle in Kontakt bleiben werden, egal, wo ich lebe.

Als wir bei La Bottega ankommen, wartet Alice bereits an einem der Tische.

«Entschuldigung, wir sind grenzwertig spät», sagt Klara, lässt ihren Rucksack auf den Stuhl plumpsen und zieht ihre Jacke aus, bevor sie ihre Geräte aus der kleinen Seitentasche fischt.

«Ich hab dir einen Caffè Latte bestellt», sagt Alice und schiebt eine Tasse vor Klara hin. «Wusste nicht, was du trinkst, Alex, aber ich schätze, ich werde es gleich erfahren.»

«Kein Problem. Ich hol mir schnell was.»

Sie kennt mich jetzt seit vier Tagen, doch ich konnte sie noch nicht für mich gewinnen. Ich stehe auf und gehe zum Tresen. La Bottega ist eine Mischung aus Delikatessengeschäft und Café, das sich gleichermaßen auf pestizidfreien italienischen Wein sowie veganen Kuchen spezialisiert hat und wo man nach einem kleinen Cappuccino um 4,80 Pfund ärmer ist. Bei diesen Preisen sollte man meinen, dass ein Hedgefonds-Manager die Geschäfte leitet, aber es ist ein bärtiger junger Mann aus Essex namens Steve.

«Schwarzer Kaffee», kommentiert Alice, als ich an den Tisch zurückkehre. «Traditionell, effizient und auf den Punkt.»

«Ziemlich zutreffend.»

«Leute, die schwarzen Kaffee trinken, sind auch mit höherer Wahrscheinlichkeit Psychopathen.»

Klara wirft ihr einen stechenden Blick zu und bekommt einen zurück.

«Alice, wegen des Zimmers», hebt Klara an und rutscht auf ihrem Stuhl herum. «Ich weiß, der Mietvertrag sieht eine Einzelbelegung vor, aber seit letzter Woche gibt es mich nur noch im Doppelpack. Trotzdem würde ich das Zimmer sehr gerne weiter belegen. Ich will nicht behaupten, dass wir nur ganz wenig Platz beanspruchen, schließlich wissen wir beide, wie groß er ist, aber er hat sehr wenig nervige Angewohnheiten und tendiert dazu, regelmäßig Croissants mitzubringen.»

«Du meine Güte. Ich dachte schon, du sagst mir, dass du ausziehst! Ich dachte, ich müsste mich nach einer neuen Mitbewohnerin umsehen und bekomme dich nur noch alle vierzehn Tage zum Brunch zu Gesicht.»

«Nicht, wenn wir beide bleiben dürfen», sagt Klara.

«Danke», füge ich hinzu, und Alice lächelt mich an. Da ich ihr Klara vorerst nicht wegnehme, stehen meine Chancen, sie für mich einzunehmen, gleich viel besser.

Plötzlich wird Klara ganz still.

«Alex, ich habe dir gerade eine E-Mail weitergeleitet», sagt sie. «Lies sie einfach. Klick du auf den Link, ich kann nicht.»

Ich öffne meinen Posteingang und warte, bis die neuen E-Mails geladen sind. Neben mir wippt Klara mit dem Bein, und Alice beugt sich über meine Schulter, um mitzulesen.

Dann spüre ich, wie sich ein riesiges Lächeln auf meinem Gesicht ausbreitet.

«Rate mal, was ich diese Woche mache?»

«Was denn, Alex?»

«Ich besorge eine Birkenholzplatte und ein paar Werkzeuge und baue dir einen neuen Schreibtisch.»

«Ein Schreibtisch ist etwas, an dem man sitzt und arbeitet.»

«Ganz genau. Diesen September wirst du nämlich arbeiten – genauer gesagt studieren. Du hast bestanden!» Ich halte ihr den Handybildschirm hin, damit sie es selbst lesen kann. «Und 8,1 ist eine klasse Punktzahl.»

Ihr rollen Tränen übers Gesicht, die sie nicht wegwischt, und auch das Taschentuch, das Alice ihr hinhält, schlägt sie aus.

«Das sind Glückstränen», stellt sie klar. «Habt ihr euch mal den Zustand der Welt angeguckt? Ihr wärt verrückt, auch nur das kleinste bisschen Glück wegzuwischen.»

EIN JAHR SPÄTER

KLARA

Google: Kann man zu glücklich sein?

Liebe ist laut Google das Gefühl von tiefer, intensiver Zuneigung zu einer anderen Person. Liebe ist ganz ähnlich wie Muskelkater: auf Röntgenbildern nicht zu sehen, dennoch wissen wir, dass sie da ist. Glücklich kann ich sagen: Ich, Klara Nilsson, bin verliebt.

Neben meinem – *unserem* – Bett steht eine Tasse Kaffee, und jemand hat mein Handy angeschlossen, um es aufzuladen. Ich weiß, dass er meinen Batteriestand prüft, bevor er einschläft, aus Angst vor einem Datenausfall oder einer schlimmen Unterzuckerung wie der in Schweden.

«Morgen.» Ich drehe den Kopf in die Richtung, aus der der Gruß kam.

Er ist frisch geduscht, hat aber seine Haare noch nicht vollständig getrocknet, und Wasserperlen tropfen ihm vom Kopf auf Schultern, Arme und Brust. Rollen hinab bis dahin, wo das Handtuch sitzt. Ich versuche zu entscheiden, wann ich Alex am meisten liebe. Frisch aus der Dusche steht ganz weit oben. Aber andererseits wäre jedes Mal, wenn Alex mich so ansieht wie jetzt, mein Favorit, immer wenn ich sehen kann, wie glücklich er bei meinem Anblick ist – *ich mache ihn glücklich.*

Ich greife nach dem Kaffee – der zweitbeste Teil meiner Morgenroutine.

«Dein Vater hat angerufen», sagt Alex und zieht sich ein weißes T-Shirt über den Kopf. «Anscheinend möchte noch eine Zeitung einen Bericht über die Firma bringen. *Kleines, überwiegend von Frauen geführtes Unternehmen macht den Großstadtfirmen in Stock-*

holm Konkurrenz. Er fragt, ob du gemeinsam mit ihm und Hanna an dem Zoom-Call teilnehmen könntest.»

«Um diese Uhrzeit hat er schon angerufen? Wie spät ist es noch gleich?»

«Zu seiner Verteidigung: Schweden ist London eine Stunde voraus. Acht Uhr seine Zeit ist völlig akzeptabel, um anzurufen.»

«Ich rufe ihn später zurück.» Die Medienauftritte, die wir seit letztem Jahr regelmäßig haben, habe ich jedes Mal ziemlich genossen. Es macht mir nichts aus, über meine Leidenschaft zu sprechen, und man mag es glauben oder nicht, Badezimmer, Fliesen und Fugen *sind* meine Leidenschaft.

«Dann geh ich mal zur Arbeit. Wir sehen uns heute Abend, Klara.» Alex nennt mich nicht *Schatz* oder *Liebling* oder, noch schlimmer, *Honigtöpfchen* (was ich letztens in der U-Bahn einen Mann sagen hörte, woraufhin ich gute fünfzehn Minuten versuchte, einen Blick in die große Handtasche seiner Freundin zu erhaschen, um besagten Topf zu sehen, bevor mir klar wurde, dass sie gemeint war, *sie* war der Honigtopf).

Alex setzt sich noch kurz zu mir aufs Bett, streicht mir über die Innenseite des Handgelenks und küsst mich – er schmeckt nach Minzzahnpasta –, bevor er zur Arbeit aufbricht.

Heute, montags, habe ich keine Uni. Normalerweise bedeutet das, dass ich mit Alex in seiner Mittagspause essen gehe. Manchmal fehlen mir unsere gemeinsamen Mittagspausen im Transporter, aber er steht auf das, was man vage *Atmosphäre* nennt. Für mich barg das Wort immer laute Geräusche, überwältigende Gerüche und das Klirren von Gläsern, die zu energisch abgestellt werden, aber seit Alex in meinem Leben ist, habe ich auch Augen für die darin liegende Schönheit. Es geht nicht darum, was um einen her geschieht, sondern um die kleine Blase aus Leuten, mit denen man unterwegs ist. Ich muss mich nicht auf die Gruppe Männer

konzentrieren, die am Nebentisch grunzt und über Fußball disku-
tiert, oder auf die Dame, die auf der anderen Seite des Restaurants
schweigend dasitzt, während ihr Ehemann seinem Handy mehr
Beachtung schenkt als ihr. Das alles ist nur die Kulisse, durch die
die Blase, in der ich mich befinde, verstärkt wird. Durch die eine
Verbindung zwischen Alex und mir entsteht. Im Lärm finden wir
einander.

Ich schichte meine Studienunterlagen zu einem ordentlichen
Stapel. Das Studium enthält mehr Mathe, als mir lieb ist, und ich
bin die zweitälteste Studentin im Jahrgang, aber *oh, ist es aufregend*. Ich schicke einen Snapshot meines aktuellen Projekts an
Endlosschleife, und innerhalb von Sekunden erreichen mich aller-
lei Zusprüche. Wie sich herausstellt, kann meine Familie unglaublich unterstützend sein, und zwar nicht nur während der Krebs-
diagnose meines Vaters. Im Gegenzug gebe ich mein Bestes, dass
auch sie sich von mir unterstützt fühlen, vor allem Saga – obwohl
es so aussieht, als hätte sie alles im Griff, weiß ich doch, dass sie
mich braucht. Inzwischen arbeitet sie zwei Tage die Woche von
zu Hause. Voll Energie und skandinavischer Luft in den Lungen
schilderte sie ihren Fall dem Hochschulrat und konnte ihn überzeugen, dass sie nach einem flexiblen Arbeitsplan arbeiten müsse
und dass sie riskierten, eine überaus beliebte Professorin zu ver
lieren, falls sie nicht zustimmten.

Ich bin besser darin geworden, meine Energie nur da hinein-
zustecken, wo sie auch gebraucht wird: Wenn ich einen Fremden
treffe, habe ich nicht mehr das Gefühl, lächeln zu *müssen*, weil
ich, wie Alice es ausdrückte, keine Verpflichtung habe, für irgendjemanden zu lächeln außer mich selbst. Als Autistin diagnostiziert
worden zu sein, hilft mir bei kleinen Dingen. Ich darf Marotten haben, die sich andere nicht erlauben können, zum Beispiel, weiter
herumzulaufen, bis ich auf eine ungerade Anzahl Schritte komme,
oder Leute nicht anzulächeln, die es nicht verdient haben. Statt-

dessen denke ich jetzt an die Menschen, die ich liebe, wenn meine Ohrringe über meine Wangen streifen, und *das* bringt mich zum Lächeln. Diejenigen, die mich *verdient* haben. Dann schicke ich ihnen eine Nachricht. Oder ich mache mir einen Kalendereintrag, der mich daran erinnert, es später zu tun.

Ich scrolle durch Alex' und meinen geteilten Kalender, als eine Erinnerung aufpoppt. Wir benutzen den Kalender immer noch als Kommunikationsmittel.

Neue Veranstaltung: Schaffe es nicht zur Mittagspause, aber wie wäre es mit Abendessen bei The Oak?

Das gibt mir zu denken: Wir gehen montags nicht essen. Dann runzle ich die Stirn und muss mir die Notiz, die hinzugefügt wurde, zweimal durchlesen. Könnte sein, dass es etwas zu feiern gibt. Verwirrt suche ich nach mehr und stoße auf etwas, das mir seltsam erscheint.

Neue Antwort: Einst wünschte ich, ich könnte die Vergangenheit bearbeiten. Jetzt möchte ich die Zukunft planen.

Als ich nach Hause komme, erwartet mich Alice mit einem glänzenden schwarzen Kleid in der Hand.

«Ich weiß, Schwarz steht für Business, aber gut möglich, dass du heute den Deal unter Dach und Fach bringst.»

Irgendetwas muss ich verpasst haben. Steht vor dem Abendessen vielleicht noch ein Zoom-Call der Bygg-Nilssons an?

«Danke. Du bist die Beste.»

Ich probiere das Kleid an, und natürlich passt es perfekt, obwohl ich beschließe, dass ein Schal nötig ist, um bei dem Arbeitsmeeting mein Dekolleté zu verbergen. Mein Haar trage ich offen und wellig, und meine Ohren sind nackt.

Ich laufe von der U-Bahn-Station zum Restaurant, und gerade als ich dort ankomme, pingt mein Handy mit einer weiteren Benachrichtigung. Besser gesagt zig Benachrichtigungen. Ich öffne den geteilten Kalender und bleibe wie angewurzelt stehen, kann keinen weiteren Schritt mehr tun.

Neue Veranstaltung: Verlobungsring-Shopping. Ort: London Wedding Ring Co.

Oh.

Schnell scrolle ich durch die übrigen Einträge, als wären sie zeitlich begrenzt und könnten jederzeit verschwinden. Sie reichen bis ins nächste Jahr.

Neue Veranstaltung: Verlobungsparty. Ort: eine Überraschung (die gute Art, keine Sorge)
Neue Aufgabe: Hochzeitskleid anprobieren
Neue Veranstaltung: Wellnesstag mit Saga und Alice. Ort: noch festzulegen
Neue Aufgabe: Tortentestessen

Dann *spüre* ich ihn. Für einen Moment reiße ich den Blick vom Bildschirm, und da steht er, auf der anderen Straßenseite neben einer Bushaltestelle. Die ganze Zeit war er da und hat auf mich gewartet.

O Alex. Ich sehe ihm direkt in die Augen und könnte schwören, sein pochendes Herz über die Straße hinweg zu spüren. Dann rufe ich den letzten Kalendereintrag auf, der für nächstes Jahr im Februar geplant ist.

Neue Veranstaltung: Klaras und Alex' Hochzeit. Ort: Schweden

Wer bitte heiratet im Februar? *Alex und Klara* lautet die Antwort. Der matschige, trostlose Monat, in dem wir uns kennenlernten, ein ungewöhnliches Datum für ein ungewöhnliches, perfektes Paar. Ich antworte umgehend mit *ja, ja, ja* und sehe, wie sich auf Alex' Gesicht ein Lächeln ausbreitet, sich seine Schultern entspannen und seine perfekte Person einen Seufzer der Erleichterung ausstößt. Es gibt nichts zu bearbeiten und nichts zu löschen, weil er die Zukunft auf dieselbe Weise vorgezeichnet hat, wie ich es getan hätte. Völlig außer Atem renne ich auf ihn zu, und meine Bauchtasche schlägt mir gegen die Hüfte. Dann stehe ich vor ihm, sinke in seine Arme, und die Weltordnung ist wiederhergestellt. Hintergrundgeräusche sind verstummt. Einfach so.

Und mir kommt der Gedanke, dass Paare ein bisschen sind wie Schuhe im Fundbüro. Es hat keinen Zweck, in dem Haufen herumzuwühlen und seine Zeit damit zu verschwenden, einen nach dem anderen anzuprobieren und Blasen zu bekommen. Man muss warten, bis sich der passende Schuh zeigt, und wenn es so weit ist, wird man es wissen, dann wischt man den Staub ab und läuft in den Sonnenuntergang.

ALEX

PERSÖNLICHER KALENDER
Neue Aufgabe: keine neue Aufgabe
Neue Aufgabe: keine neue Aufgabe
Neue Aufgabe: keine neue Aufgabe

Ich schwebe auf einer verdammten Wolke. Mein Gehirn ist damit beschäftigt, in Klara verliebt zu sein, der Stoff, aus dem Träume gemacht sind. Mehr gibt es nicht hinzuzufügen. Over and out.

Danksagung

Meine Schreibreise begann vor nicht allzu langer Zeit, im Jahr 2021. Besser gesagt ging sie weiter, nachdem sie seit meiner Teenagerzeit im Tiefschlaf gelegen hatte. Im Wirbelwind zwischen erstem Entwurf und Veröffentlichung sind unterwegs eine Menge Leute zusammengekommen, denen ich danken möchte.

Zunächst meiner großartigen Lektorin Meredith Clark, deren Begeisterung für die Geschichte gleich bei unserem ersten Telefonat zu spüren war und seitdem nicht nachgelassen hat. An das gesamte Team von MIRA Books – danke, dass ihr diesem kleinen, in Schweden spielenden Roman den Weg in die USA geebnet habt.

Danke an meine kluge Agentin Tanera Simons. Du hast von ganzem Herzen an dieses Buch geglaubt und ohne Unterlass daran gearbeitet, andere von seiner Qualität zu überzeugen. Bisher ist dir das bei *vielen* Menschen gelungen. Außerdem danke an Laura Heathfield, die jeden einzelnen Entwurf gelesen und die Reise meines Romans von Anfang an miterlebt hat. Danke an das Team der Rechteabteilung der Darley Anderson Literary, TV and Film Agency – Mary Darby, Georgia Fuller, Salma Zarugh und Francesca Edwards –, eure E-Mails (die mit den neuen Verträgen, nicht die mit den Steuerformularen) waren jedes Mal mein Highlight der Woche, egal, was sie in petto hatten. Danke, dass ihr euch so ins Zeug gelegt habt, *The Happiness Blueprint* zu den Leser:innen da draußen zu bringen.

Ein riesiges Dankeschön an Curtis Brown Creative – Charlotte Mendelson und all die anderen Beteiligten an den Creative-Writing-Kursen, die unser Leben verändern. Mir wurde stets Unterstützung zuteil, und mit euch hat alles angefangen.

397

Danke an meine Schriftstellerfreund:innen. Ohne euch wäre dieser Roman nicht das, was er ist, und ohne euch wäre diese Autorin nicht die, die sie heute ist. Emily Howes – scharfsinnige, witzige, talentierte Schreiberin, die von Anfang an dabei war. Becky Alexander – klug, hilfsbereit und eine großartige Autorin. Danke für die Zeit, die ihr in meine Romane steckt, und für eure Freundschaft. An Roisin O'Donnell, Fabian Foley, Abi Graham, Jenni Lieberman, Natasha Dandavati und den Rest meiner CBC-Freunde – danke. Euer Rat und eure Lektüre meiner frühen Entwürfe haben dieses Buch besser gemacht. Ich kann mich glücklich schätzen, euch zu haben. Außerdem ein Dankeschön an alle Autor:innen, die mich das letzte Jahr über unterstützt haben, von meiner Agentur und darüber hinaus. Ihr alle seid der Grund, weshalb ich meinen Platz im Literaturbetrieb nie angezweifelt habe.

Danke an meinen Bruder und all meine Freunde, die nicht selbst schreiben, euch habe ich oft vernachlässigt, während ich am ersten Entwurf feilte – es tut mir leid, dass ich nicht oft genug angerufen habe. Danke, dass ihr immer noch zu mir steht und stolz auf mich seid. Außerdem danke an Ragnar Von Beetzen für die Beantwortung meiner rechtlichen Fragen.

An meine Eltern, danke, dass ihr mich nie in irgendeine Richtung gedrängt habt, aber auch nie überrascht wart, wenn ich etwas im Leben erreichte, sondern vielmehr so tatet, als hättet ihr nichts anderes von mir erwartet. Papa – danke für die Faktenchecks. Ohne die akkurate Trockenzeit von Fugenmörtel wäre *The Happiness Blueprint* nicht vollständig.

An meine Kinder, Alfred, Olivia und Ivy, die mich auf ihre Weise unterstützen trotz der anfänglichen Enttäuschung, dass ich keine Kinderbücher schreibe, und gar des Entsetzens, als sie erfuhren, dass das Buch *echte Schimpfwörter* enthält – *schlimme!* Euch sagen zu hören, dass Mami eine Autorin ist, schenkt mir so viel Freude.

Der größte, offensichtlichste Dank geht an dich, Alon, dafür, dass du mir Liebe und Unterstützung und den nötigen Raum zum Schreiben gibst. Danke für, na ja, *alles*.

Zu guter Letzt von Herzen danke an Google für die Beantwortung all meiner Fragen darüber, wie man einen Roman schreibt.